सफल सेलिंग का मनोविज्ञान

सफल सेलिंग का मनोविज्ञान

अपनी सेलिंग को और भी प्रभावशाली व आसान बनाएँ

ब्रायन ट्रेसी

अनुवाद : डॉ सुधीर दीक्षित

MANJUL

मंजुल पब्लिशिंग हाउस

MANJUL

मंजुल पब्लिशिंग हाउस

कॉरपोरेट एवं संपादकीय कार्यालय

• द्वितीय तल, उषा प्रीत कॉम्प्लेक्स, 42 मालवीय नगर, भोपाल-462003

विक्रय एवं विपणन कार्यालय

• सी-16, सेक्टर 3, नोएडा, उत्तर प्रदेश - 201301, इंडिया

वेबसाइट : www.manjulindia.com

वितरण केन्द्र

अहमदाबाद, बेंगलुरू, कोच्चि, कोलकाता, चेन्नई,

हैदराबाद, मुम्बई, नई दिल्ली, पुणे

ब्रायन ट्रेसी द्वारा लिखित मूल अंग्रेजी पुस्तक

द साइकोलॉजी ऑफ़ सेलिंग का हिन्दी अनुवाद

The Psychology of Selling by Brian Tracy – Hindi Edition

मूल अंग्रेजी संस्करण थॉमस नेल्सन द्वारा नैशविल, टेनेसी में प्रकाशित।

थॉमस नेल्सन – रजिस्टर्ड ट्रेडमार्क, थॉमस नेल्सन, इन्कॉरपोरेटिड

यह हिन्दी संस्करण 2015 में पहली बार प्रकाशित

10वीं आवृत्ति 2026

यह संस्करण थॉमस नेल्सन

(हार्पर कॉलिन्स क्रिश्चियन पब्लिशिंग, इन्कॉरपोरेटिड का प्रभाग)

के सहयोग से प्रकाशित

ISBN 978-81-8322-592-2

हिन्दी अनुवाद : डॉ. सुधीर दीक्षित

मुद्रण व जिल्दसाज़ी : रेप्रो इंडिया लिमिटेड

यह पुस्तक मेरे मित्रों, सहकर्मियों, विद्यार्थियों और बिक्री की महान कला से जुड़े लोगों को समर्पित है, जो विक्रय करने के लिए "बहादुरी से वहाँ जाते हैं, जहाँ पहले कभी कोई नहीं गया" और जिस पर हमारी कंपनियाँ और देश निर्भर हैं। आप ही हमारे प्रतिस्पर्धात्मक उद्यमी क्षेत्र के सच्चे नायक और नायिका हैं।

विषय-सूची

प्रस्तावना 9

1. बिक्री का आंतरिक खेल 17
2. अपने सभी बिक्री लक्ष्य निर्धारित और हासिल करें 53
3. लोग क्यों ख़रीदते हैं 66
4. रचनात्मक बिक्री 98
5. ज़्यादा अपॉइंटमेंट कैसे पाएँ 121
6. सुझाव की शक्ति 143
7. बिक्री करना 160
8. बिक्री में सफलता के 10 उपाय 201

प्रस्तावना

कल्पना सचमुच वह कार्यशाला है,
जिसमें इंसान की बनाई सारी योजनाएँ ढाली जाती हैं।
- नेपोलियन हिल

इस पुस्तक का उद्देश्य आपको बहुत सारे *विचार*, रणनीतियाँ और तकनीकें बताना है, जिनका इस्तेमाल करके आप पहले से ज़्यादा संख्या में, ज़्यादा तेज़ी से और ज़्यादा आसानी से तुरंत बिक्री कर सकेंगे। आगे के पन्नों में आप सीखेंगे कि खुद से और अपने बेचने के करियर से इतने शानदार परिणाम कैसे पाएँ, जिनकी आपने कल्पना भी नहीं की होगी। आप सीखेंगे कि कुछ महीनों या कुछ ही हफ़्तों में अपनी बिक्री और अपनी आमदनी को दो गुना, तीन गुना, यहाँ तक कि चार गुना भी कैसे किया जाए।

यह पुस्तक मेरे अंतरराष्ट्रीय रूप से *सफल सेलिंग का मनोविज्ञान* ऑडियो सेल्स प्रोग्राम का लिखित संस्करण है। इस प्रोग्राम का अनुवाद सोलह भाषाओं में हो चुका है और इसका इस्तेमाल 24 देशों में किया जाता है। *यह* इतिहास में सबसे ज़्यादा बिकने वाला पेशेवर बिक्री प्रशिक्षण प्रोग्राम है।

मिलियनेअर बनें!

जब ऑडियो प्रोग्राम सुनने वालों पर शोध किया गया, तो यह पता चला कि जितने सेल्स पीपल इन विचारों को सुनकर और इन पर अमल करके मिलियनेअर बने हैं, उतने किसी दूसरे सेल्स ट्रेनिंग प्रोग्राम से आज तक नहीं बने। इस सामग्री का इस्तेमाल करके मैंने *खुद* संसार भर के पाँच लाख से ज़्यादा सेल्स पीपल को प्रशिक्षित किया है। मैं हजारों कंपनियों और लगभग हर उद्योग में यह प्रशिक्षण दे चुका हूँ। यह सचमुच कारगर है!

मेरी कहानी

मैं हाई स्कूल की पढ़ाई पूरी नहीं कर पाया था। इसके बजाय कम उम्र में ही मैं संसार देखने निकल पड़ा। मैंने कुछ साल तक मज़दूरी की, जब तक कि मेरे पास यात्रा करने लायक़ पैसे नहीं आ गए। फिर मैं नॉर्वे के एक मालवाहक जहाज़ पर काम करते हुए उत्तरी अटलांटिक के पार गया। इसके बाद मैंने साइकिल, बस, ट्रक और ट्रेन से यूरोप, अफ्रीका तथा अंततः सुदूर पूर्व तक की यात्रा की। इस दौरान मैंने एक भी बार भोजन का नागा नहीं किया; यह अलग बात थी कि मैंने बहुत बार इसे अनिश्चित काल के लिए टाल दिया।

जब मुझे कोई मज़दूरी का काम नहीं मिल पाया, तो हताश होकर मैं बिक्री के क्षेत्र में पहुँच गया। ऐसा लगता है कि हम जीवन में जो निर्णय लेते हैं, उनमें से अधिकतर ऐसे होते हैं कि हम रात को कोई चीज़ सोचते हैं और फिर बाहर निकलकर उसे आज़माते हैं कि वह कैसी रहती है। मेरे मामले में बिक्री करने का विचार कुछ ऐसा ही था।

ऐसा लगता है कि हम जीवन में जो निर्णय लेते हैं, उनमें से अधिकतर ऐसे होते हैं कि हम रात को कोई चीज सोचते हैं और फिर बाहर निकलकर उसे आजमाते हैं कि वह कैसी रहती है।

बुनियादी प्रशिक्षण

मुझे सीधे कमीशन पर नियुक्त किया गया और तीन हिस्सों वाला बिक्री प्रशिक्षण दिया गया : "ये रहे तुम्हारे कार्ड; ये रहे तुम्हारे ब्रोशर; वह रहा दरवाज़ा!" इस "प्रशिक्षण" से हासिल ज्ञान के सहारे मैंने अपना सेल्स करियर शुरू किया। मैं *कोल्ड-कॉलिंग* करता था। इसका मतलब था कि मैं अजनबियों को सामान बेचने की कोशिश करता था, यानि दिन में ऑफ़िस के अंजान दरवाज़े खटखटाता था और शाम को अजनबी घरों पर दस्तक देता था।

जिस व्यक्ति ने मुझे नियुक्त किया था, वह बेच नहीं सकता था। लेकिन उसने मुझे बताया कि बिक्री "संख्याओं का खेल" है। उसने कहा कि मुझे तो बस पर्याप्त लोगों से बात करनी थी और इसके बाद अंततः मुझे कोई न कोई मिल जाएगा, जो ख़रीद लेगा। हम इसे बेचने की "दीवार पर कीचड़ उछालना" विधि कहते हैं। (यदि आप दीवार पर पर्याप्त कीचड़ उछालते हैं, तो कहीं न कहीं, कैसे न कैसे, इसमें से कुछ चिपक ही जाएगा।) यह ज़्यादा कारगर ज्ञान तो नहीं था, लेकिन मेरे पास बस यही था।

फिर किसी ने मुझे बताया कि बिक्री दरअसल "संख्याओं का खेल" नहीं थी। इसके बजाय यह तो "अस्वीकृति का खेल" थी। आप जितनी ज़्यादा अस्वीकृतियाँ बटोरते हैं, आपके उतनी ही ज़्यादा बिक्री करने की संभावना होती है। इस सलाह से प्रेरित होकर मैं इस जगह से उस जगह दौड़ता रहा, ताकि मुझे ज़्यादा बार अस्वीकृति मिल सके। फिर लोगों ने कहा कि मुझमें "बोलने की कला" थी, इसलिए मैं उसका भरपूर इस्तेमाल करने लगा। जब भी कोई व्यक्ति रुचि लेता नज़र नहीं आता था, तो मैं ज़्यादा ज़ोर से और ज़्यादा तेज़ बोलने लगता था। लेकिन अफ़सोस कि तेज़ी से इस प्रॉस्पेक्ट से उस प्रॉस्पेक्ट तक भागते हुए, और हर व्यक्ति से ज़्यादा ज़ोर से और तेज़ी से बात कर हुए भी, मैं सफलता से कोसों दूर था और जैसे-तैसे गुज़र-बसर कर रहा था।

क्रांतिकारी मोड़

मैं एक छोटे-से गेस्टहाउस के एक छोटे कमरे में रहता था और बिक्री बस इतनी होती थी कि किराए का पैसा निकल आता था। छह महीनों तक इसी तरह जूझने के बाद मैंने आख़िरकार एक ऐसी चीज़ की, जिसने मेरा जीवन बदल दिया। मैंने हमारी कंपनी के सबसे सफल सेल्समैन से पूछा कि वह मुझसे अलग क्या कर रहा था।

मैं कड़ी मेहनत से नहीं घबराता था। मैं सुबह पाँच-छह बजे उठ जाता था, दिन की तैयारी करता था और सुबह 7 बजे पार्किंग में इंतज़ार करता था, जब मेरे पहले प्रॉस्पेक्ट नौकरी करने आते थे। मैं दिन भर काम करता था, इस ऑफ़िस से उस ऑफ़िस तक और इस कंपनी से उस कंपनी तक दौड़ता रहता था। शाम को मैं रहवासी दरवाज़े खटखटाता था और रात को नौ-दस बजे तक इसी काम में जुटा रहता था। अगर किसी घर में अंदर बत्ती जल रही होती थी, तो मैं घंटी बजा देता था।

मेरे ऑफ़िस का शीर्षस्थ सेल्समैन मुझसे उम्र में बस दो-तीन साल ही बड़ा था। वह एक बिलकुल ही अलग नीति पर चलता था। वह नौ बजे के क़रीब ऑफ़िस आता था। कुछ मिनट बाद एक प्रॉस्पेक्ट अंदर आता था और वे दोनों बैठकर बात करने लगते थे। कुछ मिनट की बातचीत के बाद प्रॉस्पेक्ट अपनी चेकबुक बाहर निकालता था और हमारे प्रॉडक्ट ख़रीदने के लिए एक चेक काट देता था।

फिर वह सेल्समैन बाहर जाकर दो-तीन बिक्रियाँ और करता था। इसके बाद वह एक अन्य प्रॉस्पेक्ट के साथ लंच करता था। दोपहर को वह दो-तीन बिक्रियाँ और करता था। इसके बाद शायद शाम को वह किसी दूसरे प्रॉस्पेक्ट के साथ ड्रिंक या डिनर लेता था। वह मुझसे पाँच-दस गुना ज़्यादा बेच रहा था और मुझसे ही क्यों, हमारे ऑफ़िस

में किसी से भी ज़्यादा बेच रहा था, हालाँकि लगता ऐसा था कि वह ज़रा भी काम नहीं कर रहा था।

प्रशिक्षण से फ़र्क़ पड़ता है

मुझे पता चला कि हमारे यहाँ आने से पहले वह एक *फ़ॉर्च्यून 500* कंपनी में काम कर चुका था। उस कंपनी ने उसे पेशेवर सेलिंग की प्रक्रिया का सोलह महीने तक गहन प्रशिक्षण दिया था। उन योग्यताओं के साथ वह किसी भी कंपनी या उद्योग में काम कर सकता था और लगभग किसी भी बाज़ार में कोई भी प्रॉडक्ट या सेवा बेच सकता था। चूँकि वह बेचने के गुर जानता था, इसलिए वह मेरे जैसे लोगों से कई गुना अधिक बेच सकता था, हालाँकि वह हमसे आधे समय या उससे भी कम काम कर रहा था। इस खोज ने मेरी ज़िंदगी बदल दी।

जब मैंने उससे पूछा कि वह मुझसे अलग क्या कर रहा था, तो वह बोला, "चलो, मुझे अपनी बिक्री प्रस्तुति दिखाओ और मैं उसकी समालोचना करता हूँ।"

यह मेरी पहली समस्या थी। मुझे ज़रा भी अंदाज़ा नहीं था कि "बिक्री प्रस्तुति" कैसी दिखती है। हालाँकि मैंने सुना था कि ऐसी कोई चीज़ होती है, लेकिन मैंने इसे अपनी आँखों से कभी नहीं देखा था।

मैंने जवाब दिया, "पहले आप मुझे अपनी बिक्री प्रस्तुति दिखाएँ, फिर मैं आपको अपनी दिखाऊँगा।"

वह काफ़ी धैर्यवान और विनम्र था। उसने कहा, "ठीक है, यह है एक बुनियादी बिक्री प्रस्तुति, शुरुआत से अंत तक।" फिर वह हमारे प्रॉडक्ट की एक बिक्री प्रस्तुति मुझे क़दम-दर-क़दम बताने लगा।

उसने "भाषण" का इस्तेमाल नहीं किया। उसने ध्यान पाने या प्रतिरोध से उबरने के लिए चतुराई भरे वाक्यों का इस्तेमाल नहीं किया। इसके बजाय उसने तार्किक प्रश्नों की श्रृंखला पूछी, जो सामान्य से विशेष तक जाते थे। ये प्रश्न किसी वास्तविक प्रॉस्पेक्ट के लिए आदर्श थे। प्रश्नों की श्रृंखला के अंत में प्रॉस्पेक्ट के सामने यह पूरी तरह स्पष्ट हो गया था कि वह हमारे प्रॉडक्ट का इस्तेमाल कर सकता है और उससे फ़ायदा उठा सकता है। अंतिम प्रश्न बिक्री को क्लोज़ या पूर्ण करने का था।

तुरंत कार्रवाई करें

मैंने हर चीज़ लिख ली। बिक्री की इस नीति से लैस होकर मैं बाहर निकला और एक बार फिर प्रॉस्पेक्टों से संपर्क करने लगा। लेकिन इस बार मैंने *बताने* के बजाय *सवाल*

पूछे। मैंने प्रॉस्पेक्ट को अपने प्रॉडक्ट की विशेषताओं और लाभों से चकराने की कोशिश नहीं की। इसके बजाय मैंने उसकी स्थिति की जानकारी लेने पर ध्यान केंद्रित किया। मेरा ज़ोर इस बात पर था कि मैं उसकी सबसे ज़्यादा मदद कैसे कर सकता हूँ। इस नई विधि से मेरी बिक्री बढ़ गई।

फिर मुझे पता चला कि बिक्री के विषय पर कई *पुस्तकें* भी छपती हैं। पहले मुझे ज़रा भी पता नहीं था कि संसार के कुछ सबसे अच्छे सेल्स पीपल ने *पुस्तकें* लिखी हैं, जिनमें उन्होंने बेचने से संबंधित कुछ बेहतरीन विचार बताए हैं। मुझे बिक्री से संबंधित जो भी *पुस्तक* मिली, मैं उसे पढ़ने लगा। मैं सुबह-सुबह अध्ययन करने और नोट्स लेने में हर दिन दो घंटे लगाने लगा।

इसके बाद मुझे पता चला कि *ऑडियो प्रोग्राम* से भी सीखा जा सकता है। इससे मेरी ज़िंदगी बदल गई। मैं जब कार से एक ऑफ़िस से दूसरे ऑफ़िस तक जाता था, तो मैं घंटों तक ऑडियो प्रोग्राम सुनता था। मैं उन्हें सुबह सुनता था। मैं उन्हें शाम को सुनता था। फिर मैं सबसे अच्छे सेल्स पीपल के सबसे अच्छे वाक्यों और वाक्यांशों की रिहर्सल करता था और अभ्यास करता था, जब तक कि मैं नींद में भी उन्हें न दोहरा सकूँ। और मेरी बिक्री बढ़ती चली गई।

फिर मुझे *सेल्स सेमिनारों* के बारे में पता चला। इसके बाद तो मानो मैं स्वर्ग में पहुँच गया था। मुझे पता ही नहीं था कि आप किसी सेल्स सेमिनार से कितना ज़्यादा सीख सकते हैं। मुझे जिस भी सेमिनार और कोर्स के बारे में पता चलता था, मैं उसमें जाने लगा, भले ही इसके लिए मुझे लंबी यात्रा करनी पड़े, जो मैं करता था और जिसका मैं अंततः ख़र्च उठा सकता था। और मेरी बिक्री बढ़ती चली गई।

प्रबंधक बनना

मैं इतनी ज़्यादा बिक्री करने लगा कि मेरी कंपनी ने मुझे सेल्स मैनेजर बना दिया। उन्होंने कहा, "कुछ लोगों की तलाश करो, जो बिक्री के क्षेत्र में आना चाहते हैं और जो भी तुम जानते हो, उन्हें सिखाओ।"

मैं अख़बार में विज्ञापन देकर और सड़क चलते लोगों को सेल्स पीपल बनाने लगा। मैंने उन्हें अपनी कार्यविधि और बेचने की प्रक्रिया बताई। वे बाहर जाकर तुरंत बेचने लगे। आज उनमें से कई मिलियनेअर और मल्टीमिलियनेअर हैं।

सर्वश्रेष्ठ बनें

जिस आसान विचार ने मेरी ज़िंदगी बदली, वह "कारण और परिणाम के नियम" की

खोज थी। यह नियम बताता है कि हर परिणाम का एक कारण होता है, कि हर चीज़ किसी कारण से होती है। सफलता कोई संयोग नहीं है। असफलता भी संयोग नहीं है। दरअसल, सफलता का *अनुमान लगाया जा सकता है*। यह सुराग छोड़ती है।

सफलता कोई संयोग नहीं है। असफलता भी संयोग नहीं है। दरअसल, सफलता का *अनुमान लगाया जा सकता है*। यह सुराग छोड़ती है।

यहाँ एक महान नियम पर ग़ौर करें : "अगर आप बार-बार वह करते हैं, जो दूसरे सफल लोग करते हैं, तो संसार की कोई चीज़ आपको अंततः वही परिणाम पाने से नहीं रोक सकती, जो उन लोगों को मिलते हैं। और अगर आप ऐसा नहीं करते हैं, तो कोई चीज़ आपकी मदद नहीं कर सकती।"

याद रखें, आज जो लोग बिक्री के क्षेत्र में शीर्षस्थ 10 प्रतिशत समूह में हैं, उनमें से प्रत्येक ने निचले 10 प्रतिशत में शुरुआत की थी। जो लोग इस वक्त अच्छा प्रदर्शन कर रहे हैं, वे कभी ख़राब प्रदर्शन कर रहे थे। जीवन की पंक्ति में जो व्यक्ति आज आगे है, उसने पंक्ति के पीछे से शुरुआत की थी। और हर मामले में, इन शीर्षस्थ लोगों ने अपनी स्थिति बदलने के लिए जो काम किया, वह यह था कि उन्होंने *विशेषज्ञों से सीखा*। उन्होंने पता लगाया कि शीर्षस्थ लोग सफल बनने के लिए क्या कर रहे थे और उन्होंने खुद वही चीज़ें बारंबार कीं, जब तक कि उन्हें भी वही परिणाम नहीं मिलने लगे। और आप भी ऐसा ही कर सकते हैं।

जो आप सीखते हैं, उसका इस्तेमाल करें

कई बार मैं अपने सेल्स श्रोताओं से पूछता हूँ, "अमेरिका में घर पर व्यायाम करने वाली सबसे लोकप्रिय मशीन कौन-सी है?" उनके थोड़े झिझकने के बाद मैं उन्हें बताता हूँ : यह *ट्रेडमिल* है। अमेरिकी हर साल ट्रेडमिलों पर एक अरब डॉलर से भी ज़्यादा ख़र्च करते हैं।

फिर मैं दूसरा सवाल पूछता हूँ : "अगर आप एक ट्रेडमिल ख़रीद लें और उसे घर ले जाएँ, तो कौन-सी चीज़ तय करेगी कि आपको उस ट्रेडमिल से कितना ज़्यादा फ़ायदा मिलता है?"

वे जवाब देते हैं, "आपको कितना फ़ायदा मिलता है, यह इस बात पर निर्भर करेगा कि आप उसका कितनी बार इस्तेमाल करते हैं और हर बार कितने समय तक इस्तेमाल करते हैं।"

यही मुद्दे की बात है। इस बारे में कोई शंका नहीं है कि ट्रेडमिल आपको आपके मनचाहे परिणाम देगी या नहीं देगी। यह तो पहले से ही प्रमाणित है। हर व्यक्ति जानता है कि अगर आप नियमित रूप से और लंबे समय तक ट्रेडमिल का इस्तेमाल करते हैं, तो आपको निश्चित स्वास्थ्य लाभ अवश्य मिलेंगे।

इस पुस्तक में आप जो रणनीतियाँ और तकनीकें सीखेंगे, वे काफ़ी कुछ ट्रेडमिल जैसी ही हैं। इस बारे में कोई शंका नहीं है कि वे कारगर हैं या नहीं। पूरे संसार में हर उद्योग में सबसे ज़्यादा भुगतान पाने वाले सभी सेल्स पीपल उनका इस्तेमाल कर रहे हैं। वे जाँची-परखी और आज़माई हुई हैं। आप इन विधियों का जितना ज़्यादा इस्तेमाल करते हैं, आप इनमें उतने ही बेहतर बनेंगे और आप उतने ही बेहतर तथा ज़्यादा तेज़ परिणाम हासिल करेंगे। आप आगे के पन्नों में जो सीखते हैं, उनका अभ्यास करके आप अपने क्षेत्र में शीर्षस्थ 10 प्रतिशत सेल्स प्रोफ़ेशनल्स के समूह में शामिल हो जाएँगे और संसार के सबसे ऊँचा भुगतान पाने वाले लोगों में से एक बन जाएँगे।

क्या हमारे मिलकर हासिल करने के लिए यह अच्छा लक्ष्य है? यदि आप महसूस करते हैं कि यह है, तो आइए शुरू करते हैं।

इंसान का मस्तिष्क जो भी सोच सकता है और यक़ीन कर सकता है,
उसे यह हासिल भी कर सकता है।

- नेपोलियन हिल

1

बिक्री का आंतरिक खेल

आप जो चीज़ चाहते हैं, उसकी कल्पना करें। इसे देखें,
इसे महसूस करें, इसमें यक़ीन करें। अपना मानसिक ब्लूप्रिंट बनाएँ
और इसे साकार करना शुरू कर दें।

- रॉबर्ट कॉलियर

जब तक बिक्री नहीं होती, तब तक कोई चीज़ नहीं होती। सेल्स पीपल हमारे समाज के सबसे महत्त्वपूर्ण लोग हैं। बिक्री के बिना हमारा पूरा समाज थम जाएगा।

व्यवसाय ही हमारे समाज में दौलत के एकमात्र सच्चे निर्माता हैं। व्यवसाय ही सारे प्रॉडक्ट्स और सेवाएँ उत्पन्न करते हैं। व्यवसाय ही सारे मुनाफ़े और दौलत का निर्माण करते हैं। व्यवसाय ही सारे वेतन और लाभों का भुगतान करते हैं। किसी भी शहर, राज्य या देश में व्यावसायिक समुदाय का स्वास्थ्य उस भौगोलिक क्षेत्र में जीवन की गुणवत्ता और लोगों के जीवनस्तर का मुख्य निर्धारक होता है।

आप महत्त्वपूर्ण हैं

सेल्स पीपल किसी व्यवसाय के सबसे महत्त्वपूर्ण लोग होते हैं। बिक्री न हो, तो सबसे बड़ी और सबसे प्रगतिशील कंपनियाँ भी बंद हो जाएँगी। बिक्री पूँजीवाद के इंजन के स्पार्क प्लग की तरह है। सेल्स समुदाय की सफलता और पूरे देश की सफलता के बीच एक सीधा संबंध होता है। बिक्री का स्तर जितना ज़्यादा ऊँचा होता है, वह उद्योग या क्षेत्र उतना ही ज़्यादा सफल और लाभदायक होता है।

सेल्स पीपल की वजह से ही सभी स्कूलों, अस्पतालों, निजी और सार्वजनिक धर्मार्थ संगठनों, पुस्तकालयों, पार्क्स और सभी अच्छी चीज़ों के लिए पैसा मिलता है, जो हमारे जीवन स्तर के लिए अत्यंत आवश्यक हैं। सेल्स पीपल - अपनी बिक्री और

सफल कंपनियों द्वारा उत्पन्न मुनाफ़े व टैक्स के ज़रिये – सभी स्तरों पर सरकार के व्ययों का भुगतान करते हैं, सारे कल्याणकारी कार्यक्रमों, बेरोज़गारी बीमा, सामाजिक सुरक्षा, मेडिकेयर और अन्य लाभों के लिए भुगतान करते हैं। सेल्स पीपल हमारी जीवनशैली के लिए अनिवार्य हैं।

सेल्स पीपल होने पर गर्व करें

राष्ट्रपति कैल्विन कूलिज ने एक बार कहा था, "अमेरिका का व्यवसाय है व्यवसाय।" अगर आप *द वॉल स्ट्रीट जर्नल* और *इनवेस्टर्स बिज़नेस डेली* जैसे बड़े अख़बारों और *फ़ोर्ब्स, फ़ॉर्च्यून, बिज़नेस वीक, इंक., बिज़नेस 2.0, वायर्ड और फ़ास्ट कंपनी* जैसी बड़ी व्यावसायिक पत्रिकाओं की तह में जाएँ, तो उनमें छपी लगभग हर बात का बिक्री से कोई न कोई संबंध होता है। हमारे सारे वित्तीय बाज़ारों का बिक्री से संबंध होता है, जिनमें शेयरों, बॉण्ड और कमॉडिटी के भाव तथा वर्तमान ब्याज दरें शामिल हैं। पेशेवर सेल्सपर्सन के रूप में आप हमारे समाज में "अति महत्त्वपूर्ण" हैं। इकलौता सवाल यह है, आप कितनी अच्छी तरह बेचते हैं?

पहले ज़माने में बिक्री को घटिया पेशा माना जाता था। कई लोगों को यह बताने में शर्म आती थी कि वे सेल्स लाइन में हैं। सेल्स पीपल के ख़िलाफ़ समाज में एक आम पूर्वाग्रह था। हाल ही में एक *फ़ॉर्च्यून 500* कंपनी के प्रेसिडेंट ने एक पत्रकार से कहा था, "हम बिक्री को हमारे व्यवसाय का घटिया हिस्सा मानते हैं।"

सर्वश्रेष्ठ कंपनियाँ

यह नज़रिया तेज़ी से बदल रहा है। आज सबसे अच्छी कंपनियों के पास सबसे अच्छे सेल्स पीपल होते हैं। दूसरी सबसे अच्छी कंपनियों के पास दूसरे सबसे अच्छे सेल्स पीपल होते हैं। तीसरी सबसे अच्छी कंपनियाँ कारोबार के बाहर जाने की राह और कगार पर होती हैं। संसार के सभी सबसे सफल संगठन बेहतरीन बिक्री संगठन हैं।

सैकड़ों विश्वविद्यालय अब पेशेवर बिक्री के कोर्स कराते हैं, जो पहले की तुलना में एक भारी परिवर्तन है। कई युवा कॉलेज से निकलते ही तुरंत बड़ी कंपनियों में बिक्री वाले पदों पर जाना चाहते हैं। *फ़ॉर्च्यून 500* कंपनियों के जितने सीईओज़ बिक्री के क्षेत्र से आए हैं, उतने कंपनी के किसी दूसरे हिस्से से नहीं आए हैं।

ह्यूलेट पैकर्ड की प्रेसिडेंट और सीईओ कार्ली फ़ियोवेना आज अमेरिका की सबसे शक्तिशाली व्यावसायिक महिला हैं। स्टैनफ़र्ड में मध्ययुगीन इतिहास में डिग्री हासिल करने के बाद वे एटीएंडटी में बिक्री का काम करने लगीं और उन्होंने ऊपर का रास्ता

फ़ॉर्च्यून 500 कंपनियों के जितने सीईओज़ बिक्री के क्षेत्र से आए हैं, उतने कंपनी के किसी दूसरे हिस्से से नहीं आए हैं।

तय किया। ज़िरॉक्स की प्रेसिडेंट पैट मल्केही ने भी बिक्री करके ही अपना रास्ता बनाया था। संसार की कई शीर्षस्थ कंपनियों के मुखिया पहले सेल्स पीपल रह चुके हैं।

ऊँची आमदनी और नौकरी की सुरक्षा

आपको सेल्स प्रोफ़ेशनल के रूप में ख़ुद पर गर्व होना चाहिए। बेचने की आपकी योग्यता आपको ऊँची आमदनी और नौकरी की आजीवन सुरक्षा प्रदान कर सकती है। चाहे अर्थव्यवस्था में कितने ही परिवर्तन हो जाएँ, शीर्षस्थ सेल्स पीपल की ज़रूरत हमेशा रहेगी। चाहे कितनी ही कंपनियाँ और उद्योग पुराने या लुप्त हो जाएँ या कारोबार के बाहर चले जाएँ, अच्छे सेल्स पीपल हमेशा ऊँची माँग में रहेंगे। बिक्री में उत्कृष्ट होने पर आप हर वह वित्तीय लक्ष्य हासिल कर सकते हैं, जो आप अपने लिए तय करते हैं।

अमेरिका में 74 प्रतिशत स्व-निर्मित मिलियनेअर उद्यमी हैं, जो अपना ख़ुद का कारोबार शुरू और खड़ा करते हैं। वे किसी ऐसे प्रॉडक्ट या सेवा का विचार सोचते हैं, जिसे कोई दूसरा प्रदान नहीं कर रहा है। या फिर वे महसूस करते हैं कि वे उसे प्रतिस्पर्धियों से ज़्यादा अच्छी तरह प्रदान कर सकते हैं। अंततः वे अपना कारोबार शुरू कर देते हैं। बेचने की योग्यता ही उद्यमी के रूप में सफलता की सबसे महत्त्वपूर्ण योग्यता है। बाक़ी हर योग्यता की कमी तो किसी दूसरे को नियुक्त करके पूरी की जा सकती है, लेकिन बेचने की योग्यता किसी कंपनी की सफलता या असफलता तय करने वाला मुख्य घटक होती है।

अमेरिका में पाँच प्रतिशत स्व-निर्मित मिलियनेअर्स सेल्स पीपल हैं, जिन्होंने जीवन भर दूसरों की कंपनियों में काम किया है। आज सेल्स पीपल अमेरिका में सबसे ज़्यादा भुगतान पाने वाले लोगों में से एक हैं। वे प्रायः डॉक्टरों, वकीलों, आर्किटेक्ट्स और ऊँची-ऊँची शैक्षणिक उपाधियों वाले लोगों से ज़्यादा कमाते हैं।

बिक्री एक लाभदायक पेशा है। बिक्री में आपकी आमदनी की कोई ऊपरी सीमा नहीं है। यदि आपको सही प्रशिक्षण मिला है, यदि आप योग्य हैं और सही बाज़ार में सही प्रॉडक्ट बेच रहे हैं, तो आप कितना पैसा कमा सकते हैं, इसकी कोई सीमा नहीं है। बिक्री ही हमारे समाज में ऐसा एकमात्र क्षेत्र है, जहाँ आप बहुत कम योग्यता या प्रशिक्षण से शुरू कर सकते हैं, किसी भी पृष्ठभूमि से इसमें प्रवेश कर सकते हैं और तीन से बारह महीनों में बेहतरीन आजीविका कमा सकते हैं।

बिक्री में 80/20 का नियम

जब मैंने बेचना शुरू किया, तो किसी ने मुझे परेतो सिद्धांत के बारे में बताया, जिसे 80/20 का नियम भी कहा जाता है। उसने कहा, "20 प्रतिशत शीर्षस्थ सेल्स पीपल 80 प्रतिशत पैसा कमाते हैं और तलहटी के 80 प्रतिशत सेल्स पीपल सिर्फ़ 20 प्रतिशत पैसा कमाते हैं।"

वाह! मैं युवा था और इससे मेरी आँखें वाक़ई खुल गईं। मैंने उसी समय एक निर्णय लिया कि मैं शीर्षस्थ 20 प्रतिशत में पहुँचकर दिखाऊँगा। बाद में मुझे पता चला कि यह मेरे जीवन के सबसे महत्त्वपूर्ण निर्णयों और क्रांतिकारी परिवर्तनों में से एक था।

एक बार फिर बता दूँ, शीर्षस्थ 20 प्रतिशत सेल्स पीपल 80 प्रतिशत बिक्री करते हैं और 80 प्रतिशत पैसा कमाते हैं। तलहटी के 80 प्रतिशत सेल्स पीपल केवल 20 प्रतिशत कमाते हैं। आपका लक्ष्य शीर्षस्थ 20 प्रतिशत में शामिल होने का *फ़ैसला* करना है और फिर वहाँ पहुँचने का तरीक़ा सीखना है।

परेतो सिद्धांत शीर्षस्थ 20 प्रतिशत सेल्स पीपल पर भी लागू होता है। यह कहता है कि शीर्षस्थ 20 प्रतिशत समूह में भी जो शीर्षस्थ 20 प्रतिशत हैं, यानि शीर्षस्थ 4 प्रतिशत, वे 20 प्रतिशत वाले उस समूह में 80 प्रतिशत पैसा कमाते हैं। वाह! हर बड़े बिक्री बल में सौ में से चार-पाँच लोग इतनी बिक्री करते हैं और इतना ज़्यादा पैसा कमाते हैं, *जितना कि बाक़ी सभी मिलकर भी नहीं करते हैं।*

पैसे की कभी चिंता न करें

शीर्षस्थ 20 प्रतिशत में, और बाद में शीर्षस्थ 4 प्रतिशत में, पहुँचने का एक बहुत अच्छा कारण है : आपको दोबारा कभी पैसे की चिंता नहीं करनी होगी या नौकरी की सुरक्षा को लेकर तनाव में नहीं रहना होगा। रोज़गार को लेकर कभी आपकी नींद नहीं उड़ेगी। शीर्षस्थ 20 प्रतिशत या इससे भी ऊपरी समूह के लोग हमारे समाज के कुछ सबसे सुखी लोग होते हैं।

दूसरी ओर, तलहटी के 80 प्रतिशत लोग पैसे की हमेशा चिंता करते रहते हैं। आज हमारा समाज जितना संपन्न है, उतना मानव इतिहास में पहले कभी नहीं रहा, लेकिन विडंबना देखें! इस समाज में रहने वाले ज़्यादातर लोग ज़्यादातर वक़्त पैसे की चिंता करते हैं। वे सुबह पैसे संबंधी समस्याओं के बारे में सोचते हुए जागते हैं। वे दिन भर सोचते हैं कि उनके पास कितना कम पैसा है। जब वे शाम को घर लौटते हैं, तो वे अक्सर पैसे के बारे में बात और बहस करते हैं और इस बारे में भी अफ़सोस करते हैं कि हर चीज़ कितनी महँगी हो गई है। यह जीने का कोई अच्छा तरीक़ा नहीं है।

शीर्षस्थ लोग बहुत ज़्यादा कमाते हैं

शीर्षस्थ 20 प्रतिशत लोग तलहटी वाले 80 प्रतिशत लोगों की औसत आमदनी की तुलना में सोलह गुना कमाते हैं। शीर्षस्थ 4 प्रतिशत लोग तलहटी वाले 20 प्रतिशत लोगों की तुलना में सोलह गुना कमाते हैं। यह आश्चर्यजनक है!

एक बड़ी अमेरिकी बीमा कंपनी ने कुछ साल पहले अमेरिका के कई हज़ार एजेंटों पर 80/20 के नियम की जाँच की। उन्हें पता चला कि पूरे देश में उनके कई ऐसे एजेंट थे, जो अकेले ही बीस-तीस दूसरे पूर्णकालिक, प्रशिक्षित, पेशेवर एजेंटों से ज़्यादा बेच और कमा रहे थे, हालाँकि वे वही प्रॉडक्ट उन्हीं लोगों को, उन्हीं दामों पर, उन्हीं ऑफ़िसों में और उन्हीं प्रतिस्पर्धी स्थितियों में बेच रहे थे।

उसी साल मैंने दो अलग-अलग उद्योगों में दो कुलीन समूहों को संबोधित किया। इन उद्योगों में सभी लोगों ने सड़क से शुरुआत की थी, उन्होंने अख़बार से या यलो पेजेस से नंबर लेकर फ़ोन घुमाए थे। उन सभी ने सीधे कमीशन पर काम किया था, यानि एक बार में एक बिक्री। लेकिन इन कुलीन समूहों में सेल्स पीपल की औसत सालाना आमदनी 8,33,000 डॉलर से 8,50,000 डॉलर के बीच थी। इन समूहों में कुछ शीर्ष लोग तो हर साल कमीशन में कई मिलियन डॉलर कमाते थे!

इसलिए आपका लक्ष्य शीर्षस्थ 20 प्रतिशत में पहुँचना होना चाहिए, फिर शीर्षस्थ 10 प्रतिशत में, फिर शीर्षस्थ 5 प्रतिशत में, फिर शीर्षस्थ 4 प्रतिशत में आदि। इस पुस्तक का उद्देश्य आपको वहाँ पहुँचाना है। आप आज जहाँ हैं, वहाँ से यह पुस्तक आपको वहाँ ले जाएगी, जहाँ आप भविष्य में पहुँचना चाहते हैं। इसका उद्देश्य आपको अपने उद्योग में सबसे ज़्यादा भुगतान पाने वाले लोगों में से एक बनाना है।

विजेता धार

यदि किसी उद्योग में शीर्षस्थ 20 प्रतिशत लोग 80 प्रतिशत पैसा कमा सकते हैं और किसी उद्योग में शीर्षस्थ 20 प्रतिशत कंपनियाँ 80 प्रतिशत मुनाफ़ा कमा सकती हैं, तो उन व्यक्तियों और संगठनों में ऐसे कौन से अलग गुण होते हैं, जिनकी वजह से यह अविश्वसनीय फ़र्क़ पड़ता है? निष्कर्ष यह है कि उन्होंने अपने क्षेत्र में *विजेता धार* विकसित कर ली है।

विजेता धार की अवधारणा इक्कीसवीं सदी के सबसे महत्त्वपूर्ण प्रबंधन और बिक्री विचारों में से एक है। यह सिद्धांत कहता है, "योग्यता में छोटे अंतर परिणामों में विशाल अंतर की ओर ले जा सकते हैं।" शीर्षस्थ प्रदर्शन करने वालों और औसत या दोयम प्रदर्शन करने वालों के गुणों या योग्यता में भारी अंतर नहीं होता। अक्सर,

यह तो बस मुट्ठी भर छोटी-छोटी चीज़ें होती हैं, जिन्हें लगातार और बार-बार अच्छी तरह किया जाता है।

एक इंच से जीतें

मिसाल के तौर पर, अगर कोई घोड़ा किसी दौड़ में हिस्सा लेता है और एक इंच से जीतता है, तो वह एक इंच से हारने वाले घोड़े से दस गुना ज़्यादा पुरस्कार राशि जीत लेता है। सवाल यह है : क्या एक इंच से जीतने वाला घोड़ा एक इंच से हारने वाले घोड़े से दस गुना ज़्यादा तेज़ है? क्या यह 10 प्रतिशत ज़्यादा तेज़ है? नहीं। वह केवल एक इंच ज़्यादा तेज़ है, लेकिन इससे पुरस्कार राशि में 1,000 प्रतिशत का फ़र्क़ पड़ जाता है।

यदि कोई सेल्सपर्सन किसी प्रतिस्पर्धी बाज़ार में बिक्री कर लेता है, तो क्या इसका मतलब यह है कि वह उस सेल्सपर्सन से दस गुना बेहतर है, जिसने बिक्री गँवा दी थी? ज़ाहिर है नहीं! कई बार तो यह बस एक छोटी सी बारीकी होती है, जिसकी वजह से कोई ग्राहक एक सेल्सपर्सन से सामान ख़रीदने के बजाय दूसरे से ख़रीद लेता है। तथ्य यह है कि जो सेल्सपर्सन बिक्री को जीतता है, हो सकता है कि वह इसे हारने वाले से एक "इंच" ही बेहतर हो।

सेल्स पीपल घोड़ों की तुलना में हानिकारक स्थिति में रहते हैं। उन्हें कोई सांत्वना पुरस्कार नहीं मिलता। यदि कोई घोड़ा दूसरे या तीसरे नंबर पर आता है, तब भी उसे "पैसा" मिल जाता है। लेकिन बिक्री के क्षेत्र में "विजेता ही सब कुछ ले जाता है।" जो सेल्सपर्सन बिक्री गँवा देता है, उसे कुछ नहीं मिलता है, भले ही उसने बिक्री की प्रक्रिया में कितने ही घंटों का निवेश किया हो।

थोड़े बेहतर बनें

आपको तो बिक्री के हर मुख्य परिणाम क्षेत्र में बस *थोड़ा सा* बेहतर और अलग बनना है, ताकि इससे आपकी आमदनी में असाधारण अंतर आ जाए। योग्यता में 3-4 प्रतिशत की छोटी-सी वृद्धि आपको विजेता धार प्रदान कर सकती है। यह आपको शीर्षस्थ 20 प्रतिशत में पहुँचा सकती है और फिर शीर्षस्थ 10 प्रतिशत में।

बिक्री के क्षेत्र में, आपको तो हर मुख्य परिणाम क्षेत्र में बस थोड़ा सा बेहतर और अलग बनना है, ताकि इससे आपकी आमदनी में असाधारण अंतर आ जाए।

एक बार जब आप यह छोटी बढ़त हासिल कर लेते हैं, तो फ़िर चक्रवृद्धि ब्याज की तरह यह बढ़ती जाती है। पहले तो आप भीड़ से बस थोड़ा-सा आगे निकलते हैं। जब आप अपनी अतिरिक्त योग्यताओं का इस्तेमाल करते हैं, तो आप उनमें बेहतर और बेहतर बनते जाते हैं। आप जितने बेहतर बनते हैं, आपको उतने ही बेहतर परिणाम मिलते हैं। आप जल्द ही भीड़ से और ज़्यादा आगे पहुँचते जाते हैं। कुछ ही सालों या कुछ ही महीनों में आप दूसरे औसत सेल्स पीपल की तुलना में पाँच-दस गुना ज़्यादा कमा सकते हैं।

शीर्षस्थ सेल्स पीपल की विशेषताएँ

कुछ विशेषताएँ सफल सेल्स पीपल को औसत सेल्स पीपल से अलग करती हैं। इनका पता साक्षात्कारों, सर्वेक्षणों और वृहद शोध के ज़रिये लगाया गया है। हम दो और बातें जानते हैं : पहली, कोई भी इन गुणों के साथ *पैदा नहीं होता*। दूसरी, ये सभी गुण अभ्यास से *सीखे जा सकते हैं। आप* उन विशेषताओं को विकसित कर सकते हैं, जो आपको असाधारण जीवन की गुणवत्ता की लगभग गारंटी देती हैं।

कभी यह माना जाता था कि लोग सफल इसलिए होते थे, क्योंकि वे सही परिवारों से आए थे, उनके पास सही शिक्षा थी, उन्होंने सही संपर्क विकसित किए थे, उन्हें स्कूल में अच्छे ग्रेड मिले थे और ऐसे ही अन्य मापे जा सकने वाले घटक। लेकिन फिर शोधकर्ताओं को पता चला कि कई लोग ऐसे भी थे, जिन्होंने इनमें से किसी भी लाभ के बिना शुरुआत की, लेकिन इसके बावजूद वे अंततः अपने पेशे के शिखर पर पहुँचे।

शून्य से शुरू करना

इसका एक सबसे अच्छा प्रमाण वे नए अप्रवासी हैं, जो जब इस देश में आते हैं, तो उनके पास ज़्यादा पैसे नहीं होते, संपर्क नहीं होते, स्कूल या विश्वविद्यालय की कोई पृष्ठभूमि नहीं होती, अँग्रेजी की योग्यताएँ सीमित होती हैं और वे बहुत कमज़ोर स्थिति में होते हैं। लेकिन कुछ ही सालों में वे हर मुश्किल से उबर जाते हैं और अपने क्षेत्र में लीडर बन जाते हैं।

अपने सेमिनारों में मैं लगातार दुनिया भर के स्त्री-पुरुषों से मिलता हूँ, जो इस देश में शून्य के साथ आए थे, लेकिन अब वे शीर्षस्थ सेल्स पीपल हैं, ऊँचा भुगतान पाते हैं और कई तो स्व-निर्मित मिलियनेअर भी हैं। हर मामले में कारणों का संबंध इस बात से उतना नहीं था कि बाहर क्या चल रहा था, जितना इस बात से था कि उनके भीतर क्या चल रहा था।

सफलता मानसिक है

किसी सेल्स पीपल के *दिमाग़* के भीतर क्या चलता है, उसी से सारा फ़र्क़ पड़ता है। कुछ साल पहले हार्वर्ड युनिवर्सिटी ने 16,000 सेल्स पीपल का अध्ययन किया। इस अध्ययन में उन्होंने पाया कि बिक्री में सफलता या असफलता को तय करने वाले सभी बुनियादी गुण *मानसिक* थे। यदि किसी व्यक्ति में कुछ निश्चित गुण होते थे, तो वह सफल हो जाता था, बशर्ते बाक़ी हर चीज़ समान हो। अगर आप इन मनोवैज्ञानिक गुणों को विकसित कर लेते हैं, तो वे आपकी बिक्री सफलता की बुनियाद बना देते हैं।

यदि आप यह जानना चाहते हैं कि कोई इमारत कितनी ऊँची होगी, तो आपको तो बस यह देखना है कि उस इमारत की नींव कितनी गहरी खुदी है। नींव जितनी ज़्यादा गहरी होती है, इमारत भी उतनी ही ज़्यादा ऊँची होती है। इसी तरह *आपके* ज्ञान और योग्यता की नींव जितनी ज़्यादा गहरी होती है, आप उतना ही ज़्यादा समृद्ध जीवन बना सकेंगे।

एक बार जब आप अपनी नींव बना लें और बेचने में बेहद उत्कृष्ट बन जाएँ, तो आप कहीं भी जा सकते हैं और अपनी तक़दीर ख़ुद लिख सकते हैं। और आप हमेशा अपनी नींव को ज़्यादा गहरा बना सकते हैं।

अपनी ज़्यादा क्षमता का इस्तेमाल करें

औसत सेल्सपर्सन बेचने की अपनी क्षमता के सिर्फ़ एक छोटे हिस्से का ही इस्तेमाल करता है। अनुमान है कि आम इंसान अमूमन अपनी लगभग 10 प्रतिशत से ज़्यादा क्षमता का कभी इस्तेमाल नहीं करता है। इसका अर्थ यह है कि हर व्यक्ति के भीतर कम से कम 90 प्रतिशत या इससे ज़्यादा संभावना रहती है, जिसका दोहन नहीं किया जाता है। जब आप यह सीख जाते हैं कि अपनी इस अतिरिक्त 90 प्रतिशत क्षमता का ताला कैसे खोला जाए, तो आप ख़ुद को सर्वोच्च आमदनी वाले आय समूहों में पहुँचा देते हैं।

लीडरों का अनुसरण करें

यदि आपका लक्ष्य अपने क्षेत्र के शीर्षस्थ 10 प्रतिशत सेल्स पीपल में से एक बनना है, तो सबसे पहले तो आपको यह पता लगाना है कि शीर्षस्थ 10 प्रतिशत में कौन लोग हैं। अपने व्यवसाय में औसत प्रदर्शन करने वालों यानि अनुयायियों का अनुसरण करने के बजाय लीडरों का अनुसरण करें। अपनी तुलना शीर्षस्थ व्यक्तियों से करें। याद रखें, कोई *भी आपसे बेहतर नहीं है और कोई भी आपसे ज़्यादा चतुर नहीं है।* यदि कोई आपसे बेहतर कर रहा है, तो इसका बस यह मतलब है कि उसने बिक्री के क्षेत्र में

कारण और परिणाम के संबंधों का आपसे पहले पता लगा लिया है।

ब्रिटिश दार्शनिक बरट्रेंड रसेल ने एक बार कहा था, "कोई चीज़ की जा सकती है, इस बात का सबसे अच्छा प्रमाण यह है कि कोई उसे पहले ही कर चुका है।" इसका अर्थ है कि अगर कोई आपसे पाँच या दस गुना ज़्यादा कमा रहा है, तो यह इस बात का प्रमाण है कि आप भी यही राशि कमा सकते हैं, बशर्ते आप यह सीख लें कि कैसे। याद रखें, हर कोई तलहटी से शुरुआत करता है और मेहनत करते हुए ऊपर का रास्ता बनाता है। यदि कोई आपसे बेहतर कर रहा है, तो पता लगाएँ कि वह कैसे तलहटी से उठकर वहाँ पहुँचा, जहाँ वह आज है। कई बार तो इसका पता लगाने का सबसे अच्छा तरीक़ा उससे पूछना होता है। वह संभवतः आपको बता देगा। शीर्षस्थ लोग आमतौर पर दूसरे उच्चाकांक्षी लोगों की मदद करने के इच्छुक रहते हैं।

आपका मास्टर प्रोग्राम

आत्म-अवधारणा की खोज बीसवीं सदी में मनोविज्ञान और मानव प्रदर्शन के क्षेत्र में सबसे उल्लेखनीय खोज रही है। आपकी आत्म-अवधारणा उन विश्वासों का समूह है, जो आपके खुद के बारे में होते हैं, यानि आप जीवन के हर क्षेत्र में खुद को किस तरह देखते हैं और अपने बारे में क्या सोचते हैं। आपकी आत्म-अवधारणा आपके अवचेतन कंप्यूटर का "मास्टर प्रोग्राम" है। यह एक ऑपरेटिंग सिस्टम जैसी है, जो आपके द्वारा कही, सोची, महसूस की गई और की गई हर चीज़ को तय करती है।

आपकी आत्म-अवधारणा और आपके प्रदर्शन/सफलता के बीच एक सीधा संबंध होता है। आपका *बाहरी* प्रदर्शन हमेशा आपकी आत्म-अवधारणा के अनुरूप ही होता है। आपके जीवन में सारा परिवर्तन/सुधार तब शुरू होता है, जब आप अपनी आत्म-अवधारणा यानि अपनी आंतरिक प्रोग्रामिंग को बदलते और बेहतर बनाते हैं।

न सिर्फ़ आपके पास एक समग्र आत्म-अवधारणा होती है, जो तय करती है कि आप अपने, अपने जीवन और दूसरे लोगों के बारे में आमतौर पर कैसा सोचते तथा महसूस करते हैं, बल्कि आपके पास "छोटी-छोटी आत्म-अवधारणाएँ" भी होती हैं। ये छोटी-छोटी आत्म-अवधारणाएँ साइकिल चलाने से लेकर भाषण देने तक आपके जीवन के हर क्षेत्र में आपकी सफलता और प्रदर्शन को तय करती हैं।

बेचने में आपकी आत्म-अवधारणा

मिसाल के तौर पर, बेचने के क्षेत्र में प्रॉस्पेक्टिंग के संदर्भ में आपकी अपने बारे में एक आत्म-अवधारणा होती है। यदि आपकी आत्म-अवधारणा ऊँची और सकारात्मक

है, तो आपको प्रॉस्पेक्टिंग में कोई दिक़्क़त नहीं होती है। आप सुबह उठते हैं और नए लोगों से मिलने जाने के लिए उत्सुक रहते हैं। आप प्रॉस्पेक्टिंग के क्षेत्र में सक्षम और आत्मविश्वासी होते हैं, इसलिए आपकी बिक्री की पाइपलाइन हमेशा भरी रहती है।

यदि प्रॉस्पेक्टिंग के संदर्भ में आपकी आत्म-अवधारणा कमज़ोर है, तो आप डर और चिंता के साथ प्रॉस्पेक्टिंग करने जाएँगे। आप इससे यथासंभव कतराएँगे। प्रॉस्पेक्टिंग का विचार आते ही आप तनावपूर्ण और बेचैन हो जाएँगे। आप इसे कम से कम करेंगे और लगातार इससे बचने के तरीक़े खोजेंगे। यह बिक्री के हर दूसरे क्षेत्र के बारे में भी सच है।

कौन-सी चीज़ आपकी आमदनी तय करती है

हर सेल्समैन के मन में पहले से ही एक आत्म-अवधारणा होती है कि वह कितना पैसा कमाता है। मनोवैज्ञानिकों ने पाया है कि आपकी आमदनी आपकी आत्म-अवधारणा के स्तर से 10 प्रतिशत कम-ज़्यादा के दायरे में ही रहती है। आप ख़ुद को जितने पैसों का अधिकारी मानते हैं, अगर उससे 10 प्रतिशत ज़्यादा कमा लेते हैं, तो तुरंत उस पैसे से *छुटकारा पाने के लिए* उड़ाऊ काम करने लगेंगे। यदि आपका कोई महीना बेहतरीन गुज़रा है और आपने उम्मीद से ज़्यादा कमा लिया है, तो आपके अंदर यह प्रबल इच्छा होगी कि इसे डिनर, यात्रा, कपड़ों या किसी दूसरी चीज़ पर ख़र्च कर दें। यह आपकी जेब में छेद कर देगा।

यदि आप आमदनी के अपने आत्म-अवधारणा स्तर से 10 प्रतिशत से ज़्यादा कम कमाते हैं, तो आप *उठा-पटक और जी-तोड़ कोशिश* करने लगेंगे। आप अपनी आमदनी को दोबारा "आरामदेह दायरे" में पहुँचाने के लिए ज़्यादा लंबे समय तक, ज़्यादा परिश्रम से, ज़्यादा चतुराई से, ज़्यादा बेहतर काम करने के बारे में सोचेंगे। एक बार जब आप अपने आरामदेह दायरे में पहुँच जाएँगे, तो इसके बाद ही आप तनावमुक्त होंगे और राहत की गहरी साँस लेंगे।

अपने आरामदेह दायरे को बदलें

आप अपनी बिक्री की आमदनी को सिर्फ़ एक ही तरीक़े से बढ़ा सकते हैं। आप जितनी राशि कमाते हैं, उसके संदर्भ में अपने आरामदेह दायरे को बढ़ा लें। कुछ लोगों का आरामदेह दायरा 50,000 डॉलर प्रति वर्ष होता है। उस स्तर पर वे तनावमुक्त हो जाते हैं और आराम से चलने लगते हैं। दूसरों का आरामदेह दायरा 1,00,000 डॉलर प्रति वर्ष होता है। यही वह स्तर है, जिसकी दिशा में वे प्रयास करते हैं और इस लक्ष्य को प्राप्त करने पर ही चैन से बैठ सकते हैं।

सृष्टि का मज़ाक़ देखें : जो व्यक्ति हर साल 50,000 डॉलर कमाता है और जो व्यक्ति 1,00,000 डॉलर कमाता है, उनमें गुणों की दृष्टि से आमतौर पर बहुत कम फ़र्क़ होता है। एकमात्र अंतर यह होता है कि एक कम स्तर पर संतुष्ट हो जाता है, जबकि दूसरा 1,00,000 डॉलर से कम में संतुष्ट होने से इंकार कर देता है।

अपने वित्तीय "थर्मोस्टैट" को दोबारा सेट करें

आप अंदर से जितना कमा सकते हैं, बाहर उससे ज़्यादा कभी नहीं कमा सकते। यह तो वैसा ही है, मानो आपका "आमदनी का थर्मोस्टैट" हो, जो आपके वित्तीय तापमान को तय करता है। जैसा आप जानते हैं, जब किसी थर्मोस्टैट को एक निश्चित तापमान पर सेट कर दिया जाता है, तो यह लगातार गर्मी और ठंडक को संतुलित करता रहेगा, ताकि कमरे का तापमान स्थिर बना रहे। इसी तरह, अगर आप ख़ुद को 50,000 डॉलर साल वाला आदमी मानते हैं, तो आप लगातार ऐसे कार्य करेंगे, जो आपकी आमदनी को 50,000 डॉलर पर स्थिर रखें।

आप अंदर से जितना कमा सकते हैं, बाहर उससे ज़्यादा कभी नहीं कमा सकते। यह तो वैसा ही है, मानो आपका "आमदनी का थर्मोस्टैट" हो, जो आपके वित्तीय तापमान को तय करता है।

मैं जब सेमिनार करता हूँ और कॉरपोरेशनों के लिए काम करता हूँ, तो मुझे यह अजीब घटना बार-बार दिखाई देती है। एक सेल्सपर्सन साल भर में 50,000 या 60,000 डॉलर कमाने का लक्ष्य बनाता है। उसका साल बेहतरीन जाता है और वह सितंबर के अंत तक 50,000 डॉलर के निशान को छू लेता है। अचानक किसी कारण बिक्री रुक जाती है। वह बाक़ी साल बेचना बंद कर देता है। वह ख़ुद को प्रेरित नहीं कर पाता, चाहे उसके प्रॉडक्ट के लिए बाज़ार कितना भी अच्छा क्यों न हो। वह 31 दिसंबर तक निष्क्रिय बना रहता है। लेकिन 1 जनवरी को यह सब बदल जाता है। उस दिन वह दरवाज़े से उतनी ही तेज़ी से बाहर निकलता है, जैसे कोई घोड़ा घुड़दौड़ में जा रहा हो और वह दोबारा बेचने लगता है। हर मामले में यह उसकी आत्म-अवधारणा की बदौलत ही हुआ था।

कई बार लोग एक ख़ास महीने में एक निश्चित राशि कमाने का लक्ष्य तय करते हैं। लेकिन अगर उनका महीना बेहतरीन गुज़रे और वे अपनी आत्म-अवधारणा वाली राशि पंद्रह दिन में ही कमा लें, तो वे अगले दो सप्ताह तक बेचना बंद कर देते हैं। वे

अगले महीने की पहली तारीख़ का इंतज़ार करने लगते हैं, ताकि मनोवैज्ञानिक रूप से ख़ुद को दोबारा बेचने की ओर ले जा सकें। यह बहुत आम है।

अतीत की बेड़ियाँ तोड़ें

कई लोग ख़ुद को इसलिए पीछे रोके रखते हैं, क्योंकि वे सोचते हैं कि उनके लिए अपने *पिता* से ज़्यादा कमाना सही नहीं है। बार-बार मैंने सेल्स पीपल को आमदनी के एक निश्चित स्तर पर स्थिर होते देखा है, क्योंकि उनके पिता ने अपने जीवन में इतनी ही सर्वोच्च राशि कमाई थी। एक अचेतन स्तर पर उन्होंने निर्णय ले लिया है कि वे उस राशि से ज़्यादा नहीं *कमाएँगे।* और यह उनके लिए सच हो जाता है।

मैंने एक अति वाला उदाहरण भी देखा, जहाँ एक युवक खेत से निकलकर शहर पहुँच गया और किसानों को सैटेलाइट डिश बेचने लगा। यह सेल्समैन ग़रीब पृष्ठभूमि से आया था और उसने कभी बहुत ज़्यादा पैसा नहीं कमाया था। लेकिन उस साल फ़सल अच्छी हुई थी और किसान दोनों हाथों से 5,000 डॉलर के सैटेलाइट डिश ख़रीद रहे थे। वह इतनी तेज़ी से पैसा कमाने लगा, जितना उसने कभी सपने में भी नहीं सोचा था।

लेकिन इतनी जल्दी इतना सारा पैसा कमाने का अनुभव उसके लिए बहुत सदमे भरा था। सप्ताह के शुरू में दो बिक्री करने के बाद जब वह घर जाता था, तो अपने छोटे अपार्टमेंट की सभी बत्तियाँ बंद कर देता था, चादर ओढ़कर बिस्तर पर लेट जाता था और धड़कते दिल के साथ अँधेरे में लेटा रहता था। वह आमदनी की अपनी आत्म-अवधारणा के दायरे से इतना ज़्यादा बाहर था कि तनाव उसे चकरघिन्नी किए दे रहा था।

अपनी मानसिकता को बदल लें

अपनी आमदनी को बढ़ाने के लिए आपको अपने वित्तीय लक्ष्य पहले अपने *दिमाग़* में हासिल करने होंगे। उसके बाद ही आप उन्हें वास्तविकता में हासिल कर सकते हैं। आपको अपनी आत्म-अवधारणा के स्तर को धीरे-धीरे बढ़ाना चाहिए, जब तक कि आप ख़ुद को ऊँची आमदनी कमाने वाले के रूप में सोचने न लगें, देखने न लगें और महसूस न करने लगें।

अपनी कल्पना इस तरह करें, मानो आप वैसे *बन गए हैं,* जैसे आप बनना चाहते हैं और उतना पैसा कमा रहे हैं, जितना आप कमाना चाहते हैं। दूसरे लोगों को देखें, जो आपसे ज़्यादा पैसा कमा रहे हैं और कल्पना करें कि आप भी ठीक उन्हीं जैसे हैं। मान लें कि आप पहले ही आर्थिक दृष्टि से स्वतंत्र बन चुके हैं। कल्पना में यह

तस्वीर देखें कि आपके पास वह सारा पैसा है, जिसकी आपको ज़रूरत है और आप बिक्री क़रने के लिए लोगों के पास सिर्फ़ इसलिए जा रहे हैं, क्योंकि आपको नए लोगों से मिलने में मज़ा आता है। आप पहले से ही दौलतमंद हैं, यह शांत, आत्मविश्वासी, तनावरहित नज़रिया आपकी मदद करेगा कि आप अपने सर्वश्रेष्ठ स्तर पर प्रदर्शन करें और वह भी बहुत कम तनाव के साथ।

यथार्थवादी बनें

अपनी आत्म-अवधारणा विकसित करने में यथार्थवादी होना महत्त्वपूर्ण है, ख़ास तौर पर शुरुआत में। जब मैंने पहले-पहल आत्म-अवधारणा की शक्ति के बारे में जाना और यह सीखा कि मेरी आत्म-अवधारणा मेरी आमदनी को कैसे नियंत्रित करती थी, तब मैं हर साल लगभग 30,000 डॉलर कमा रहा था। मैंने तुरंत एक साल में 3,00,000 डॉलर कमाने का लक्ष्य तय कर लिया। लेकिन इस बड़े लक्ष्य ने मुझे *प्रेरित* नहीं किया। उल्टे इसने मुझे *हतोत्साहित* कर दिया। मेरा दिमाग़ इतना पैसा कमाने का तरीक़ा नहीं खोज रहा था। इसके बजाय यह तो बंद हो गया था, जैसे बत्ती का स्विच बंद हो जाता है।

बाद में मुझे पता चला कि जो लक्ष्य इतना बड़ा हो कि आपने कभी उससे मिलती-जुलती चीज़ हासिल न की हो, उसे आपकी आत्म-अवधारणा *नज़रअंदाज़* कर देती है। आपको प्रेरित करने के बजाय यह आपको हतोत्साहित कर देता है। इस नए, अयथार्थवादी लक्ष्य की दिशा में छह महीने तक काम करने के बाद आख़िरकार मुझे अपनी ग़लती का एहसास हुआ और मैंने अपना लक्ष्य 50,000 डॉलर प्रति वर्ष कर लिया। लगभग तुरंत ही मैं प्रगति करने लगा और जल्द ही मैंने अपना नया लक्ष्य हासिल कर लिया।

आपकी आमदनी का स्तर तालाबंद हो जाता है

यहाँ एक और रोचक बात है। हो सकता है कि कोई सेल्सपर्सन तलहटी से शुरुआत करे और कई सालों में तरक्की करते-करते अंततः 1,00,000 डॉलर सालाना कमाने लगे। लेकिन फिर अर्थव्यवस्था चरमरा जाती है, उद्योग सिमट जाता है या बंद हो जाता है और उसे एक अलग प्रॉडक्ट बेचकर एक अलग कंपनी में दोबारा शुरुआत करनी पड़ती है। आपके हिसाब से अगले साल वह कितना कमाएगा? जवाब : 1,00,000 डॉलर से अधिक।

ऐसा क्यों? क्योंकि उसकी आत्म-अवधारणा 1,00,000 डॉलर प्रति वर्ष वाले सेल्सपर्सन की है। बाहर चाहे जो होता रहे, वह हमेशा 1,00,000 डॉलर या उससे

ज़्यादा कमाने का तरीक़ा खोज लेगा।

आपने बड़ी कंपनियों के सीनियर एक्ज़ीक्यूटिवों के बारे में पढ़ा होगा, जो हर साल एक मिलियन डॉलर से ज़्यादा कमाते हैं। किसी कारण उनकी नौकरी छूट जाती है। फिर दो महीने बाद आप उनके बारे में पढ़ते या सुनते हैं कि वे किसी दूसरी कंपनी के लिए काम करने लगे हैं और *अब भी* एक मिलियन डॉलर प्रति वर्ष से ज़्यादा कमा रहे हैं। तथ्य यह है कि एक बार जब कोई व्यक्ति *हर साल मिलियन डॉलर* वाला व्यक्ति बन जाता है, तो कोई भी उसे इससे कम देने के बारे में नहीं सोचेगा। यह आत्म-अवधारणा का मामला है।

बेचने के मुख्य परिणाम क्षेत्र

बेचने में सात *मुख्य परिणाम क्षेत्र* या केआरए होते हैं। ये क्षेत्र किसी टेलीफ़ोन नंबर के अंक जैसे होते हैं। अगर आप सामने वाले तक पहुँचना और बिक्री करना चाहते हैं, तो आपको उनमें से प्रत्येक को क्रम से डायल करना होगा। इन मुख्य परिणाम क्षेत्रों में से प्रत्येक में आपका प्रदर्शन और सफलता आपकी कुल सफलता व आमदनी की ऊँचाई को तय करेगी।

ये सात मुख्य परिणाम क्षेत्र हैं *प्रॉस्पेक्टिंग, तालमेल बनाना, आवश्यकताओं को पहचानना, प्रस्तुति देना, आपत्तियों का जवाब देना, बिक्री क्लोज़ या पूर्ण करना और दोबारा बिक्री व रेफ़रल प्राप्त करना।* आपकी आत्म-अवधारणा इन सात क्षेत्रों में से प्रत्येक में आपके प्रदर्शन को तय करती है, साथ ही आपके सकल आमदनी स्तर को भी।

सौभाग्य से, इन क्षेत्रों में से प्रत्येक में आज जो अच्छा है, वह कभी इसमें कमज़ोर था। शीर्षस्थ 10 प्रतिशत में आने वाले प्रत्येक पेशेवर ने निचले 10 प्रतिशत में शुरुआत की थी। अच्छी ख़बर यह है कि अगर आप कार चला सकते हैं या सेल फ़ोन का इस्तेमाल कर सकते हैं, तो आप इन सातों अत्यंत महत्त्वपूर्ण योग्यताओं में उत्कृष्ट बन सकते हैं। यह तो बस सीखने और अभ्यास करने की बात है।

अगर बिक्री की किसी ख़ास गतिविधि के मामले में आपकी आत्म-अवधारणा कमज़ोर है, तो आप यथासंभव उस गतिविधि से बचेंगे। आप उस ख़ास योग्यता क्षेत्र में क़दम उठाने से डरते हैं, इसका एकमात्र कारण यह है कि आप उसमें अच्छे नहीं हैं - *अभी तक।* आपने अब तक उस योग्यता में महारत हासिल नहीं की है। यदि आप किसी चीज़ में अच्छे नहीं हैं, तो आपसे ग़लतियाँ होंगी। आप फूहड़, नाराज़ और कुंठित महसूस करेंगे। उस गतिविधि से बचना आपके लिए सामान्य और स्वाभाविक होगा।

योग्यता में माहिर बनें

बिक्री के किसी मुख्य योग्यता क्षेत्र में आपके डरों या अनिच्छा का समाधान यह है कि आप उस योग्यता में माहिर बन जाएँ। सौभाग्य से आज बहुत सारी पुस्तकें, ऑडियो टेप, कोर्स और सलाहें उपलब्ध हैं, जो हर योग्यता में माहिर बनने में आपकी मदद कर सकती हैं और आप जीवन भर उनका उपयोग करें, तब भी उन्हें ख़त्म नहीं कर सकते। आप किसी ख़ास योग्यता क्षेत्र में कमज़ोर हैं, इसका यह मतलब नहीं है कि आप शीर्षस्थ 10 प्रतिशत में नहीं पहुँच सकते।

आप सीख सकते हैं कि कारगर तरीक़े से प्रॉस्पेक्टिंग कैसे करनी है। आपको सिखाया जा सकता है कि प्रॉस्पेक्ट्रों के साथ तालमेल और विश्वास के ऊँचे स्तर कैसे बनाना है। आप इस बारे में योग्य बन सकते हैं कि सवाल कैसे पूछें और ग़ौर से जवाब कैसे सुनें। आप दूसरों के साथ अपने व्यवहार में शांति और आत्मविश्वास विकसित कर सकते हैं। आपको जो भी सीखने की ज़रूरत है, आप अभ्यास और दोहराव से उसे सीख सकते हैं।

यही योग्यता के हर क्षेत्र के मामले में सही है। आप जिस प्रॉस्पेक्ट से बात कर रहे हैं, उसे तौलकर और ज़्यादा व बेहतर सवाल पूछकर उसकी आवश्यकताओं को सटीकता से पहचानने में विशेषज्ञ बन सकते हैं।

आप अपनी बिक्री प्रस्तुति में उत्कृष्ट बन सकते हैं और इतने प्रभावी बन सकते हैं कि आपकी बात पूरी होने से पहले ही लोग आपके हाथों से प्रॉडक्ट छीनने लगें।

आप सीख सकते हैं कि प्रॉस्पेक्ट की आपत्तियों और चिंताओं का जवाब कैसे देना है, इतने संतोषजनक ढंग से प्रतिक्रिया कैसे करनी है कि आपत्तियाँ ग़ायब हो जाएँ और दोबारा कभी लौटकर न आएँ। आप इस पुस्तक में बताई कई विधियाँ सीख सकते हैं, जिनसे आप सही समय पर ऑर्डर माँगकर बिक्री को पूर्ण कर दें।

अंत में, आप सीख सकते हैं कि प्रॉस्पेक्ट्स और ग्राहकों से रेफ़ेरल्स की "सुनहरी जंज़ीर" कैसे बनाई जाए और अपने पुराने ग्राहकों को ज़्यादा से ज़्यादा कैसे बेचा जाए। ये सभी योग्यताएँ सीखी जा सकती हैं।

आप जो करते हैं, उसमें बेहतर बनें

आप किसी क्षेत्र में जितने बेहतर बनते हैं, आपकी आत्म-अवधारणा उस क्षेत्र में उतनी ही ज़्यादा सकारात्मक बन जाती है। आपको किसी काम को करने की अपनी योग्यता पर जितना ज़्यादा विश्वास होता है, उस काम को करते वक़्त आप उतने ही ज़्यादा ख़ुश महसूस करते हैं और आपको उतने ही बेहतर परिणाम मिलते हैं। आप दरअसल अपने

बिक्री व्यक्तित्व की पूरी गुणवत्ता को किसी मूर्तिकार की तरह ढाल सकते हैं।

आप कभी किसी ऐसी चीज़ को करने में तनाव महसूस नहीं करते, जिसमें आप अच्छे होते हैं। आप केवल उसी चीज़ को करते समय तनाव महसूस करते हैं, जिसमें आप खुद को ख़ास अच्छा नहीं *मानते* हैं। आप किसी क्षेत्र में बेहतर बनने के लिए जो भी क़दम उठाते हैं, वह हर क़दम आपके आत्मविश्वास को बढ़ा देता है और हर कोशिश से आपकी सफलता की संभावना बढ़ जाती है।

अपने डरों का सामना करें

जब आप पहली बार बेचने जाते हैं, तो आमतौर पर आपका दिल उछलकर गले में आ जाता है। यह इतनी तेज़ी से धड़कता है कि आपको लगने लगता है कि आपके आस-पास के लोगों को इसकी आवाज़ सुनाई दे रही होगी। जब आप अपनी पहली सेल्स कॉल करने जाते हैं, तो अक्सर आपके पेट में उथलपुथल मच रही होती है। मनोवैज्ञानिक कहते हैं कि आप अक्सर वैसा महसूस करते हैं, जैसा कोई बच्चा पिटाई का डर होने पर महसूस करता है।

आपकी आत्म-अवधारणा मूलतः व्यक्तिपरक होती है। यह वास्तविकता पर आधारित नहीं होती। यह तो पूरी तरह से उन विचारों पर आधारित होती है, जो आप अपने बारे में सोचते हैं, ख़ास तौर पर खुद को सीमित करने वाली रायों पर, जो ज़्यादातर लोगों को पीछे रोककर रखती हैं।

डर और आत्म-शंका हमेशा मानव क्षमता के सबसे बड़े शत्रु रहे हैं। कई लोग किसी ख़ास क्षेत्र में उत्कृष्ट बनने की अपनी योग्यता पर शक करते हैं और भले ही यह सच न हो, लेकिन आगे चलकर यह सच बन *जाता* है। जैसा हार्वर्ड के विलियम जेम्स ने कहा था, "विश्वास वास्तविक तथ्य बन जाता है।" यदि आपको यक़ीन है कि आप किसी तरह से सीमित हैं, तो आप इस तरह महसूस और काम करेंगे, मानो आप सीमित हों और यह आपके लिए सच हो जाएगा।

डर और आत्म-शंका हमेशा मानव क्षमता के सबसे बड़े शत्रु रहे हैं।

खुद को सस्ते में न बेचें

कुछ लोग महसूस करते हैं कि वे बिक्री को क्लोज़ या पूर्ण करने में बहुत बुरे हैं। जब तक आप ऐसा सोचते हैं और खुद से यह कहते रहते हैं, तब तक आप बिक्री को क्लोज़

करने के मामले में बहुत बुरे ही रहेंगे। ऑर्डर माँगने की बात सोचते ही आपका दिल धक-धक करने लगेगा, आपका पेट मरोड़ खाने लगेगा, आपकी हथेलियों पर पसीना आ जाएगा और आपका दिमाग़ सुन्न हो जाएगा। तथ्य यह है कि क्लोज़िंग किसी बिक्री चर्चा का एक सामान्य और स्वाभाविक अंत है, जैसा कि आप आगे सीखेंगे। एक बार जब आप बिक्री को क्लोज़ करने की कला में पारंगत हो जाते हैं, तो आप किसी भी परिस्थिति में ऑर्डर माँगने में सक्षम होंगे।

कुछ लोगों को विश्वास होता है कि फ़ोन पर उनका प्रदर्शन बहुत बुरा होता है। अस्वीकृति के आम डर की वजह से वे ऐसे लोगों को फ़ोन करने से कतराते हैं, जो दोस्ताना न हों और उनका स्वागत न करें। फिर वे खुद से कहते हैं, "मैं अजनबियों को फ़ोन करने से नफ़रत करता हूँ।"

जब तक आप यह सोचते रहते हैं और खुद से यह कहते रहते हैं, तब तक हर बार फ़ोन उठाने पर आप अपने शब्दों में लड़खड़ाते रहेंगे, आप ग़लतियाँ करते रहेंगे और आपका प्रदर्शन कमज़ोर रहेगा।

अपने सीमित करने वाले विश्वासों को चुनौती दें

अच्छी ख़बर यह है कि खुद को सीमित करने वाले विश्वास प्रायः ग़लत जानकारी पर आधारित होते हैं। वे तथ्य या वास्तविकता पर आधारित नहीं होते। वे अक्सर आपके दिमाग़ के भ्रम या फ़ितूर होते हैं। चूँकि वे अवास्तविक हैं, इसलिए आप किसी क्षेत्र में आत्मविश्वास और सक्षमता के नए, सकारात्मक विश्वास स्थापित करके उनसे मुक्ति पा सकते हैं।

खुद को सीमित करने वाले विश्वास जल्दी ही और सरलता से विकसित हो जाते हैं। कई बार आप स्कीइंग या स्केटिंग जैसी किसी चीज़ की कोशिश करेंगे और पहली बार इसे ख़राब तरीक़े से करेंगे। आप तुरंत यह राय बना लेंगे कि आप उस खेल में अच्छे नहीं हैं। इसके बाद आप अपने शुरुआती निर्णय की पुष्टि करने के लिए उदाहरण खोजकर खुद को तबाह कर लेंगे। जल्द ही आप गतिविधि के उस क्षेत्र से पूरी तरह बचने लगेंगे।

शिक्षिका और आध्यात्मिक लेखिका लुइस हे ने कहा है कि हर व्यक्ति की मूल समस्या यह भावना है कि "मैं पर्याप्त अच्छा नहीं हूँ।" हम सभी के भीतर गहराई में यह भावना रहती है कि हम दूसरे लोगों जितने अच्छे नहीं हैं। हम महसूस करते हैं कि जो लोग हमसे बेहतर कर रहे हैं, वे सचमुच हमसे बेहतर हैं। हम अचेतन रूप से इस नतीजे पर पहुँचते हैं कि अगर वे हमसे बेहतर हैं, तो हम उनसे बदतर हैं। यदि

वे ज़्यादा के योग्य हैं, तो हम कम के योग्य हैं। यह झूठा निष्कर्ष ही हमारे समाज के ज़्यादातर दुखों का बुनियादी कारण है।

हमारी आत्म-अवधारणा की बुनियाद

आत्म-अवधारणा के मनोविज्ञान में सबसे महत्त्वपूर्ण खोज आपके *आत्म-गौरव* की केंद्रीय भूमिका है। आपके आत्म-गौरव की सर्वश्रेष्ठ परिभाषा है, "आप ख़ुद को कितना ज़्यादा पसंद करते हैं।" यह आपके व्यक्तित्व और आपके साथ होने वाली हर चीज़ का अत्यंत महत्त्वपूर्ण निर्णायक घटक है।

किसी क्षेत्र में आप ख़ुद को कितना पसंद करते हैं, मुख्यतः उसी से उस क्षेत्र में आपका प्रदर्शन और सफलता तय होती है। इसी से तय होता है कि आप कितना ज़्यादा पैसा कमाते हैं, आप कैसी पोशाक पहनते हैं, आप दूसरों के साथ कितने हिल-मिलकर रहते हैं, आप कितना बेचते हैं और आपके जीवन की गुणवत्ता कैसी होती है।

जो व्यक्ति ख़ुद को सचमुच पसंद करता है, उसमें उच्च आत्म-गौरव होता है और उसकी आत्म-अवधारणा सकारात्मक होती है। जब आप किसी ख़ास भूमिका में ख़ुद को सचमुच पसंद करते हैं, तो आप उस भूमिका में अपने सर्वश्रेष्ठ स्तर पर प्रदर्शन करते हैं।

आप ख़ुद को जितना ज़्यादा पसंद करते हैं, दूसरे लोगों को भी उतना ही ज़्यादा पसंद करते हैं। आप दूसरे लोगों को जितना ज़्यादा पसंद करते हैं, बदले में वे भी आपको उतना ही ज़्यादा पसंद करते हैं। आप अपने ग्राहकों को जितना ज़्यादा पसंद करते हैं, आपके ग्राहक भी आपको उतना ही ज़्यादा पसंद करते हैं और वे आपसे ख़रीदने तथा अपने मित्रों को भी आपके पास लाने के उतने ही ज़्यादा इच्छुक होते हैं।

उच्च आत्म-गौरव वाले लोग दूसरे उच्च आत्म-गौरव वाले लोगों से मिलते और विवाह करते हैं। उच्च आत्म-गौरव वाले लोगों के बच्चे भी उच्च आत्म-गौरव वालों के रूप में परवरिश पाते हैं। उच्च आत्म-गौरव वाले बॉस सेल्स पीपल और कर्मचारियों में उच्च आत्म-गौरव भर देते हैं। उच्च आत्म-गौरव वाले स्त्री-पुरुष अपने लिए ज़्यादा ऊँचे पैमाने तय करते हैं और आत्म-अनुशासन के ज़्यादा ऊँचे स्तरों का अभ्यास करते हैं। उनकी बेहतर मित्रताएँ होती हैं और वे जिन लोगों से मिलते हैं, उनके साथ बेहतर ढंग से पेश आते हैं। वे आमतौर पर उन लोगों से ज़्यादा ख़ुश और संतुष्ट होते हैं, जो ख़ुद को बहुत ज़्यादा पसंद नहीं करते।

आत्म-गौरव और बिक्री प्रदर्शन

आप प्रॉस्पेक्टिंग, तालमेल बनाने, आवश्यकताओं को पहचानने, अपने प्रॉडक्ट या सेवा

की प्रस्तुति देने, आपत्तियों का जवाब देने, बिक्री को क्लोज़ करने और रिसेल व रेफ़ेरल पाने में ख़ुद को जितना ज़्यादा पसंद करते हैं, आप इनमें से प्रत्येक क्षेत्र में उतने ही बेहतर बनेंगे।

जो व्यक्ति ख़ुद को पसंद नहीं करता या किसी ख़ास क्षेत्र में ख़ुद को ख़राब मानता है, वह उस क्षेत्र में कमज़ोर प्रदर्शन करता है। कम आत्म-गौरव वाले जो सेल्स पीपल ख़ुद को पसंद नहीं करते, वे दूसरे लोगों को भी ज़्यादा पसंद नहीं करते हैं। परिणाम यह होता है कि उन्हें ग्राहकों के साथ अच्छे संबंध बनाने में मुश्किल आती है। किसी वजह से ग्राहक उन्हें ख़ास पसंद नहीं करते या उन पर भरोसा नहीं करते और किसी दूसरे से ख़रीदना ज़्यादा पसंद करते हैं।

आप ख़ुद को कितना पसंद करते हैं, यह बिक्री *और* आमदनी में आपकी सफलता को प्रमुखता से तय करता है। वास्तव में, यही इस बात को तय करता है कि आप अपने जीवन के हर क्षेत्र में कितने सफल होते हैं।

महान खोज

आपके मस्तिष्क में आपके जीवन और तक़दीर को तय करने की शक्ति है। इसी कारण इतिहास की सबसे महान खोजों में से एक यह है कि *आप वही बन जाते हैं, जिसके बारे में आप ज़्यादातर समय सोचते हैं।*

ख़ुश लोग ख़ुशी भरे विचार सोचते हैं। सफल लोग सफल विचार सोचते हैं। प्रेमपूर्ण लोग प्रेमपूर्ण विचार सोचते हैं। दौलतमंद लोग दौलतमंद विचार सोचते हैं। वे वही बन जाते हैं, जिसके बारे में वे ज़्यादातर समय सोचते हैं।

इसके अलावा, आप वही बनते हैं, जो आप ज़्यादातर समय *ख़ुद से कहते हैं।* सफल लोग अपने आंतरिक संवादों को नियंत्रित करते हैं। वे दिन भर ख़ुद से सकारात्मक और विश्वास से भरी बातें करते हैं। अपने आत्म-गौरव को बढ़ाने के लिए आप ख़ुद से जो सबसे शक्तिशाली शब्द कह सकते हैं, वे हैं "मैं ख़ुद को पसंद करता हूँ!"

सफल लोग अपने आंतरिक संवादों को नियंत्रित करते हैं।

जब भी आप कहते हैं, "मैं ख़ुद को पसंद करता हूँ!" तो हर बार आपका आत्म-गौरव बढ़ जाता है। जब आप दिन भर "मैं ख़ुद को पसंद करता हूँ!" बार-बार दोहराते रहते हैं, तो आप दरअसल अपने मस्तिष्क में एक रासायनिक परिवर्तन उत्पन्न कर देते हैं।

आपके मस्तिष्क में एंडॉर्फ़िन्स का प्रवाह होने लगता है, जो आपको आत्म-विश्वास और सुख का एहसास देते हैं। "मैं ख़ुद को पसंद करता हूँ!" आप यह वाक्य जितना ज़्यादा कहते हैं, उतने ही ज़्यादा आत्मविश्वासी महसूस करते हैं और उतनी ही ज़्यादा सक्षमता से प्रदर्शन करते हैं।

अपना उत्साह ख़ुद बढ़ाएँ

जब मैंने कई साल पहले यह दृढ़ कथन सीखा, तो इसे दिन में दस, बीस, यहाँ तक कि पचास बार भी दोहराता था। मैं सुबह-शाम इसे दोहराता था। मैं इसे कार चलाते समय और हर बिक्री प्रस्तुति से पहले दोहराता था। मैं इसे तब तक दोहराता रहा, जब तक कि मैंने इस संदेश को अपने अवचेतन मन में गहरे नहीं पहुँचा दिया, जहाँ यह "तालाबंद हो" गया और इसने अपनी ख़ुद की शक्ति प्राप्त कर ली। आप भी ऐसा ही कर सकते हैं।

हर बार जब आप कहते हैं, "मैं ख़ुद को पसंद करता हूँ!" तो आपकी समूची आत्म-अवधारणा बेहतर होती है। आपकी प्रदर्शन करने की योग्यता और सफलता का स्तर तुरंत बढ़ जाता है। जब आप अपने आत्म-गौरव के स्तर को ख़ुद ऊँचा उठा देते हैं, तो आप हर चीज़ बेहतर करते हैं, जिसमें बेचना भी शामिल है।

बिक्री करने का सबसे अच्छा समय

मैं आपसे एक सवाल पूछना चाहता हूँ : बिक्री करने का सबसे अच्छा समय कब होता है? जवाब : कोई बिक्री करने के ठीक बाद। क्यों? जब आप कोई बिक्री कर लेते हैं, तो उसके ठीक बाद आपका आत्म-गौरव आसमान छू रहा होता है। आप सेल्समैन के रूप में अपने बारे में ज़बर्दस्त महसूस करते हैं। आप ख़ुद को ज़्यादा पसंद करते हैं। आप विजेता जैसा महसूस करते हैं। जब आप ख़ुद के बारे में ज़बर्दस्त महसूस करते हुए अगले प्रॉस्पेक्ट के सामने पहुँचते हैं, तो आप अपने सर्वश्रेष्ठ स्तर पर प्रदर्शन करेंगे। आपके बारे में कोई ऐसी बात होगी, जिसका ग्राहक पर शक्तिशाली प्रभाव पड़ेगा। आपका सकारात्मक नज़रिया और आत्मविश्वास अवचेतन स्तर पर ग्राहक के मन में ख़रीदने की इच्छा जगा देगा।

कई बार एक सेल्सपर्सन सुबह-सुबह एक बिक्री कर लेता है, फिर एक और, और फिर करता ही जाता है। कुल मिलाकर वह एक दिन में ही इतना ज़्यादा बेच लेगा, जितना कि उसने एक-दो सप्ताह में बेचा होगा। बिक्री के प्रदर्शन में इस उछाल का प्रॉडक्ट, मार्केट या ग्राहक से कोई संबंध नहीं है। ऐसा इसलिए होता है, क्योंकि बेचने वाले की आत्म-अवधारणा किसी गर्म दिन में थर्मामीटर के पारे की तरह ऊपर पहुँच

गई है। फलस्वरूप वह सफलता के असाधारण स्तर पर प्रदर्शन कर रहा है।

अपने सर्वश्रेष्ठ स्तर पर प्रदर्शन करें

जब आप एक बिक्री कर लेते हैं, तो उसके तुरंत बाद सेल्सपर्सन के रूप में ख़ुद को ज़्यादा पसंद करने लगते हैं। आप बेचने में ज़्यादा आत्मविश्वासी, सक्षम और प्रभावी महसूस करते हैं। अगर आप कुछ समय से किसी मुश्किल प्रॉस्पेक्ट को राज़ी करने में जुटे हों और वह ख़रीदने का नाम न ले रहा हो, तो एक काम करें। जैसे ही आप कोई बिक्री करें, कार में बैठकर सीधे उस मुश्किल प्रॉस्पेक्ट के पास जाएँ और उसे अपना प्रॉडक्ट बेचने की कोशिश करें। यह रणनीति इतनी ज़्यादा बार सफल होती है कि आप दंग रह जाएँगे। किसी अन्य समय के बजाय बिक्री करने के ठीक बाद आप लोगों को बेचने में ज़्यादा माहिर हो जाते हैं।

यह ग्राहक नहीं है, जो बदल गया है। यह प्रॉडक्ट या सेवा, या क़ीमत, बाज़ार या प्रतिस्पर्धा भी नहीं है। जो एकमात्र चीज़ बदली है, वह हैं आप।

आपको कोई चीज़ नहीं रोक सकती

हम बिक्री में एक बात जानते हैं कि "सफलता सफलता को उत्पन्न करती है।" आप जितना ज़्यादा बेचते हैं, आप बेचने में उतने ही ज़्यादा बेहतर बनते हैं। सेल्सपर्सन के रूप में आपकी आत्म-अवधारणा बेहतर और बेहतर बन जाती है। आप अंततः अपनी सोच में उस बिंदु पर पहुँच जाते हैं, जहाँ आप जानते हैं कि आपको कोई चीज़ नहीं रोक सकती। अगर आप पर्याप्त लंबे समय तक बेचते रहें, तो आप सफलता के अनुभवों को दोहराना शुरू कर देंगे। जब आप ज़्यादा और ज़्यादा बेचते हैं, तो आपकी आत्म-अवधारणा इस हद तक बेहतर बन जाती है कि आपको विश्वास हो जाता है कि आप एक उत्कृष्ट सेल्सपर्सन हैं और आप जहाँ भी जाएँगे, बिक्री में बेहतरीन कमाई कर सकते हैं।

जब आप अपने बारे में ज़बर्दस्त महसूस करते हैं, जब आप ख़ुद को सचमुच पसंद करते हैं, तो आप जानते हैं कि आप जिस चीज़ को छू लें, उसमें अच्छा प्रदर्शन कर सकते हैं। जब आप अच्छी तरह बेच रहे हों, तो आपका परिवार और अन्य पारस्परिक संबंध भी ज़्यादा बेहतर नजर आते हैं। आपको कम नींद की ज़रूरत होती है। आपमें ज़्यादा ऊर्जा रहती है। आपमें ज़्यादा उत्साह रहता है। आप अपने बारे में ज़्यादा सकारात्मक महसूस करते हैं।

सकारात्मक दृढ़ कथनों की शक्ति

इस मानसिक अवस्था तक पहुँचने की कुंजी यह है कि आप हर सेल्स कॉल के पहले खुद को मनोवैज्ञानिक रूप से तैयार करें। रुकें और दो पल का समय लें; फिर खुद से कहें, "मैं खुद को पसंद करता हूँ! मैं खुद को पसंद करता हूँ! मैं खुद को पसंद करता हूँ!"

सकारात्मक अंदाज़ में खुद से बात करना खुद को प्रेरित करने जैसा है। जिस तरह आप किसी ट्यूब में हवा भरते हैं, उसी तरह आप अपने आत्म-गौरव में हवा भरते हैं। सुबह जब आप बिस्तर से उठें, तो खुद से सबसे पहले यह कहें, "मैं खुद को पसंद करता हूँ, और मैं अपने काम से प्रेम करता हूँ! मैं खुद को पसंद करता हूँ, और मैं अपने काम से प्रेम करता हूँ!"

आप भावना के साथ खुद से जो कहते हैं, उसे आपका अवचेतन मन एक निर्देश, एक आदेश के रूप में स्वीकार कर लेता है। फिर आपका अवचेतन मन आपको उसी संदेश के अनुरूप शब्द, कार्य और भावनाएँ प्रदान करेगा।

किसी प्रॉस्पेक्ट से मिलने जाने से पहले खुद से कहें, "मैं एक बेहतरीन सेल्सपर्सन हूँ और यह मुलाक़ात बेहतरीन होने वाली है!" इसे कई बार दोहराएँ। एक अच्छे अनुभव के लिए खुद को मनोवैज्ञानिक रूप से तैयार करें।

जब आप इसके बाद प्रॉस्पेक्ट से मिलने अंदर जाते हैं, तो आपका अवचेतन आपको वे शब्द, भावनाएँ और बॉडी लैंग्वेज प्रदान कर देगा, जो उत्कृष्ट सेल्सपर्सन में होनी चाहिए। खुद से सकारात्मक अंदाज़ में बात करने से आप ज़्यादा आत्मविश्वासी बनते हैं। इसके कारण आप तनावरहित होते हैं और बेहतर प्रदर्शन करते हैं। आत्मविश्वास और शांति के आपके स्तर का सामने वाले व्यक्ति पर गहरा असर होता है। सकारात्मक आत्म-चर्चा सकारात्मक बिक्री परिणामों की ओर ले जाती है।

बिक्री में सफलता की बाधाएँ

किसी भी बिक्री को करने और क्लोज़ करने की राह में दो बड़ी बाधाएँ होती हैं। ये दोनों ही मानसिक होती हैं। ये हैं *असफलता का डर* और *अस्वीकृति का डर।*

असफलता का डर वयस्क जीवन में असफलता का सबसे बड़ा कारण है। यह असफलता नहीं, बल्कि असफलता का डर है, असफलता की आशंका है, असफलता की उम्मीद है, जिसकी वजह से आप अटक जाते हैं और निचले स्तर पर प्रदर्शन करते हैं।

असफलता का डर एक गहरा अवचेतन डर है, जिसे हम सभी जीवन में जल्दी ही सीख लेते हैं। आमतौर पर यह हमारे बचपन में एक या दोनों अभिभावकों की विनाशकारी आलोचना का परिणाम होता है। यदि आपके बड़े होते वक़्त माता-पिता ने आपकी लगातार आलोचना की हो, तो आपको वयस्क के रूप में असफलता के इस गहरे अचेतन डर का अनुभव होगा, कम से कम तब तक, जब तक कि आप इससे मुक्ति पाना नहीं सीख लेते।

ग्राहक क्यों नहीं ख़रीदते हैं

ग्राहक या प्रॉस्पेक्ट के मन में भी असफलता का डर होता है। यही वह सबसे बड़ी बाधा है, जिसके कारण वह कुछ ख़रीदने से बचता है। हर ग्राहक ने ख़रीददारी में असंख्य ग़लतियाँ की हैं। उसने ऐसी सेवाएँ ख़रीदी हैं, जिनके बारे में उसे बाद में पता चला कि उसने ज़्यादा पैसे दे दिए थे। उसने ऐसे प्रॉडक्ट ख़रीदे हैं, जो ख़राब हो गए और जिनकी मरम्मत नहीं हो पाई। उसे ऐसी चीज़ें बेची गई हैं, जिन्हें वह नहीं चाहता था, जिनका वह इस्तेमाल नहीं कर सकता था और जिनका वह ख़र्च भी नहीं उठा सकता था। ख़रीदने के अनुभवों में वह इतनी बार जल चुका है कि छाछ भी फूँक-फूँककर पीता है।

असफलता और निराशा का यह डर ही वह सबसे बड़ा कारण है, जिसकी वजह से ग्राहक नहीं ख़रीदते हैं। इसलिए आप विश्वास और विश्वसनीयता बनाने की प्रक्रिया में जो सबसे महत्त्वपूर्ण चीज़ें कर सकते हैं, उनमें से एक यह है कि आप ग्राहक का डर इस बिंदु तक कम कर दें कि उसे आपके प्रस्ताव को स्वीकार करने में कोई झिझक न रहे।

अस्वीकृति का डर

बेचने और क्लोज़िंग करने की राह में दूसरी बड़ी बाधा है *अस्वीकृति का डर।* यह इस बात का डर है कि संभावित ख़रीददार *नहीं* कह सकता है। अस्वीकृति का डर इस आशंका से प्रेरित होता है कि कहीं प्रॉस्पेक्ट सेल्सपर्सन के साथ बदतमीज़ी, अस्वीकृति या आलोचना से पेश न आए।

नियम यह है कि 80 प्रतिशत बिक्री कॉलों का अंत *नहीं* में होगा। इसके हज़ारों कारण हो सकते हैं। ज़रूरी नहीं है कि सेल्सपर्सन, प्रॉडक्ट या सेवा में कोई ग़लत चीज़ है। लोग इसलिए *नहीं* कह देते हैं, क्योंकि उन्हें इसकी ज़रूरत नहीं है, वे इसे नहीं चाहते हैं, वे इसका इस्तेमाल नहीं कर सकते, वे इसका ख़र्च नहीं उठा सकते या कोई अन्य कारण।

यदि आप बिक्री के क्षेत्र में हैं और आप अस्वीकृति से घबराते हैं, तो आपने आजीविका का ग़लत रास्ता चुन लिया है। तथ्य यह है कि आपको बहुत सारी अस्वीकृतियाँ मिलने वाली हैं। जैसा कि कहा जाता है, "यह तो इस धंधे का नियम है।" असफलता या

यदि आप बिक्री के क्षेत्र में हैं और आप अस्वीकृति से घबराते हैं, तो आपने आजीविका का ग़लत रास्ता चुन लिया है।

अस्वीकृति का हर अनुभव आपके आत्म-गौरव पर असर डालता है। यह आपकी आत्म-छवि को चोट पहुँचाता है। इसकी वजह से आप अपने बारे में बुरा महसूस करते हैं और यह आपके सबसे बुरे डर "मैं पर्याप्त अच्छा नहीं हूँ" को सक्रिय कर देता है।

यदि अस्वीकृति का डर न रहे, तो हम सभी ज़बर्दस्त सेल्स पीपल बन जाएँ। हम सभी दोगुना बेचें, शायद पाँच-दस गुना भी।

सेल्सपर्सन का औसत दिन

कुछ साल पहले कोलंबिया युनिवर्सिटी के एक अध्ययन में यह पाया गया कि औसत सेल्सपर्सन हर दिन लगभग डेढ़ घंटे काम करता है। उन्होंने यह भी पाया कि पहली सेल्स कॉल औसतन सुबह ग्यारह बजे से पहले नहीं की जाती है। अंतिम सेल्स कॉल आमतौर पर दोपहर में लगभग साढ़े तीन बजे की जाती है और उसके कुछ समय बाद ही औसत सेल्सपर्सन काम करना बंद कर देता है। वह दोबारा ऑफ़िस लौट जाता है या घर चला जाता है।

ज़्यादातर सेल्स पीपल अपनी आधी सुबह तैयार होने, कॉफ़ी पीने, सहकर्मियों के साथ बतियाने, अख़बार पढ़ने, अपने बिज़नेस कार्ड उलटने-पलटने और इंटरनेट पर सर्फ़िंग करने में बिता देते हैं। फिर वे बाहर जाकर लंच से ठीक पहले एक ग्राहक से मिलते हैं। प्रॉस्पेक्ट के साथ दूसरी मुलाक़ात 1-2 बजे तक नहीं की जाती है, जिसके बाद औसत सेल्सपर्सन दिन की थकान उतारने लगता है। ग्राहकों के साथ आमने-सामने बिताए गए समय की कुल मात्रा हर दिन लगभग नब्बे मिनट आती है। यह औसत है - आधे इस औसत के ऊपर होते हैं; आधे इस औसत के नीचे होते हैं।

बिक्री प्रदर्शन पर ब्रेक

ऐसा क्यों है कि सेल्स पीपल इतना कम काम करते हैं और ग्राहकों के साथ आमने-सामने रहने से इतना ज़्यादा कतराते हैं? जवाब सरल है : अस्वीकृति का डर।

अस्वीकृति का डर एक अचेतन "ब्रेक" की तरह काम करता है, जो सेल्स पीपल को पीछे रोककर रखता है और जिसकी वजह से उनका प्रदर्शन कमज़ोर होता है। ज़ाहिर है, उनके पास बेहतरीन बहाने और तर्क होंगे, लेकिन असल कारण अस्वीकृति का डर है।

इसे साबित करना आसान है। आइए हम एक प्रयोग करते हैं। कल्पना करें कि आपकी कंपनी ने एक मार्केटिंग रिसर्च फ़र्म को आपके लिए ग्राहक खोजने के लिए नियुक्त किया है। इस फ़र्म ने आदर्श प्रॉस्पेक्टों को पहचानने का एक बहुत आधुनिक और विश्वसनीय तरीका ईजाद किया है। इस तरीके का इस्तेमाल करते हुए वे आपको पचास प्रॉस्पेक्टों का कंप्यूटर प्रिंटआउट दे सकते हैं, जिनके बारे में 90 प्रतिशत गारंटी होती है कि वे आपसे ज़रूर ख़रीदेंगे, लेकिन एक पेंच है। यह गारंटी सिर्फ़ एक ही दिन की है। गर्मागर्म, पात्र प्रॉस्पेक्टों की यह सूची इतनी सटीक है कि यह केवल चौबीस घंटे के लिए ही वैध है। कल्पना करें कि वे आपको अगले दिन के लिए पचास शीर्षस्थ प्रॉस्पेक्टों की यह सूची दे देते हैं।

अगर आपको पचास चुनिंदा प्रॉस्पेक्टों की सूची मिले, जिनसे एक दिन के भीतर मिलने पर उनमें से 90 प्रतिशत के ख़रीदने की गारंटी हो, तो आप सुबह कितने बजे ग्राहकों से मिलना शुरू करेंगे? आप दिन भर में कॉफ़ी ब्रेक या लंच में कितना समय लगाएँगे? आप अपने सहकर्मियों से बातचीत करने और अख़बार पढ़ने में कितना समय लगाएँगे? यदि आपको गारंटी दे दी जाए कि एक दिन की अवधि में लगभग हर व्यक्ति का ख़रीदना तय है, तो आप शायद मुँह अँधेरे ही शुरू कर देंगे और आधी रात तक यह काम करते रहेंगे, बशर्ते आप ऐसा कर सकें। अगर आपको अस्वीकृति का कोई डर न हो और आपको सफलता की गारंटी दे दी जाए, तो आप हर पल प्रॉस्पेक्टों से मिल रहे होंगे।

अस्वीकृति व्यक्तिगत नहीं है

सभी शीर्षस्थ सेल्स पीपल उस मुक़ाम पर पहुँच चुके हैं, जहाँ अब उन्हें अस्वीकृति का डर नहीं सताता। उन्होंने अपने आत्म-गौरव और आत्म-अवधारणा को इतना ऊपर उठा लिया है कि अगर कोई उनसे *नहीं* कह देता है, तो इससे उन्हें चोट नहीं पहुँचती या वे हताश नहीं होते। इससे वे निराशा में अपने ऑफ़िस या कार की ओर नहीं लौटते हैं।

यहाँ अस्वीकृति से निबटने की कुंजी बताई जा रही है। आपको यह एहसास करना होगा कि अस्वीकृति व्यक्तिगत नहीं है। इसका आपसे कोई लेना-देना नहीं है। अस्वीकृति का आपसे कोई संबंध नहीं है। यह तो बारिश या धूप जैसी है। यह समय-समय पर बस होती है। जब आप ख़ुद से ऊपर उठ सकें, ख़ुद को इतनी गंभीरता से लेना छोड़ सकें और पहचान सकें कि अस्वीकृति तो इस क्षेत्र में बस मिलती

है, तो आपके मन में इसका कोई डर नहीं रहेगा। आप इसे उसी तरह नज़रअंदाज़ कर देंगे, जिस तरह बतख़ की पीठ से पानी फिसल जाता है। आप सामान्य परिस्थितियों के रूप में इसकी उम्मीद करेंगे, अपने कंधे उचकाएँगे और फिर अगले प्रॉस्पेक्ट की दिशा में चल देंगे।

बिक्री के क्षेत्र में एक सूत्रवाक्य है : "कुछ लोग ख़रीदेंगे, कुछ नहीं ख़रीदेंगे; उससे क्या? अगला!" यह आपका भी सूत्रवाक्य होना चाहिए।

कभी हार न मानें

बिक्री में सफलता के लिए शायद दो सबसे बुनियादी गुण चाहिए होते हैं : साहस और लगन। हर दिन उठकर असफलता और अस्वीकृति के डरों का लगातार सामना करने के लिए साहस की ज़रूरत होती है। सतत मुश्किलों और निराशा के बावजूद हर दिन वापस जाते रहने के लिए लगन की ज़रूरत होती है।

लेकिन अच्छी ख़बर यह है कि साहस एक आदत है। साहस भी किसी मांसपेशी की तरह होता है। आप इसका जितना ज़्यादा इस्तेमाल करते हैं, आप उतने ही ज़्यादा शक्तिशाली बनते हैं। अंततः आप उस बिंदु पर पहुँच जाते हैं, जहाँ आप लगभग निडर बन जाते हैं। उसके बाद आपका करियर रॉकेट की तरह उड़ान भरने लगता है।

पाँच कॉल या क्लोज़

पूरी 80 प्रतिशत बिक्रियाँ पाँचवीं मुलाक़ात या क्लोज़िंग के प्रयास के बाद ही पूरी होती हैं। पाँचवीं मुलाक़ात के बाद जब आप प्रॉस्पेक्ट से ख़रीदने का निर्णय लेने को कहते हैं, तभी आपकी ज़्यादातर बिक्री होती है।

ये संख्याएँ वैध हैं, ख़ासकर जब आप अपने प्रॉस्पेक्ट से यह चाहते हों कि वह एक कंपनी से सामान ख़रीदना छोड़ दे और आपकी कंपनी से सामान ख़रीदना शुरू कर दे। दस में से आठ मामलों में, किसी नए सप्लायर से पहली ख़रीददारियाँ पाँचवीं मुलाक़ात या कॉल के बाद ही शुरू होती हैं।

यह पाया गया है कि सिर्फ़ 10 प्रतिशत सेल्स पीपल ही सेल को क्लोज़ करने के लिए पाँच बार से ज़्यादा मिलते हैं। आधे या इससे ज़्यादा सेल्स पीपल तो केवल एक बार ही कोशिश करते हैं और फिर हार मान लेते हैं। जब आप किसी कंपनी को सामान बेच रहे हों और यह चाहते हों कि वह अपने विद्यमान सप्लायर को छोड़कर आपसे सामान लेने लगे, तो याद रखें कि प्रॉस्पेक्ट के स्वाभाविक संदेह और प्रतिरोध को ख़त्म करने के लिए आमतौर पर लगभग पाँच मुलाक़ातों की ज़रूरत होगी।

इसका यह मतलब नहीं है कि आपको पाँच घंटे बिताने हैं। इसका तो बस यह मतलब है कि आप पाँच बार या उससे ज़्यादा बार मिलने जाते हैं। आपको एक अपॉइंटमेंट लेना होता है, जाकर प्रॉस्पेक्ट से मिलना होता है, उससे बात करनी होती है और उसे बताना होता है कि आप तथा आपकी कंपनी उसकी सेवा करने के लिए तत्पर हैं। आमतौर पर पाँचवीं मुलाक़ात के बाद ही प्रॉस्पेक्ट रुचि लेना शुरू करता है।

ज़्यादातर लोग जल्दी छोड़ देते हैं

हाल के एक अध्ययन में यह पाया गया कि 48 प्रतिशत सेल्स कॉलों का अंत इस तरह होता है कि सेल्सपर्सन एक बार भी क्लोज़ करने की कोशिश नहीं करता। सेल्सपर्सन प्रॉस्पेक्ट से मिलता है, अपने प्रॉडक्ट या सेवा के बारे में उत्साह से बात करता है, उसे लिखित जानकारी दिखाता है और ख़रीदने के कारण बताकर उसे चकाचौंध कर देता है। फिर जब प्रॉस्पेक्ट उसके आकर्षण, उत्साह और शाब्दिक योग्यता से पूरी तरह चकरा चुका होता है, तो सेल्सपर्सन गहरी साँस लेता है, पीछे टिककर बैठता है और कहता है, "तो आप क्या सोचते हैं?"

लगभग हमेशा इसका जवाब यह होता है, "देखिए, मैं इस बारे में सोचना चाहूँगा।" प्रॉस्पेक्ट कहता है कि वह इस पर अपने बॉस, पत्नी, कज़िन, भाई, चाचा, बहन, साझेदार, संचालक मंडल, बैंकर, अकाउंटेंट या जिसके बारे में भी वह सोच सकता हो, उससे बात करना चाहता है। "क्या आप मुझे बाद में फ़ोन कर सकते हैं?"

प्रॉस्पेक्ट इस बारे में नहीं सोचते हैं

बिक्री के क्षेत्र में सफलता के महत्त्वपूर्ण रहस्यों में से एक यह समझना और स्वीकार करना है कि लोग "इस बारे में नहीं सोचते हैं।" जिस पल आप प्रॉस्पेक्ट के ऑफ़िस या घर से बाहर निकलते हैं, वह भूल जाता है कि आप ज़िंदा भी हैं।

क्या आप कभी एक सप्ताह बाद किसी प्रॉस्पेक्ट से मिलने गए, जब आपने सोचा था कि आपने एक शानदार बिक्री प्रस्तुति दी थी और वह इस बारे में सोच रहा होगा? कुछ सेल्स पीपल तो नादानी से सोचने लगते हैं कि वह प्रॉस्पेक्ट घर जाकर उनके प्रॉडक्ट या सेवा के बारे में हर दिन चौबीसों घंटे सोच रहा होगा। वे सोचते हैं कि वह अपने मन में इस पर चिंतन कर रहा होगा और हर मिलने वाले से इस बारे में बता रहा होगा। वह इसके बारे में सोच रहा होगा, सपने देख रहा होगा और आपके वापस लौटने का इंतज़ार कर रहा होगा।

फिर जब आप एक-दो सप्ताह बाद प्रॉस्पेक्ट से मिलने जाते हैं, तो हैरान रह जाते हैं कि वह आपका नाम, आपका प्रॉडक्ट और हर दूसरी चीज़ भूल चुका है। उसे

तो यह भी याद नहीं है कि आप कौन हैं या आप क्या बेचते हैं। इतने दिनों तक वह आपके, आपके प्रॉडक्ट *या* सेवा के बारे में बिलकुल भी नहीं सोच रहा था।

लोग प्रॉडक्टों या बिक्री के संदर्भ में बाद में सोच-विचार नहीं करते हैं। ये शब्द तो बस यह कहने का विनम्र रूप हैं, "हमेशा के लिए अलविदा।" जब वे आपसे कहते हैं, "मुझे इस बारे में सोचने का समय दें," तो वे आपके सामने ऐलान कर रहे हैं कि मुलाक़ात ख़त्म हो चुकी है और आपने इस प्रॉस्पेक्ट में समय तथा ऊर्जा का अपना पूरा निवेश गँवा दिया है।

आत्म-गौरव डर को ख़त्म करता है

मैं एक तरफ़ साहस और लगन तथा दूसरी तरफ़ ज़्यादा कॉल करने व बिक्री में सफलता पाने के बीच इस सीधे संबंध का ज़िक्र इसलिए कर रहा हूँ, क्योंकि अस्वीकृति व असफलता के डरों तथा उच्च आत्म-गौरव के बीच एक विपरीत संबंध होता है। आप खुद को जितना ज़्यादा पसंद करते हैं, आप उतनी ही कम अस्वीकृति महसूस करते हैं और आप असफलता से उतना ही कम घबराते हैं।

अलग-अलग दिशाओं में जाने वाले दो एस्केलेटरों की कल्पना करें। एक उच्च आत्म-गौरव की ओर ऊपर ले जाने वाला एस्केलेटर है और दूसरा असफलता व अस्वीकृति के डरों की ओर नीचे ले जाने वाला एस्केलेटर है, जो आपको पीछे रोककर रखते हैं। आप खुद को जितना ज़्यादा पसंद करते हैं और आपका आत्म-गौरव जितना ज़्यादा ऊँचा होता है, आप साहस व विश्वास वाले एस्केलेटर पर उतनी ही तेज़ी से ऊपर जाते हैं। आप असफलता या अस्वीकृति के बारे में जितना ज़्यादा सोचते हैं, असफलता व अस्वीकृति के डरों की ओर नीचे ले जाने वाले एस्केलेटर पर उतनी ही ज़्यादा सवारी करते हैं।

आप अच्छे इंसान हैं

जब कोई व्यक्ति आपसे *नहीं* कहता है, तो वह आपको *इंसान के तौर पर* अस्वीकृत नहीं कर रहा है। वह तो सिर्फ़ आपकी पेशकश या आपकी प्रस्तुति या आपके दाम को *नहीं* कह रहा है। अस्वीकृति व्यक्तिगत नहीं है। एक बार जब आप यह जान और समझ लेते हैं कि *नहीं* में कुछ भी व्यक्तिगत नहीं है, तो इस बारे में चिंता नहीं करते हैं, जब लोग आप पर या आपके प्रॉडक्ट पर नकारात्मक प्रतिक्रिया करते हैं।

यहाँ एक ख़तरे पर ग़ौर करें : अगर आप "नहीं" को व्यक्तिगत मान लेते हैं, तो यह सोचना शुरू कर सकते हैं कि इंसान के रूप में आपमें कुछ ग़लत है। या आप यह यक़ीन कर सकते हैं कि आपका प्रॉडक्ट या कंपनी दोषपूर्ण है। जब आप इस तरह

सोचने लगते हैं, तो आप जल्द ही हताश हो सकते हैं। आपका बेचने का उत्साह ठंडा पड़ जाएगा। फलस्वरूप आप प्रॉस्पेक्टिंग में कटौती करने लगेंगे। जल्द ही आप हर दिन केवल डेढ़ घंटे काम कर रहे होंगे।

डर न बेचने के बहानों की ओर ले जाता है

जब आपके डर बढ़ते हैं, तो आप अपने न बेचने वाले व्यवहार को तर्कसंगत ठहराने लगेंगे। आप ऑफ़िस में सभी तरह के "नक़ली काम" निर्मित करने लगेंगे और बहाने बनाने लगेंगे। आप ख़ुद को विश्वास दिला लेंगे कि आपको अख़बार इसलिए पढ़ना है, ताकि प्रॉस्पेक्टों से मिलने जाते समय आपको पूरी जानकारी रहे। आपको अपने बिज़नेस कार्ड उलटने-पलटने हैं और ऑफ़िस की जाँच इसलिए करनी है कि कहीं कोई फ़ोन तो नहीं आया। बाहर इतने सारे प्रॉस्पेक्ट "इस बारे में सोच रहे" हैं; शायद उनमें से किसी ने फ़ोन करके किसी चीज़ का ऑर्डर दिया हो।

आप ऑफ़िस जाते हैं और दो कप कॉफ़ी पीते हुए एक-दो घंटे बिता देते हैं। यह इसलिए, क्योंकि ग्राहक से मिलने जाने से पहले आप अपना आलस दूर कर सकें और चौकस व चौकन्ने रह सकें। आप अपने सहकर्मियों के साथ गपशप करते हैं और कारोबार के बारे में बात करते हैं, ख़ास तौर पर इस बारे में कि कारोबार कितना मुश्किल है। आप अपनी सुबह का ज़्यादातर समय बर्बाद कर देते हैं। फिर आपको एहसास होता है कि अब आपको बाहर जाकर किसी से मिल लेना चाहिए, किसी से भी। तो आप बाहर निकलते हैं और लंच के समय से ठीक पहले किसी से मिलने पहुँच जाते हैं।

एक अनुत्पादक दिन

आप लंच के लिए बाहर जाने वाले प्रॉस्पेक्टों की योजनाओं में बाधा नहीं डालना चाहते, इसलिए आप सुबह साढ़े ग्यारह बजे के बाद किसी से मिलने नहीं जाते हैं। आप जाकर अपने मित्रों के साथ लंच करते हैं, शॉपिंग करने जाते हैं, अपनी कार धुलवाते हैं या समय काटते हैं।

समय कट जाता है। आप निश्चित रूप से लोगों से ठीक उस समय नहीं मिलना चाहते, जब वे लंच से अभी-अभी लौटे हों। इससे उनका पाचन गड़बड़ा सकता है। इसलिए आप कुछ और बहाने तथा तर्क पेश करते हैं। कुल मिलाकर, आप अपनी अगली मुलाक़ात 2-3 बजे तक नहीं करते हैं। जल्दी ही साढ़े तीन बज जाते हैं और फिर चार, और ज़ाहिर है, इस वक़्त सभी अपने घर के रास्ते पर होंगे, है ना?

आप यह नहीं चाहते कि आप शाम को जाकर लोगों को परेशान करें, जब वे दिन ख़त्म करने की तैयारी कर रहे हों। इसके बजाय, आप अपने ऑफ़िस लौटकर दूसरे सेल्स पीपल के साथ सहानुभूति जताने लगते हैं, जो वहाँ मातमपुर्सी वाले अंदाज़ में इकट्ठे हैं और इस बारे में बात कर रहे हैं कि उनका दिन कितना मुश्किल रहा।

यहाँ दो सेल्समैनों की कहानी है, जो शाम को ऑफ़िस लौटकर जाते हैं। एक कहता है, "वाह! आज मेरी बहुत-सी अच्छी चर्चाएँ हुईं!"

दूसरा कहता है, "हाँ, मैं भी कुछ नहीं बेच पाया।"

क्या आप स्वयं ऐसा करते हैं; ये अपने क्षेत्र में निचले 20 प्रतिशत पैसा कमाने वाले सेल्स पीपल की प्रिय आदतें और बहाने हैं।

यात्रा के समय को बढ़ाना

असफलता और अस्वीकृति की संभावना से बचने के लिए सेल्स पीपल एक और तरीक़ा अपनाते हैं। वे अपनी बिक्री मुलाक़ातों को भौगोलिक दृष्टि से फैला लेते हैं। ऐसा सेल्सपर्सन एक मुलाक़ात शहर के एक छोर पर करता है और फिर दोपहर में अपनी दूसरी मुलाक़ात शहर के दूसरे छोर पर करता है। इससे उसे बीच में एक घंटे तक अच्छी तरह कार चलाने को मिल जाता है, जिससे उसे यह नाटक करने का अवसर मिल जाता है कि वह अब भी काम कर रहा है, हालाँकि असलियत यह है कि वह किसी प्रॉस्पेक्ट से मिलने से कतरा रहा है।

असफलता और अस्वीकृति के डर, जो आपके आत्म-गौरव को कम कर देते हैं, जल्द ही बिक्री में सफलता की राह में बहुत बड़ी बाधा बन जाते हैं।

अपना आत्म-गौरव बढ़ाएँ, अपनी आमदनी बढ़ाएँ

आप अपना आत्म-गौरव बढ़ाने के लिए जो भी करते हैं, जिनमें सकारात्मक आत्म-चर्चा, प्रबल कल्पना-चित्र, व्यक्तिगत प्रेरणा, उत्साह और व्यक्तिगत प्रशिक्षण शामिल हैं, उनसे आपका व्यक्तित्व बेहतर बनता है और बिक्री में आपकी सफलता बढ़ती है।

जैसा कि हम पहले ही कह चुके हैं, आपमें जितना आत्म-गौरव है और आप जितना पैसा कमाते हैं, उसके बीच एक सीधा संबंध होता है। आप खुद को जितना ज़्यादा पसंद करते हैं, उतनी ही ज़्यादा बिक्री करेंगे और आपकी आमदनी उतनी ही ज़्यादा ऊँची होगी। जब आप अपने जीवन को इस तरह व्यवस्थित कर लेते हैं, कि आपका आत्म-गौरव निरंतर बढ़ता रहे, तो यही अकेला घटक आपकी आमदनी को बढ़ा देगा।

मित्रता का घटक

आज ग्राहक बिगड़ चुके हैं। वे बेइंतहा माँगें करते हैं। वे निष्ठावान नहीं हैं। कोई भी चीज़ ख़रीदने से पहले वे इस बात पर ज़ोर देते हैं कि उनके साथ बहुत अच्छा बर्ताव किया जाए। किसी दूसरी चीज़ से ज़्यादा, ग्राहक केवल उन्हीं लोगों से कुछ ख़रीदते हैं, जिन्हें वे पसंद करते हैं। हम इसे "मित्रता का घटक" कहते हैं।

बिक्री के क्षेत्र में मित्रता का घटक बस यह कहता है कि कोई प्रॉस्पेक्ट आपसे तब तक कुछ नहीं ख़रीदेगा, जब तक कि उसे पक्का विश्वास न हो जाए कि आप उसके मित्र हैं और उसके सर्वश्रेष्ठ हित में काम कर रहे हैं।

इस वजह से बिक्री की किसी बातचीत में आप जो पहली चीज़ करते हैं, वह है एक बंधन बनाना, एक मित्र बनाना। बिक्री विशेषज्ञ हाइंज़ गोल्डमैन ने एक पुस्तक लिखी थी, जिसका शीर्षक इस प्रक्रिया को सारांश में बख़ूबी बताता है : *हाउ टु विन कस्टमर्स* (ग्राहकों को कैसे जीतें)। सेल्स प्रोफ़ेशनल के रूप में आपका काम लोगों को जीतकर अपने पक्ष में लाना है। इसके लिए आपको यह स्पष्ट जताना होता है कि आप उनकी परवाह करते हैं और उनके लिए सर्वश्रेष्ठ चाहते हैं।

पुल बनाएँ

आप बेचना केवल तभी शुरू कर सकते हैं, जब प्रॉस्पेक्ट को यह विश्वास दिला दें कि आप उसके मित्र हैं और उसका सबसे ज़्यादा हित चाहते हैं। वास्तव में, अगर आप अपने प्रॉस्पेक्ट के साथ मित्रता का पुल बनाने से पहले अपने प्रॉडक्ट या सेवा के बारे में बात करने लगेंगे, तो आपसे ख़रीदने में ग्राहक की सारी रुचि चली जाएगी। यदि आप ग्राहक की सच्ची परवाह नहीं करते हैं, तो ग्राहक आपकी या आपके प्रॉडक्ट की परवाह क्यों करेगा?

स्वस्थ व्यक्तित्व

स्वस्थ व्यक्तित्व की एक उत्कृष्ट परिभाषा यह है : "आपका व्यक्तित्व उसी सीमा तक स्वस्थ है, जिस सीमा तक आप अलग-अलग प्रकार के अधिकतम लोगों के साथ मिलकर चल सकते हैं।" आपका व्यक्तित्व उसी हद तक *अस्वस्थ* या समस्यामूलक है, जिस सीमा तक आप ज़्यादातर अन्य लोगों के साथ मिलकर *नहीं* चल सकते। स्वस्थ व्यक्तित्व के सर्वोच्च स्तर वाले लोगों ने अलग-अलग प्रकार के अधिकतम लोगों के साथ मिलकर चलने की योग्यता विकसित कर ली है, ख़ास तौर पर बिक्री में। मुद्‌दे की बात यह है कि आपके आत्म-गौरव का स्तर सीधे आपके व्यक्तित्व के स्वास्थ्य के

अनुरूप होता है। एक बार फिर, आप ख़ुद को जितना ज़्यादा पसंद करते हैं, आप दूसरों का उतना ही ज़्यादा आनंद लेते हैं और वे भी आपको उतना ही ज़्यादा पसंद करते हैं। आप ख़ुद को जितना ज़्यादा पसंद करते हैं, आपके लिए अलग-अलग प्रकार के बहुत से लोगों के साथ मिल-जुलकर चलना उतना ही ज़्यादा आसान होता है।

मित्र बनाना

उच्च आत्म-गौरव वाला व्यक्ति वह है, जिसमें हर जगह दोस्त बनाने की सर्वाधिक क्षमता होती है। चूँकि वह ख़ुद को पसंद करता है, इसलिए वह स्वाभाविक और सहज रूप से दूसरों को भी पसंद करता है। जब लोग महसूस करते हैं कि कोई उन्हें सचमुच पसंद करता है, तो वे उस व्यक्ति की बात सुनने और उसके द्वारा बेचे जाने वाले प्रॉडक्ट या सेवा को ख़रीदने के प्रति ज़्यादा तत्पर रहते हैं।

जब लोग महसूस करते हैं कि कोई सचमुच उन्हें पसंद करता है, तो वे उस व्यक्ति की बात सुनने और उसके द्वारा बेचे जाने वाले प्रॉडक्ट या सेवा को ख़रीदने के प्रति ज़्यादा तत्पर रहते हैं।

क्या आपको कभी कोई अनुभव हुआ है, जहाँ आप कोई प्रॉडक्ट या सेवा तो ख़रीदना चाहते थे, लेकिन आपको सेल्सपर्सन पसंद नहीं आया? प्रॉडक्ट और भाव आदर्श था, लेकिन इसके बावजूद ज़्यादातर मामलों में आपने उसे नहीं ख़रीदा।

अपने सबसे अच्छे वर्तमान ग्राहकों के बारे में सोचें। आपको जिन लोगों को बेचने में मज़ा आता है और जिन्हें आपसे ख़रीदने में मज़ा आता है, वे हमेशा वही लोग होंगे, जिन्हें आप सबसे ज़्यादा पसंद करते हैं और जो बदले में आपको पसंद करते हैं।

आपका आत्म-गौरव आपकी आमदनी तय करता है

आप अपने आत्म-गौरव के स्तर को बेहतर बनाने के लिए जो करते हैं, वह हर चीज़ ग्राहकों के साथ आपके संबंधों की गुणवत्ता को बढ़ाती है। आत्म-गौरव बढ़ाने वाले कार्य "मित्रता के घटक" को सक्रिय कर देते हैं और आपको ज़्यादा सफल सेल्सपर्सन बना देते हैं। बिक्री में आपके आत्म-गौरव का स्तर ही यह तय करता है कि आप कितनी राशि कमाते हैं। सबसे अच्छे सेल्स पीपल में संभावित ग्राहकों को आसानी से दोस्त बनाने की नैसर्गिक क्षमता होती है।

दुर्भाग्य से, जो भी चीज़ आपके आत्म-गौरव को कम करती है, वह हर चीज़ बिक्री में आपकी सफलता को भी कम कर देगी। अगर आप किसी कारण थके हुए या अस्वस्थ हैं, तो आपकी सफलता घट जाएगी। यदि आपकी अपने बॉस या जीवनसाथी से झड़प हुई है, तो इससे आपका आत्म-गौरव कम हो जाएगा, कई बार तो इस सीमा तक कि आप कुछ भी नहीं बेच पाएँगे।

बिक्री में सफलता का उत्प्रेरक

बिक्री में सफलता की बुनियादी भावना है उत्साह। *उत्साह* बिक्री की सारी योग्यताओं के 50 प्रतिशत या उससे अधिक के लिए ज़िम्मेदार है। बिक्री की एक बहुत अच्छी परिभाषा "उत्साह का हस्तांतरण" है।

जब आप अपने प्रॉडक्ट या सेवा के प्रति अपने उत्साह को अपने प्रॉस्पेक्ट के दिलोदिमाग़ में हस्तांतरित कर देते हैं, तो बिक्री बिजली जितनी तेज़ी से हो जाती है। आप जो बेच रहे हैं, जब उसकी अच्छाई में आपका भावनात्मक उत्साह और विश्वास ग्राहक या संभावित ग्राहक के मन में हस्तांतरित होता है, तो ख़रीदने की सारी झिझक ग़ायब हो जाती है।

एक बार फिर, आप ख़ुद को कितना ज़्यादा पसंद करते हैं, आपके आत्म-गौरव और आपके उत्साह के स्तर के बीच सीधी कड़ी होती है। आप ख़ुद को जितना ज़्यादा पसंद करते हैं, आप उतने ही ज़्यादा उत्साही होते हैं। आप अपनी कंपनी और अपने प्रॉडक्ट को लेकर जितने ज़्यादा उत्साही होते हैं, ग्राहक भी उतने ही ज़्यादा उत्साही होंगे। आप अपने आत्म-गौरव को बढ़ाने के लिए जो भी करते हैं, वह हर चीज़ बेचने की आपकी योग्यता को बढ़ा देगी।

भावनाएँ संक्रामक होती हैं

बिक्री के आंतरिक खेल में यह समझना अनिवार्य है कि *भावनाएँ संक्रामक होती हैं।* हर व्यक्ति दूसरे लोगों की भावनाओं से प्रभावित होता है। जब आप अपनी वस्तुओं या सेवा के बारे में सकारात्मक, आत्मविश्वासी और उत्साही होते हैं, तो प्रॉस्पेक्ट आपसे ये भावनाएँ ग्रहण कर लेता है और वह भी सकारात्मक व उत्साही बन जाता है।

कुंजी यह है : आप कोई चीज़ तब तक नहीं दे सकते, जब तक कि वह आपके पास पहले से ही न हो। अगर आपके ही पास उत्साह नहीं है, तो आप उत्साह का संचार नहीं कर सकते। इसीलिए शीर्षस्थ सेल्स पीपल अपने सामान या सेवा से प्रेम करते हैं और वे उसे बेचने से भी प्रेम करते हैं। उनका उत्साह दिली और वास्तविक

होता है। प्रॉस्पेक्ट इसे अचेतन स्तर पर ग्रहण कर लेते हैं और जो कुछ भी उन्हें अपने तथा अपने काम के बारे में इतना अच्छा महसूस करा रहा है, उसमें शामिल होना चाहते हैं। सेल्स पीपल के आत्मविश्वास और जोश की बदौलत प्रॉस्पेक्ट उनसे ख़रीदना चाहते हैं और अपने मित्रों से भी उनकी सिफ़ारिश करते हैं।

असफलता विकल्प नहीं है

यह अत्यंत महत्त्वपूर्ण है कि आप अपने बिक्री प्रयासों को *इच्छाशक्ति* और *संकल्प* का समर्थन दें। अभी निर्णय लें कि आप *हार नहीं मानेंगे।*

जब आप पहले से संकल्प कर लेते हैं कि आप कभी हार नहीं मानेंगे, तो आप असफलता और अस्वीकृति के बावजूद मानसिक रूप से ऊपर उठने के लिए तैयार होते हैं। चाहे स्थिति कितनी भी मुश्किल क्यों न हो, जब आप लगन से जुटे रहते हैं, तो आप अंततः सफल होंगे। आप अंततः बिक्री कर लेंगे। आप अंततः ग्राहकों को जीत लेंगे।

जब भी आप कोई बिक्री करते हैं, तो आप “विजेता” जैसा महसूस करते हैं। जब भी आप क्लोज़ करते हैं, तो हर बार आपका आत्म-गौरव बढ़ जाता है और आपकी आत्म-अवधारणा बेहतर होती है। आपकी आत्म-छवि शक्तिशाली हो जाती है।

आप ख़ुद को जितना ज़्यादा पसंद करते हैं, आप बिक्री में और अपने जीवन के हर अन्य क्षेत्र में भी उतना ही बेहतर प्रदर्शन करेंगे। ग़ैर-व्यावसायिक गतिविधियों में प्रदर्शन करने की आपकी योग्यता और आपकी सफलता का स्तर भी बढ़ जाता है।

इतने सारे लोग बिक्री में असफल होते हैं, इसका कारण सिर्फ़ यह है कि वे पर्याप्त लंबे समय तक जुटे नहीं रहते हैं और विजेता अनुभव हासिल करने के लिए पर्याप्त कड़ी मेहनत नहीं करते हैं। एक बार जब आप बिक्री करने लगते हैं और विजेता जैसा महसूस करने लगते हैं, तो आप अपने प्रॉडक्ट या सेवा को और ज़्यादा बेचने के लिए *और भी* प्रेरित हो जाते हैं। लेकिन अगर आपको शुरुआत में सफल अनुभव न हों, तो आप आसानी से दिल हार सकते हैं और यह सोच सकते हैं कि बेचना आपके वश का काम नहीं है।

मानसिक रिहर्सल करें

मानसिक रिहर्सल अत्यावश्यक है। दोबारा लौटने के लिए आप पहले से अपनी जितनी ज़्यादा प्रोग्रामिंग कर लेते हैं, आपके लिए उन असफलताओं और अस्वीकृतियों से उबरना उतना ही ज़्यादा आसान होता है, जो बेचने के जीवन का हिस्सा हैं। ख़ुद से

सकारात्मक चर्चा करें। "मैं यह कर सकता हूँ! मैं यह कर सकता हूँ! मैं यह कर सकता हूँ!" असफलता या अस्वीकृति के डरों को महसूस करते वक़्त ख़ुद से यही कहें।

रोचक बात यह है कि जब आप निर्णय लेते हैं कि चाहे जो हो जाए, आप कभी हार नहीं मानेंगे, तो आपका आत्म-गौरव तुरंत बढ़ जाता है। आप ख़ुद का ज़्यादा सम्मान करते हैं। आपका आत्मविश्वास सातवें आसमान पर पहुँच जाता है। हालाँकि आपने अभी तक अपने ऑफ़िस के बाहर क़दम भी नहीं रखा है, लेकिन यह निर्णय लेने भर से ही अपनी नज़रों में आपकी "प्रतिष्ठा" बेहतर बनने लगती है कि आप सफल होने जा रहे हैं, कि आप यह कर सकते हैं, कि चाहे जो हो जाए आप इसे नहीं छोड़ेंगे। आप ख़ुद को ज़्यादा सकारात्मक रोशनी में देखते हैं। आप विजेता जैसा महसूस करते हैं। आप ज़्यादा शांत और आत्मविश्वासी होते हैं। आप बिक्री के क्षेत्र में दैनिक उतार-चढ़ाव से निबटने में ज़्यादा सक्षम बन जाते हैं। जब तक कि आप सफल न हो जाएँ, तब तक जुटे रहने का संकल्प लेने का काम ही आपके व्यक्तित्व को बदल देता है और आपको ज़्यादा शक्तिशाली तथा मज़बूत व्यक्ति बना देता है।

कार्य
अभ्यास

1. आज ही पूरी तरह आत्मविश्वासी, उच्च गौरव वाले सेल्सपर्सन बनने का निर्णय लें; ख़ुद से बार-बार कहें, "मैं ख़ुद को पसंद करता हूँ!"
2. लगातार यह चित्र देखें कि आप अपने व्यवसाय में सर्वश्रेष्ठ हैं; आप स्वयं को जिस व्यक्ति के रूप में "देखते" हैं, वैसे ही व्यक्ति आप "बनेंगे।"
3. पहले से ही संकल्प लें कि चाहे हो जाए, आप कभी हार नहीं मानेंगे; असफलता कोई विकल्प नहीं है।
4. अस्वीकृति को व्यक्तिगत रूप से न लें; इसे बेचने का सामान्य और स्वाभाविक हिस्सा मानें, काफ़ी कुछ मौसम की तरह।
5. अपने क्षेत्र के लीडरों का अनुसरण करें; ख़ुद को सबसे ज़्यादा भुगतान पाने वाले और सबसे सफल लोगों के अनुरूप बनाएँ। पता लगाएँ कि वे क्या कर रहे हैं और फिर वही चीज़ें करें, जब तक कि आपको वही परिणाम न मिलने लगें।
6. आज ही अपने व्यवसाय के शीर्षस्थ 20 प्रतिशत लोगों के समूह में पहुँचने का निर्णय लें। याद रखें कि कोई भी आपसे ज़्यादा चतुर नहीं है और कोई भी आपसे बेहतर नहीं है। किसी दूसरे ने जो भी किया है, उसे तार्किक सीमा में आप भी कर सकते हैं।
7. जो भी नया विचार आपके हिसाब से आपकी मदद कर सकता है, उस हर नए विचार पर क़दम उठाएँ। उसे आज़माकर देखें। आप जितनी ज़्यादा चीज़ें आज़माते हैं, आपके अंततः विजयी होने की उतनी ही ज़्यादा संभावना रहती है।

हम अपनी यात्रा में तभी तरक्की करते हैं, जब हम अपने लक्ष्य की दिशा में चल रहे हों और जब हमें यह विश्वास तथा यक़ीन हो कि हम जीतने जा रहे हैं।

- ओरिसन स्वेट मार्डन

2

अपने सभी बिक्री लक्ष्य निर्धारित और हासिल करें

यदि मेरे पास सही लक्ष्य हैं और मैं अपने ज्ञान के हिसाब से सर्वश्रेष्ठ उपाय का अनुसरण करता हूँ, तो हर चीज़ सही हो जाती है। अगर मैं सही चीज़ करता हूँ, तो मैं जानता हूँ कि मैं सफल होने वाला हूँ।

- डैन डियरडॉर्फ़

शीर्षस्थ सेल्स पीपल बेहद लक्ष्य-केंद्रित होते हैं। हर अध्ययन में *लक्ष्य-केंद्रित* होने का गुण सफलता और उपलब्धि के उच्च स्तरों से जुड़ा नज़र आता है। सर्वोच्च भुगतान पाने वाले सेल्स पीपल पहले से यह बात जानते हैं कि वे हर सप्ताह, हर महीने, हर तिमाही और हर साल कितना कमाने जा रहे हैं। वे जानते हैं कि बिक्री का एक ख़ास स्तर हासिल करने के लिए उन्हें कितने लोगों से मिलना होगा। और उनके पास स्पष्ट योजनाएँ होती हैं कि वे जितना पैसा कमाएँगे, उससे क्या करने वाले हैं।

सफलता पाने के लिए आपको सटीकता से यह तय करना अनिवार्य है कि आप हर साल कितने पैसे कमाना चाहते हैं। यदि आप अपनी आमदनी के लक्ष्य के बारे में पूरी तरह स्पष्ट नहीं रहते हैं, तो आपकी बिक्री गतिविधियाँ बिखरी हुई होंगी। आप उस व्यक्ति की तरह होंगे, जो कोहरे में किसी शेर पर निशाना लगाने की कोशिश कर रहा है। भले ही आप संसार के सबसे अच्छे निशानेबाज़ हों, लेकिन आप उस लक्ष्य पर निशाना नहीं लगा सकते, जिसे आप देख ही न सकते हों। आपको सटीकता से जानना होता है कि आप किस चीज़ पर निशाना लगा रहे हैं।

आपका वार्षिक आमदनी लक्ष्य

अपने वार्षिक आमदनी लक्ष्य से शुरू करें। आप अगले बारह महीनों में कितना पैसा कमाने का इरादा रखते हैं? सटीक धनराशि क्या है? उसे लिख लें। यह वह लक्ष्य बन जाता है, जिसकी ओर आप पूरे साल अपनी सारी गतिविधियों को एकाग्र करते हैं।

आपको एक ऐसे लक्ष्य की ज़रूरत है, जो यथार्थवादी लेकिन चुनौतीपूर्ण हो। आज तक एक साल में आपको जो भी सबसे ज़्यादा आमदनी हुई हो, उस राशि को 25 से 50 प्रतिशत तक बढ़ा लें, जिस भी राशि के साथ आप आरामदेह महसूस करें। यह सुनिश्चित करें कि लक्ष्य विश्वास करने और हासिल करने लायक़ हों। अतिशयोक्तिपूर्ण लक्ष्य आपको प्रेरित नहीं करते हैं। वे आपको हतोत्साहित करते हैं, क्योंकि दिल की गहराई में आप जानते हैं कि वे हासिल नहीं हो सकते। नतीजा यह होता है कि विपत्ति के पहले संकेत पर ही आप हार मान लेंगे।

हर क्षेत्र में शीर्षस्थ सेल्स पीपल सटीकता से जानते हैं कि वे हर साल और साल के हर हिस्से में कितना कमाने वाले हैं। अगर आप उनसे पूछें, तो वे आपको एक डॉलर के भीतर बता सकते हैं कि उनकी हर दिन की आमदनी का लक्ष्य कितना है।

कम प्रदर्शन करने वाले सेल्स पीपल को ज़रा भी अंदाज़ा नहीं होता कि वे कितना कमाने जा रहे हैं। उन्हें साल के अंत तक इंतज़ार करना होता है और फिर अपने टैक्स फ़ॉर्म भरते समय उन्हें पता लगता है कि उस साल क्या हुआ। उनके लिए हर दिन, महीना और साल वित्तीय दृष्टि से एक नया रोमांचक अभियान होता है। उन्हें ज़रा भी अंदाज़ा नहीं होता कि वे अंततः कहाँ पहुँचने वाले हैं।

लक्ष्यों को लिख लें

आपके लक्ष्य लिखित होने चाहिए, तभी वे प्रभावी बनते हैं। कई बार लोग अपने लक्ष्य काग़ज़ पर नहीं लिखना चाहते हैं। वे कहते हैं, "अगर मैं उन्हें हासिल नहीं कर पाऊँगा, तो क्या होगा?" आपको चिंता करने की ज़रूरत नहीं है। आप अगर लक्ष्य लिखने का काम कर देते हैं, तो इससे उनके हासिल होने की संभावना 1,000 प्रतिशत - दस गुना - बढ़ जाती है और आमतौर पर आप उन्हें अपनी उम्मीद से बहुत जल्दी हासिल कर लेते हैं।

भले ही आप अपने लक्ष्य निर्धारित समय पर हासिल न कर पाएँ, फिर भी लक्ष्य न होने से लक्ष्य होना बेहतर है।

आपका वार्षिक बिक्री लक्ष्य

आपके लिए लक्ष्य निर्धारण का दूसरा हिस्सा ख़ुद से यह पूछना है, "आमदनी के अपने व्यक्तिगत लक्ष्य को हासिल करने के लिए मैं इस साल कितना बेचने जा रहा हूँ?"

इसकी गणना करना ज़्यादा मुश्किल नहीं होना चाहिए। भले ही आप वेतन और कमीशन के तालमेल पर काम करते हों, फिर भी आप पता लगा सकते हैं कि आप जो धनराशि चाहते हैं, उसे कमाने के लिए आपको सटीकता से कितना माल बेचना होगा।

मासिक और साप्ताहिक लक्ष्य

एक बार जब आप अपने वार्षिक आमदनी और बिक्री लक्ष्य तय कर लें, तो फिर उन्हें महीनों में तोड़ लें। अपने वार्षिक लक्ष्य हासिल करने के लिए आपको *हर महीने* कितना कमाना और बेचना होगा?

जब आपके पास वार्षिक बिक्री और आमदनी लक्ष्य आ जाते हैं और आप उन्हें मासिक बिक्री व आमदनी लक्ष्यों में बदल लेते हैं, तो इसके बाद उन्हें *साप्ताहिक* बिक्री और आमदनी लक्ष्यों में बाँट लें। आपको अपने दीर्घकालीन लक्ष्य हासिल करने के लिए हर सप्ताह कितना बेचना होगा?

दैनिक बिक्री लक्ष्य

अंत में यह तय करें कि आप हर दिन जितनी राशि *कमाना* चाहते हैं, उसे कमाने के लिए आपको हर दिन कितना *बेचना* है।

आइए मान लेते हैं कि आपकी वार्षिक आमदनी का लक्ष्य 50,000 डॉलर है। अगर आप इस राशि को 12 से विभाजित कर देते हैं, तो आपको प्रति माह लगभग 4,200 डॉलर मिलते हैं। अगर आप इस 50,000 डॉलर को 50 सप्ताहों से विभाजित कर दें, जितना आप औसत वर्ष में काम करते हैं, तो यह हर सप्ताह 1,000 डॉलर आता है। अब आपके पास निश्चित, विशिष्ट लक्ष्य आ गया है, जिस पर आप निशाना साध सकते हैं।

गतिविधि के स्पष्ट लक्ष्य तय करें

बिक्री लक्ष्य तय करने में आख़िरी क़दम यह है कि आप अपने मनचाहे बिक्री स्तर को हासिल करने के लिए उन निश्चित *गतिविधियों* को तय कर लें, जो आपको करनी होंगी। आपको प्रॉस्पेक्टों के साथ कितने *अपॉइंटमेंट* लेने के लिए कितने फ़ोन करने

होंगे? आपको बिक्री के एक ख़ास स्तर को हासिल करने के लिए कितनी प्रस्तुतियाँ देनी होंगी और कितनी बार कॉल-बैक या दोबारा फ़ोन करने होंगे।

जब आप दिन प्रति दिन और महीने दर महीने के सटीक रिकॉर्ड रखते हैं, तो आप जल्द ही काफ़ी सटीकता से भविष्यवाणी कर सकेंगे कि आपको अपने मासिक और वार्षिक आमदनी के लक्ष्य हासिल करने के लिए हर दिन और हर सप्ताह क्या करना होगा।

आइए मान लेते हैं कि आपको हर दिन दस प्रॉस्पेक्टिंग कॉल करनी हैं, ताकि आपको बिक्री के अपने लक्ष्य हासिल करने के लिए पर्याप्त अपॉइंटमेंट मिल जाएँ। इसे एक खेल बना लें कि आप हर दिन दोपहर से पहले ही दस प्रॉस्पेक्टिंग कॉल कर लें। इसे अपने दैनिक गतिविधि लक्ष्य के रूप में तय कर लें और फिर अपनी योजना पर अमल करने के लिए खुद को अनुशासित करें।

सुबह आठ या साढ़े आठ बजे फ़ोन पर पहुँच जाएँ या फिर ज़रूरत हो, तो बाहर निकलकर अजनबियों से संपर्क करें। आप जो भी करें, हर दिन दोपहर से पहले दस कॉल करने के लिए खुद को विवश करें, जब तक कि इसकी आदत न पड़ जाए।

आप अपने बिक्री जीवन को नियंत्रित करते हैं

गतिविधियों की योजना बनाने का सबसे अहम हिस्सा यह जानना है कि बिक्री गतिविधियाँ *नियंत्रित की जा सकती हैं।* आप यह तय नहीं कर सकते कि कोई ख़ास बिक्री कहाँ से आएगी, लेकिन आप उन *गतिविधियों* को नियंत्रित कर सकते हैं, जिनसे आपको बिक्री हासिल होगी। और अपनी गतिविधियों को नियंत्रित करके आप अप्रत्यक्ष रूप से अपने बिक्री परिणामों को नियंत्रित करते हैं।

देखिए, कुछ दिन और सप्ताह बाक़ी से बेहतर होंगे। कई बार आप बहुत सारी बिक्री कर लेंगे और कई बार आप बिलकुल भी बिक्री नहीं कर पाएँगे। कई बार सूखे के दौर रहेंगे और बिक्री में मंदी छाई रहेगी। बाक़ी समय आप अपने अनुमान से दो-तीन गुना ज़्यादा बेच लेंगे। लेकिन औसत का नियम हमेशा काम करता है। यह अटल है। अगर आप आवश्यक कॉल करते रहते हैं, तो आप अंततः समय-सारणी के हिसाब से बिक्री हासिल कर लेंगे।

परिणाम आपको चौंका सकते हैं

कई मामलों में जब आप सप्ताह, महीने और वर्ष के लक्ष्य तय करते हैं और हर दिन सुनियोजित रूप से उनकी दिशा में काम शुरू करते हैं, तो आप उन लक्ष्यों को उम्मीद से *ज़्यादा जल्दी* पा लेंगे। मेरे कई विद्यार्थियों ने एक साल के लक्ष्य बनाए थे, लेकिन

उन्होंने छह-सात महीने में ही उन्हें हासिल कर लिया। कुछ लोगों ने तो पूरे साल के बिक्री लक्ष्य केवल तीन महीनों में ही हासिल कर लिए। जब भी आप अपने बिक्री जीवन के हर हिस्से के लिए स्पष्ट, विशिष्ट लक्ष्य तय करना शुरू करेंगे, तो परिणाम देखकर दंग रह जाएँगे। मेरे सेमिनार में आए कुछ लोगों ने एक ख़ास बाज़ार में एक ख़ास प्रॉडक्ट बेचने के लिए बरसों मेहनत की थी। लेकिन उन्होंने कभी लक्ष्य तय नहीं किए थे। जब वे लक्ष्य तय करने लगे, तो उनकी बिक्री में विस्फोट हो गया। वे अचानक बिक्री के रिकॉर्ड तोड़ने लगे, हालाँकि वे अब भी उसी ऑफ़िस से वही प्रॉडक्ट बेच रहे थे और उन्हीं लोगों को उन्हीं दामों पर बेच रहे थे। लक्ष्य तय करने से ही सारा फ़र्क़ पड़ा।

अपने अवचेतन मन का दोहन करें

ऐसा इसलिए होता है, क्योंकि किसी लक्ष्य को *लिखने* का काम ही आपके अवचेतन मन में इसकी प्रोग्रामिंग कर देता है। एक बार जब आप अपने अवचेतन मन में किसी लक्ष्य की प्रोग्रामिंग कर देते हैं, तो यह स्वयं शक्तिमान बन जाता है। आपका अवचेतन मन हर दिन चौबीसों घंटे काम करता है, जागते समय भी और सोते समय भी। यही अवचेतन मन आपको लक्ष्य को हासिल करने के लिए तेज़ी से मार्गदर्शन देने लगता है।

एक बार जब आप अपने अवचेतन मन में किसी लक्ष्य की प्रोग्रामिंग कर देते हैं, तो यह आपको लगातार प्रेरित करता है कि आप इसे हासिल करने के लिए आवश्यक कार्य करें।

आपका अवचेतन मन आपको अपने आस-पास के अवसरों और संभावनाओं के प्रति सतर्क बनाता है। यह आपको सही बातें कहने के लिए सही विचार देता है, कई बार तो बिक्री संबंधी चर्चा के बीच में। एक बार जब आप अपने अवचेतन मन में किसी लक्ष्य की प्रोग्रामिंग कर देते हैं, तो यह आपको लगातार प्रेरित करता है कि आप इसे हासिल करने के लिए आवश्यक कार्य करें।

कई बार, आपका अवचेतन मन प्रॉस्पेक्ट का चेहरा पढ़ने में आपकी मदद करेगा और आपको सुझाव देगा कि क्या कहना है। हर एक ने कभी ऐसी बिक्री प्रस्तुति का अनुभव किया होगा, जहाँ उसने एक भी ग़लती नहीं की और एक भी ग़लत शब्द नहीं कहा। बिक्री प्रस्तुति शुरू से आख़िर तक सुचारु ढंग से हुई और बिक्री के साथ ख़त्म हुई। जब भी ऐसा होता है, इसलिए होता है, क्योंकि एक अवचेतन स्तर पर आपके मस्तिष्क की आदर्श ढंग से प्रोग्रामिंग हुई है और इसने आपके लक्ष्यों की दिशा में

आपको सर्वश्रेष्ठ प्रदर्शन करने में सक्षम बना दिया है।

सही समय पर सही शब्द

जब आप अपने बारे में उत्कृष्ट महसूस करते हैं, तो आपका अवचेतन मन आपको बिलकुल सही समय पर बिलकुल सही शब्द प्रदान कर देगा। यह आपको शारीरिक और शाब्दिक संकेतों के प्रति संवेदनशील बना देगा। नतीजा यह होगा कि आपको बातचीत में कोई ऐसा विषय छेड़ने का मार्गदर्शन मिलेगा, जिसके बारे में आपने सोचा भी नहीं था। लेकिन आपको बाद में पता चलेगा कि ग्राहक के दृष्टिकोण से आपने बिलकुल सटीक और सही बात कही थी।

आप बिना किसी योजना के अचानक यह उल्लेख कर सकते हैं कि आपकी कंपनी की ग्राहक सेवा और बिक्री के बाद समर्थन सेवा की बहुत अच्छी प्रतिष्ठा है। आपको बाद में पता चलता है कि यही प्रॉस्पेक्ट की प्रमुख चिंता थी और उसे आपसे प्रॉडक्ट ख़रीदने के लिए बस यही सुनने की ज़रूरत थी।

जैसा पहले बताया जा चुका है, आम इंसान अपनी सिर्फ़ 10 प्रतिशत संभावना का इस्तेमाल करता है। स्पष्ट लक्ष्यों के साथ अपने अवचेतन मन की प्रोग्रामिंग करके आप अपनी क्षमता के उस 90 प्रतिशत हिस्से तक पहुँच सकते हैं, जो सतह के नीचे अवचेतन मन की गहराई में दबा हुआ है। आप तब अपने अवचेतन मन की प्रोग्रामिंग करते हैं और नियमित रूप से इस तक पहुँचते हैं, जब आप सटीकता से यह निर्णय लेते हैं कि आप कितना ज़्यादा कमाना चाहते हैं और उस राशि को कमाने के लिए आपको सटीकता से कौन-से काम करने होंगे।

व्यक्तिगत और पारिवारिक लक्ष्य तय करें

आपको व्यक्तिगत और पारिवारिक लक्ष्य बनाने की भी ज़रूरत है। यही तो वे कारण हैं, जिनकी वजह से आप सब कुछ करते हैं। यही तो वे कारण हैं, जिनकी वजह से आप सुबह उठकर दिन भर निराशाओं और मुश्किलों के बावजूद काम करते हैं। अपने पारिवारिक और व्यक्तिगत लक्ष्यों के बारे में आप जितने ज़्यादा स्पष्ट होते हैं, उतने ही ज़्यादा प्रेरित होंगे और अस्थायी असफलता तथा अस्वीकृति से उतनी ही तेज़ी से ऊपर उठेंगे।

कल्पना करें कि आप अगले दो-तीन साल में अपनी आमदनी *दोगुनी* कर सकते हैं। अगर आप ऐसा कर लेते हैं, तो ऐसी कौन-सी चीज़ें हैं, जो आप अपने जीवन में बदलेंगे? उन सभी चीज़ों की सूची बनाएँ जो आप *बनेंगे, पाएँगे* या *करेंगे*, अगर आप वर्तमान से बहुत ज़्यादा पैसे कमाने लगें। यह सूची जितनी लंबी होगी, आपकी प्रेरणा

और संकल्प का स्तर भी उतना ही ज़्यादा होगा।

अपनी इच्छा को प्रज्ज्वलित करें

अगर आपके पास अपने वित्तीय लक्ष्यों को हासिल करने के सिर्फ़ एक-दो कारण हों, तो आप विपत्तियों और मुश्किलों से आसानी से हताश हो जाएँगे। अगर आपके पास सफल बनने के दस-पंद्रह कारण हों, तो आप ज़्यादा प्रेरित और संकल्पवान होंगे। लेकिन अगर आपके पास अपनी बिक्री और आमदनी बढ़ाने के पचास या सौ कारण हों, तो आप लगभग अजेय बन जाते हैं, जिसे रोका नहीं जा सकता।

जब बात अपने प्रॉडक्ट या सेवा को आक्रामकता से बेचने की आती है, तो आपको क्या लगता है, कौन *ज़्यादा* प्रेरित होगा? वह व्यक्ति, जिसके पास सफल होने के सिर्फ़ एक-दो कारण हैं, या फिर वह व्यक्ति, जिसके पास पचास से ज़्यादा कारण हैं? तथ्य यह है कि आपके पास जितने ज़्यादा कारण होते हैं, आपकी इच्छा की गहनता धधकती भट्टी की तरह उतनी ही ज़्यादा होगी। आप इसे जितना ज़्यादा चाहते हैं, उतनी ही गारंटी होती कि आप इसे कर लेंगे, चाहे इसे हासिल करने के लिए आपको *कुछ भी करना पड़े।* आप ख़ुद को जितने ज़्यादा कारण देते हैं, हर बिक्री के मौक़े पर आपको उतनी ही ज़्यादा अवचेतन शक्तियों की मदद मिलेगी।

100 लक्ष्य तय करें

यहाँ आपके लिए एक अभ्यास है। एक स्पाइरल नोटबुक लें और उसमें 100 लक्ष्य लिख लें, जो आप आने वाले वर्षों में हासिल करना पसंद करेंगे। हर उस चीज़ की सूची बनाएँ, जो आप अपने जीवन में पाना चाहते हैं या करना चाहते हों। कल्पना करें कि इस सूची में आप जो भी लिखते हैं, हर चीज़ आपके पास बिलकुल सही समय और बिलकुल सही तरीक़े से आने वाली है। आपको तो बस इसे लिखना है, मानो आप इसे पाने के लिए दौलत के महान सांसारिक भंडार को ऑर्डर दे रहे हों। जब आपके दिमाग़ में पाने या हासिल करने वाली नई चीज़ें आएँ, तो उन्हें भी इस स्पाइरल नोटबुक में लिख लें। आपके पास जितने ज़्यादा लक्ष्य होंगे, आपके लिए उतना ही अच्छा है।

मेरा एक मित्र जब बिक्री के क्षेत्र में शुरुआत कर रहा था, तब उसने यह अभ्यास शुरू किया और आने वाले वर्षों के लिए 350 लक्ष्य तय किए। जब भी वह अख़बार पढ़ता था या टी.वी. देखता था और किसी चीज़ पर उसका दिल आ जाता था, तो वह उसे अपनी स्पाइरल नोटबुक में लिख लेता था। हर सप्ताह वह अपने लक्ष्यों को पढ़ता था, उनकी समीक्षा करता था और नए लक्ष्य जोड़ता रहता था।

एक साल के भीतर ही एक प्रतिस्पर्धी बाज़ार में, शून्य से शुरुआत करते हुए, वह अपने क्षेत्र के सबसे सफल सेल्समैनों में से एक बन गया। उसने अंततः अपने उद्योग का हर बिक्री रिकॉर्ड तोड़ दिया। अख़बारों में उसे "सेल्स सुपरस्टार" घोषित किया गया।

उसने मुझे अकेले में बताया कि अपने लक्ष्यों को लिखना और उनकी समीक्षा करना ही उस प्रेरणा और उत्साह का बुनियादी कारण था, जिसने उसे सफलता दिलाई। वह अंततः महसूस करने लगा कि उसे रोका नहीं जा सकता था।

सफलता का सबसे बड़ा कारण

अमेरिका और 25 अन्य देशों में 5,00,000 से ज़्यादा सेल्स पीपल को सिखाते समय मैंने पाया है कि लक्ष्य निर्धारण के प्रति समर्पण शीर्षस्थ लोगों की सफलता का सबसे बड़ा कारण है। हर क्षेत्र में सबसे ज़्यादा भुगतान पाने वाले सेल्स पीपल लक्ष्य निर्धारित करने के मामले में समर्पित होते हैं। वे हर दिन अपने लक्ष्य लिखते हैं और बार-बार लिखते हैं। वे अपनी सूचियों में लगातार नए लक्ष्य जोड़ते जाते हैं। वे अपने अवचेतन और अतिचेतन मन तक पहुँचकर उन्हें सक्रिय करते हैं। वे अपने जीवन में उन लोगों और परिस्थितियों को आकर्षित करने लगते हैं, जो लक्ष्य हासिल करने में उनकी मदद करें।

अपने लक्ष्यों का चित्र इस तरह देखें, मानो वे हासिल हो चुके हों

लक्ष्य निर्धारण के साथ इस्तेमाल करने पर *मानसिक चित्रण* शायद वह सबसे शक्तिशाली योग्यता है, जिसे आप सीख सकते हैं। आप जैसे व्यक्ति बनना चाहते हैं और आप जो लक्ष्य हासिल करना चाहते हैं, उसकी एक स्पष्ट मानसिक तस्वीर बनाने से ज़्यादा शक्तिशाली कोई तरीक़ा नहीं है, जिससे आप अपने अवचेतन मन की प्रोग्रामिंग कर सकें।

मानसिक चित्रण की शक्ति इंसानों के पास मौजूद सबसे विस्मयकारी शक्ति है। कहा जाता है कि आपके जीवन के सभी सुधार आपकी मानसिक तस्वीरों के सुधार से शुरू होते हैं। मानसिक चित्र में खुद को शांत, आत्मविश्वासी और शक्तिशाली देखें। अपनी कल्पना सफल और प्रभावशाली व्यक्ति के रूप में करें। चित्र में देखें कि आप बिक्री के हर हिस्से में सक्षम और योग्य हैं। देखें कि आप प्रॉस्पेक्टिंग, प्रस्तुतिकरण और क्लोज़िंग में बेहद उत्कृष्ट हैं।

किसी सेल्स मीटिंग में जाने से पहले कल्पना करें कि प्रॉस्पेक्ट बड़े ही सकारात्मक और उत्साही अंदाज़ में आपकी बातों के जवाब दे रहा है। बिक्री संबंधी बातचीत में उसे

मुस्कुराते और शामिल होते देखें। ख़ास तौर पर यह चित्र देखें कि प्रॉस्पेक्ट बिक्री ऑर्डर पर साइन कर रहा है या चेक काट रहा है। आप हैरान होंगे कि कितनी ज़्यादा बार ग्राहक के साथ आपका यह मानसिक चित्र हक़ीक़त में बदल जाएगा।

इसे कहें और इसे देखें

आपका अवचेतन मन चित्रों और दृढ़ कथनों दोनों से सक्रिय होता है। हर बार जब आप खुद से प्रबलता से कुछ कहते हैं, तो आपका अवचेतन मन उन शब्दों को आदेश मानकर स्वीकार कर लेता है। फिर यह उस आदेश को हक़ीक़त बनाने में जुट जाता है।

सभी उद्‌देश्यों के लिए सबसे अच्छा दृढ़ कथन है, "मैं ख़ुद को पसंद करता हूँ! मैं ख़ुद को पसंद करता हूँ! मैं ख़ुद को पसंद करता हूँ!" जैसा कि पहले ही बताया जा चुका है, जब भी आप "मैं ख़ुद को पसंद करता हूँ!" कहते हैं, तो हर बार अपने आत्म-गौरव को बढ़ा लेते हैं, अपनी सकल आत्म-अवधारणा को बेहतर बनाते हैं और अपने हर काम को, ख़ास तौर पर बिक्री को, ज़्यादा असरदार अंदाज़ में करते हैं।

जब आप किसी दृढ़ कथन को विश्वास और उत्साह के साथ दोहराते हैं और अपने अवचेतन मन को इसे साकार करने का आदेश देते हैं, तो आप अपनी सभी मानसिक शक्तियों को सक्रिय कर देते हैं। आप अपनी ऊर्जा के स्तर को बढ़ा लेते हैं। आप ज़्यादा सकारात्मक और उत्साही महसूस करते हैं। आप अपने मन और भावनाओं की पूरी बागडोर थाम लेते हैं।

ख़ुद से कहें, "मैं ख़ुश महसूस करता हूँ। मैं स्वस्थ महसूस करता हूँ। मैं ज़बर्दस्त महसूस करता हूँ!" दिन में इसे बार-बार दोहराते रहें। जब भी आप ये शब्द दोहराते हैं, तो हर बार आप ज़्यादा ख़ुश और आत्मविश्वासी महसूस करेंगे। फिर ख़ुद को देखें, मानो आप सचमुच वैसा ही महसूस कर रहे हों।

शून्य से शिखर तक

कुछ समय पहले एक सेमिनार में एक सेल्स मैनेजर ने मुझे एक कहानी सुनाई। उसने कहा कि उसकी कंपनी ने सीमित अनुभव वाले एक युवा सेल्समैन को नियुक्त कर लिया। उन्हें पक्का पता नहीं था कि वह सफल होगा या नहीं, लेकिन उन्होंने उसे मौक़ा देने का निर्णय लिया। लेकिन कमाल हो गया! छह महीने के भीतर ही वह पूरे देश में उस कंपनी का शीर्षस्थ सेल्समैन बन गया। उन्होंने उसे बैठाकर पूछा कि उसके हिसाब से वह इतना अच्छा प्रदर्शन क्यों कर रहा था, जबकि उसने इस उद्योग में पहले कभी काम नहीं किया था। वह कैसे उन पेशेवर सेल्स पीपल से ज़्यादा बेच रहा था और बेहतर प्रदर्शन कर रहा था, जो उस उद्योग में दस-पंद्रह साल से काम कर रहे थे।

उसका रहस्य? वह *हर दिन* दृढ़ कथनों और मानसिक चित्रण का इस्तेमाल कर रहा था। उसने कहा, हर सुबह जब मैं अपनी कार में बैठता हूँ, तो मैं ख़ुद से दोहराता हूँ, "मैं सर्वश्रेष्ठ हूँ! मैं सर्वश्रेष्ठ हूँ! मैं सर्वश्रेष्ठ हूँ।"

फिर मैं कहता हूँ, "मैं इस कंपनी का सर्वश्रेष्ठ सेल्समैन हूँ। मैं इस उद्योग का सर्वश्रेष्ठ सेल्समैन हूँ। मैं व्यवसाय में सर्वश्रेष्ठ सेल्समैन हूँ।"

हर सेल्स कॉल से पहले मैं अपनी कार में बैठता हूँ और बार-बार इन दृढ़ कथनों को दोहराकर ख़ुद को प्रेरित करता हूँ, "मैं इस कंपनी में सर्वश्रेष्ठ हूँ। मैं इस उद्योग में सर्वश्रेष्ठ हूँ। मैं इस देश में सर्वश्रेष्ठ हूँ।"

स्पष्ट मानसिक चित्र बनाएँ

इस प्रेरक सेल्समैन ने बाद में बताया कि जब वह ख़ुद से सकारात्मक बातें करता था, तो वह एक स्पष्ट मानसिक तस्वीर बना लेता था, जिसमें वह ग्राहक के साथ ठीक उसी तरह व्यवहार कर रहा था और उसे बेच रहा था, मानो वह देश का शीर्षस्थ सेल्समैन हो। वह कल्पना करता था कि प्रॉस्पेक्ट उस पर सकारात्मक अंदाज़ में और विश्वास से प्रतिक्रिया कर रहा है। वह तनावरहित हो जाता था, मुस्कुराता था और ग्राहक के सामने मिलने वाली इस भावना का आनंद लेता था।

जब वह प्रॉस्पेक्ट से मिलने जाता था, तो वह विश्वास का संचार करता था। वह गर्मजोश, दोस्ताना और आत्मविश्वासी रहता था। वह शिष्ट और सम्मानपूर्ण रहता था। उसने कंपनी में हर एक के साथ तुरंत तालमेल बना लिया, ख़ास तौर पर ग्राहकों के साथ। और ग्राहकों ने रिकॉर्ड संख्या में उससे सामान ख़रीदा।

अपने शब्दों और चित्रों को चुनें

यहाँ एक रोचक बात है। *हर व्यक्ति* मानसिक चित्र देखता है और अपना दैनिक कामकाज करते वक़्त ख़ुद से लगातार बात करता है। शीर्षस्थ सेल्स पीपल और औसत सेल्स पीपल के बीच का अंतर उनके आंतरिक संवाद और उनकी मानसिक तस्वीरों की *सामग्री* में होता है। शीर्षस्थ सेल्स पीपल अतीत के अपने सर्वश्रेष्ठ बिक्री अनुभवों के बारे में सोचते तथा बात करते हैं। फिर वे कल्पना करते हैं कि प्रॉस्पेक्ट के साथ आगामी बिक्री चर्चा में वे उन *उत्कृष्ट* अनुभवों को दोहराने वाले हैं।

औसत सेल्स पीपल भी मानसिक चित्र देखते हैं और दृढ़ कथन कहते हैं। दुर्भाग्य से, वे अपने सबसे ताज़े *नकारात्मक* अनुभवों के बारे में सोचते हैं। वे उन ग्राहकों पर बर्बाद हुए समय और ऊर्जा के बारे में सोचते हैं, जिन्होंने उनसे सामान नहीं ख़रीदा, जो अशिष्ट या उदासीन थे और इससे वे कितने निराश थे।

चाहे मामला जो हो, चित्र देखकर और दृढ़ कथन कहकर सेल्सपर्सन ख़ुद को मानसिक रूप से पुराने अनुभव को *दोहराने* के लिए तैयार कर रहा है। जब आप अपने सर्वश्रेष्ठ पुराने सेल्स अनुभव की सकारात्मक, रोमांचक तस्वीर बनाते हैं, तो आपका अवचेतन मन उस अनुभव को आपकी अगली सेल्स कॉल में उसी तरह प्रक्षेपित कर देता है, जिस तरह पर्दे पर फ़िल्म चलती है। इस स्पष्ट तस्वीर के साथ आपका अवचेतन आपके विचारों, भावनाओं और कार्यों को भी मिला देता है, जिससे आप वही चीज़ें करते और कहते हैं, जो आपने सफलता पाने के लिए पहले की और कही थीं।

आप अपने अवचेतन मन को नियंत्रित करते हैं

आपका अवचेतन मन तटस्थ है। यह गीली मिट्टी की तरह होता है। आप इसे जिस आकार में चाहें, ढाल सकते हैं। आपका अवचेतन सोचता नहीं है, यह निर्णय नहीं लेता है। यह तो सिर्फ़ आपके मानसिक आदेशों का *पालन* भर करता है। जब आप अपने चेतन मन का पूरा नियंत्रण ले लेते हैं और ख़ुद को उन्हीं चीज़ों के बारे में सोचने व बोलने के लिए अनुशासित करते हैं, जिन्हें आप चाहते हैं, तो आप अपने अवचेतन मन को स्पष्ट आदेश भेजते हैं कि यह आपको सफल बनाने वाले विचार, शब्द तथा कार्य प्रदान करे।

कोलंबस की तरह बेचना

कई सेल्स पीपल हैं, जिन्हें हम "कोलंबस सेल्स पीपल" कहते हैं। जब कोलंबस भारत का मार्ग खोजने के लिए चला, तो वह नहीं जानता था कि वह कहाँ *जा रहा था*। जब वह अमेरिका पहुँचा, तब उसे मालूम नहीं था कि वह कहाँ *आ गया था*। और जब वह स्पेन लौटा, तब भी उसे मालूम नहीं था कि वह कहाँ *होकर आया था*।

कई सेल्स पीपल ऐसे ही होते हैं। वे सुबह सिर्फ़ एक अस्पष्ट विचार के साथ निकलते हैं कि वे कहाँ जा रहे हैं। जब वे ग्राहक के घर या ऑफ़िस पहुँचते हैं, तो वे वह पहली बात कह देते हैं, जो उनके मुँह से निकल जाती है। और जब वे ऑफ़िस वापस लौटते हैं, तो उन्हें पक्का पता नहीं होता कि वे कहाँ गए थे या क्या हुआ था।

अपनी मुलाक़ातों की योजना पहले से बनाएँ

शीर्षस्थ सेल्स पीपल अलग होते हैं। वे अपनी बिक्री संबंधी मुलाक़ातों के बारे में पहले से सोच लेते हैं। प्रॉस्पेक्ट के सामने आने से पहले ही वे मानसिक रूप से उन बातों को दोहरा लेते हैं, जो वे कहने जा रहे हैं। वे "मानसिक रिहर्सल" करते हैं। यह एक शिखर-प्रदर्शन तकनीक है, जिसका इस्तेमाल सभी शीर्षस्थ खिलाड़ी करते हैं, जिनमें

सेल्स लाइन के महारथी भी शामिल हैं। वे आने वाली मुलाक़ात की मानसिक तैयारी करते हैं।

यदि आप प्रतिस्पर्धा में जाने वाले खिलाड़ी हों, तो कभी मैदान या कोर्ट में सीधे प्रतिस्पर्धा में उतरने की नहीं सोचेंगे। पेशेवर खिलाड़ी मैदान पर जाने से पहले हमेशा वार्म अप या पूर्वाभ्यास करता है। इसी तरह पेशेवर सेल्स पीपल भी मानसिक रिहर्सल करके पूर्वाभ्यास करते हैं, ताकि ग्राहक के सामने वे अपने सर्वश्रेष्ठ स्तर पर प्रदर्शन कर सकें।

मानसिक चित्र देखने के दो तरीक़े

दो तरीक़े हैं, जिनसे आप मानसिक चित्रण का इस्तेमाल आगामी बिक्री की मानसिक रिहर्सल करने के लिए कर सकते हैं। पहला है *प्रत्यक्ष,* जहाँ आप ग्राहक और बिक्री स्थिति को अपनी आँखों से "देखते" हैं। आप ग्राहक को मुस्कुराते हुए और अपनी बातों पर सकारात्मक प्रतिक्रिया करते देखते हैं। आप देखते हैं कि वह आपसे सहमत हो रहा है, उसे आपके साथ रहना अच्छा लग रहा है और वह बिक्री प्रस्तुति का आनंद ले रहा है। यह बहुत कारगर होता है।

मानसिक चित्रण के इस्तेमाल का दूसरा तरीक़ा है *अप्रत्यक्ष* तरीक़ा। इस तरीक़े में आप दरअसल ख़ुद से बाहर निकलकर ख़ुद को तथा ग्राहक को सेल्स स्थिति में देखते हैं, ठीक वैसे ही जैसे कोई तीसरा पक्ष बग़ल से देख रहा हो। जब आप इन दोनों तरीक़ों का - ख़ुद को अंदर से और बाहर से देखने का - अदल-बदलकर इस्तेमाल करते हैं, तो आप अपनी बिक्री प्रस्तुति और व्यक्तिगत प्रदर्शन की गुणवत्ता को बहुत बेहतर बना लेते हैं।

ख़ुद को सर्वश्रेष्ठ के रूप में देखें

लगातार अपनी कल्पना अपने क्षेत्र के सर्वश्रेष्ठ व्यक्ति के रूप में करें। ख़ुद को अपने व्यवसाय में सबसे ज़्यादा पैसे कमाने वाले के रूप में देखें। ख़ुद को अपने उद्योग में सबसे ज़्यादा भुगतान वाले सेल्स पीपल के रूप में देखें। इस तरह चलें, बात करें और दूसरों के साथ व्यवहार करें, मानो आप पहले से ही सेल्स सुपरस्टार बन चुके हैं।

जब आप किसी को नई कार चलाते या महँगे कपड़े या महँगी घड़ी पहने देखें, तो ख़ुद से कहें, "यह मेरे लिए है!"

इसी समय यह संकल्प लें कि जो भी किसी दूसरे व्यक्ति ने हासिल किया है, उसे आप भी हासिल कर सकते हैं। कोई सीमाएँ नहीं हैं।

कार्य
अभ्यास

1. बड़ा सोचें! अगले साल के लिए अपनी आमदनी का लक्ष्य तय करें, जो आपकी पिछली सर्वश्रेष्ठ आमदनी से 25-50 प्रतिशत अधिक हो।
2. पता लगाएँ कि अपनी आदर्श आमदनी हासिल करने के लिए आपको अगले साल अपने कितने प्रॉडक्ट या सेवा बेचनी होगी।
3. अपनी आमदनी और बिक्री के लक्ष्यों को महीने, सप्ताह और दिन में विभाजित कर लें। तय कर लें कि आपने जितने पैसे कमाने का निर्णय लिया है, उसे कमाने के लिए आपको हर दिन कौन से काम करने होंगे।
4. हर दिन की योजना पहले से बना लें। सटीकता से उन प्रॉस्पेक्टों की संख्या निर्धारित करें, जिन्हें आपको फ़ोन करना होगा। आपको कितने लोगों से मिलना होगा और कितनी बिक्रियाँ करनी होंगी?
5. अपने परिवार और निजी जीवन के लिए बड़े, रोमांचक लक्ष्य तय करें। पचास से सौ चीज़ों की सूची बनाएँ, जो आप उस पैसे से ख़रीदना और करना चाहते हैं, जो आप कमाने जा रहे हैं।
6. अपना हर लक्ष्य हासिल करने की एक लिखित योजना बनाएँ और हर दिन अपनी योजना पर काम करें।
7. अपने सबसे मनचाहे लक्ष्यों को हासिल करने के लिए अतिरिक्त काम और त्याग के संदर्भ में चुकाने वाली क़ीमत तय करें, और फिर वह क़ीमत चुकाना शुरू कर दें।

आप भी तय कर सकते हैं कि आप क्या चाहते हैं। आप अपने बड़े उद्देश्य, लक्ष्य, मक़सद और मंज़िलों को चुन सकते हैं।

– डब्ल्यू. क्लीमेंट स्टोन

3

लोग क्यों ख़रीदते हैं

लक्ष्य हैं और मैं अपने ज्ञान के हिसाब से सर्वश्रेष्ठ उपाय का अनुसरण करता हूँ,
तो हर चीज़ सही हो जाती है। अगर मैं सही चीज़ करता हूँ,
तो मैं जानता हूँ कि मैं सफल होने वाला हूँ।

– गैलिलियो गैलिली

कोई आपका प्रॉडक्ट या सेवा क्यों ख़रीद सकता है, इसके बहुत से कारण होते हैं। आपको यह बात समझ लेनी चाहिए कि लोग आपके नहीं, उनके कारणों से ख़रीदते हैं। नौसिखिये सेल्स पीपल एक बहुत बड़ी ग़लती यह करते हैं कि वे ग्राहक को अपने कारणों से बेचना चाहते हैं, उन कारणों से नहीं, जो ग्राहक को सचमुच क़दम उठाने के लिए प्रेरित करते हों।

बेचने का एक बहुत महत्त्वपूर्ण हिस्सा वह अनिवार्य क़दम होता है, जिस पर बिक्री की पूरी प्रक्रिया निर्भर करती है। यह अनिवार्य क़दम है अपने प्रॉस्पेक्ट की आवश्यकताओं को सटीकता से पहचानने की आपकी योग्यता। चाहे जितना समय लगे, चाहे जितने सवाल पूछना ज़रूरी हो, सारे जतन करें, लेकिन सटीकता से पता लगा लें कि इस ख़ास प्रॉस्पेक्ट को इस समय आपका प्रॉडक्ट या सेवा ख़रीदने की ज़रूरत क्यों है। यदि आप प्रॉस्पेक्ट की आवश्यकताओं को सटीकता से नहीं पहचान पाएँगे, तो बिक्री की पूरी प्रक्रिया ही थम जाएगी।

बुनियादी प्रेरणा

बुनियादी सिद्धांत यह है कि किसी न किसी तरह की *बेहतरी* हर मानवीय कार्य का लक्ष्य है। लोग प्रॉडक्ट और सेवाएँ इसलिए ख़रीदते हैं, क्योंकि उन्हें लगता है कि ऐसा करने से उनकी स्थिति बेहतर हो जाएगी। साथ ही, उन्हें यह भी लगता है कि वह प्रॉडक्ट या सेवा बिलकुल न ख़रीदना या किसी *दूसरे* से ख़रीदना उतना लाभकारी नहीं होगा,

जितना कि आपसे ख़रीदना होगा। वे यह महसूस करते हैं कि आपसे वह प्रॉडक्ट या सेवा ख़रीदना उनके लिए सबसे अच्छा सौदा है।

बिक्री के हर प्रस्ताव पर हर ग्राहक के सामने तीन विकल्प होते हैं। वह आपसे ख़रीद सकता है, वह किसी दूसरे से ख़रीद सकता है या वह इस वक़्त बिलकुल भी नहीं ख़रीदता है। आपका काम ग्राहक को समझ के इस बिंदु तक लाना है कि उसे आपके प्रॉडक्ट की इतनी ज़रूरत है कि वह ख़रीददारी के प्रतिरोध से उबर जाए, जो बिक्री को पटरी से उतार सकता है।

इसके अलावा, आपको यह स्पष्ट करना होगा कि आपके प्रॉडक्ट के बिना ग्राहक की स्थिति बदतर होगी, जबकि आपके प्रॉडक्ट या सेवा के साथ वह बहुत बेहतर स्थिति में होगा। ध्यान रखें, यह उपयोगिता या लाभ में सिर्फ़ *छोटी-मोटी* वृद्धि नहीं होनी चाहिए। प्रॉस्पेक्ट के कामकाज या जीवन में सुधार इतना ज़्यादा होना चाहिए कि वह धनराशि तर्कसंगत साबित हो, जो आप उससे ले रहे हैं, साथ ही समय और ऊर्जा की वह मात्रा भी तर्कसंगत साबित हो, जो आपके समाधान को अपनाने में लगेगी।

सबसे बड़ी उपयोगिता

लोग *स्वतंत्रता* को हमारे समाज के अन्य लाभों से ज़्यादा मूल्यवान मानते हैं। जब उनके पास पैसा होता है, तो वे कुछ हद तक स्वतंत्र महसूस करते हैं। उनके पास विकल्प और चयन होते हैं। वे बहुत सारी अलग-अलग चीज़ें कर सकते हैं। स्वतंत्रता की यह इच्छा एक प्रमुख कारण है, जिसकी वजह से लोग अपने पैसे से दूर होने में हिचकिचाते हैं, कारण चाहे जो भी हो।

यदि कोई प्रॉस्पेक्ट आपसे कोई भी चीज़ ख़रीदता है, तो वह उस स्वतंत्रता को थोड़ा-बहुत गँवा देता है, जो उसके पास आपको पैसा देने से पहले थी। अगर वह आपसे कोई ऐसा प्रॉडक्ट ख़रीदता है, जिससे वह संतुष्ट नहीं होता, तो स्थिति और ख़राब हो जाती है। अब उसके पास पैसा भी नहीं बचा है और वह प्रॉडक्ट के साथ *अटक* भी गया है। चूँकि हर प्रॉस्पेक्ट को यह अनुभव एक से ज़्यादा बार हुआ है, इसलिए वह ख़रीदने का एक निश्चित मात्रा में प्रतिरोध हमेशा करता है।

जितना ज़्यादा, उतना बेहतर

अर्थशास्त्री "संतुष्टि की इकाइयों" की बात करते हैं। वे मानते हैं कि अलग-अलग कार्य किसी व्यक्ति को संतुष्टि की अलग-अलग मात्रा देते हैं। प्रॉस्पेक्ट ख़रीददारी के हर निर्णय में संतुष्टि की अधिकाधिक संभव इकाइयाँ पाना चाहता है। वह शारीरिक दृष्टि से, भावनात्मक दृष्टि से और यहाँ तक कि आध्यात्मिक दृष्टि से भी बेहतर स्थिति में

पहुँचना चाहता है। वह कई पहलुओं में संतुष्ट होना चाहता है।

आपका प्रॉडक्ट जितने ज़्यादा तरीक़ों से ग्राहक को ख़ुश और संतुष्ट कर सकता है, उसे ख़रीदना ग्राहक के लिए उतना ही ज़्यादा आसान होता है।

भावनात्मक मूल्य

हर व्यक्ति की ख़रीददारी की प्रेरणाएँ भिन्न-भिन्न होती हैं। बिक्री मनोविज्ञान के सबसे महत्त्वपूर्ण क्षेत्रों में से एक का लेना-देना उससे होता है, जिसे "साइकिक" या "भावनात्मक" मूल्य कहा जाता है। ये अदृश्य, अमूर्त मूल्य होते हैं, जो किसी प्रॉडक्ट या सेवा से जुड़ जाते हैं और जिनकी वजह से वह प्रॉडक्ट या सेवा ग्राहक को ज़्यादा मूल्यवान दिखती और महसूस होती है।

मिसाल के तौर पर, जब सेल्स पीपल ग्राहक को ख़रीदने के लिए राज़ी करते हैं, तो वे अक्सर उसे यह विश्वास दिलाने की कोशिश करेंगे कि उनका प्रॉडक्ट या सेवा बाज़ार में *सर्वश्रेष्ठ संभव दाम* पर बेची जा रही है।

लेकिन प्रायः प्रॉस्पेक्ट को दाम की कम, प्रॉडक्ट बेचने वाली कंपनी के नाम या प्रतिष्ठा की ज़्यादा चिंता होती है। वह कोई ऐसी चीज़ ख़रीदना ज़्यादा पसंद करेगा, जो ज़्यादा विश्वसनीय हो, भले ही वह ज़्यादा महँगी हो।

अगर प्रॉस्पेक्ट के लिए विश्वसनीयता सबसे ज़्यादा महत्त्वपूर्ण है, तो जब सेल्सपर्सन किसी अंजान प्रॉडक्ट या सेवा की कम लागत पर ज़ोर देता है, तो वह दरअसल बिक्री करने की अपनी संभावनाओं को *नुक़सान* पहुँचा रहा है।

दूसरे कैसा महसूस करते हैं

लोग अपने कामकाजी या घरेलू परिवेश में दूसरों की धारणाओं के प्रति संवेदनशील होते हैं। जब भी कोई किसी चीज़ को ख़रीदने पर विचार करता है, तो वह इस बारे में सोचता है कि *दूसरे लोग* इसे ख़रीदने के निर्णय पर कैसी प्रतिक्रिया करेंगे। कोई भी नहीं चाहता कि उसकी आलोचना हो। यदि प्रॉस्पेक्ट को कोई ख़ास चीज़ ख़रीदने पर अपने बॉस या जीवनसाथी की आलोचना का डर या आशंका हो, तो वह उस ख़रीददारी को करने से पूरी तरह बचेगा।

भाव और गुणवत्ता

ज़्यादातर सेल्स पीपल *भाव* और *गुणवत्ता* शब्दों को तोते की तरह रटते रहते हैं, मानो वे किसी चीज़ को ख़रीदने के सबसे दमदार कारण हों। आज के प्रतिस्पर्धी बाज़ार में

ग्राहक यह मानकर चलता है कि आपके प्रॉडक्ट या सेवा का भाव अच्छा है और यह पर्याप्त रूप से अच्छी गुणवत्ता का है, वरना यह बाज़ार में उपलब्ध ही नहीं होता। प्रॉस्पेक्ट को यह बताना कि उसे आपका प्रॉडक्ट आपके "भाव और गुणवत्ता" की वजह से ख़रीदना चाहिए, यह कहने जैसा होता है कि उसे आपका प्रॉडक्ट या सेवा इसलिए ख़रीद लेना चाहिए, क्योंकि आप इसे उसके घर पहुँचा देंगे। यह तो ख़रीदने का कोई कारण नहीं है।

आवश्यकताओं को पहचानना

पेशेवर बिक्री *आवश्यकता विश्लेषण* से शुरू होती है। दरअसल आप तब तक बेचने की स्थिति में ही नहीं होते हैं, जब तक कि आप पर्याप्त प्रश्न न पूछ लें और जवाबों को पर्याप्त ग़ौर से न सुन लें। इससे आप प्रॉस्पेक्ट की उस सबसे गहरी आवश्यकता को समझने में सक्षम बनते हैं, जो आपके प्रॉडक्ट या सेवा से संतुष्ट हो सकती है।

एक बार ग्राहक की मुख्य आवश्यकताओं और इच्छाओं को समझ लेने के बाद आप अपनी प्रस्तुति को इस तरह ढाल सकते हैं कि ग्राहक के सामने ज़बर्दस्त तरीक़े से प्रदर्शित कर सकें कि आपसे ख़रीदने पर उसकी वह आवश्यकता पूरी तरह संतुष्ट हो जाएगी।

"करता है" बनाम *"है"*

शायद आवश्यकता विश्लेषण का सबसे प्रमुख फ़र्क़ इसके बीच है कि आपका प्रॉडक्ट क्या "है" और आपका प्रॉडक्ट क्या "करता है।" ज़्यादातर सेल्स पीपल इस बात की बहुत परवाह करते हैं कि उनका प्रॉडक्ट क्या है, उसे कैसे बनाया जाता है और उसके डिज़ाइन और उत्पादन में कौन-कौन-सी विशेषताएँ हैं। फलस्वरूप, जब वे किसी प्रॉस्पेक्ट के साथ होते हैं, तो इन्हीं चीज़ों की बात करते हैं।

लेकिन प्रॉस्पेक्ट को इस बात की रत्ती भर भी परवाह नहीं होती कि आपका प्रॉडक्ट क्या है। उसे तो सिर्फ़ इस बात की परवाह होती है कि आपका प्रॉडक्ट उसके लिए *क्या करेगा*। हर ग्राहक का प्रिय रेडियो स्टेशन *डब्ल्यूआईआई-एफ़एम* होता है, "इसमें मेरे लिए क्या है?"

लेकिन प्रॉस्पेक्ट को इस बात की रत्ती भर भी परवाह नहीं होती कि आपका प्रॉडक्ट क्या है। उसे तो सिर्फ़ इस बात की परवाह होती है कि आपका प्रॉडक्ट उसके लिए *क्या करेगा।*

यहाँ यह तय करने का एक सरल तरीक़ा है कि आपका प्रॉडक्ट आपके ग्राहक के लिए क्या करता है। एक पाइपलाइन की कल्पना करें। पाइपलाइन के एक सिरे से आपका प्रॉडक्ट या सेवा जाती है, बिक्री से डिलिवरी तक और डिलिवरी से ग्राहक द्वारा वास्तविक उपयोग तक। पाइपलाइन के दूसरे सिरे पर बाल्टी में गिरने वाली चीज़ वह है, जो आपका प्रॉडक्ट ग्राहक के जीवन या कामकाज को बेहतर बनाने के लिए करता है। आपका काम स्पष्टता से यह पहचानना है कि आप जो बेच रहे हैं, उसे ख़रीदने के बाद ग्राहक की बाल्टी में क्या पहुँचता है।

भावनात्मक बनाम व्यावहारिक कारण

मिसाल के तौर पर, कुछ लोग जीवन बीमा बेचते समय इस बात पर ज़ोर देते हैं कि प्रतिस्पर्धी पॉलिसियों की तुलना में उनका भाव कितना कम है, उनकी कंपनी का आकार और प्रतिष्ठा कितनी ज़्यादा है, मासिक भुगतान कितना आसान है और जीवन बीमा वित्तीय नियोजन में क्या भूमिका निभाता है। ये सभी महत्त्वपूर्ण हैं, लेकिन वे किसी ग्राहक के जीवन बीमा ख़रीदने के मूल कारण नहीं हैं। ग्राहक तो इसे मुख्यतः "मन की शांति" के लिए ख़रीदता है।

देश के शीर्षस्थ जीवन बीमा एजेंटों में से एक ने मुझे बताया कि जब वह नए प्रॉस्पेक्ट से मिलता है, तो उसके पास एक बहुत सरल सवाल होता है। वह पूछता है, "अगर आपको कुछ हो जाए, तो क्या आप अपने परिवार के भरण-पोषण की ज़िम्मेदारी महसूस करते हैं?"

यदि कोई ग्राहक इस सवाल पर तुरंत *हाँ* नहीं कहता है, तो वह उसे जीवन बीमा के महत्त्व का विश्वास दिलाने में आगे समय बर्बाद नहीं करता है। वह जानता है कि अगर कोई व्यक्ति अपने परिवार के लिए बहुत ज़िम्मेदार महसूस नहीं करता है, तो वह दुर्घटना की स्थिति में उनकी ख़ातिर पैसा छोड़ने के लिए बीमा नहीं कराएगा।

इसी तरह, आप भी ऐसे ही सवाल पूछ सकते हैं, जिनसे यह पता चल जाए कि आपका प्रॉडक्ट जिस भावनात्मक आवश्यकता को संतुष्ट करता है, क्या वह आपके ग्राहक के लिए इतनी महत्त्वपूर्ण है कि वह उसे ख़रीद लेगा, बशर्ते आप उसे यह विश्वास दिला सकें कि वह आवश्यकता संतुष्ट हो जाएगी। आपके चुने हुए सवाल ही प्रायः आवश्यकताओं को सही तरीक़े से पहचानने की कुंजी हैं।

दो प्रमुख प्रेरणाएँ

दो प्रेरणाएँ होती हैं : लाभ की इच्छा और नुक़सान का डर। लोग जब ख़रीदते हैं, तो लाभ की इच्छा से ख़रीदते हैं। लोग जब नहीं ख़रीदते हैं, तो नुक़सान के डर से नहीं

ख़रीदते हैं। पहली प्रेरणा यानि लाभ की इच्छा स्पष्ट रूप से यह है कि स्थिति बेहतर बनेगी और परिस्थितियों में किसी तरह का सुधार होगा। आपका पहला काम यह समझने में अपने ग्राहक की मदद करना है कि अगर वह आपका प्रॉडक्ट ख़रीद लेता है, तो अभी की तुलना में उसका जीवन या कामकाज कितना ज़्यादा बेहतर हो जाएगा।

दूसरी प्रेरणा है नुक़सान का डर। जैसा हम पहले ही बात कर चुके हैं, प्रॉस्पेक्ट ख़रीददारी में ग़लती करने से घबराते हैं। वे इस बात से डरते हैं कि कहीं वे किसी ऐसी चीज़ में अटक न जाएँ, जिसे वे नहीं चाहते, जिसकी उन्हें ज़रूरत नहीं है, जिसका वे इस्तेमाल नहीं कर सकते और जिसका वे ख़र्च नहीं उठा सकते। चूँकि यह उनके साथ पहले बहुत बार हो चुका है, इसलिए वे सावधान रहते हैं कि ऐसा कहीं अगली बार न हो जाए।

यहाँ एक महत्त्वपूर्ण खोज है। लाभ की इच्छा में 1.0 की प्रेरक शक्ति होती है। लेकिन नुक़सान के डर में 2.5 की नकारात्मक प्रेरक शक्ति होती है। दूसरे शब्दों में, नुक़सान का डर लाभ की इच्छा से ढाई गुना ज़्यादा शक्तिशाली होता है। लोग लाभों की प्रत्याशा में कोई चीज़ *ख़रीदने* के लिए उतने प्रेरित नहीं होते, जितने तब होते हैं, जब उन्हें लगता है कि *नहीं ख़रीदने* पर वे कोई चीज़ गँवा देंगे।

दोनों को प्रदर्शित करें

ज़ाहिर है, सर्वश्रेष्ठ बिक्री प्रस्तुति प्रॉस्पेक्ट को दिखाती है कि अगर वह ख़रीद लेता है, तो वह कितनी बेहतर स्थिति में होगा, *और* साथ ही साथ, अगर वह नहीं ख़रीदता है, तो वह कितनी बदतर स्थिति में होगा।

मिसाल के तौर पर, कोई कार बेचते समय आप प्रदर्शित कर सकते हैं कि यह कितनी शानदार है, यह कितनी सुंदर है और यह कितनी अच्छी तरह चलती है। अगर प्रॉस्पेक्ट कार को पसंद करता है, लेकिन फिर भी झिझकता है, तो आप संकेत कर सकते हैं कि यह आख़िरी कार बची है और अगली कार कम से कम दो महीने बाद ही मिल पाएगी या यह कार इतनी कम क़ीमत पर आख़िरी बार बेची जाएगी। जो ग्राहक ख़रीदने को लेकर असमंजस की स्थिति में था, वह अक्सर तुरंत ख़रीदने का निर्णय ले लेगा, जब उसे यह आशंका नज़र आएगी कि उसे यह कार वर्तमान क़ीमत पर नहीं मिल पाएगी - या मिल ही नहीं पाएगी।

क्या आप विश्वसनीय हैं?

विश्वसनीयता आपकी बिक्री प्रस्तुति की सबसे महत्त्वपूर्ण अनिवार्य आवश्यकता है। चाहे आपको कितना ही विश्वास हो कि आपका प्रॉडक्ट बेहतरीन काम करेगा, लेकिन ग्राहक

के मन में अब भी शंका रहेगी। आपका काम अपनी विश्वसनीयता को इस बिंदु तक बढ़ाना है कि ग्राहक के मन में आगे बढ़ने में कोई शंका या अनिच्छा न रहे।

बस कल्पना करें, अगर किसी प्रॉस्पेक्ट को पूरा *विश्वास* हो जाए कि वह आपका प्रॉडक्ट ख़रीदने पर कहीं ज़्यादा बेहतर स्थिति में होगा और अगर उसे पूरा विश्वास हो जाए कि आप अपने प्रॉडक्ट या सेवा के पीछे 100 प्रतिशत खड़े हैं, तो कोई चीज़ नहीं है, जो उसे ख़रीदने से रोक पाए। अपनी विश्वसनीयता को इस बिंदु तक बढ़ाना ही बिक्री की प्रक्रिया में आपका मुख्य उद्‌देश्य है। और इसके लिए यह आवश्यक है कि आप ग्राहक की आवश्यकताओं को सटीकता से पहचान लें।

ग्राहक की आवश्यकताओं के प्रति आग्रह करना

हर ग्राहक की कुछ बुनियादी मानवीय आवश्यकताएँ होती हैं, जो उसे क़दम उठाने के लिए प्रेरित करती हैं, जिनमें ख़रीदने का क़दम भी शामिल है। आप जिस भी ग्राहक से बात करें, आपको उसकी *सबसे महत्त्वपूर्ण* आवश्यकताओं को पहचान लेना चाहिए, जिन्हें आपका प्रॉडक्ट या सेवा संतुष्ट कर सकती हो। फिर आपको उसे पूरा विश्वास दिलाना चाहिए कि आपका प्रॉडक्ट या सेवा उसकी इस ख़ास आवश्यकता को इतनी अच्छी तरह संतुष्ट करेगी, जितनी कि इस समय या इस भाव पर बाज़ार में *उपलब्ध कोई दूसरी चीज़* नहीं कर सकती।

1. धन

हर कोई ज़्यादा पैसे चाहता है। यह एक बुनियादी आवश्यकता है। "पैसा ही संसार को चलाता है।" जब भी आप अपने प्रॉडक्ट या सेवा का संबंध इस बात से जोड़ेंगे कि इससे ग्राहक पैसे कमा या बचा सकता है, तो आप उसका पूरा ध्यान आकर्षित कर लेंगे।

2. सुरक्षा

हर व्यक्ति में सुरक्षा की बुनियादी आवश्यकता होती है। ज़्यादातर लोग महसूस करते हैं कि अगर उनके पास पर्याप्त पैसा होगा, तो वे पूरी तरह सुरक्षित होंगे। हालाँकि पैसा मुश्किल और भावहीन है, लेकिन सुरक्षा की आवश्यकता भावपूर्ण और व्यक्तिगत है।

शिकागो युनिवर्सिटी के एक अध्ययन के अनुसार लोग इसलिए ख़रीदते हैं, क्योंकि वे आपके प्रॉडक्ट या सेवा के मालिक बनने तथा उपयोग करने के फलस्वरूप *भावना* का पूर्वानुमान लगाते हैं। अगर आप बिक्री करना चाहते हैं, तो आपको भावनात्मक

पूर्वानुमान के एहसास को प्रेरित करना चाहिए। आपके प्रॉडक्ट की विशेषताओं या फ़ायदों के कारण ग्राहक उतना नहीं ख़रीदेगा; वह तो उस ख़ुशी या संतुष्टि की भावना की कल्पना की वजह से ख़रीदेगा, जो उसे प्रॉडक्ट ख़रीदने पर मिलने की उम्मीद है।

सुरक्षा की आवश्यकता, चाहे यह वित्तीय हो, भावनात्मक हो या शारीरिक हो, ख़ुद के लिए और हमारे परिवार के लिए इतनी गहरी और प्रबल आवश्यकता है कि ज़्यादा सुरक्षा का कोई भी आग्रह प्रॉस्पेक्ट की रुचि को जगा देगा। जिस तरह कोई भी कभी महसूस नहीं करता कि उसके पास बहुत ज़्यादा स्वतंत्रता है, उसी तरह बहुत कम लोग महसूस करते हैं कि उनके पास बहुत ज़्यादा सुरक्षा है। वे हमेशा और ज़्यादा चाहते हैं।

सुरक्षा प्रॉडक्ट और सेवाएँ

आज नेट सर्वरों और कंप्यूटरों के लिए सुरक्षा सेवाओं या उपकरणों का बाज़ार बढ़ रहा है। होम सिक्युरिटी सिस्टम अरबों डॉलर का उद्योग बन चुके हैं। दुर्घटनाओं या अप्रत्याशित विपत्तियों के ख़िलाफ़ सुरक्षा प्रदान करने वाले विभिन्न प्रकार के बीमे हर साल खरबों डॉलर के बिकते हैं। जब भी आप किसी ग्राहक को यह दिखा देते हैं कि आपका प्रॉडक्ट या सेवा लेने के बाद वह ज़्यादा सुरक्षित रह सकता है, तो आप उसके मन में ख़रीदने की इच्छा उत्पन्न कर देते हैं।

3. पसंद किया जाना

हर व्यक्ति चाहता है कि दूसरे उसे पसंद करें। हमें इस बात की गहरी ज़रूरत होती है कि हमारे आस-पास के लोग हमें स्वीकार करें और हमारा सम्मान करें। हम अपने मित्रों, पड़ोसियों और साथियों की प्रशंसा पाना चाहते हैं। इससे हमारी सामूहिकता और आत्म-महत्त्व की गहरी आवश्यकता संतुष्ट होती है।

आपका प्रॉडक्ट या सेवा यह कैसे कर सकता है कि इसकी वजह से दूसरे लोग आपके प्रॉस्पेक्ट को ज़्यादा पसंद करने लगें या ज़्यादा सम्मान देने लगें?

4. ओहदा और प्रतिष्ठा

ओहदा या व्यक्तिगत प्रतिष्ठा लोगों के लिए बहुत शक्तिशाली प्रेरणा है। हम महत्त्वपूर्ण और मूल्यवान महसूस करना चाहते हैं। हम चाहते हैं कि लोग हमें सम्मान दें और हमारी संपत्तियों या उपलब्धियों की प्रशंसा करें।

जब आप किसी घड़ी के लिए पचास डॉलर देते हैं, तो आप समय बताने वाला यंत्र ख़रीद रहे हैं, कोई ऐसी चीज़ जो आपको दिन भर समय बताती रहती है। लेकिन

जब आप घड़ी के लिए पचास डॉलर से ज़्यादा देते हैं, तो आप एक आभूषण ख़रीद रहे हैं। आप एक व्यक्तिगत आभूषण ख़रीद रहे हैं, जो दूसरे लोगों को सूक्ष्म तरीक़े से बताता है कि आप सफल हैं।

शायद *सभी* आवश्यकताओं में सबसे गहरी आवश्यकता यह है कि हम महत्त्वपूर्ण, मूल्यवान, सार्थक महसूस करना चाहते हैं, अपनी नज़रों में भी और दूसरे लोगों की नज़रों में भी। जब आप अपने प्रॉडक्ट का प्रस्ताव इस तरह तैयार करते हैं कि यह सामने वाले के ओहदे, सम्मान और प्रतिष्ठा को बढ़ा दे, तो आप इस गहरी मानवीय आवश्यकता को स्पर्श करते हैं और प्रायः ख़रीददारी की इच्छा को सक्रिय कर सकते हैं।

भावनाएँ मूल्यांकनों को विकृत कर देती हैं

जब आप किसी बुनियादी भावना के प्रति आग्रह कर सकें, तो आप ख़रीदने की इतनी गहरी इच्छा को सक्रिय कर सकते हैं कि दाम की चिंता दूसरे स्थान पर आ जाती है या पूरी तरह अप्रासंगिक हो जाती है।

मिसाल के तौर पर, यह प्रदर्शित हो चुका है कि जो लोग किसी ख़ास युवती या महिला को रूमानी कारणों से प्रभावित करने के लिए बेताब होते हैं, वे व्यय संबंधी तार्किक निर्णय लेने की लगभग सारी योग्यता गँवा देते हैं। इसीलिए जब वे प्रेम या हसरत के प्रबल भावों के प्रभाव में होते हैं, तो बिना सोचे-समझे महँगे आभूषण, परफ़्यूम, उपहार, गुलदस्ते और दीगर महँगे सामान ख़रीद लेते हैं।

5. स्वास्थ्य और फ़िटनेस

हर कोई लंबे समय तक जीना चाहता है और बेहतरीन सेहत का आनंद लेना चाहता है। अर्थशास्त्री भविष्यवाणी करते हैं कि विटामिन/मिनरल सप्लीमेंट और शारीरिक फ़िटनेस उपकरण जैसे स्वास्थ्य प्रॉडक्ट अगला ट्रिलियन डॉलर उद्योग बनने वाले हैं। हम सभी ज़्यादा स्वस्थ रहना चाहते हैं और छरहरे व फ़िट बनना चाहते हैं। हम ऊर्जा के उच्च स्तर भी चाहते हैं। और हम ये स्वास्थ्य संबंधी लाभ अपने परिवार के लिए भी चाहते हैं। फलस्वरूप, हम उन प्रॉडक्ट या सेवाओं के प्रति आकर्षित होते हैं, जो हमें ज़्यादा छरहरा, ज़्यादा ऊर्जावान और पूर्ण स्वस्थ बना दें। अगर आपका प्रॉडक्ट आपके प्रॉस्पेक्ट की शारीरिक गुणवत्ता को किफ़ायती तरीक़े से बढ़ा सकता है, तो जो लोग ज़्यादा थकते हैं, मोटे हैं या दर्द से परेशान हैं, वे आपसे बात करने में बहुत रुचि लेंगे।

6. प्रशंसा और मान्यता

सभी लोगों की एक महत्त्वपूर्ण आवश्यकता यह है कि हमारी उपलब्धियों को श्रेय और मान्यता मिले। जैसा अब्राहम लिंकन ने कहा था, "हर व्यक्ति प्रशंसा को पसंद करता है।" आत्म-गौरव की एक परिभाषा है, "व्यक्ति किस सीमा तक प्रशंसनीय महसूस करता है।" फलस्वरूप जब भी किसी को अपनी छोटी या बड़ी उपलब्धि पर प्रशंसा और मान्यता मिलती है, तो वह अपने बारे में बेहतर और ज़्यादा खुश महसूस करता है।

जब आप अपने प्रॉडक्ट या सेवा को इस तरह पेश कर सकें कि सामने वाले को महसूस हो कि इसका उपयोग करने से उसे ज़्यादा मान्यता या प्रतिष्ठा मिलेगी, तो आप ख़रीदने की इच्छा उत्पन्न कर सकते हैं। चूँकि प्रशंसा सभी लोगों की सबसे गहरी भावनात्मक आवश्यकता - आत्म-गौरव - को पोषण देती है, इसलिए जब आपके प्रॉस्पेक्ट को यह विश्वास हो जाता है कि उसे आपके प्रॉडक्ट या सेवा के इस्तेमाल से ज़्यादा प्रशंसा या मान्यता मिलेगी, तो दाम को लेकर उसका प्रतिरोध काफ़ी कम हो जाता है।

जब आपके प्रॉस्पेक्ट को यह विश्वास हो जाता है कि उसे आपके प्रॉडक्ट या सेवा का इस्तेमाल से ज़्यादा प्रशंसा या मान्यता मिलेगी, तो दाम को लेकर उसका प्रतिरोध काफ़ी कम हो जाता है।

7. शक्ति, प्रभाव और लोकप्रियता

कई आवश्यकताएँ हैं, जिनके बारे में आप कह सकते हैं कि आपका प्रॉडक्ट उन्हें संतुष्ट करेगा। लोग शक्ति और प्रभाव चाहते हैं, इसलिए वे ऐसे प्रॉडक्ट या सेवाएँ ख़रीद लेंगे, जिनसे उन्हें ज़्यादा शक्ति और प्रभाव मिल सके। लोग लोकप्रिय होना चाहते हैं और यह चाहते हैं कि दूसरे लोग उन्हें पसंद करें। जब आपका प्रॉडक्ट या सेवा किसी व्यक्ति को ज़्यादा प्रभावी और लोकप्रिय बनाने की पेशकश करती है, तो यह ख़रीददारी की इच्छा को जगा देती है।

8. क्षेत्र में अग्रणी बनना

हमारी एक और बहुत गहरी आवश्यकता/इच्छा यह है कि हमें नवीनतम ज्ञान से संपन्न माना जाए। हम आधुनिक दिखना चाहते हैं। हम अपने कामकाजी और सामाजिक समूह में लीडर और अगुआ बनना चाहते हैं।

कई लोग आपके प्रॉडक्ट या सेवा को सिर्फ़ इसलिए ख़रीद लेंगे, क्योंकि यह बाज़ार में आने वाला *सबसे नया* प्रॉडक्ट है। वे बाक़ी लोगों से आगे रहना चाहते हैं। वे इसे ख़रीदने और सबके सामने शान झाड़ने वाले *पहले* व्यक्ति बनना चाहते हैं। ऐसे ख़रीददारों को "शुरुआती अनुकूलक" कहा जाता है। वे बाज़ार के 5 से 10 प्रतिशत हिस्से का प्रतिनिधित्व करते हैं। वे प्रॉडक्ट या सेवा को किसी दूसरे कारण के बजाय सिर्फ़ इस कारण ख़रीदेंगे कि यह नया और अलग है।

जब आप किसी रुचि लेने वाले प्रॉस्पेक्ट को बताते हैं, "आप अपने उद्योग में पहले व्यक्ति होंगे, जिसके पास यह होगा" या "आप अपने इलाक़े में पहले व्यक्ति होंगे, जिसके पास यह होगा," तो आप शुरुआती अनुकूलकों के दिल में ख़रीददारी की इच्छा तुरंत उत्पन्न कर सकते हैं।

9. प्रेम और साहचर्य

आज इंटरनेट डेटिंग सेवाओं के लाखों सदस्य हैं, जो समान व्यक्तित्व वाले लोगों को मिलाने का काम करती हैं। ऐसा इसलिए है, क्योंकि लोग साहचर्य और अच्छे संबंधों के भूखे होते हैं। लोग बहुत भारी तादाद में क्लबों और एसोसिएशनों की सदस्यता लेते हैं, जहाँ वे दूसरे लोगों से मिल सकें, ख़ास तौर पर विपरीत लिंग वाले लोगों से। प्रेम और साहचर्य की इच्छा सामाजिक गतिविधियों की मूल प्रेरणा है। जब आप अपने प्रॉडक्ट या सेवा को इस तरह पेश कर सकें कि यह प्रॉस्पेक्ट को एक साथी के रूप में ज़्यादा आकर्षक और वांछनीय बनाता है, तो ख़रीददारी की इच्छा तुरंत जाग्रत हो सकती है।

10. व्यक्तिगत विकास

अतिरिक्त ज्ञान और योग्यता की आवश्यकता इक्कीसवीं सदी की सबसे बड़ी आवश्यकताओं में से एक है। लोग सक्षम महसूस करना चाहते हैं। वे नई योग्यताएँ सीखना चाहते हैं और अपनी नौकरियों के नियंत्रण में रहना चाहते हैं। वे ज़्यादा तेज़ी से आगे बढ़ना चाहते हैं। वे अपने प्रतिस्पर्धियों से श्रेष्ठ बनना और आगे निकलना चाहते हैं, अपनी कंपनियों के भीतर भी और अपने जीवन के दूसरे क्षेत्रों में भी।

कई प्रॉडक्ट ज़्यादा स्व-समझ और स्व-वास्तविकीकरण की इच्छा को भी संतुष्ट करते हैं। ऐसा इसलिए है, क्योंकि आत्म-अभिव्यक्ति और व्यक्तिगत संतुष्टि की आवश्यकताएँ गहरी होती हैं। लोग यह महसूस करना चाहते हैं कि वे वह सब बन रहे हैं, *जो बनने में वे सक्षम हैं।* जब आप अपने प्रॉडक्ट या सेवा को किसी ऐसी चीज़ के रूप में प्रचारित करते हैं, जिसकी मदद से लोग व्यक्तिगत सफलता और

आत्म-साक्षात्कार की और ज़्यादा ऊँचाइयों पर पहुँच सकें, तो आप ख़रीदने की इच्छा उत्पन्न कर देते हैं।

11. व्यक्तिगत कायाकल्प

शायद सबसे अमूर्त आवश्यकता, और वह आवश्यकता जिसके लिए लोग सबसे ज़्यादा पैसे देंगे, वह है *व्यक्तिगत कायाकल्प* की इच्छा। यदि कोई प्रॉस्पेक्ट महसूस करता है कि आपका प्रॉडक्ट उसे उसके जीवन या कामकाज में एक नए, ज़्यादा ऊँचे स्तर पर पहुँचा देगा और अलग व श्रेष्ठ बना देगा, तो इस बात की कोई सीमा नहीं है कि वह कितना ख़र्च कर देगा।

कुछ समय पहले मैं एक मिडवेस्टर्न मैन्युफ़ैक्चरिंग कंपनी के वाइस प्रेसिडेंट से बातचीत कर रहा था। वे बड़े उत्साही गोल्फ़ खिलाड़ी हैं। वे सप्ताह में कम से कम दो बार गोल्फ़ खेलने की कोशिश करते हैं और वेकेशन पर तो वे सप्ताह में पाँच-छह दिन खेलते हैं, कई बार तो एक दिन में दो राउंड तक। उन्होंने मुझे बताया, "मैं किसी गोल्फ़ पेशेवर को पचास हज़ार डॉलर *नक़द* देने को तैयार हूँ, जो मुझे सिखा सके कि अपने स्कोर को स्थायी रूप से दो स्ट्रोक कम कैसे करना है।" यह क्षेत्र उनके लिए इतना महत्त्वपूर्ण था कि इसमें नई योग्यता हासिल करने या व्यक्तिगत कायाकल्प करने के लिए वे पचास हज़ार डॉलर देने के लिए तैयार थे!

कई बार लोग प्लास्टिक सर्जरी कराने, अपना हुलिया बेहतर बनाने या हेल्थ स्पा में वेकेशन मनाने के लिए भारी राशि ख़र्च कर देंगे, ताकि उनका वज़न कम हो जाए और वे शारीरिक दृष्टि से ज़्यादा फ़िट हो जाएँ।

व्यक्तिगत कायाकल्प विशुद्ध रूप से भावनात्मक होता है। पहले से ज़्यादा और बेहतर बनना एक आम इच्छा है; यह ख़रीदने की गहरी प्रेरणा है। जब भी आप अपने प्रॉडक्ट को इस तरह पेश कर सकें, जो कामकाज या व्यक्तिगत जीवन में किसी तरह का स्थायी कायाकल्प करने में सक्षम हो, तो आप आमतौर पर बिक्री कर सकते हैं।

ख़रीददारी के निर्णय भावनात्मक होते हैं

ख़रीददारी के सभी निर्णय भावनात्मक होते हैं। वास्तव में, आप जो कुछ भी करते हैं, वह हर चीज़ 100 प्रतिशत भावनात्मक होती है। नियम यह है कि लोग *भावनात्मक रूप से निर्णय लेते हैं और फिर तार्किक रूप से उसका औचित्य सिद्ध करते हैं।* आप निर्णय लेने के बाद उसे *तर्कसंगत साबित करने* और *उसका औचित्य सिद्ध करने के लिए* अपनी तर्कशक्ति का इस्तेमाल करते हैं। जब आप कहते हैं कि आप कोई काम

इसलिए करने जा रहे हैं, क्योंकि इसे करना "तार्किक" है, तो आप बस यह कह रहे हैं कि किसी दूसरे काम के बजाय उस काम को करने के लिए आप भावनात्मक रूप से ज़्यादा प्रेरित हैं।

लोग भावनात्मक रूप से निर्णय लेते हैं और फिर तार्किक रूप से उसका औचित्य सिद्ध करते हैं।

इंसान में बहुत सारी भावनाएँ होती हैं। लेकिन यह पता चला है कि किसी ख़ास पल की सबसे प्रबल भावना ही यह तय करेगी कि कोई व्यक्ति उस वक़्त कैसे निर्णय लेता और काम करता है। मिसाल के तौर पर, किसी व्यक्ति में उस सुधार की इच्छा हो सकती है, जो आपका प्रॉडक्ट या सेवा पेश करती है। लेकिन नुक़सान या ग़लती करने का डर उसकी लाभ की इच्छा से ज़्यादा गहरा हो सकता है। यदि यह मामला है, तो वह ख़रीदने से बचेगा। ज़्यादा प्रबल भावना हमेशा ज़्यादा कमज़ोर भावना पर भारी पड़ेगी।

ख़रीदने की इच्छा को बढ़ाएँ

नुक़सान के डर की नकारात्मक भावना से बिक्री *ख़तरे में* पड़ सकती है। इससे उबरने का एकमात्र तरीक़ा लाभ की इच्छा की सकारात्मक भावना को *बढ़ाना* है, ताकि बिक्री *प्रेरित* हो जाए। ख़रीदने की इच्छा की गहनता को बढ़ाने वाला आपका हर काम या बात आपको बिक्री के ज़्यादा क़रीब लाती है। साथ ही, ग़लती या नुक़सान के डर को *घटाने* वाली हर बात भी आपको बिक्री की ओर ले जाती है।

नुक़सान के डर को कम करना

मार्केटिंग गुरु जे अब्राहम ने करोड़ों डॉलर के प्रॉडक्ट बेचने में कंपनियों की मदद की है। उनकी सलाह यह थी कि कंपनियाँ चाहे जो बेच रही हों, संतुष्टि की पूरी गारंटी दें। उन्होंने यह मशहूर सुझाव दिया था कि आप "मनी-बैक गारंटी से ज़्यादा बेहतर" चीज़ दें। इस तरह के प्रस्ताव में ग्राहक से वादा किया जाता है कि अगर वह संतुष्ट नहीं हुआ, तो उसे उसका पूरा पैसा वापस मिल जाएगा। इसके अलावा, उसे काफ़ी मूल्य के निश्चित बोनस और ख़ास उपहार भी मिलेंगे।

हमारे एक व्यवसाय में हम उद्यमिता और वित्तीय सफलता पर पूरे एक साल के व्यक्तिगत और पेशेवर विकास प्रोग्राम चलाते हैं। यह कोर्स 52 सप्ताह तक चलता है। हम गारंटी देते हैं कि इसमें आने वाले प्रतिभागी परिणामों से आनंदित होंगे, वरना उन्हें उनका पैसा वापस कर दिया जाएगा। इसके अलावा, वे उस कोर्स के साथ मिलने वाली

तीन हज़ार डॉलर से ज़्यादा की पुस्तकें, टेप और वीडियो ट्रेनिंग सामग्री भी अपने पास रख सकेंगे। यह बहुत शक्तिशाली पेशकश है।

इसके बारे में सोचना चाहता हूँ

जब कोई प्रॉस्पेक्ट कहता है कि वह निर्णय लेने से पहले कुछ समय तक "इसके बारे में सोचना" चाहता है, तो वह दरअसल आपकी पेशकश के बारे में दो में से एक बात कह रहा है : पहली, हो सकता है वह यह कह रहा हो कि आप जो बेच रहे हैं, उसका मालिक बनने और उसका आनंद लेने की उसकी कोई सच्ची इच्छा नहीं है। किसी कारण आप उससे ऐसे स्तर पर नहीं "जुड़" पाए हैं, जिससे उसे यह विश्वास हो जाए कि इसे ख़रीदने में जितना पैसा ख़र्च होगा, उसकी तुलना में आपके प्रॉडक्ट या सेवा के साथ वह ज़्यादा बेहतर स्थिति में रहेगा।

दूसरा कारण, जिसकी वजह से कोई व्यक्ति झिझक सकता है और ख़रीददारी का निर्णय टाल सकता है, यह है कि उसे पर्याप्त विश्वास नहीं है कि उसे सचमुच वह मिलेगा, जिसका आप वादा कर रहे हैं। वह कह रहा है कि आपने उसे ख़रीददारी का निर्णय लेने के लिए पर्याप्त भावनात्मक कारण नहीं बताए हैं। नुक़सान या ग़लती का डर अब भी आपके द्वारा बताए जा रहे संभावित लाभों से भारी है।

उपयोगिता पर केंद्रित रहें

उपयोगिता-आधारित बिक्री की प्रक्रिया में आप अपना सारा ज़ोर उस उपयोगिता और लाभों को दोहराने और वर्णन करने पर लगाते हैं, जो प्रॉस्पेक्ट को मिलेंगे, अगर वह आपके द्वारा बेची जाने वाली चीज़ ख़रीद लेता है। भाव कम करने या किसी तरह के ख़ास सौदे की पेशकश करने के बजाय आप अपनी सारी कोशिश उपयोगिता को बढ़ाने और साबित करने पर केंद्रित करते हैं। जब ग्राहक यह महसूस करता है कि उसे मिलने वाली उपयोगिता उसके द्वारा चुकाई लागत से बहुत ज़्यादा है, तभी वह ख़रीदने का निर्णय लेता है। हमेशा अपना ध्यान कम भाव के बजाय ज़्यादा उपयोगिता पर केंद्रित करें।

छोटे व्यवसायों को सामान बेचना

कई लोग छोटे और मध्यम आकार के व्यवसायों को सामान बेचते हैं। वे उस उद्यमी से बातचीत करते हैं, जिसने दरअसल अपने व्यवसाय को शुरू और खड़ा किया है। यदि ये सेल्स पीपल सावधान न रहें, तो वे अपने प्रॉडक्ट और सेवाओं की विशेषताओं तथा लाभों के बात करने में आसानी से फिसल सकते हैं। पहले उन्हें यह एहसास करने का समय लेना चाहिए कि वे सटीकता से किस तरह के ग्राहक से बात कर रहे हैं।

उद्यमी इसलिए सफल होते हैं, क्योंकि वे अपनी ज़्यादातर ऊर्जा बिक्री करने और ग्राहकों को संतुष्ट करने पर केंद्रित करते हैं। उनके पास विवरण के लिए बहुत कम धैर्य होता है। वे काग़ज़ी कामकाज, अकाउंटिंग और वित्त को आवश्यक बुराइयाँ मानते हैं, ऐसी चीज़ें जो उन्हें प्रॉडक्ट बेचने और पहुँचाने की प्रक्रिया में करनी होती हैं, इसलिए... बिक्री और मुनाफ़े के बारे में बात करें।

यदि कोई सेल्सपर्सन किसी व्यवसायी से मिलता है और उसे कंप्यूटरों व सॉफ़्टवेअर बेचने की कोशिश करता है, जिनसे उसका अकाउंटिंग डिपार्टमेंट बेहतर हो जाएगा, तो व्यवसायी की आँखें भावशून्य हो जाती हैं। वह तुरंत रुचि गँवा देता है। चूँकि उसकी नज़रों में अकाउंटिंग का संबंध मुनाफ़े से नहीं है, इसलिए वह इस मुद्दे पर बात करने के लिए ग़लत इंसान है।

उद्यमियों की रुचि बिक्री और कैशफ़्लो में होती है। वे ग्राहकों से संवाद करने और अपने प्रॉडक्ट व सेवाओं को संतोषजनक ढंग से पहुँचाने के बारे में चिंतित होते हैं। वे जो बेचते हैं, उसके प्रदर्शन और विश्वसनीयता पर केंद्रित होते हैं। और वे आमदनी, मुनाफ़े तथा विकास में गहरी रुचि लेते हैं। उनकी रुचि कार्यसंचालन के आंतरिक विवरणों में नहीं होती। अपने सबसे ज़्यादा प्रॉडक्ट या सेवाएँ बेचने के लिए आपको अपना समय, ध्यान और ऊर्जा सटीकता से यह पता लगाने पर केंद्रित करनी चाहिए कि यह ग्राहक आपसे किस वजह से ख़रीदेगा।

आप किसी ग्राहक की कौन-सी ख़ास आवश्यकताओं को संतुष्ट कर सकते हैं, यह स्पष्ट रूप से पहचानने पर आप जितना ज़्यादा समय केंद्रित करते हैं, अपनी प्रस्तुति की रूपरेखा बनाना और बिक्री करना आपके लिए उतना ही ज़्यादा आसान हो जाता है।

रीटेल व्यवसायों को बेचना

जो व्यवसायी दोबारा बेचने के लिए प्रॉडक्ट ख़रीदते हैं, उन्हें सिर्फ़ एक ही चीज़ की परवाह होती है : *शुद्ध मुनाफ़ा*। अगर आप ऐसे व्यवसायों को बेच रहे हैं, जो आपके प्रॉडक्ट या सेवाएँ उनके व्यवसाय में बेचने वाले हैं, तब भी उन्हें केवल एक ही चीज़ की परवाह होती है : *शुद्ध मुनाफ़ा*। वे इस बारे में परवाह नहीं करते कि प्रॉडक्ट क्या है; वे तो केवल इस बात की परवाह करते हैं कि प्रॉडक्ट क्या *करता है* और इसका उनके मुनाफ़े पर कैसा असर होगा। कोई प्रॉडक्ट या सेवा किसी रीटेल बिज़नेस वाले ग्राहक को जो सबसे महत्त्वपूर्ण लाभ प्रदान कर सकती है, वह है शुद्ध मुनाफ़े में वृद्धि।

कोई प्रॉडक्ट या सेवा किसी रीटेल बिज़नेस ग्राहक को जो सबसे महत्त्वपूर्ण लाभ प्रदान कर सकती है, वह है शुद्ध मुनाफ़े में वृद्धि।

ज़्यादा बड़ी कंपनियों को बेचना

कंपनियाँ केवल वही प्रॉडक्ट ख़रीदती हैं, जो प्रदर्शन और उत्पादकता को बेहतर बनाने, लागतें और व्यय कम करने, कैशफ़्लो तथा मुनाफ़ा बढ़ाने में उनकी मदद करते हों। आपको उन सबसे लाभकारी परिणामों के बारे में स्पष्ट होना चाहिए, जो आपका प्रॉडक्ट या सेवा इनमें से एक या अधिक क्षेत्रों में आपके कारोबारी प्रॉस्पेक्ट के लिए हासिल कर सकती हो।

आप जो बेचते हैं, हो सकता है कि वह किसी क्षेत्र में लागतें कम करने में कंपनी की मदद करे। हो सकता है कि वह उत्पादकता को बढ़ा दे या बेहतर बना दे। हो सकता है कि वह उपकरणों या कर्मचारियों के प्रदर्शन को बढ़ा दे। हो सकता है कि आपका प्रॉडक्ट ग्राहकों को ज़्यादा बिक्री करने में मदद करे या ख़रीददार की संतुष्टि बढ़ा दे। यदि आप किसी कारोबारी प्रॉस्पेक्ट को यह विश्वास दिला सकें कि आप जो बेच रहे हैं, वह आपके प्रॉडक्ट की क़ीमत से ज़्यादा *समय या पैसा बना या बचा सकता* है, तो आप बिक्री कर सकते हैं। यह कंपनियों को बेचते वक़्त आपका प्रमुख काम है।

चरम लाभ पर ज़ोर दें

एक बार की बात है, मेरे सेमिनार में एक महिला आई, जो ऑफ़िस ऑटोमेशन सिस्टम बेच रही थी। उसने मुझसे कहा, "मुझे अपॉइंटमेंट मिलते ही नहीं हैं। मैं लोगों को फ़ोन करके कहती हूँ कि हम ऑफ़िस ऑटोमेशन परामर्श देते हैं और वे हमेशा जवाब देते हैं कि उनकी 'कोई रुचि नहीं है।"

उसने मुझे बताया कि उसकी कंपनी इतनी अनुभवी है कि यह आमतौर पर अपने ग्राहकों का बहुत सारा पैसा बचा सकती है, बशर्ते वे हमें अपने ऑफ़िस की जाँच करने और सुझाव देने का अवसर दें। मैंने उससे पूछा कि वह संभावित प्रॉस्पेक्टों से कैसे बात करती थी।

उसने कहा, "मैं फ़ोन करके कहती हूँ, 'हलो, मैं ऑफ़िस ऑटोमेशन सर्विसेस से बेट्टी डीन बोल रही हूँ। मैं आपको यह बताने का अवसर चाहूँगी कि हमारे कुछ प्रॉडक्ट आपकी कार्यकुशलता और आपके प्रशासन के सुचारुपन को कैसे बढ़ा सकते हैं।' लेकिन वे हमेशा जवाब में ऐसी बातें कहते हैं, 'नहीं, धन्यवाद। मैं बहुत व्यस्त हूँ। इस वक़्त हमारे पास समय नहीं है। हम इसका ख़र्च नहीं उठा सकते। यह हमारे बजट में शामिल नहीं है;' आदि।"

अपनी नीति को दूसरे शब्दों में ढालें

यह सेल्स प्रोफ़ेशनल यह ग़लती कर रही थी कि वह बेचने का अपॉइंटमेंट लेने के बजाय फ़ोन पर ही बेचने की कोशिश कर रही थी। मैंने सुझाव दिया कि वह एक अलग तरीक़े से प्रॉस्पेक्टिंग करने की कोशिश करे : "अगली बार जब आप अपॉइंटमेंट लें, तो फ़ोन करके प्रशासन के प्रभारी से बात करें। उससे बात करते समय ये शब्द कहें : 'मेरा नाम बेट्टी डीन है और मैं एबीसी कंपनी में काम करती हूँ। हमने ऐसी प्रक्रिया ईजाद की है, जो आपके ऑफ़िस प्रशासन की लागत को 20 से 30 प्रतिशत कम कर सकती है। मुझे आपको यह दिखाने में लगभग दस मिनट लगेंगे कि यह कैसे हो सकता है और फिर आप ख़ुद ही तय कर सकते हैं कि क्या आपको यह चीज़ चाहिए।"

उसने मुझे बाद में बताया कि नीति में इस सरल परिवर्तन की वजह से उसे वे सारे अपॉइंटमेंट मिल गए, जो वह चाहती थी। उसकी बिक्री दोगुनी और तीन गुनी हो गई। जल्द ही वह पहले से बहुत ज़्यादा पैसे कमा रही थी।

लोग जो चाहते हैं, उसके बारे में बात करें

बेट्टी डीन को जो परिणाम मिला, उसका कारण सरल है। हज़ारों सेल्स पीपल ने इस सिद्धांत को समझा है और इसका लाभ उठाया है। लोगों की रुचि ऑफ़िस ऑटोमेशन प्रॉडक्ट, कंप्यूटरों, सर्वरों, वायरलेस कम्युनिकेशनों, सेल फ़ोन या किसी दूसरी चीज़ में नहीं है। व्यवसायियों की रुचि तो केवल पैसे या समय बनाने या बचाने में होती है। उनकी रुचि बेहतर परिणाम पाने और मुनाफ़ा बढ़ाने में होती है।

केवल दो तरीक़े हैं, जिनसे कोई कंपनी अपने मुनाफ़े को बढ़ा सकती है। पहला तरीक़ा यह है कि यह लागत बरकरार रखकर अपनी बिक्री और आमदनी बढ़ा लें। दूसरा तरीक़ा यह है कि आमदनी को स्थिर रखकर अपनी लागतें कम कर लें। आप चाहे जो बेच रहे हों, आपको उसका वर्णन इस संदर्भ में करना चाहिए कि यह कैसे आमदनी बढ़ाती है या लागतें कम करती है या दोनों ही काम करती है।

अगर आप किसी ऐसे व्यक्ति से बात कर रहे हैं, जो प्रशासन का प्रभारी है, तो उसकी रुचि *लागतें कम करने* में है। अगर आप मार्केटिंग या सेल्स के किसी व्यक्ति से बात कर रहे हैं, तो उसकी रुचि *बिक्री बढ़ाने* और फलस्वरूप आमदनी बढ़ाने में होती है। अगर आप कंपनी के मालिक से बात कर रहे हैं, तो वह *मुनाफ़े* को बेहतर बनाना चाहता है। आपको अपने प्रॉडक्ट या सेवा के बारे में इस संदर्भ में बात नहीं करनी चाहिए कि आप क्या बेच रहे हैं। आपको तो हमेशा उस संदर्भ में बात करनी चाहिए, जो ग्राहक चाहता हो।

उसे वेतन कैसे मिलता है?

यहाँ किसी कंपनी में लोगों को प्रॉडक्ट या सेवाएँ बेचने की कुंजी है : इस बारे में सवाल पूछें कि वह व्यक्ति क्या करता है और किन *परिणामों* के लिए ज़िम्मेदार है। उसके पद के मुख्य प्रदर्शन सूचक क्या हैं? उसे *वेतन* किस चीज़ के लिए मिलता है? उससे कंपनी में कौन से परिणाम हासिल करने की अपेक्षा की जाती है? उसके वरिष्ठ अधिकारी उसका मूल्यांकन किस आधार पर करते हैं? ये पूछे जाने वाले मुख्य सवाल हैं और इनके जवाब पता होने चाहिए।

जैसा कि हम पहले बता चुके हैं, लोग हमेशा अपनी परिस्थितियों में सुधार चाहते हैं। वे कोई प्रस्तावित क़दम तभी उठाएँगे, जब उन्हें यह महसूस होगा कि इसके फलस्वरूप वे बेहतर स्थिति में होंगे। कंपनियों में लोग किसी प्रॉडक्ट या सेवा की ख़रीददारी का अनुमोदन तभी करेंगे, जब उन्हें लगेगा कि इससे संगठन में उनकी *व्यक्तिगत* स्थिति बेहतर बन जाएगी।

मिसाल के तौर पर, आइए मान लेते हैं कि आप एक बिक्री प्रशिक्षण सिस्टम का प्रचार कर रहे हैं। आप सेल्स मैनेजर से बात कर रहे हैं, जो इस क्षेत्र में निर्णय लेता है। आपकी प्रस्तुति का पूरा फ़ोकस बेहतर मुनाफ़े पर नहीं, बल्कि बेहतर बिक्री पर होना चाहिए। सेल्स मैनेजर को मुनाफ़े के आधार पर नहीं, बल्कि सेल्स पीपल के परिणामों के आधार पर पुरस्कार मिलता है। उन लाभों पर फ़ोकस करें, जिनका आनंद वह प्रॉस्पेक्ट व्यक्तिगत रूप से लेगा। उन सामान्य लाभों पर केंद्रित न हों, जिनका उस प्रॉस्पेक्ट के परिणामों या पुरस्कारों पर कोई फ़र्क़ न पड़ता हो।

व्यावसायिक बनाम व्यक्तिगत लाभ

सेल्स विशेषज्ञ प्रायः "व्यावसायिक जीत" और "व्यक्तिगत जीत" में फ़र्क़ करते हैं। व्यावसायिक जीत वह है, जो आपके प्रॉडक्ट या सेवा के इस्तेमाल पर कंपनी को मिलती है। व्यक्तिगत जीत वह है कि जब आपके प्रॉडक्ट या सेवा को इंस्टॉल कर दिया जाता है और वह सफलतापूर्वक काम करती है, तो उस व्यक्ति को व्यक्तिगत रूप से कैसे लाभ मिलेगा। कंपनियों में लोग कोई चीज़ तब तक नहीं ख़रीदेंगे, जब तक कि वे यह न देख लें कि उन्हें दोनों क्षेत्रों में मापने योग्य महत्त्वपूर्ण लाभ मिल रहे हैं।

यह पहचानने का समय लें कि प्रॉस्पेक्ट व्यक्तिगत रूप से ऊँची आमदनी, ज़्यादा सुविधा या कंपनी में दूसरे लोगों से अतिरिक्त प्रतिष्ठा और सम्मान के मामले में भी कैसे बेहतर स्थिति में होगा। ये ख़रीदने के निर्णय को प्रेरित करने वाले मुख्य घटक हो सकते हैं।

बुनियादी आवश्यकताओं को समझना

बुनियादी आवश्यकताओं का विश्लेषण करने की कुंजी है *कुशलता से प्रश्न करना और ग़ौर से जवाब सुनना।* सबसे अच्छे सेल्स पीपल सुनने पर ज़ोर देते हैं और ग्राहक को बोलने देते हैं। आप जितने ज़्यादा सवाल पूछते हैं और धैर्य व ग़ौर से जवाब सुनते हैं, ग्राहक उतना ही ज़्यादा खुलेगा और आपसे बात करेगा।

लोग दिन में ज़्यादातर समय अपने बारे में ही सोचते हैं। संसार में चाहे जो हो रहा हो, लोग अपनी ख़ुद की समस्याओं और चिंताओं के बारे में सोच रहे हैं। हर व्यक्ति के लिए जो सबसे महत्त्वपूर्ण है, वह उसके *दिमाग़ में सबसे ऊपर रहता है।* जब आप सवाल पूछते हैं और ग़ौर से सुनते हैं, तो आप इन विचारों और चिंताओं को प्रेरित कर देते हैं। फिर वे बातचीत में आ जाते हैं।

ज़ुबान फिसलना

मनोविश्लेषण में इसे *फ्रॉयडियन चूक* कहा जाता है। मनोवैज्ञानिकों ने पाया है कि अगर आप किसी व्यक्ति को अपने बारे में खुलकर बात करने दें, तो अंततः उसकी ज़ुबान *फिसल* जाएगी। वह सच्चाई उगल देगा कि वह इस पल दरअसल किस बारे में सोच रहा है। मनोवैज्ञानिक का काम एक ऐसा माहौल बनाना है, जहाँ रोगी इतना आरामदेह महसूस करे कि खुलकर और ईमानदारी से अपनी बात कह दे।

आप भी एक तरह के *बिक्री मनोवैज्ञानिक* हैं। आपका लक्ष्य भी अपने व्यक्तित्व से एक आरामदेह परिवेश बनाना है। आप अच्छे प्रश्न पूछते हैं और फिर ग़ौर से जवाब सुनते हैं। आप आगे झुकते हैं, सिर हिलाते हैं, मुस्कुराते हैं और बात काटने की कोई कोशिश नहीं करते हैं।

खुले सिरे वाले प्रश्न पूछें

बातचीत को खोलने और किसी प्रॉस्पेक्ट से ज़्यादा जानकारी पाने के लिए सबसे अच्छे सवाल *खुले सिरे वाले सवाल* कहलाते हैं। ये सवाल *क्या, कहाँ, कब, कैसे, कौन, क्यों और कौन-सा* जैसे शब्दों से शुरू होते हैं। इन सवालों का जवाब *हाँ* या *नहीं* में नहीं दिया जा सकता। उनमें एक ज़्यादा विस्तृत जवाब की ज़रूरत होती है, जिससे आपको प्रॉस्पेक्ट की उन सच्ची आवश्यकताओं को समझने का ज़्यादा अवसर मिल जाता है, जो आपके प्रॉडक्ट या सेवा से संतुष्ट हो सकती हैं।

एक नियम है, "बोलना बेचना नहीं है।" केवल सवाल पूछना ही बेचना है। अपने प्रॉडक्ट या सेवा के बारे में बात करने के लिए किसी सृजनात्मकता की ज़रूरत नहीं

होती। लेकिन अपनी जानकारी को सवालों की श्रृंखला के रूप में सामान्य से विशेष की ओर ले जाने में बहुत से विचार की ज़रूरत होती है।

आज लोग यह नहीं चाहते कि उन्हें *बेचा* जाए। हो सकता है कि वे ख़रीदना चाहते हों, लेकिन वे यह महसूस नहीं करना चाहते कि उन्हें बेचा जा रहा है। जिस पल कोई प्रॉस्पेक्ट महसूस करता है कि उस पर ख़रीददारी के निर्णय के लिए दबाव डाला जा रहा है, तो वह अपना दिमाग़ बंद कर लेता है और रुचि खो देता है।

प्रश्न पूछने वाले के पास ही नियंत्रण होता है

आम नियम है, *जो व्यक्ति प्रश्न पूछता है, नियंत्रण उसी के पास होता है।* जो व्यक्ति प्रश्नों का जवाब दे रहा है, उसका नियंत्रण वह व्यक्ति कर रहा है, जो उन्हें पूछ रहा है। जब भी आप कोई सवाल पूछते हैं और जवाब को ग़ौर से सुनते हैं, तो आप बिक्री संबंधी चर्चा की दिशा को नियंत्रित कर रहे होते हैं, जैसा कि होना भी चाहिए। जब भी आप प्रॉस्पेक्ट के किसी प्रश्न का जवाब देते हुए बोल रहे होते हैं, तो बातचीत का नियंत्रण प्रॉस्पेक्ट के हाथ में पहुँच चुका होता है।

यदि प्रॉस्पेक्ट आपसे कोई सवाल पूछे, तो स्वचालित रूप से जवाब देने के बजाय (जैसा ज़्यादातर लोग करते हैं) ठहरें, एक साँस लें और कहें, "यह एक अच्छा सवाल है। क्या मैं पहले आपसे कुछ पूछ सकता हूँ?"

दूसरे शब्दों में, आप प्रश्न को मान्यता देते हैं। लेकिन फिर आप अपना ख़ुद का सवाल पूछ लेते हैं और बातचीत का नियंत्रण दोबारा थाम लेते हैं। जब आप यह एक-दो बार कर लेते हैं, तो यह इतना स्वाभाविक और स्वचालित हो जाएगा कि प्रॉस्पेक्ट को कभी पता भी नहीं चल पाएगा कि क्या हुआ। और आप दोबारा नियंत्रण में होंगे।

ख़ुद को उचित स्थिति में रखें

आज सबसे अच्छे सेल्स पीपल ख़ुद को सेल्स पीपल कम और अपने ग्राहकों का परामर्शदाता व सलाहकार ज़्यादा मानते हैं। परामर्शदाता के रूप में आपका काम यह है कि आप जो भी बेच रहे हों, उससे आप ग्राहक की समस्याओं को सुलझाने में उसकी मदद करें। सबसे अच्छे बिक्री परामर्शदाता अपनी सारी ऊर्जाएँ ग्राहक की सबसे ज़रूरी समस्या को पहचानने में लगाते हैं, जिसे उनका प्रॉडक्ट या सेवाएँ सुलझा सकती हैं। फिर वह अपने सारे प्रयास प्रॉस्पेक्ट को यह विश्वास दिलाने पर केंद्रित कर देता है कि उसे निश्चित रूप से वह समाधान मिलेगा, जिसे वह सबसे ज़्यादा चाहता है।

खुद को सेल्सपर्सन के बजाय *मित्र* के रूप में स्थापित करें। ऐसी छवि न बनने दें कि आप सिर्फ़ एक बिक्री करना चाहते हैं। *सलाहकार* के रूप में छवि बनाएँ। खुद को *मददगार* के रूप में देखें। प्रॉस्पेक्ट की आवश्यकताओं को पूरी तरह समझने में समय लगाएँ और फिर यह समझने में प्रॉस्पेक्ट की मदद करें कि आपका प्रॉडक्ट या सेवा कैसे और क्यों इन आवश्यकताओं को किसी दूसरी चीज़ से ज़्यादा अच्छी तरह संतुष्ट करेगी।

सीखें और सिखाएँ

खुद को *शिक्षक* की स्थिति में लाएँ। जब आप सवाल पूछते हैं, तो आप ग्राहक की आवश्यकताओं को समझते हैं। जब आप बोलते हैं, तो आप ग्राहक को सिखाते हैं कि आप जो बेच रहे हैं, उससे उसे सबसे ज़्यादा लाभ कैसे मिलेगा। जब आप किसी *मित्र, सलाहकार* और *शिक्षक* के रूप में बिक्री की स्थिति में जाते हैं, तो आप नाटकीय रूप से उस तनाव को कम कर लेंगे, जो प्रतिस्पर्धी बिक्री में होता है। आप असफलता या अस्वीकृति की आशंका को बहुत कम कर देंगे। आप और प्रॉस्पेक्ट दोनों ही ज़्यादा आरामदेह तथा तनावरहित महसूस करेंगे।

जब आप किसी मित्र, सलाहकार और शिक्षक के रूप में बिक्री की स्थिति में जाते हैं, तो आप नाटकीय रूप से उस तनाव को कम कर लेंगे, जो प्रतिस्पर्धी बिक्री में होता है।

ठहरें और सुनें

बिक्री शब्दों से होती है, लेकिन ख़रीददारी मौन में होती है। कई सेल्स पीपल बहुत ज़ोर से और बहुत तेज़ बोलते हैं, क्योंकि वे घबराए होते हैं। वे मौन के साथ सहज नहीं होते। उन्हें लगता है कि उन्हें हर पल को अपने प्रॉडक्ट या सेवा संबंधी किसी समझदारी भरी टिप्पणी या अवलोकन से भरना होगा। ऐसा हर्गिज़ न करें।

जब आप सवाल पूछ रहे हों और अपने प्रॉडक्ट या सेवा के संदर्भ में प्रॉस्पेक्ट को सलाह दे रहे हों, तो सुनिश्चित करें कि बातचीत में मौन के पल हों। ग्राहक को आपकी कही बात पर विचार करने और उसे पचाने की अनुमति दें। जल्दबाज़ी न करें। शांत और तनावरहित रहें। बिक्री की प्रक्रिया को दबाव या व्यग्रता के बिना अपनी खुद की गति से चलने की अनुमति दें। यह ख़रीददारी का निर्णय लेने के लिए ग्राहक को सबसे अच्छी मानसिक अवस्था में पहुँचा देता है।

अपने विचार को किसी सुधार के रूप में पेश करें

लोग कई मायनों में अजीब होते हैं। वे चाहते हैं कि चीज़ें बेहतर हों, लेकिन फिर भी वैसी ही बनी रहें। यह ख़ास तौर पर किसी नए प्रॉडक्ट को बेचने और ख़रीदने के मामले में सच है। बहुत कम लोग कोई बिलकुल नई चीज़ चाहते हैं। अगर यह बिलकुल नई है और बाज़ार में आज़माई या जाँची-परखी नहीं गई है, तो यह बहुत जोख़िम भरी है। हो सकता है कि यह काम न करे। हो सकता है कि आपका पैसा डूब जाए। इसीलिए ज़्यादातर ग्राहकों को "देर से अनुकूलन करने वाले" कहा जाता है। वे तब तक इंतज़ार करते हैं, जब तक कि प्रॉडक्ट ख़ुद को सही साबित न कर दे; इसके बाद ही वे उसे ख़रीदना शुरू करते हैं।

जब आप कोई नया प्रॉडक्ट बेच रहे हों, तो इस स्वाभाविक प्रतिरोध से निबटने का तरीक़ा यह है कि आप इसका वर्णन किसी नई या अलग चीज़ के बजाय एक "सुधार" के रूप में करें। प्रौद्योगिकी में हुई तरक्क़ियों जैसी नई विशेषताएँ बताएँ कि ये आपकी कंपनी द्वारा जोड़े गए आगे के क़दम हैं, ताकि यह आपके ग्राहक के लिए पहले से भी बेहतर और ज़्यादा उपयोगी हो जाए।

सच्चाई बताएँ

ग्राहक किसी प्रॉडक्ट के बारे में स्पष्ट सच्चाई सुनना चाहते हैं। वे इस बारे में ईमानदार जानकारी चाहते हैं कि यह उनके जीवन और व्यवसायों को बेहतर बनाने में कैसे मदद कर सकता है। साथ ही, वे किसी तरह के ऊँचे दबाव का प्रतिरोध करते हैं और उससे चिढ़ते हैं। आप जितने ज़्यादा तनावरहित होते हैं, ग्राहक की आवश्यकताओं पर ध्यान केंद्रित करते हैं और उन आवश्यकताओं को संतुष्ट करने में उसकी मदद करते हैं, आप दोनों उतने ही ज़्यादा तनावरहित होंगे। आपका प्रॉडक्ट ग्राहक के लिए क्या कर सकता है, इस बारे में सरल सच्चाई बताने पर आप जितना ज़्यादा ध्यान केंद्रित करते हैं, ग्राहक के लिए ख़रीदना उतना ही ज़्यादा आसान होगा।

ग्राहक अपने काम को ज़्यादा कार्यकुशलता से करने या अपने जीवन को बेहतर बनाने में मदद के लिए ईमानदार सलाह चाहते हैं। आप इस बात पर जितना ज़्यादा ध्यान केंद्रित करते हैं कि आप कैसे अपने ग्राहक की मदद कर सकते हैं, उतना ही आपके लिए बेचना और ग्राहक के लिए ख़रीदना ज़्यादा आसान होता है।

गुणवत्ता पर्याप्त नहीं है

कई सेल्स पीपल *गुणवत्ता* के विषय पर अटक जाते हैं। उनका मुख्य तर्क यह होता है कि वे एक गुणवत्तापूर्ण प्रॉडक्ट बेच रहे हैं। लेकिन गुणवत्ता कभी भी किसी चीज़ को

ख़रीदने का *मूल* कारण नहीं होती। गुणवत्ता एक तार्किक आग्रह है। लोग भावनात्मक आधार पर चीज़ें ख़रीदते हैं, जबकि गुणवत्ता हमेशा तर्क पर आधारित होती है।

जो चीज़ गुणवत्ता से ज़्यादा महत्त्वपूर्ण है, वह है *उपयोगिता*। जब कोई व्यक्ति कहता है, “मेरा प्रॉडक्ट व्यवसाय में सर्वोच्च गुणवत्ता वाली मशीन है,” तो इससे कोई फ़र्क़ नहीं पड़ता। प्रॉस्पेक्ट की रुचि जिस इकलौती बात में है, वह यह है कि, क्या यह मुझे फ़ायदा पहुँचाएगी? क्या यह वह करेगी, जो मुझे कराने की ज़रूरत है? क्या यह मेरे उद्देश्यों के लिए पर्याप्त है?

आप कह सकते हैं कि रॉल्स रॉयस या मर्सिडीज़ ऊँची गुणवत्ता की कार है, लेकिन अगर आपको सिर्फ़ ऑफ़िस आने-जाने के लिए कार चाहिए, तो आपको इनमें से किसी को भी ख़रीदने की ज़रूरत नहीं है। गुणवत्ता कोई तर्क नहीं है।

गुणवत्ता और दाम की तुलनाएँ

तर्क के रूप में *गुणवत्ता* का इस्तेमाल करने का इकलौता समय तब होता है, जब आप अपने *महँगे* प्रॉडक्ट की किसी दूसरे *सस्ते* प्रॉडक्ट से तुलना कर रहे हों। आपको प्रॉस्पेक्ट को दिखाना होता है कि किन कारणों से उसे कम दाम के बजाय ज़्यादा गुणवत्ता को क्यों चुनना चाहिए। आपको साबित करना होता है कि ग्राहक आपके ऊँची गुणवत्ता वाले प्रॉडक्ट की वजह से ज़्यादा बेहतर स्थिति में होगा, जबकि किसी कम गुणवत्ता वाले दूसरे प्रॉडक्ट की वजह से उसे घाटा हो सकता है, भले ही वह सस्ता दिख रहा हो।

अगर आप किसी अलास्कावासी को स्नोमोबाइल बेच रहे हों, तो इसमें दाम के मुक़ाबले गुणवत्तापूर्ण प्रदर्शन ज़्यादा महत्त्वपूर्ण तर्क है। अगर वह स्नोमोबाइल को ध्रुवीय बर्फ़ीली चोटी पर चलाकर ले जाता है और मशीन ख़राब हो जाती है, तो लौटने से पहले ही वह ठंड से मर जाएगा। इस मामले में ज़्यादा ऊँची गुणवत्ता का दाम लाभों से पूरी तरह औचित्यपूर्ण साबित होता है।

अगर आप किसी ऐसे व्यक्ति को वाहन बेच रहे हैं, जो इस पर सवार होकर सहारा रेगिस्तान के पार जाने वाला है, तो यह बहुत महत्त्वपूर्ण है कि यह उच्च गुणवत्ता का वाहन हो। अगर यह सहारा में ख़राब हो जाए, जहाँ कोई इंसान और पानी नहीं है, तो यात्री मदद मिलने से पहले ही मर जाएगा।

स्पष्ट करें कि आपकी गुणवत्ता क्यों महत्त्वपूर्ण है

यदि अतिरिक्त गुणवत्ता ग्राहक का काम पूरा कराने के लिए आवश्यक नहीं है, तो यह महत्त्वपूर्ण लाभ नहीं है। अपने प्रॉडक्ट या सेवा की गुणवत्तापूर्ण विशेषताएँ बताते समय

आपको हमेशा स्पष्ट करना चाहिए कि वे कैसे ग्राहक को *सीधे* लाभ पहुँचाती हैं। ग्राहक को ज़्यादा ऊँची गुणवत्ता के लिए ज़्यादा पैसे देने और फलस्वरूप ज़्यादा पाने के बीच सीधा संबंध दिखना चाहिए।

सभी ग्राहक अपने मन में यही सवाल पूछते हैं : *तो क्या हुआ?* आप अपने प्रॉडक्ट या सेवा के बारे में किसी प्रॉस्पेक्ट से जो भी कहते हैं, कल्पना करें कि वह आपकी ओर देख रहा है और कह रहा है, "तो क्या हुआ?" ग्राहक जो सचमुच जानना चाहता है, वह यह है कि इसमें *मेरे लिए* क्या है? आप जिस विशेषता का वर्णन कर रहे हैं, उसमें *मेरे लिए* क्या लाभ है? यह विशेष गुण *मेरे लिए* क्यों महत्त्वपूर्ण है? यह सुनिश्चित करें कि आप किसी प्रॉस्पेक्ट से अपने प्रॉडक्ट के बारे में जो भी चीज़ कहें, हर चीज़ का ग्राहक के लिए एक निश्चित लाभ होना चाहिए। यह सुनिश्चित करें कि ग्राहक उस लाभ को स्पष्टता से समझ ले।

सफलता कोई संयोग नहीं है। असफलता भी संयोग नहीं है। दरअसल, सफलता का *अनुमान लगाया जा सकता है।* यह सुराग छोड़ती है।

उपयुक्तता सबसे पहले आती है

आप जो प्रॉडक्ट बेचते हैं, वह हमेशा उसके लिए *सबसे उपयुक्त* होना चाहिए, जिसकी ग्राहक को उस वक़्त ज़रूरत है। इसके बाद ही गुणवत्ता को समीकरण में दाख़िल करें। गुणवत्ता से पहले उपयुक्तता का उदाहरण जापानी कारों की लोकप्रियता है। हर कोई जानता है कि वे अच्छी तरह बनती हैं और कई साल चलती हैं। चूँकि वे वाजिब दामों पर बिकती हैं, इसलिए वे बहुत सारे ड्राइवरों के लिए आदर्श और सही होती हैं। इसके अलावा, उनमें ईंधन की अच्छी किफ़ायत भी मिलती है। और इस उपयुक्तता के घटक के *अलावा* वे अच्छी गुणवत्ता की भी होती हैं।

लेकिन गुणवत्ता हमेशा उपयुक्तता और उपयोगिता के प्रदर्शन के *बाद* आनी चाहिए। इसीलिए पहले सवाल पूछना और ग्राहक की आवश्यकताओं का पता लगाना इतना महत्त्वपूर्ण होता है; इसके बाद ही आप बता सकते हैं कि आपका प्रॉडक्ट या सेवा इस वक़्त उसके लिए आदर्श क्यों है।

हर चीज़ महत्त्वपूर्ण है!

बिक्री के क्षेत्र में सबसे अग्रणी सिद्धांतों में से एक है : *हर चीज़ महत्त्वपूर्ण होती है!* आप जो भी चीज़ करते हैं, वह या तो मदद करती है या नुक़सान करती है। या तो वह

जोड़ती है या फिर घटाती है। वह आपको या तो बिक्री की सफल परिणिति की ओर ले जाती है या फिर आपको इससे दूर ले जाती है। कोई भी चीज़ तटस्थ नहीं होती।

बेचने में और सभी मानवीय संबंधों में एक "आभामंडल प्रभाव" होता है। प्रॉस्पेक्ट मानते हैं कि अगर आपकी प्रस्तुति या काम का कोई एक हिस्सा उच्च गुणवत्ता का है, तो आपका प्रॉडक्ट भी उच्च गुणवत्ता का ही होगा। एक अच्छी छाप से अक्सर आप गुणवत्ता और पेशेवरता का आभामंडल बना लेते हैं। और हर चीज़ महत्त्वपूर्ण होती है।

आपका हुलिया महत्त्वपूर्ण होता है - बहुत

इस संदर्भ में आपका व्यक्तिगत हुलिया और साज-सज्जा आपके प्रॉडक्ट की गुणवत्ता का विस्तार बन जाते हैं। आपकी कंपनी का ग्राहक के साथ जो ज़्यादातर संबंध होगा, वह व्यक्तिगत रूप से आपके ज़रिये होगा। इस कारण आप जैसे नज़र आते हैं और व्यवहार करते हैं, वह ख़रीदने के निर्णय में एक अत्यंत महत्त्वपूर्ण घटक होता है। यह आश्वस्ति की प्रॉस्पेक्ट की आवश्यकता को संतुष्ट करता है।

आप ग्राहक पर जो पहली छाप छोड़ते हैं, उसमें से 95 प्रतिशत आपके *कपड़ों* से तय होती है। ऐसा इसलिए है, क्योंकि ज़्यादातर मामलों में आपके कपड़े आपके 95 प्रतिशत शरीर को ढँकते हैं। जब आप अच्छी पोशाक पहनते हैं, आपका हुलिया अच्छा होता है, जूते चमचमाते हैं और आप पेशेवर जैसे दिखते हैं, तो प्रॉस्पेक्ट अचेतन रूप से यह मान लेता है कि आप एक उत्कृष्ट कंपनी के लिए काम कर रहे हैं और एक असाधारण प्रॉडक्ट या सेवा बेच रहे हैं। इसके अलावा, जब आप समय के पाबंद, विनम्र और पूरी तरह तैयार होते हैं, तो आप एक सकारात्मक छाप छोड़ते हैं। यह आपके द्वारा की जाने वाली हर चीज़ और आपके द्वारा बेचे जाने वाले प्रॉडक्ट या सेवा पर आभामंडल की तरह फैल जाती है।

दूसरी ओर, यदि सेल्सपर्सन देर से आए, तैयार न हो और ख़राब तरीक़े से व्यवस्थित हो, तो ग्राहक तुरंत मान लेता है कि "आप जो देखते हैं, वही आपको मिलता है।" वह यह मान लेता है कि कंपनी दोयम दर्जे की है और जो प्रॉडक्ट या सेवा पेश की जा रही है, उसकी गुणवत्ता कमज़ोर है।

सबसे अच्छी कंपनियाँ

सबसे अच्छी कंपनियों में सबसे अच्छी तरह प्रशिक्षित और सबसे अच्छे दिखने वाले सेल्स पीपल होते हैं। आईबीएम और ह्यूलेट पैकर्ड जैसी कंपनियाँ संभावित सेल्स पीपल का कई बार इंटरव्यू लेकर पहले से यह सुनिश्चित करती हैं कि एक प्रतिस्पर्धी बाज़ार

में उनका प्रतिनिधित्व करने के लिए ये सही लोग हैं। वे संभावित सेल्स पीपल को डिनर पर ले जाकर देखती हैं कि वे बर्तनों का इस्तेमाल कैसे करते हैं और सामाजिक स्थिति में कैसे पेश आते हैं। वे उनके परिवार से मिलकर पता लगाती हैं कि जीवनसाथियों में सकारात्मक या नकारात्मक संबंध कितने हैं। वे इन संभावित कर्मचारियों से व्यक्तिगत और सामूहिक दोनों तरह के इंटरव्यू लेती हैं। वे जानती हैं कि ख़रीदने के निर्णय का एक बहुत बड़ा हिस्सा उस व्यक्ति द्वारा तय होने वाला है, जो सचमुच प्रॉडक्ट को बेच रहा है।

बुनियादी और ग़ैर-बुनियादी आवश्यकताओं को पहचानें

आपका प्रॉडक्ट जिन बुनियादी और ग़ैर-बुनियादी आवश्यकताओं को संतुष्ट कर सकता है, उन्हें पहचानने में सक्षम बनें और फिर ग्राहक के सामने प्रदर्शन करें। आप कुशलता से सवाल पूछकर और ग़ौर से जवाब सुनकर ऐसा करते हैं। देर-सबेर प्रॉस्पेक्ट की रुचि इस बारे में सवाल पूछने में हो जाएगी कि प्रॉडक्ट क्या करता है और कैसे काम करता है। यह आपका बिक्री अवसर बन जाता है।

मिसाल के तौर पर, कंपनियों को कंप्यूटर और सॉफ़्टवेअर बेचते वक़्त नौसिखिये सेल्स पीपल आमतौर पर अपने उपकरण के ढेर सारे अलग-अलग कार्यों के वर्णन में बहुत सारा समय बिता देते हैं।

लेकिन ग्राहक को इसकी परवाह नहीं होती। वह तो यह जानना चाहता है कि क्या प्रॉडक्ट *अपनी क़ीमत खुद निकाल* लेगा और अपनी क़ीमत खुद निकालने में इसे कितना लंबा समय लगेगा। ग्राहक जानना चाहता है कि वह इस बात पर *कितना विश्वास* कर सकता है कि प्रॉडक्ट अपनी क़ीमत निकाल लेगा। उसे यह जानने की ज़रूरत है कि यह एक बुद्धिमत्तापूर्ण व्यावसायिक निर्णय है या नहीं।

उसे स्पॉटलाइट में रखें

अपने बारे में सोचने के बजाय अपना सारा ध्यान ग्राहक पर केंद्रित रखें। चूँकि आप एक समय में केवल एक ही चीज़ के बारे में सोच सकते हैं, इसलिए आप खुद के बजाय ग्राहक पर जितने ज़्यादा केंद्रित होते हैं, उतने ही ज़्यादा तनावरहित और आत्मविश्वासी बनेंगे - और ग्राहक उतना ही ज़्यादा सकारात्मक तथा उत्साही बनेगा। जब भी आप किसी बिक्री के दौरान तनाव महसूस करने लगें, तो तुरंत ग्राहक से उसके या उसके कारोबार के बारे में कोई सवाल पूछ लें और जवाब को सुनें।

कल्पना करें कि आप एक अँधेरे कमरे में ग्राहक के साथ बैठे हुए हैं। ग्राहक की डेस्क के ऊपर एक स्पॉटलाइट है। यह स्पॉटलाइट आवाज़ से चलती है। जो भी बोल

रहा होता है, स्पॉटलाइट उसकी ओर घूम जाती है और पूरी तरह उसी पर केंद्रित होती है। स्पॉटलाइट में किसे रहना चाहिए, आपको या ग्राहक को?

चूँकि ग्राहक सबसे महत्त्वपूर्ण व्यक्ति है, इसलिए स्पॉटलाइट ज़्यादातर समय *ग्राहक* पर होनी चाहिए। जब भी ग्राहक बात कर रहा हो और आपके प्रश्नों के जवाब दे रहा हो, तो स्पॉटलाइट उस पर रहती है। जब भी आप उसके बारे में और उसकी ज़रूरतों, समस्याओं, उद्देश्यों और आवश्यकताओं के बारे में बात कर रहे होते हैं, तो स्पॉटलाइट उस पर बनी रहती है। जिस पल आप अपने, अपने प्रॉडक्ट, अपनी सेवा, अपनी कंपनी या अपने जीवन के बारे में बात शुरू करते हैं, स्पॉटलाइट घूमकर आप पर केंद्रित हो जाती है। ग्राहक अँधेरे में बैठा रह जाता है।

स्पॉटलाइट ग्राहक पर जितनी ज़्यादा रहती है, इस बात की उतनी ही ज़्यादा संभावना होती है कि आप बिक्री कर लेंगे। स्पॉटलाइट ख़ुद पर और अपनी कंपनी पर रखेंगे, तो उसके ख़रीदने की संभावना भी कमतर होती जाती है।

ग्राहक लाभ और समाधान ख़रीदते हैं

लोग प्रॉडक्ट नहीं ख़रीदते हैं; वे तो *लाभ* ख़रीदते हैं। वे अपनी समस्याओं के समाधान ख़रीदते हैं। वे अपनी आवश्यकताओं को संतुष्ट करने के तरीक़े ख़रीदते हैं।

इसलिए एक बार फिर अपना *सारा* ध्यान ग्राहक पर केंद्रित करें। इस तरह के सवाल पूछें :

- "इस क्षेत्र में अब आप क्या कर रहे हैं?"
- "यह आपके लिए कैसा काम कर रहा है?"
- "इस क्षेत्र में भविष्य की आपकी क्या योजनाएँ हैं?"
- "यदि आप जादू की कोई छड़ी लहरा सकें और इस क्षेत्र में आदर्श स्थिति पा सकें, तो यह उससे कैसे अलग होगा, जो आप वर्तमान में कर रहे हैं?"
- "हमारे प्रॉडक्ट या किसी भी प्रॉडक्ट को ख़रीदने के लिए आपको कैसे विश्वास दिलाया जाए?"

जो व्यक्ति सवाल पूछता है, नियंत्रण उसी के पास होता है।

ख़रीदने या न ख़रीदने के कारण

हर बिक्री में एक *मुख्य लाभ* होता है, जिसे प्रॉस्पेक्ट खोज रहा है। यही वह एक चीज़ है, जिसका प्रॉस्पेक्ट को विश्वास दिलाना होगा, तभी वह ख़रीदेगा। आपका काम इस

मुख्य लाभ को सामने लाना है और फिर ग्राहक को विश्वास दिलाना है कि अगर वह आपका प्रॉडक्ट या सेवा ख़रीद लेता है, तो उसे यह लाभ अवश्य मिलेगा।

साथ ही, हर बिक्री में एक *मुख्य आपत्ति* होती है, वह प्रमुख कारण जिसकी वजह से ग्राहक हिचकेगा या नहीं ख़रीदने का निर्णय लेगा। यह बेहद अनिवार्य है कि आप इस मुख्य आपत्ति को सामने लाएँ और ग्राहक को संतुष्ट करने के लिए इसका जवाब देने का तरीक़ा खोजें।

20 प्रतिशत पर ध्यान केंद्रित करें

हम 80/20 के नियम पर थोड़ी बात कर चुके हैं। आपके प्रॉडक्ट या सेवा को ख़रीदने के संदर्भ में भी 80/20 का नियम लागू होता है। ख़रीददारी के पूरे 80 प्रतिशत निर्णय उन 20 प्रतिशत लाभों पर केंद्रित होंगे, जो आप प्रॉस्पेक्ट के सामने पेश करते हैं। कई बार तो 90/10 का नियम सक्रिय हो जाता है; बिक्री के 90 प्रतिशत निर्णय आपके प्रॉडक्ट की 10 प्रतिशत विशेषताओं और लाभों पर आधारित हो सकते हैं। आपका काम तो बस यह पता लगाना है कि वे क्या हैं।

यदि आप उन विशेषताओं और लाभों के बारे में बहुत ज़्यादा बात करते हैं, जो प्रॉस्पेक्ट के लिए परवाह के 80 प्रतिशत निचले क्षेत्र में हैं, तो आप दरअसल बिक्री करने की अपनी संभावनाओं को चोट पहुँचा रहे हैं। भले ही आपका प्रॉडक्ट निचले 80 प्रतिशत कारणों के मामले में संसार में सबसे अच्छा हो, लेकिन उनसे वह प्रॉस्पेक्ट आगे बढ़कर उसे ख़रीदने के लिए राज़ी नहीं होगा।

लेकिन अगर आप अपना सारा ध्यान उन शीर्षस्थ 10 या 20 प्रतिशत लाभों पर केंद्रित कर सकें, जो आपका प्रॉस्पेक्ट सबसे ज़्यादा चाहता है, तो स्थिति दूसरी हो सकती है। अगर आप ज़बर्दस्त तरीक़े से उसे विश्वास दिला दें कि किसी दूसरे विकल्प के बजाय आपके प्रॉडक्ट या सेवा से उसे ये लाभ बेहतर और ज़्यादा तेज़ी से मिलेंगे, तो बिक्री काफ़ी ज़्यादा आसान हो जाती है।

"हॉट-बटन" क्लोज़

इससे हम क्लोज़िंग की सबसे शक्तिशाली तकनीकों में से एक पर पहुँच जाते हैं। इसे "हॉट-बटन" क्लोज़ कहा जाता है और इसका इस्तेमाल सर्वोच्च भुगतान पाने वाले सेल्स पीपल बार-बार करते हैं। यह बहुत सरल है। प्रश्न पूछने और ग़ौर से जवाब सुनने से आप अंततः "हॉट बटन" का पता लगा लेते हैं, वह सबसे अहम लाभ जो यह ग्राहक आपके प्रॉडक्ट या सेवा से चाहता है। फिर आप अपनी सारी ऊर्जा उसे इस बात का पूरा विश्वास दिलाने में लगाते हैं कि उसे यह अहम लाभ मिल जाएगा।

हॉट-बटन क्लोज़ की सफलता प्रॉस्पेक्ट के ख़रीदने के सबसे महत्त्वपूर्ण कारण का पता लगाने की आपकी योग्यता पर निर्भर होती है। फिर आप इसे बार-बार दोहराते हैं।

उस एक मुख्य बिंदु को बेचने पर केंद्रित रहें। किसी संभावित ख़रीददार को विश्वास दिलाने के लिए हर चीज़ करें कि उसे वह एक लाभ मिल जाएगा, जो ख़रीदने के लिए निर्णायक है। पूरे निर्णय को उस एक सवाल पर केंद्रित कर दें। बार-बार हॉट बटन दबाएँ।

आप हॉट बटन का पता कैसे लगाते हैं? बस पूछ लें, ख़ास तौर पर जब प्रॉस्पेक्ट झिझक रहा हो या पीछे हट रहा हो, "मि. प्रॉस्पेक्ट, अगर आप कभी, भविष्य में किसी समय, यह प्रॉडक्ट ख़रीदें, तो आप उस समय ऐसा क्यों करेंगे?" फिर पूरी तरह ख़ामोश हो जाएँ।

जब आप इसे एक सैद्धांतिक प्रश्न बना देते हैं, तो प्रॉस्पेक्ट अक्सर कहेगा, "देखिए, अगर मैं यह प्रॉडक्ट कभी ख़रीदूँगा, तो मुझे इस बात का (हॉट बटन) विश्वास होना चाहिए।" फ्रॉयडियन चूक की तरह यह अक्सर प्रॉस्पेक्ट के मुँह से निकल जाएगा। फिर आपको उसे यह विश्वास दिलाने का काम करना होता है कि अगर वह आपकी पेशकश को स्वीकार कर लेता है, तो उसे वह लाभ तुरंत ही मिल जाएगा।

तेज़, सस्ता बाज़ार शोध

यहाँ एक शक्तिशाली अभ्यास है, जो बहुत कम समय में ही आपकी आमदनी *दोगुनी* कर सकता है। अपने आख़िरी दस ग्राहकों की सूची बनाएँ। उनमें से प्रत्येक को फ़ोन करके कहें : "मि. ग्राहक, मैं आपको फ़ोन करके बस इतना बताना चाहता था कि हमसे यह प्रॉडक्ट ख़रीदने के लिए मैं आपका कितना आभारी हूँ। हर चीज़ कैसी चल रही है? क्या हम किसी तरह आपकी मदद कर सकते हैं?"

ग्राहक आपसे प्रॉडक्ट या सेवा संबंधी कोई सवाल या समस्या पूछ भी सकता है और नहीं भी। अगर वह ऐसा करता है, तो फ़ोन रखने के बाद तुरंत मदद करने का वादा करें।

फिर पूछें, "मि. ग्राहक, क्या मैं आपसे एक सवाल पूछ सकता हूँ? आप यह प्रॉडक्ट या सेवा किसी दूसरी कंपनी से भी ख़रीद सकते थे, लेकिन आपने इसे हमसे ख़रीदा। क्या आप मुझे सटीकता से बता सकते हैं कि आपने इसे किसी दूसरे के बजाय हमसे ही ख़रीदने का निर्णय क्यों लिया?"

यह बाज़ार शोध का एक शक्तिशाली प्रश्न है। इसे पूछने के बाद पूरी तरह

ख़ामोश हो जाएँ। जवाब देने से पहले ग्राहक को इस बारे में कुछ पल सोचने दें। *बीच में न बोलें।*

महान खोज

यहाँ वह बहुत उल्लेखनीय खोज है, जो आप कभी करेंगे। अगर आप दस पुराने ग्राहकों से पूछते हैं, तो शायद उनमें से 80 प्रतिशत आपको एक ही कारण बताएँगे, जिस वजह से उन्होंने आपसे वह प्रॉडक्ट ख़रीदा था। अक्सर आपको तो पता भी नहीं था कि ख़रीददारी के निर्णय के पीछे का असल कारण यह था।

जवाब जो भी हो, उसे लिख लें। उस दिन के बाद आप जब भी किसी नए प्रॉस्पेक्ट से मिलें, तो उसे यह बताना सुनिश्चित करें, "हमारे ज़्यादातर सर्वश्रेष्ठ ग्राहक कहते हैं कि उन्होंने हमसे जिस कारण ख़रीदने का निर्णय लिया, वह यह (हॉट बटन) था। क्या यह आपके लिए महत्त्वपूर्ण है?"

फूलों वाला चेरी ट्री

यहाँ एक रियल एस्टेट एजेंट की कहानी है, जो एक दंपत्ति को एक मकान दिखाने ले गया। मकान ख़ास अच्छी हालत में नहीं था, लेकिन जब वे घर के सामने रुके, तो महिला ने मकान के पार देखा और पीछे वाले आँगन में उसे एक सुंदर, फूलों वाला चेरी का वृक्ष दिख गया।

वह तत्काल बोल उठी, "ओह हैरी, फूलों वाले उस सुंदर चेरी ट्री को देखो! जब मैं छोटी थी, तो मेरे घर के पीछे के आँगन में भी फूलों वाला एक चेरी ट्री था। मैं हमेशा ऐसे घर में रहना चाहती थी, जिसमें फूलों वाला चेरी ट्री हो।"

वे सभी कार से निकलते हैं और मकान देखने के लिए अंदर जाते हैं। लेकिन सेल्सपर्सन ने उस महिला की कही बात को दिमाग़ में दर्ज कर लिया है।

हैरी मकान को आलोचनात्मक अंदाज़ में देखता है। वह पहली बात यह कहता है, "ऐसा लगता है, जैसे हमें इस घर में दोबारा कारपेट लगाना होगा।"

सेल्समैन कहता है, "हाँ, यह सच है। लेकिन यहाँ से देखें तो सही। आप डाइनिंग रूम के पार उस सुंदर, फूल वाले चेरी ट्री को देख सकते हैं।"

महिला तुरंत पीछे की खिड़की से फूलों वाले चेरी ट्री को देखती है और मुस्कुराती है। सेल्समैन जानता है कि मकान ख़रीदने के निर्णय में महिला ही सबसे अहम भूमिका निभाती है। इसलिए वह उसी पर ध्यान केंद्रित करता है।

वे किचन में जाते हैं और हैरी कहता है, "यह किचन थोड़ा छोटा है और नलों की फ़िटिंग भी पुरानी दिखती है।"

सेल्समैन कहता है, "हाँ, यह सच है। लेकिन जब आप खाना बनाते समय खिड़की से बाहर देखते हैं, तो आप पीछे के आँगन में उस सुंदर फूलों वाले चेरी ट्री को देख सकते हैं।"

इसके बाद वे बाक़ी मकान देखने के लिए ऊपर की मंज़िल पर जाते हैं। हैरी कहता है, "ये बेडरूम बहुत छोटे हैं और वॉलपेपर भी पुराने ज़माने का है। सभी कमरों की दोबारा पुताई करानी होगी।"

सेल्सपर्सन कहता है, "हाँ, लेकिन ग़ौर करें कि मास्टर बेडरूम से आपको फूलों वाले चेरी ट्री का कितना सुंदर नज़ारा दिखता है।"

पूरा घर घूमने के बाद वह महिला फूलों वाले चेरी ट्री के बारे में इतनी रोमांचित है कि वह कोई दूसरी चीज़ देख ही नहीं सकती। ख़रीदने का निर्णय ले लिया जाता है। वे मकान ख़रीद लेते हैं, क्योंकि सेल्समैन ने हॉट बटन को पहचान लिया है : फूलों वाला चेरी ट्री।

आप जो भी प्रॉडक्ट या सेवा बेचते हैं, हर प्रॉडक्ट में एक "फूलों वाला चेरी ट्री" होता है।

आप जो भी प्रॉडक्ट या सेवा बेचते हैं, उसमें एक "फूलों वाला चेरी ट्री" होता है। आप जो बेच रहे हैं, उसके लिए अगर यह असली प्रॉस्पेक्ट है, तो आपके प्रॉडक्ट या सेवा में कोई न कोई ऐसी चीज़ है, जिसका आनंद प्रॉस्पेक्ट सचमुच लेना चाहता है। यह एक लाभ प्रॉस्पेक्ट सचमुच पाना चाहता है। सवाल पूछकर और सुनकर पता लगाएँ कि यह कौन-सा लाभ है। फिर ग्राहक को आश्वस्त करें कि अगर वह आपसे ख़रीदता है, तो उसे वह लाभ निश्चित रूप से मिलेगा।

कार्य
अभ्यास

1. ग्राहक की उन आवश्यकताओं की सूची बनाएँ, जो आपके प्रॉडक्ट से पूरी हो सकती हैं। इस सूची को ग्राहक के हिसाब से महत्त्व के क्रम में जमाएँ। अपनी प्रॉस्पेक्टिंग और बिक्री को इन्हीं आवश्यकताओं के इर्द-गिर्द बनाएँ।

2. अपने संतुष्ट ग्राहकों पर नियमित बाज़ार शोध करें। पता लगाएँ कि आपके प्रॉडक्ट में वह कौन-सा एक लाभ था, जिसकी वजह से उन्होंने किसी दूसरे के बजाय आपसे ख़रीदा।

3. उस सबसे महत्त्वपूर्ण लाभ का पता लगाएँ, जो आपके व्यावसायिक ग्राहक चाह रहे हैं और फिर बिक्री की हर बातचीत में उस लाभ की व्याख्या करने का तरीक़ा खोजें।

4. आप जो बेच रहे हैं, उसका इस्तेमाल करने से आपके प्रॉस्पेक्ट को कौन से सबसे महत्त्वपूर्ण लाभ हो सकते हैं या उसका इस्तेमाल न करने से कौन से सबसे महत्त्वपूर्ण नुक़सान हो सकते हैं, बार-बार उन पर ज़ोर दें।

5. सफलता के लिए सही पोशाक पहनें। उचित व्यावसायिक पोशाक पर कोई अच्छी पुस्तक ख़रीदकर पढ़ें और फिर इसका अनुसरण करें, ताकि आप ग्राहक से मिलते वक़्त पूरी तरह पेशेवर दिखें।

6. खुले-सिरे वाले सवालों की एक श्रंखला तैयार करें, जिनका इस्तेमाल आप बिक्री की बातचीत को नियंत्रित करने में कर सकते हैं और प्रॉस्पेक्ट की सच्ची आवश्यकताओं को सामने लाएँ। सवाल पूछकर और सुनकर स्पॉटलाइट उस पर केंद्रित रखें।

7. ग्राहक के साथ हर संपर्क में ख़ुद को मित्र, सलाहकार और शिक्षक की भूमिका में लाएँ। बेचने के बजाय मदद करने और सिखाने पर ध्यान केंद्रित करें।

दूसरों की मदद करके हम अपनी मदद करते हैं, क्योंकि हम जो भी अच्छी चीज़ देते हैं, वह वृत्त पूरा करके हमारी ओर लौटती है।

– फ़्लोरा एडवर्ड्स

4

रचनात्मक बिक्री

किसी सफल व्यवसाय को चलाने के लिए
इंसान के पास कल्पना होनी चाहिए।
उसे चीज़ों को सपने में देखना चाहिए,
पूरी चीज़ का सपना।

– चार्ल्स श्वाब

रचनात्मकता सभी शीर्षस्थ सेल्स पीपल का स्वाभाविक गुण होती है। सौभाग्य से, आपकी रचनात्मकता का स्तर काफ़ी हद तक आपकी आत्म-अवधारणा से तय होता है, यानि यह मायने रखता है कि रचनात्मक गतिविधि के मामले में आप अपने बारे में कैसा सोचते और महसूस करते हैं। इसका मतलब है कि आप अभ्यास से अपनी रचनात्मकता बढ़ा सकते हैं, जब तक कि यह स्वचालित न बन जाए और आपके तय लक्ष्यों पर स्वतः प्रतिक्रिया न बन जाए।

रचनात्मकता एक ऐसी चीज़ है, जिसका प्रदर्शन और इस्तेमाल आप सारे समय करते हैं। जब किसी अपॉइंटमेंट के लिए जाते वक़्त आप किसी ट्रैफ़िक जाम में उलझ जाते हैं और इससे बचने के लिए वैकल्पिक सड़कों, बग़ल की सड़कों तथा गलियों को पकड़ते हैं, तो आप बेहद रचनात्मक कार्य कर रहे हैं।

अगर आप किसी पार्टी की व्यवस्था कर रहे हों या बिक्री प्रस्तुति बना रहे हों, तो आप रचनात्मक तरीक़े से काम कर रहे हैं। अगर आप किसी को अपने प्रॉडक्ट की अच्छाई और उपयोगिता का विश्वास दिलाने की कोशिश कर रहे हैं, तो आप रचनात्मक तरीक़े से व्यवहार कर रहे हैं।

सुबह कपड़े पहनना भी, जब आप अपने कपड़ों का रंग मिलाते हैं – टाई, शर्ट, ब्लाउज़, ड्रेस, स्लैक्स, जूते – ताकि कुल मिलाकर अच्छी छाप छूटे, तो आप रचनात्मक कार्य कर रहे हैं।

आपके विश्वास आपकी हक़ीक़त बन जाते हैं

दुखद तथ्य यह है कि अधिकतर लोग खुद को ज़्यादा रचनात्मक नहीं मानते हैं। उनके हिसाब से रचनात्मकता का मतलब महान साहित्यिक रचनाएँ लिखना या महान कलाकृतियों की पेंटिंग करना होता है। बहरहाल, रचनात्मकता की सबसे अच्छी परिभाषा सरल रूप में "सुधार" है। जब आप अलग तरीक़े से काम करके किसी चीज़ को सुधारते या बेहतर बनाते हैं, तो आप अपनी रचनात्मकता का इस्तेमाल कर रहे हैं, कई बार तो उच्च स्तर पर।

आप खुद को जितना ज़्यादा रचनात्मक *मानते* हैं, आत्म-अवधारणा की केंद्रीय भूमिका के कारण आप उतने ही ज़्यादा रचनात्मक विचार उत्पन्न करेंगे। कुछ बेचकर आप मूलतः वहाँ व्यवसाय बना रहे हैं, जहाँ पहले कोई व्यवसाय मौजूद नहीं था। प्रॉस्पेक्टिंग, तालमेल बनाने, आवश्यकताओं को पहचानने, समाधान पेश करने, आपत्तियों का जवाब देने, सेल क्लोज़ करने और रिसेल तथा रेफ़ेरल पाने की प्रक्रिया द्वारा आप असाधारण रूप से जटिल रचनात्मक कार्यों में संलग्न हो रहे हैं, जो हमारे पूँजीवादी समाज के कूप स्त्रोत हैं।

रचनात्मकता को प्रेरित करने के तीन तरीक़े

रचनात्मकता तीन प्रमुख घटकों से प्रेरित होती है : (1) स्पष्ट लक्ष्य, (2) दबाव डालने वाली समस्याएँ, और (3) केंद्रित प्रश्न। आपको यथासंभव तीनों का इस्तेमाल करना चाहिए।

आप किसी स्पष्ट, निश्चित लक्ष्य को हासिल करने की जितनी गहनता से इच्छा करते हैं, उसे हासिल करने के तरीक़े खोजने में आप उतने ही ज़्यादा रचनात्मक होंगे।

आप किसी दबाव डालने वाली समस्या को सुलझाने के लिए जितने संकल्पवान होते हैं, विभिन्न समाधान सोचने में आप उतने ही ज़्यादा कामयाब होंगे।

आप खुद से जितने ज़्यादा केंद्रित और निश्चित प्रश्न पूछते हैं, या जो दूसरे आपसे पूछते हैं, जवाब देते समय आप उतने ही ज़्यादा नवाचारी होंगे। आपको इन तीनों का इस्तेमाल लगातार करना चाहिए, ताकि आपका मस्तिष्क अपने सर्वोच्च स्तर पर काम करता रहे।

रचनात्मक तरीक़े से सोचने का अभ्यास करें

बिक्री में कई क्षेत्र होते हैं, जहाँ नियमित अभ्यास करके आप अपनी रचनात्मकता को बढ़ा सकते हैं। आप इन क्षेत्रों में जितने ज़्यादा रचनात्मक बनते हैं, आप उतना ही ज़्यादा पैसा बनाएँगे।

पहला क्षेत्र जहाँ रचनात्मकता महत्त्वपूर्ण होती है, वह है *प्रॉस्पेक्टिंग*। काफ़ी हद तक, प्रॉस्पेक्टिंग में आपकी सफलता से ही आपकी आमदनी तय होती है। और ज़्यादा तथा बेहतर प्रॉस्पेक्ट खोजने की आपकी योग्यता केवल आपकी कल्पना द्वारा ही सीमित है।

दूसरा क्षेत्र, जहाँ रचनात्मकता अनिवार्य है, वह है *ख़रीदने के उद्‌देश्य सामने लाना।* आपको प्रश्न पूछने में रचनात्मक होना चाहिए, ताकि आप सटीकता से पता लगा सकें कि ग्राहक की आवश्यकता क्या है और यह ग्राहक किस कारण ख़रीदेगा।

यह आपकी बुद्धि और मानसिक शक्ति का असली इम्तिहान है। किसी भी बिक्री के प्रस्ताव पर प्रॉस्पेक्ट के मन में स्वचालित ख़रीददारी प्रतिरोध होता है। वे आपको नहीं बताना चाहते कि वे आपका प्रॉडक्ट क्यों ख़रीद सकते हैं। वे अनुभव से जानते हैं कि अगर आप जान गए कि वे दरअसल क्या चाहते हैं, तो आप शायद उन्हें विश्वास दिला देंगे कि वे इसे पा लेंगे और वे इतने कमज़ोर होंगे कि आपकी पेशकश को ठुकरा नहीं पाएँगे।

प्रॉडक्ट के नए उपयोग खोजें

प्रॉडक्ट के नए उपयोग खोजने में आपकी रचनात्मकता अनिवार्य है। आपको अपने प्रॉडक्ट का उपयोग करने के नए तरीक़े खोजने और जहाँ कोई बिक्री मौजूद नहीं है, वहाँ बिक्री उत्पन्न करने के लिए अपने दिमाग़ की शक्ति का इस्तेमाल करना होता है। किसी व्यावसायिक सौदे के सभी तत्वों, जिसमें आप, आपकी कंपनी, ग्राहक, प्रॉडक्ट या सेवा, भाव और शर्तें, डिलिवरी और इंस्टालेशन और बाक़ी हर चीज़ शामिल होती है, को एक साथ लाना असाधारण रूप से जटिल काम है और इसमें उच्च-स्तरीय रचनात्मकता की ज़रूरत होती है।

ख़रीददार के प्रतिरोध से उबरने और आपत्तियों का जवाब देने के लिए रचनात्मकता का इस्तेमाल करने की योग्यता आपकी सफलता के लिए अनिवार्य है। अंत में, बिक्री को पूरा करने और ग्राहक से क़दम उठवाने की आपकी योग्यता यह तय करने में अत्यंत महत्त्वपूर्ण होती है कि आप कितना बेचते हैं और कितना कमाते हैं।

जान लें कि आप किस बारे में बात कर रहे हैं

रचनात्मक बिक्री आपके प्रॉडक्ट या सेवा के पूर्ण ज्ञान से शुरू होती है। आप जो बेच रहे हैं, उसे आप जितना बेहतर जानते और समझते हैं, आप उसे बेचने में उतने ही ज़्यादा रचनात्मक बनेंगे। आप इस बारे में जितने ज्ञानी होंगे कि आपका प्रॉडक्ट प्रतिस्पर्धी प्रॉडक्टों की तुलना में क्यों और कैसे श्रेष्ठ है, आप उसे अपने ग्राहकों को

बताने और ख़रीददारी के उनके प्रतिरोध को तोड़ने में उतने ही बेहतर होंगे।

अपने प्रॉडक्ट के विवरण पढ़ें, उनका अध्ययन करें और उन्हें कंठस्थ कर लें। पता लगाएँ कि आपके प्रतिस्पर्धी क्या बेच रहे हैं, वे किस पर ज़ोर देते हैं और वे कितने पैसे लेते हैं। अपने बाज़ार में विशेषज्ञ बनें।

प्रॉस्पेक्टिंग में उत्कृष्ट बनें

अपनी आमदनी बढ़ाने का सबसे तेज़ तरीक़ा बहुत सरल है। यह बेचने में सफलता की कुंजी है। "बेहतर प्रॉस्पेक्टों के साथ ज़्यादा समय बिताएँ।" यह सात शब्दों का फ़ॉर्मूला हर बाज़ार में ऊँची आमदनी का नुस्ख़ा है।

"बेहतर प्रॉस्पेक्ट्स के साथ ज़्यादा समय बिताएँ।" यह सात शब्दों का फ़ॉर्मूला हर बाज़ार में ऊँची आमदनी का नुस्ख़ा है।

रचनात्मक प्रॉस्पेक्टिंग आपकी सफलता के लिए अनिवार्य है। यह पूर्ण योजना और विश्लेषण से शुरू होती है। इसका आरंभ तीन प्रश्नों से होता है : (1) आपके प्रॉडक्ट की पाँच से दस *सबसे आकर्षक विशेषताएँ* क्या हैं? (2) आपका प्रॉडक्ट आपके संभावित ग्राहक की कौन-सी *निश्चित आवश्यकताओं* को संतुष्ट करता है? और (3) आपकी कंपनी ऐसा क्या देती है, जो दूसरी कंपनियाँ नहीं देती हैं; इसकी *उत्कृष्टता का क्षेत्र* क्या है?

1. आपके प्रॉडक्ट की पाँच से दस सबसे आकर्षक विशेषताएँ क्या हैं?

क्या आप अपने प्रॉडक्ट की सबसे आकर्षक विशेषताएँ जानते हैं? उनकी सूची महत्त्व के क्रम में बनाएँ। फिर इन प्रश्नों का जवाब दें :

- किसी को आपका प्रॉडक्ट *क्यों* ख़रीदना चाहिए?
- किसी को आपका प्रॉडक्ट *आपकी ही* कंपनी से क्यों ख़रीदना चाहिए?
- किसी को आपका प्रॉडक्ट आपसे ही क्यों ख़रीदना चाहिए?

किसी ग्राहक के सामने जाने से पहले आपको अपने दिमाग़ में इन प्रश्नों का स्पष्टता से जवाब देने में सक्षम होना चाहिए।

2. आपका प्रॉडक्ट आपके संभावित ग्राहक की कौन-सी निश्चित आवश्यकताओं को संतुष्ट करता है?

यह कौन से लाभ देता है? दूसरे शब्दों में, इसमें ग्राहक के लिए क्या है कि यह प्रॉडक्ट न ख़रीदने या किसी दूसरे का प्रॉडक्ट ख़रीदने के बजाय आपका ही प्रॉडक्ट ख़रीदे?

अपने प्रॉडक्ट की सबसे आकर्षक विशेषताएँ काग़ज़ के एक तरफ़ लिख लें। फिर इनमें से हर विशेषता से ग्राहक को मिलने वाले लाभ काग़ज़ के दूसरी ओर लिख लें। याद रखें, ग्राहक विशेषताएँ नहीं ख़रीदते हैं; वे सिर्फ़ लाभ ख़रीदते हैं। वे प्रॉडक्ट या सेवाएँ नहीं ख़रीदते हैं; वे अपनी समस्याओं के समाधान ख़रीदते हैं। उन्हें इस बात की चिंता नहीं होती कि आपके प्रॉडक्ट के अंदर क्या जाता है; उन्हें तो केवल इस बात की परवाह होती है कि उनके लिए बाहर क्या आता है।

3. आपकी कंपनी ऐसा क्या दे रही है, जो दूसरी कंपनियाँ नहीं देती हैं?

आपका "अनूठा बिक्री प्रस्ताव" क्या है? आपकी कंपनी या प्रॉडक्ट की उत्कृष्टता का क्षेत्र क्या है? किन मायनों में आपकी कंपनी, प्रॉडक्ट या सेवा आपके बाज़ार में उपलब्ध बाक़ी सबसे श्रेष्ठ है?

इन जवाबों के संबंध में आप जितने ज़्यादा स्पष्ट होते हैं, बेहतर प्रॉस्पेक्ट खोजने और उन प्रॉस्पेक्टों को ज़्यादा बेचने में आप उतने ही ज़्यादा रचनात्मक होंगे।

रणनीतिक बिक्री की चार कुंजियाँ

अगर आप अपने क्षेत्र में शीर्षस्थ 10 प्रतिशत आमदनी करने वालों में शामिल होना चाहते हैं, तो आपको रणनीतिक बिक्री की चार कुंजियों में माहिर होना चाहिए। ये हैं *विशेषज्ञता, भिन्नता, विभाजन और एकाग्रता।*

1. विशेषज्ञ बनें!

विशेषज्ञता के मामले में आप सटीकता से तय करते हैं कि आपके प्रॉडक्ट को ग्राहक को लिए क्या करने को बनाया गया है। आप किसी एक ख़ास परिणाम या लाभ में विशेषज्ञ बन सकते हैं। आप किसी एक ख़ास ग्राहक या बाज़ार में विशेषज्ञ बन सकते हैं। आप किसी ख़ास भौगोलिक क्षेत्र में विशेषज्ञ बन सकते हैं। आप किसी ख़ास आवश्यकता को किसी दूसरे से बेहतर संतुष्ट करने में विशेषज्ञ बन सकते हैं। विशेषज्ञता का क्षेत्र चाहे जो हो, आपको हमेशा *सामान्य* के बजाय *विशेषज्ञ* बनना चाहिए।

कई सेल्स पीपल ने किसी ख़ास उद्योग, किसी ख़ास प्रकार के ग्राहक या ख़ास भौगोलिक क्षेत्र में विशेषज्ञ बनकर ही अपना पूरा करियर बनाया है। यह आप पर कैसे लागू हो सकता है?

2. खुद को अलग करें - भिन्न करें!

भिन्नता में आप तय करते हैं कि कौन-सी चीज़ आपके प्रॉडक्ट को आपके प्रतिस्पर्धी के प्रॉडक्ट से श्रेष्ठ बनाती है। आपका प्रॉडक्ट आपके ग्राहकों को कौन से विशेष लाभ देता है, जो उन्हें किसी दूसरी जगह नहीं मिल सकते? आपके प्रॉडक्ट किन क्षेत्रों में बाज़ार में वैसी ही 90 प्रतिशत वस्तुओं या सेवाओं से बेहतर हैं?

कई मामलों में, अगर आपके द्वारा बेचे जाने वाला प्रॉडक्ट किसी दूसरी जगह उपलब्ध है, जैसा रियल एस्टेट या जीवन बीमे में होता है, तो विशेष अंतर प्रॉडक्ट में नहीं, बल्कि आपमें होता है; अंतर आपका खुद का अनूठा *व्यक्तित्व* होता है। पूरे संसार में आप जैसा सिर्फ़ एक ही इंसान है। सबसे ज़्यादा बिक्री उस *भावना* के आधार पर होती है, जो ग्राहक की आपके बारे में होती है।

3. अपने बाज़ार को अलग-अलग करें - विभाजन द्वारा

रणनीतिक बिक्री का तीसरा हिस्सा है *विभाजन या सेगमेंटेशन*। एक बार जब आप अपनी विशेषज्ञता का क्षेत्र चुन लें और यह पता लगा लें कि ऐसा क्या है, जो आपके प्रॉडक्ट को आपके प्रतिस्पर्धियों के प्रॉडक्ट से अलग करता है, तो आपका अगला लक्ष्य सटीकता से यह तय करना है कि आप जो करते हैं, उससे किन ग्राहकों को सबसे ज़्यादा लाभ हो सकता है। वे कौन हैं?

अपने प्रॉडक्ट के लिए इस आदर्श प्रकार के व्यक्ति या कंपनी को आप ज़्यादा संख्या में कहाँ खोज सकते हैं? "आदर्श ग्राहकों" के लिए विज्ञापन छपवाने के बारे में सोचें। आप उनका वर्णन कैसे करेंगे?

4. एकाग्र और केंद्रित बनें

रणनीतिक बिक्री का चौथा हिस्सा है एकाग्रता। यह शायद सबसे अत्यावश्यक योग्यता है, जो आप किसी भी क्षेत्र में सफलता पाने के लिए विकसित कर सकते हैं, ख़ास तौर पर बिक्री में। यह स्पष्ट प्राथमिकताएँ तय करने और फिर एकनिष्ठ मानसिकता से सिर्फ़ उन्हीं प्रॉस्पेक्टों पर ध्यान केंद्रित करने की योग्यता है, जिनके ग्राहक बनने की सर्वश्रेष्ठ संभावना है।

कुछ मामलों में, एक प्रॉस्पेक्ट दूसरे प्रॉस्पेक्ट से सौ गुना ज़्यादा मूल्यवान हो सकता है। बिक्री के क्षेत्र में बुनियादी नियम है, *छोटी मछलियों को नहीं, हमेशा व्हेल पकड़ने की कोशिश करें।* याद रखें, अगर आप एक हज़ार छोटी मछलियाँ पकड़ेंगे, तो आपके पास बाल्टी भर छोटी मछलियाँ होंगी। लेकिन अगर आप एक व्हेल पकड़ लेते हैं, तो यह पूरा जहाज़ डुबा सकती है।

कुछ समय पहले टैम्पा में एक सेल्स सेमिनार के बाद एक सेल्सपर्सन ने मुझे लिखकर बताया कि उसने इन तकनीकों का तुरंत इस्तेमाल शुरू कर दिया था। एक सप्ताह के भीतर उसने इतनी बड़ी बिक्री कर दी कि उसी एक बिक्री से उसका पूरे साल का 58 प्रतिशत लक्ष्य पूरा हो गया। वह इस बात पर बहुत हैरान थी कि जब उसने अपनी सारी ऊर्जाएँ अपने सबसे बड़े संभावित ग्राहक पर केंद्रित कर लीं, तो इससे कितना ज़्यादा फ़र्क़ पड़ा।

कौन से ग्राहक या कंपनियाँ आपका सामान बड़ी तादाद में ख़रीद सकते हैं? वे कहाँ हैं और आप उन तक कैसे पहुँच सकते हैं?

गहन बाज़ार विश्लेषण करें

आप अपने सबसे बड़े और सबसे अच्छे बिक्री अवसर पहचानने के लिए अपनी रचनात्मकता का इस्तेमाल कर सकते हैं। इसके लिए इस तरह के एकाग्र प्रश्नों के नियमित और निरंतर इस्तेमाल की आवश्यकता होती है :

आपका ग्राहक सटीकता से कौन है?

उन सभी गुणों और लक्षणों की सूची बनाएँ, जो आपके आदर्श ग्राहक में होंगे। उसकी उम्र, शिक्षा, पेशा, आमदनी का स्तर, अनुभव, नज़रिया या आवश्यकता क्या होगी? आप अपने आदर्श ग्राहक को पहचानने में जितने ज़्यादा स्पष्ट होते हैं, बात करने के लिए उतने ही ज़्यादा ग्राहक खोजना उतना ही ज़्यादा आसान होगा।

आपके प्रॉडक्ट या सेवा इस वक़्त कौन ख़रीदता है?

80/20 के नियम का इस्तेमाल करें। आपके वे 20 प्रतिशत ग्राहक कौन से हैं, जो आपके 80 प्रतिशत व्यवसाय का कारण हैं? उनमें क्या समानता है? आप उन्हीं सर्वश्रेष्ठ ग्राहकों जैसे ज़्यादा ग्राहक कैसे पा सकते हैं, जिनकी आप आज सेवा करते हैं?

आपके भावी ग्राहक कौन होंगे?

बाज़ार लगातार बदल रहे हैं, इसलिए आपको भी बदलना होगा। पाँच साल आगे तक जाएँ। वर्तमान प्रवृत्तियों के आधार पर उस समय किसके आपके सर्वश्रेष्ठ ग्राहक बनने की संभावना है?

आपके व्यवसाय और आपके बाज़ार में कौन-सी प्रवृत्तियाँ हैं?

कौन से परिवर्तन हो रहे हैं, जो आपको अपने बेचने का तरीक़ा बदलने के लिए विवश कर सकते हैं, या उन लोगों को, जिन्हें आप बेचते हैं? आपका बाज़ार किस दिशा में जा रहा है? आपके ग्राहक कैसे बदल रहे हैं?

आपके प्रॉडक्ट या सेवा के लिए नए बाज़ार कौन से हो सकते हैं?

विशेषज्ञता और भिन्नता के आपके क्षेत्रों से और कौन लाभ उठा सकता है, जिन तक आप अब तक नहीं पहुँचे हैं?

आपका ग्राहक क्यों ख़रीदता है? आपके प्रॉडक्ट या सेवा ख़रीदने में वह कौन से लाभ महसूस करता है? आप किसी ग्राहक को जो देते हैं, उस हर चीज़ में आपके प्रॉडक्ट या सेवा के कौन से हिस्से हैं, जिन्हें आपके ग्राहक सबसे ज़्यादा महत्त्व देते हैं और प्रशंसा करते हैं? "हॉट बटन" कौन से हैं, जिनकी वजह से आपके ग्राहक ख़रीदते हैं? आपको इन सवालों के जवाब पता होना चाहिए।

आपका प्रतिस्पर्धी कौन या क्या है?

आपके बड़े और छोटे प्रतिस्पर्धी कौन हैं? आपके संभावित ग्राहक आपके प्रतिस्पर्धियों से ख़रीदने में कौन से लाभ देखते हैं? आप इन महसूस किए गए लाभों से कैसे मुक़ाबला कर सकते हैं? आप खुद को किस तरह पेश कर सकते हैं कि लोग आपके प्रतिस्पर्धियों के बजाय आपसे ख़रीदें? यह अक्सर पूरे बाज़ार को खोलने की कुंजी होती है। जब कंपनियाँ खुद को अपने प्रतिस्पर्धियों के ख़िलाफ़ उचित रूप से रखती हैं, तो उनकी बिक्री अक्सर सैकड़ों प्रतिशत बढ़ जाती है।

एप्पल बनाम माइक्रोसॉफ़्ट

एप्पल कंप्यूटर छोटे पर्सनल या बिज़नेस कंप्यूटर के बाज़ार को तोड़ने वाली पहली कंपनी थी। यह एक उपभोक्ता-दोस्ताना पर्सनल कंप्यूटर के साथ आई और इसने तुरंत बाज़ार में बढ़त लेते हुए लाखों एप्पल वन और एप्पल टू बेच दिए।

माइक्रोसॉफ़्ट एप्पल के बाद बाज़ार में दाख़िल हुई। इसने ठान लिया कि यह एप्पल के सेल्स वॉल्यूम को पकड़कर उसे पार कर लेगी। लेकिन कंप्यूटर बनाने के बजाय माइक्रोसॉफ़्ट ने सॉफ़्टवेअर और ऑपरेटिंग सिस्टमों पर ध्यान केंद्रित किया तथा दूसरे सॉफ़्टवेअर डेवलपरों को उनसे सुसंगत प्रोग्राम तैयार करने के लिए प्रोत्साहित किया।

दोनों कंपनियों की रणनीतियाँ बिलकुल अलग थीं। एप्पल अपने सभी ऑपरेटिंग कोड और हार्डवेअर पर क़ब्ज़ा बनाए रखने पर आमादा थी, ताकि यह ज़्यादा दाम वसूल कर सके और ज़्यादा ऊँचा मुनाफ़ा कमा सके। अपने शिखर पर एप्पल बिक्री पर 49 प्रतिशत शुद्ध लाभ कमा रही थी, जो एक अविश्वसनीय राशि थी।

एक अलग रणनीति

बिल गेट्स और स्टीव बामर के नेतृत्व में माइक्रोसॉफ़्ट ने एप्पल के ग्राहक-दोस्ताना सॉफ़्टवेअर के प्रतिस्पर्धी लाभ को कम करने का फ़ैसला किया और संसार भर के सॉफ़्टवेअर डेवलपरों के लिए अपने कोड खोल दिए। साथ ही, प्रौद्योगिकी में हर नई उन्नति के साथ माइक्रोसॉफ़्ट अपने एमएस-डॉस ऑपरेटिंग सिस्टम का भाव कम करती गई। प्रति बिक्री ऊँचे मुनाफ़े के बजाय माइक्रोसॉफ़्ट ने प्रति बिक्री कम मुनाफ़े के साथ भारी संख्या में बिक्री पर ध्यान केंद्रित किया, और बिक्री बहुत भारी संख्या में हुई।

जब तक धूल छँटी, माइक्रोसॉफ़्ट वैश्विक पीसी बाज़ार के 90 प्रतिशत पर क़ब्ज़ा जमा चुकी थी। बेलगाम सफलता की कहानी बनने के बाद माइक्रोसॉफ़्ट कंप्यूटर बाज़ार में एप्पल से आगे निकल गई और एप्पल इसे कभी नहीं पकड़ पाई। 2004 तक कंप्यूटर बाज़ार में एप्पल की हिस्सेदारी गिरकर 3 प्रतिशत पहुँच चुकी थी, हालाँकि बहुत से लोग इसके प्रॉडक्ट को प्रौद्योगिकी के मामले में माइक्रोसॉफ़्ट से श्रेष्ठ मानते थे। आपका प्रतिस्पर्धी क्या या कौन है और आप उसके ख़िलाफ़ अपने प्रॉडक्ट को सही स्थिति में कैसे रखने वाले हैं?

अज्ञानता समस्या हो सकती है

कई मामलों में आपका प्रमुख प्रतिद्वंद्वी कोई दूसरी कंपनी नहीं होती। यह तो अज्ञानता होती है। ग्राहक जानते ही नहीं हैं कि आपका प्रॉडक्ट बाज़ार में उपलब्ध है। हो सकता है कि यह नया हो। हो सकता है कि यह मशहूर न हो। हो सकता है कि इसका अच्छा विज्ञापन न हुआ हो। कई बार, आपको जिस सबसे बड़ी बाधा से उबरना होता है, वह ग्राहक की इस बारे में अनभिज्ञता है कि आपका प्रॉडक्ट किसी ग्राहक के लिए क्या कर सकता है।

रणनीतिक बिक्री में आप हमेशा किसी न किसी व्यक्ति या किसी न किसी चीज़ के ख़िलाफ़ प्रतिस्पर्धा कर रहे हैं। आप चाहे जो बेच रहे हों, बाज़ार में आपका कोई दूसरा विकल्प हमेशा मौजूद होता है। आपको तो बस यह पता लगाना है कि आपके संभावित ग्राहक किस बारे में सोच रहे हैं और फिर ख़ुद को इस स्थिति में रखना है, ताकि ग्राहक इस नतीजे पर पहुँचें कि आपकी पेशकश किसी भी अन्य पेशकश से श्रेष्ठ है।

कई मायनों में बेचना युद्ध करने जैसा होता है। युद्ध में निर्णय हमेशा इस संदर्भ में लिए जाते हैं कि शत्रु क्या कर रहा है या उसके क्या करने की संभावना है। बेचने में आपके कई सबसे महत्त्वपूर्ण निर्णय इस बात से तय होंगे कि आपके प्रतिस्पर्धी क्या कर रहे हैं या उनके क्या करने की संभावना है।

आपका प्रतिस्पर्धी लाभ क्या है?

यह आपकी भिन्नता का वह क्षेत्र है, जिसके बारे में हमने पहले बात की थी। वह कौन सा लाभ है, जो आपके प्रतिस्पर्धियों की तुलना में आपके पास ज़्यादा है? आप कैसे और क्यों श्रेष्ठ हैं? जैसा जनरल इलेक्ट्रिक के जैक वेल्च ने एक बार कहा था, "अगर आपके पास प्रतिस्पर्धी लाभ नहीं है, तो प्रतिस्पर्धा न करें!"

आपका प्रतिस्पर्धी लाभ हमेशा वह सबसे महत्त्वपूर्ण कारण होता है, जिसकी वजह से कोई ग्राहक किसी प्रतिस्पर्धी के बजाय आपके प्रॉडक्ट को चुनता है। अपने प्रतिस्पर्धी लाभ की प्रकृति को पूरा समझना ही एक प्रभावी और रचनात्मक बिक्री प्रस्तुति तैयार करने की कुंजी है।

आपको अपने प्रॉडक्ट या सेवा के प्रतिस्पर्धी लाभ के बारे में इतना स्पष्ट होना चाहिए कि कोई आपको सुबह तीन बजे जगाकर पूछे, "आपका प्रॉडक्ट किसी दूसरे के प्रॉडक्ट से क्यों बेहतर है?" तो आप गहरी नींद में भी इस सवाल का जवाब दे सकें।

आपकी श्रेष्ठता का क्षेत्र

ग्राहक कोई विशेष प्रॉडक्ट या सेवा इसलिए ख़रीदते हैं, क्योंकि उन्हें लगता है कि यह किसी मायने में हर दूसरी उपलब्ध चीज़ से श्रेष्ठ है। कई बार यह कम दाम होता है। कई बार यह कोई ख़ास विशेषता या लाभ होता है। कई बार ऐसा इसलिए होता है, क्योंकि वे किसी दूसरे कंपनी के सेल्सपर्सन के बजाय आपको ज़्यादा पसंद करते हैं। कई बार तो प्रतिस्पर्धी लाभ यह होता है कि आप पहले व्यक्ति होते हैं, जिसने उन्हें बताया कि वे आपके प्रॉडक्ट से अपने जीवन या कामकाज को कैसे बेहतर बना सकते हैं।

ग्राहक हमेशा उसे ही चुनता है, जिसे वह उन परिस्थितियों में सर्वश्रेष्ठ उपलब्ध

चीज़ मानता है। ग्राहक के सामने प्रदर्शित कर दें कि आपका प्रॉडक्ट या सेवा इस वर्णन पर सटीक बैठती है।

एक जैसे दाम, एक जैसा मुनाफा

कुछ समय पहले एक युवक मेरे एक सेमिनार में आया। वह मुझसे सलाह लेना चाहता था। स्थानीय बाज़ार में कॉन्ट्रैक्टरों को विद्युत सामग्री की सप्लाई बेचने वाली दस कंपनियाँ थीं, जिनमें से एक में वह नौकरी करता था। सभी सप्लायर उन्हीं निर्माताओं से अपने प्रॉडक्ट ख़रीदते थे और अपने ग्राहकों को अमूमन समान दाम पर बेचते थे। इससे ज़्यादा बड़ी बात, विद्युत प्रॉडक्टों का बाज़ार उस समय मंदी के दौर में था।

उसने मुझसे पूछा, "इन परिस्थितियों में मैं अपनी अनूठी बिक्री विशेषता या प्रतिस्पर्धी लाभ कैसे विकसित कर सकता हूँ?" मैंने उसे समझाया कि यह दरअसल संभव नहीं है। उसके बताए अनुसार वह एक ऐसी चीज़ बेच रहा था, जो कोई भी, किसी दूसरी जगह पर, उसी भाव और गुणवत्ता में तथा उन्हीं शर्तों पर ख़रीद सकता था। उसके प्रॉडक्टों में कोई अनूठी बिक्री विशेषता नहीं थी। मंदी के बाज़ार में हर एक के लिए कम व्यवसाय था, जिसमें वह भी शामिल था। उस समय उसके उद्योग का भविष्य बहुत सीमित था।

अपने प्रॉडक्ट को किसी तरह से ख़ास बनाएँ

आप एक बहुत रचनात्मक चीज़ यह कर सकते हैं कि आप कोई ऐसा प्रॉडक्ट प्रदान करें, जो किसी तरह से *ख़ास* हो। यह प्रॉडक्ट ऐसे लाभ देता है, जो कहीं और उपलब्ध नहीं हैं और ग्राहक उसके लिए भुगतान करने को तैयार हैं। अगर आपका प्रॉडक्ट मैं-भी या किसी दूसरे जैसा ही प्रॉडक्ट है, तो आप ज़्यादा तभी बेच सकते हैं, जब आप ज़्यादा समय तक और कड़ी मेहनत से काम करें, ज़्यादा संभावित ग्राहकों से मिलें और औसत के नियम पर भरोसा करें। लेकिन बेचने के क्षेत्र में तब तक कोई दीर्घकालीन भविष्य नहीं हो सकता, जब तक कि आपका प्रॉडक्ट किसी भी अन्य उपलब्ध प्रॉडक्ट से किसी तरह से अनूठा और अलग न हो।

अपने सर्वश्रेष्ठ पैर को आगे रखें

रचनात्मक बिक्री में आप हमेशा *सबसे महत्त्वपूर्ण* लाभ को सबसे पहले बताते हैं। यह वह लाभ है, जो आपका प्रॉडक्ट आपके ग्राहक को प्रतिस्पर्धियों की तुलना में ज़्यादा अच्छी तरह प्रदान कर सकता है। यह आपके विज्ञापन, प्रॉस्पेक्टिंग और बिक्री गतिविधियों का मुख्य घटक बन जाता है। जब आप किसी प्रॉस्पेक्ट से मिलते हैं, जो

सचमुच वह विशेष लाभ चाहता है, जो केवल आपका प्रॉडक्ट प्रदान कर सकता है, तो बिक्री करना आसान हो जाता है।

बड़ी कंपनियाँ अपने *अनूठे बिक्री* प्रस्तावों की प्रतिष्ठा बनाने के लिए बहुत सारा समय और पैसा ख़र्च करती हैं। जब आईबीएम संसार की सबसे बड़ी कंप्यूटर कंपनी थी, तो इसकी *ग्राहक सेवा* की असाधारण प्रतिष्ठा थी। कंपनी हर साल एक अरब डॉलर से ज़्यादा निवेश करती थी, ताकि यह किसी आईबीएम प्रॉडक्ट के ख़राब होने पर अपने ग्राहकों को तेज़, विश्वसनीय सेवा दे सके। बड़े कंप्यूटर इंस्टॉलेशन वाले बड़े ग्राहकों के लिए आईबीएम संसार के कई हिस्सों से कई विशेषज्ञों को वायुमार्ग द्वारा पहुँचाती थी, प्रायः चौबीस घंटे के भीतर, ताकि कंप्यूटर सिस्टम दोबारा जल्दी से चलने लगे। गुणवत्तापूर्ण सेवा की प्रतिष्ठा ने आईबीएम को संसार भर में अपने उद्योग का लीडर बना दिया।

रोचक बात यह है कि किसी भी समय आईबीएम का प्रॉडक्ट अपने प्रतिस्पर्धियों से *बेहतर, ज़्यादा तेज़ या ज़्यादा सस्ता* नहीं रहा। दूसरी कंपनियों के पास श्रेष्ठ प्रॉडक्ट थे, कम भाव पर थे और उनमें विशेषताएँ ज़्यादा थीं। आईबीएम ने तो अधुनातन नवाचारों से क्षेत्र का नेतृत्व करने की कोशिश भी नहीं की। इसके बजाय इसने सेवा और समर्थन की प्रतिष्ठा पर ध्यान केंद्रित किया। इस प्रतिस्पर्धी लाभ ने इसे संसार में अपने क्षेत्र की सबसे सफल कंपनी बना दिया।

किसी को पता भी नहीं चलेगा

कुछ साल पहले स्मरनॉफ़ वोदका के वितरक इसे अमेरिकी बाज़ार में उतारने की कोशिश कर रहे थे। उन्हें बहुत कम सफलता मिली। उस वक़्त वोदका न केवल विदेशी शराब मानी जाती थी, बल्कि यह एक *रूसी* शराब भी थी। शीत युद्ध जारी था और अमेरिकियों की किसी भी तरह के रूसी प्रॉडक्ट में कोई ख़ास रुचि नहीं थी, ख़ास तौर पर एक नई तरह की शराब में।

स्मरनॉफ़ के वितरकों ने स्मरनॉफ़ वोदका को व्हिस्की, स्कॉच, जिन, रम और अन्य शराबों से श्रेष्ठ विकल्प साबित करने की कोशिश में भारी पैसा ख़र्च किया। कोई फ़ायदा नहीं हुआ। आख़िर, उन्होंने स्मरनॉफ़ की "अनूठी बिक्री विशेषता" को पहचान लिया : स्मरनॉफ़ पीने के बाद कोई भी साँस सूँघकर यह पता नहीं लगा सकता था कि आपने शराब पी है।

उन्होंने तुरंत इस अनूठी बिक्री विशेषता के चारों ओर दो पंक्तियों का विज्ञापन अभियान बनाया : "स्मरनॉफ़! इट टेक्स युअर ब्रेथ अवे" और "स्मरनॉफ़! इट लीव्ज़ यू ब्रेथलेस।"

कुछ ही समय में स्मरनॉफ़ 50 मिलियन डॉलर का प्रॉडक्ट बन गया और अंततः 500 मिलियन डॉलर का। इसने वोदका बिक्री के लिए बाज़ार खोल दिया, जो अब हर साल एक बिलियन डॉलर से ज़्यादा का हो चुका है। इस पेय का प्रतिस्पर्धी लाभ यह था कि लोग इसे लंच में पी सकते हैं और ऑफ़िस लौटने पर बाक़ी लोगों को इसका पता नहीं चलेगा। इस प्रतिस्पर्धी लाभ को बताकर स्मरनॉफ़ ने महान मार्केटिंग सफलता का इतिहास रच दिया।

आप अपने प्रॉडक्ट का इसी तरह वर्णन कैसे कर सकते हैं या इसे किस अनूठी जगह पर खड़ा कैसे कर सकते हैं? आपका अनूठा बिक्री प्रस्ताव क्या है?

आपके ग़ैर-ग्राहक कौन हैं?

वे लोग कौन हैं, जो आपके प्रॉडक्ट या सेवा का इस्तेमाल कर सकते हैं, लेकिन वे न तो आपसे, न ही आपके प्रतिस्पर्धियों से ख़रीदते हैं? ये ऐसे लोग हैं, जो बाज़ार में हैं ही नहीं। वास्तविकता में ग़ैर-ग्राहक आपके प्रॉडक्ट या सेवाओं का सबसे बड़ा बाज़ार है, जिसका दोहन नहीं हुआ है। अगर आप उन्हें पहचान सकें और उन तक पहुँचने का तरीक़ा खोज सकें, तो आप अक्सर वहाँ बिक्री उत्पन्न कर सकते हैं, जहाँ कोई बिक्री मौजूद नहीं है और जहाँ बहुत कम प्रतिस्पर्धा या दाम का प्रतिरोध है।

एक विशाल अप्रयुक्त बाज़ार

अक्सर ये लोग बाज़ार में "देर से अनुकूलन करने वाले" होते हैं, जो तब तक इंतज़ार करते हैं, जब तक कि बहुसंख्यक ख़रीददार नए प्रॉडक्ट या सेवा की जाँच-परख न कर लें। इसके बाद ही वे ख़रीदने का निर्णय लेते हैं। देरी से अनुकूलन करने वाले लोग ग़ैर-ग्राहकों की श्रेणी में आते हैं। जब कोई कंपनी ग़ैर-ग्राहकों के इस विशाल बाज़ार का दोहन करने का तरीक़ा खोज लेती है, तो यह प्रायः अपने सभी प्रतिस्पर्धियों से आगे निकल जाती है।

दिमाग़ में तीन उदाहरण तुरंत आते हैं : फ़ैक्स मशीन, पर्सनल कंप्यूटर और सेल फ़ोन। प्रत्येक प्रकरण में बहुत कम लोग नई प्रौद्योगिकी के मामले में जोख़िम लेना चाहते थे। जब वे नए-नए आए थे, तो वे अक्सर बड़े, बेढंगे और अकार्यकुशल थे। सेल फ़ोन को तो लाने-ले जाने के लिए पहले प्रायः ब्रीफ़केस की ज़रूरत होती थी।

लेकिन एक बार जब इन तीनों नवाचारों को व्यवसायियों ने स्वीकार कर लिया और ऑफ़िसों में इनका इस्तेमाल होने लगा, तो बाँध तड़कने लगा। अचानक ग़ैर-ग्राहक लाखों-करोड़ों की तादाद में बाज़ार में दाख़िल हो गए। आज तो बच्चों के पास भी कंप्यूटर, फ़ैक्स मशीन और सेल फ़ोन हो गए हैं, जिसे वे ज़्यादा नए, बेहतर, ज़्यादा तेज़

और ज़्यादा सस्ते संस्करणों से लगातार अपग्रेड करते जा रहे हैं। जो कभी शुरुआती अनुकूलन वाले बाज़ार थे, वे आज अरबों डॉलर के विश्वव्यापी बाज़ार बन चुके हैं। आप इसे अपने प्रॉडक्ट या सेवा पर कैसे लागू कर सकते हैं?

ग़ैर-मतदाता

यहाँ एक और उदाहरण है। हमारे समाज में सबसे बड़ा ग़ैर-ग्राहक वह व्यक्ति है, जो मतदान नहीं करता। ग़ैर-मतदाताओं को अगर किसी ख़ास पार्टी के पक्ष में मतदान करने के लिए प्रेरित किया जा सके, तो वे देश में होने वाले लगभग हर चुनाव के परिण ााम को तय कर सकते हैं। चालीस प्रतिशत पात्र मतदाता मतदान करने नहीं जाते हैं। वे देश में मतदाताओं का सबसे बड़ा समूह हैं।

वे क्यों नहीं ख़रीदते हैं?

जो लोग आपके या किसी दूसरे के प्रॉडक्ट को इस वक़्त नहीं ख़रीद रहे हैं, वे नए ग्राहकों के सबसे बड़े स्त्रोत हैं। अगर आप यह पता लगा सकें कि वे क्यों नहीं ख़रीद रहे हैं, तो आप अक्सर एक बिलकुल नए बाज़ार में सेंध लगा सकते हैं और पहले से बहुत ज़्यादा बेच सकते हैं।

ग़ैर-ग्राहकों के संदर्भ में पूछते रहें, *वे क्यों नहीं ख़रीदते हैं?* उनकी अनुभूति में ऐसा क्या है, जो उन्हें आपके प्रॉडक्ट या सेवा को ख़रीदने से रोकता है? उनके दिमाग़ में मौजूद किस आपत्ति को आपको दूर करना होगा, ताकि उन्हें बाज़ार में लाया जा सके? आप उनके अज्ञान को दूर करने के लिए क्या कर सकते हैं, जिसकी वजह से वे यह नहीं समझते हैं कि उन्हें आपके प्रॉडक्ट से कितना लाभ हो सकता है? आप उस डर को कैसे दूर कर सकते हैं, जो उन्हें पीछे रोक रहा है?

बहुत बार, ग़ैर-ग्राहक बाज़ार की तरफ़ जाने का सबसे सरल तरीक़ा यह रहता है कि उस एक ख़ास लाभ को पहचानें, जिसे ग़ैर-ग्राहक मूल्यवान मानता है और जिसे वह इतना चाहता है कि वह आपका प्रॉडक्ट या सेवा ख़रीदना चाहे। प्रॉस्पेक्ट के सामने प्रदर्शित कर दें कि उसे निश्चित रूप से वह लाभ मिलेगा, जिससे वह ख़रीदने के लिए प्रेरित हो जाएगा। इसके बाद संतुष्टि की पूरी गारंटी दें। मुख्य लाभ पर ध्यान केंद्रित करके और शक्तिशाली गारंटी का समर्थन देकर आप अक्सर उस प्रतिरोध को तोड़ सकते हैं, जो आपके ग़ैर-ग्राहक को ख़रीदने से रोक रहा है।

आपके ग्राहक कब ख़रीदते हैं?

आपके ग्राहक को बेचने का *सबसे अच्छा समय* कब होता है? क्या यह व्यावसायिक चक्र

का कोई ख़ास समय होता है या साल का कोई ख़ास मौसम होता है? क्या ग्राहक तब ख़रीदते हैं, जब व्यवसाय बढ़ रहा हो या वे तब ख़रीदते हैं, जब व्यवसाय घट रहा हो? कुछ सेवाएँ तब सबसे ज़्यादा उचित होती हैं, जब व्यवसाय मुश्किल में होते हैं। दूसरी सेवाएँ तब ज़्यादा तत्परता से ख़रीदी जाती हैं, जब व्यवसाय तेज़ी से बढ़ रहे होते हैं।

साल का वह कौन सा मौसम है, जब आपके ग्राहक सबसे ज़्यादा ख़रीदते हैं? व्यावसायिक चक्र की किस अवस्था के दौरान वे ख़रीदते हैं? कुछ प्रॉडक्ट शुरुआती कंपनियों के लिए सबसे ज़्यादा उपयुक्त होते हैं। बाक़ी प्रगतिशील कंपनियों के लिए ज़्यादा उपयुक्त होते हैं। और कुछ प्रॉडक्ट बड़ी कंपनियों के लिए सबसे अच्छे होते हैं, जो बाज़ार में स्थिर या सपाट हो चुकी हैं।

ख़रीदने के व्यवहार को क्या प्रेरित करता है?

कुछ लोग *भावावेगी* ख़रीददार होते हैं। जब भी कोई प्रॉडक्ट बाज़ार में आता है, तो वे उसे तुरंत ख़रीद लेते हैं। ये वही लोग होते हैं, जो नई फ़िल्म रिलीज़ होते ही उसे पहली रात को देखते हैं। जब कोई नया रेस्तराँ खुलता है, तो वे उसे तुरंत आज़माते हैं। जैसे ही फ़ैशन की नई प्रवृत्तियाँ स्टोर में दिखती हैं, वे उन्हें तुरंत अपना लेते हैं। ऐसे ग्राहक लगभग 5 से 10 प्रतिशत होते हैं। वे इसे आज़माएँगे, भले ही उन्हें पता न हो कि यह अच्छा है या नहीं।

दूसरी ओर, कई लोग कोई प्रॉडक्ट सिर्फ़ तभी ख़रीदते हैं, जब दो-चार साल के इतिहास से यह स्पष्ट हो जाता है कि प्रॉडक्ट लोकप्रिय है और अच्छी तरह स्वीकार कर लिया गया है। कई प्रॉडक्ट तब तक परवान नहीं चढ़ते हैं, जब तक कि उन्हें बाज़ार में उतरे हुए चार-पाँच साल का समय न हो गया हो। अक्सर ज़्यादातर लोगों को भारी संख्या में प्रॉडक्ट ख़रीदने के लिए पर्याप्त आत्मविश्वास हासिल करने में इतना समय लग जाता है। पर्सनल कंप्यूटरों के बारे में सोचें।

कई लोग कोई प्रॉडक्ट सिर्फ़ तभी ख़रीदते हैं, जब दो-चार साल के इतिहास से यह स्पष्ट हो जाता है कि प्रॉडक्ट लोकप्रिय है और अच्छी तरह स्वीकार कर लिया गया है।

कई ख़रीददार बाज़ार में तभी आते हैं, जब यह पहले से परिपक्व हो चुका है। उस अवस्था में प्रॉडक्ट या सेवा अपने जीवन चक्र के अंत की ओर बढ़ रही है। इसकी जगह पर मिलते-जुलते प्रॉडक्ट आ रहे हैं, जो ज़्यादा तेज़, ज़्यादा बेहतर और ज़्यादा सस्ते हैं। जीवन चक्र की इस अवस्था में मुनाफ़ा काफ़ी कम होता है।

आख़िर में, वह उत्तर-परिपक्वता ख़रीददार (पोस्ट-मैच्योर बायर) होता है, जो कोई प्रॉडक्ट तभी ख़रीदता है, जब उसे बाज़ार से हटाया जाने वाला होता है।

प्रॉस्पेक्ट आपका प्रॉडक्ट ख़रीदे, इससे पहले क्या होना चाहिए?

अक्सर, कोई व्यक्ति कोई प्रॉडक्ट केवल तभी ख़रीदेगा या कोई कंपनी या सेवा तभी आज़माएगा, जब उसे किसी विश्वसनीय व्यक्ति से सलाह मिली हो। कई बार वह प्रॉडक्ट तभी ख़रीदेगा, जब वह किसी दूसरे संतुष्ट ग्राहक से बात कर चुका हो। या प्रॉस्पेक्ट को किसी दूसरे व्यक्ति से प्रोत्साहन, बल या अनुमोदन पाना होता है, तभी वह ख़रीदने के लिए पर्याप्त आरामदेह महसूस करेगा।

झिझकने वाले प्रॉस्पेक्ट से पूछने के लिए यहाँ दो अच्छे सवाल हैं :

- "आप इस प्रस्ताव को स्वीकार करें, इससे पहले क्या होना चाहिए?"
- "इस प्रॉडक्ट या सेवा को ख़रीदने का विश्वास दिलाने के लिए क्या होना चाहिए?"

आपको जो जवाब मिलते हैं, वे अक्सर आपको बिक्री की कुंजी प्रदान कर देते हैं।

प्रशस्ति पत्रों का प्रयोग करें

प्रशस्ति पत्र सबसे शक्तिशाली बिक्री औज़ारों में से एक है। जब आप कहते हैं कि आपका प्रॉडक्ट उत्कृष्ट है और प्रॉस्पेक्ट के लिए अच्छा चयन रहेगा, तो वह तत्काल आपके दावे को कम आँकता है, क्योंकि आख़िरकार आप सेल्सपर्सन हैं। लेकिन अगर कोई दूसरा व्यक्ति, जिसने आपका प्रॉडक्ट ख़रीदा है, कहता है कि यह "अच्छा" है, तो ग्राहक इस आंकलन पर यक़ीन कर लेता है और इसे स्वीकार कर लेता है।

कुछ साल पहले जब मैं अपना एक कारोबार खड़ा कर रहा था, तो मैं लगातार प्रॉस्पेक्टों से जूझ रहा था, क्योंकि मैं बाज़ार में नया था। लेकिन मैंने जिसके भी साथ काम किया था, वह मेरी सेवाओं से ख़ुश था। इसलिए मैंने एक सप्ताह का समय अलग रख दिया और अपने हर पुराने ग्राहक से मिलने गया। मैंने उनसे पूछा कि क्या वे मुझे एक अच्छा पत्र लिखेंगे, जो बताए कि वे मेरी सेवाओं को कितना पसंद करते हैं और दूसरे लोगों से उनकी सिफ़ारिश करें।

उनमें से ज़्यादातर तुरंत सहमत हो गए। मैं उनके पीछे पड़ा रहा, जब तक कि मेरे पास प्रशस्ति पत्रों से भरा तीन रिंग का बाइंडर नहीं आ गया। इसने मेरा सेल्स करियर बदल दिया।

मेरी विजेता रणनीति

इसके बाद मैं जब भी किसी प्रॉस्पेक्ट से मिलता था, तो मेरी शुरुआती बातों में से एक यह रहती थी, "इससे पहले कि हम शुरू करें, मैं आपको कुछ पत्र दिखाता हूँ, जिन पर मुझे ख़ास गर्व है। ये मेरे कुछ ग्राहकों ने लिखे हैं।"

फिर मैं अपना बाइंडर प्रॉस्पेक्ट को थमा देता था और उसे पत्र पढ़ने देता था। मैंने पाया कि लोग प्रशस्ति पत्र पढ़ना पसंद करते हैं। यह एक तरह से दूसरे लोगों की डाक पढ़ने जैसा होता है। बाद में मैंने एक पीला हाईलाइटर लेकर हर पत्र के सबसे अच्छे वाक्यों को रेखांकित किया, ताकि जब प्रॉस्पेक्ट उन पन्नों को पढ़े, तो वे एकदम नज़रों में आ जाएँ।

यह आश्चर्यजनक था! अक्सर प्रॉस्पेक्ट प्रशस्ति पत्रों को पढ़ते-पढ़ते ऊपर देखते थे और कहते थे, "मैं आपका प्रॉडक्ट ख़रीद रहा हूँ। हम कितनी जल्दी शुरू कर सकते हैं?" मेरी बिक्री दोगुनी, तीन गुनी और चार गुनी हो गई। जब मैंने प्रशस्ति पत्रों का इस्तेमाल शुरू किया, उसके शुरुआती दो महीनों में ही मैंने इतनी ज़्यादा बिक्री कर ली, जितनी कि पिछले पूरे साल में भी नहीं की थी।

अगर आप कहेंगे, तो कई लोग आपको प्रशस्ति पत्र लिख देंगे। लेकिन कई बार वे इतने व्यस्त होते हैं कि वे इसे लिखने की फ़ुरसत ही नहीं निकाल पाते हैं। इस मामले में खुद ही पत्र लिख दें और उनसे कहें कि वे अपने लेटरहेड पर इसे टाइप कराकर इस पर साइन कर दें। यह आश्चर्यजनक है कि कितने ग्राहक यह करने के लिए तैयार हो जाएँगे।

प्रशस्ति पत्रों की मदद से आपत्तियों से उबरें

अगर आपको वही आपत्ति बार-बार सुनने को मिलती है, ख़ास तौर पर आपकी ऊँची क़ीमत या इस तथ्य के संदर्भ में कि आपकी कंपनी या प्रॉडक्ट बाज़ार में नया है, तो अपने संतुष्ट ग्राहकों से अपने अगले पत्र में उस आपत्ति का जवाब देने को कहें। अक्सर आप इस आपत्ति के जवाब में उनकी तरफ़ से पत्र लिख सकते हैं।

मिसाल के तौर पर, आइए हम मान लेते हैं कि आपका प्रॉडक्ट आपके प्रतिस्पर्धियों से ज़्यादा महँगा है और आपके ग्राहक लगातार इस मुद्दे को उठाते हैं। इस पर आप एक प्रशस्ति पत्र लिखवाते हैं, जो इस तरह की बात कहता है :

प्रिय ब्रायन,

मैं बस आपको यह बताना चाहता था कि हम आपके प्रॉडक्ट से कितने ख़ुश हैं। जब आप पहली बार मेरे पास आए थे, तो मैं इसके ऊँचे दाम को लेकर चिंतित था। लेकिन जब से मैंने आपके प्रॉडक्ट का इस्तेमाल शुरू किया है, तो मुझे इतने ज़्यादा बड़े लाभ और परिणाम मिले हैं कि मेरी चुकाई थोड़ी-सी ज़्यादा क़ीमत बेमानी है। हर चीज़ के लिए आपको धन्यवाद।

आपका

एक ख़ुश ग्राहक

इस तरह के पत्र का मूल्य सोने के बराबर है। अगर आपके पास ऐसे आधा दर्जन पत्र हों, तो आप बहुत कम समय में अपनी बिक्री को दोगुना और तीन गुना कर सकते हैं। जल्दी ही आप मिलने वाले लगभग हर व्यक्ति को बेच रहे होंगे।

सबसे अच्छा विज्ञापन

हमारे समाज में "मौखिक प्रचार" विज्ञापन का सबसे शक्तिशाली साधन है। 85 प्रतिशत बिक्रियाँ सिर्फ़ तभी होती हैं, जब कोई कहता है कि प्रॉडक्ट या सेवा अच्छी है। बाक़ी विज्ञापन तो इस कोशिश में किए जाते हैं कि लोगों को प्रॉडक्ट या सेवा आज़माने के लिए प्रेरित किया जाए, ताकि मौखिक विज्ञापन की प्रक्रिया शुरू हो सके।

85 प्रतिशत बिक्रियाँ सिर्फ़ तभी होती हैं, जब कोई कहता है कि प्रॉडक्ट या सेवा अच्छी है।

फ़िल्म उद्योग में फ़िल्म जिस सप्ताह रिलीज़ होती है, उसी सप्ताह विभिन्न स्टूडियो अपने विज्ञापन बजट का 80 प्रतिशत या इससे ज़्यादा पैसा ख़र्च करते हैं। उनका लक्ष्य ज़्यादा से ज़्यादा लोगों को अपनी फ़िल्म देखने के लिए बुलाना होता है, ताकि मौखिक विज्ञापन को प्रेरित किया जा सके, जिससे बाद में सिनेमाघर भरेंगे।

2004 में मेल गिब्सन की *द पैशन ऑफ द क्राइस्ट* और माइकल मूर की *फ़ैरेनहाइट 9/11* ने असाधारण मौखिक प्रचार का विज्ञापन उत्पन्न किया, जिससे ये दोनों ही भारी सफल फ़िल्मों में बदल गईं और उन्होंने अपने प्रोड्यूसरों के लिए भारी दौलत कमाई।

आख़िरी बार आपने कब यलो पेजेस में देखकर किसी रेस्तराँ में जाने का निर्णय लिया था? इसके बजाय जब कोई आपको *बताता* है कि वह वहाँ ख़ुद गया था और उसे आनंद आया था, तभी आप उसे आज़माते हैं। मौखिक प्रचार ही सब कुछ है।

पूछना सुनिश्चित करें

आपके *संतुष्ट ग्राहक* दोबारा बिक्री और रेफ़ेरल के आपके सबसे अच्छे स्त्रोत हैं। अगर आप उनसे पूछने का समय निकालते हैं कि उन्होंने किसी दूसरे के बजाय आपसे क्यों ख़रीदा, तो वे आपको बता देंगे। एक बार जब आप जान जाते हैं कि आपके ग्राहक आपसे क्यों ख़रीदते हैं, तो फिर आप किसी नए प्रॉस्पेक्ट से मिलते वक़्त यही कारण दोहरा सकते हैं।

किसी संतुष्ट ग्राहक को फ़ोन करें या मिलने जाएँ, कोई ऐसा जिसे आप पसंद करते हैं और जो आपको पसंद करता है और उसे बताएँ कि आपकी कंपनी बाज़ार संबंधी शोध कर रही है। "हम अपने कुछ सबसे मूल्यवान ग्राहकों से यह पता लगा रहे हैं कि हम भविष्य में उनकी बेहतर सेवा कैसे कर सकते हैं। क्या आप मेरे कुछ सवालों के जवाब देंगे?"

फिर आप उससे इस तरह के सवाल पूछते हैं :

- "आपने किसी दूसरे के बजाय हमसे ख़रीदने का निर्णय क्यों लिया?"
- "वह सबसे स्पष्ट उपयोगिता या लाभ क्या है, जो आपको हमारे प्रॉडक्ट से मिलता है?"
- "हम भविष्य में इसे आपके लिए बेहतर कैसे बना सकते हैं?"
- "आपको क्या महसूस होता है, किस तरह के ग्राहक को हमारे प्रॉडक्ट से सबसे ज़्यादा लाभ हो सकता है?"
- "क्या कोई ख़ास चीज़ है जो हमारा प्रॉडक्ट (या सेवा) करता है, जिसकी आपको तब उम्मीद नहीं थी, जब आपने इसे ख़रीदा था?"

पूछने से कभी न घबराएँ।

अगर आप अपने ख़ुश ग्राहकों से पर्याप्त प्रश्न पूछते हैं और ग़ौर से जवाब सुनते हैं, तो वे आपको हर चीज़ बता देंगे, जो आपको ज़्यादा लोगों को अपने ज़्यादा प्रॉडक्ट, ज़्यादा तेज़ी और आसानी से बेचने के लिए जाननी चाहिए।

"विचारमंथन" का नियमित अभ्यास करें

यह आपकी रचनात्मकता को प्रेरित करने, नए अवसरों के प्रति चौकस करने और बिक्री करियर में आपकी सफलता को तीव्र करने के सबसे शक्तिशाली तरीक़ों में से एक है। इसे "20 विचार विधि" कहा जाता है। जब आप इस विधि का नियमित इस्तेमाल शुरू करते हैं और उत्पन्न कुछ विचारों का इस्तेमाल शुरू करते हैं, तो आप आने वाले महीनों में अपनी आमदनी दोगुनी या इससे ज़्यादा कर लेंगे।

यह इस तरह काम करता है। एक काग़ज़ लें और उसके सबसे ऊपर अपने सबसे बड़े लक्ष्य या अपनी सबसे ज़्यादा मुश्किल समस्या को एक सवाल के रूप में लिख लें। मिसाल के तौर पर, आप लिख सकते हैं, "मैं अगले बारह महीनों में अपनी आमदनी दोगुनी कैसे कर सकता हूँ?"

आप और भी ज़्यादा निश्चित तथा स्पष्ट हो सकते हैं : "मैं अपनी आमदनी अगले बारह महीनों में 50,000 डॉलर प्रति वर्ष से 1,00,000 डॉलर प्रति वर्ष कैसे बढ़ा सकता हूँ?"

स्पष्ट और मूर्त रहें

प्रश्न जितना ज़्यादा स्पष्ट और निश्चित होता है, आपके दिमाग़ के लिए उसके बहुत सारे जवाब उत्पन्न करना उतना ही ज़्यादा आसान होता है। आप इस विचारमंथन विधि का इस्तेमाल मूलतः उन सवालों पर करते हैं, जिनके लिए आप मूर्त, ठोस जवाब खोज रहे हों।

मिसाल के तौर पर, आप यह *नहीं* लिखते हैं, "मैं कैसे ज़्यादा ख़ुश हो सकता हूँ?" यह सवाल इतना कमज़ोर और अस्पष्ट है कि आपका मन इस पर एकाग्र नहीं हो सकता और काम करने योग्य, निश्चित जवाब उत्पन्न नहीं कर सकता।

एक बार जब आप प्रश्न लिख लें, तो फिर ख़ुद को उस प्रश्न के बीस जवाब लिखने के लिए अनुशासित करें। आप अपने जवाब *व्यक्तिगत, सकारात्मक, वर्तमान काल* में लिखते हैं। मिसाल के तौर पर, "ज़्यादा लोगों से मिलूँगा," यह लिखने के बजाय आप लिखते हैं, "मैं हर दिन पाँच ज़्यादा लोगों से मिलूँगा।" आपके जवाब जितने ज़्यादा निश्चित होते हैं, आप उतने ही ज़्यादा विचारों को प्रेरित करेंगे।

बीस जवाब लिखें – न्यूनतम

इस सवाल के कम से कम बीस जवाब लिखें। अगर आप चाहें, तो बीस से ज़्यादा जवाब भी लिख सकते हैं, लेकिन आपको ख़ुद को तब तक लिखने के लिए अनुशासित

करना चाहिए, जब तक कि आपके पास कम से कम बीस जवाब न हो जाएँ। किसी कारण 20 की संख्या का एक जादुई प्रभाव होता है। प्रायः बीसवाँ जवाब ही वह क्रांतिकारी विचार होता है, जो आपके करियर को बदल देता है।

एक बार जब आप बीस जवाब लिख लें, तो जवाबों की अपनी सूची को देखकर कम से कम *एक विचार* को चुनें, जिस पर आप तुरंत अमल करेंगे। इसे अभी कर दें, इसी मिनट। देर न करें। यह बहुत महत्त्वपूर्ण है।

जब आप इन जवाबों को उत्पन्न कर लें और कम से कम उनमें से एक पर क़दम उठा लें, तो आप सारे दिन रचनात्मक विचारों के लिए नल खुला रखते हैं। दिन भर आपके मन में विचार लगातार आते रहेंगे कि आप कैसे ज़्यादा प्रभावी बन सकते हैं और ज़्यादा कर सकते हैं। आपका दिमाग़ क्रिसमस ट्री की रोशनी की तरह दमकने लगेगा। आप ज़्यादा चौकस और सतर्क रहेंगे। आपके मन में न सिर्फ़ अपनी समस्याओं के समाधान तेज़ी से और कार्यकुशलता से आएँगे, बल्कि दूसरों की समस्याओं के भी आएँगे।

दौलत की कुंजी

अर्ल नाइटिंगेल ने कहा था कि आज तक इस 20 विचार विधि का इस्तेमाल करके जितने ज़्यादा लोग दौलतमंद बने हैं, उतने रचनात्मक सोच की किसी अन्य विधि का इस्तेमाल करके नहीं बने हैं। मेरे खुद के और मेरे हज़ारों विद्यार्थियों के अनुभव में 20 विचारों का यह अभ्यास जीवन बदलने वाला है। एक बार जब आप इसका इस्तेमाल शुरू कर देते हैं, तो आप इसका इस्तेमाल अपने सामने आने वाली हर समस्या या लक्ष्य पर करने लगेंगे। आप इसका इस्तेमाल किसी भी प्रोजेक्ट की रूपरेखा बनाने के लिए कर सकते हैं, चाहे वह छोटा हो या बड़ा। आप इसका इस्तेमाल मकान या करियर बनाने के लिए भी कर सकते हैं। आपको जो परिणाम मिलेंगे, वे बेहद आश्चर्यजनक होंगे।

संचित परिणाम

चाहे आपको कोई अलग समस्या या लक्ष्य चुनना हो, या फिर समस्या या लक्ष्य पुराना हो, जब आप हर सुबह यह विचारमंथन अभ्यास करते हैं, तो आप हर दिन कम से कम बीस विचार उत्पन्न करेंगे। यदि आप यह अभ्यास सप्ताह में पाँच दिन करते हैं, तो आप हर सप्ताह सौ विचार उत्पन्न करेंगे। अगर आप यह अभ्यास सप्ताह में पाँच दिन के हिसाब से हर साल पचास सप्ताह तक करते हैं, तो आप हर साल ऐसे *पाँच हज़ार* विचार उत्पन्न कर लेंगे, जो ज़्यादा सफल बनने में आपकी मदद कर सकते हैं।

अगर आप हर दिन एक विचार को चुनते हैं और उस पर तुरंत क़दम उठाते हैं, तो इसका मतलब है कि आप अपने जीवन में हर साल 250 विचारों पर अमल कर रहे हैं, जो आपको अपने व्यक्तिगत और करियर लक्ष्यों की ओर ज़्यादा तेज़ी से ले जाएँगे।

बड़ा सवाल

अगर आप ज़्यादा सफल बनने के लिए हर साल 250 नए विचारों पर अमल करें, तो क्या आपके हिसाब से उनका आपके जीवन पर कोई प्रभाव पड़ेगा? क्या आपकी आमदनी बढ़ेगी? क्या आप सोचते हैं कि हर दिन स्व-सुधार का एक विचार आपके जीवन को इतने नाटकीय रूप से बदल सकता है कि यह अब से एक साल बाद पहचान में ही न आए?

मार्शल मैकलुहैन ने एक बार लिखा था कि एक मिलियन डॉलर बनाने के लिए आपको तो बस एक ऐसे विचार की ज़रूरत होती है, जो 10 प्रतिशत नया हो। इसके लिए सापेक्षता के सिद्धांत की खोज या किसी बड़ी वैज्ञानिक क्रांतिकारी खोज की ज़रूरत नहीं होती। इसके लिए तो बस इतनी ज़रूरत होती है कि आप जिस क्षेत्र में काम कर रहे हैं, उसमें थोड़ा-सा सुधार कर लें, जो आपको प्रतिस्पर्धी लाभ प्रदान कर दे। एक छोटा प्रतिस्पर्धी लाभ ही आपको बाक़ी हर व्यक्ति से अलग करने और सफलता के तीव्र मार्ग पर पहुँचाने के लिए काफ़ी होता है।

जब आप इस विचार का इस्तेमाल शुरू करते हैं और हर दिन बीस विचार विकसित करते हैं, तो आप हैरान रह जाएँगे। आप अपने क्षेत्र के सबसे रचनात्मक सेल्स पीपल में से एक बन जाएँगे। फलस्वरूप आप अपने पेशे में सर्वोच्च भुगतान पाने वाले बन जाएँगे। एक बार जब आप रचनात्मक तरीक़े से सोचने और अपने रचनात्मक विचारों पर अमल करने की नियमित आदत डाल लेते हैं, तो कोई प्रॉडक्ट नहीं होगा, जिसे आप सफलतापूर्वक न बेच सकें और कोई लक्ष्य नहीं होगा, जिसे आप हासिल न कर सकें।

कार्य अभ्यास

1. आप एक जीनियस हैं। आज ही संकल्प लें कि आप किसी समस्या को सुलझाने, किसी बाधा से उबरने और अपने तय लक्ष्य हासिल करने के लिए अपनी जन्मजात रचनात्मकता का इस्तेमाल करेंगे।
2. अपने सबसे महत्त्वपूर्ण लक्ष्य को प्रश्न के रूप में किसी पेज के ऊपर लिख लें। उस प्रश्न के 20 जवाब लिखें और फिर उनमें से कम से कम एक पर क़दम उठाएँ। इसे हर दिन करें।
3. अपनी उत्कृष्टता के क्षेत्र और अपने प्रॉडक्ट या सेवा में श्रेष्ठता के क्षेत्र पहचानें। किसी प्रतिस्पर्धी विकल्प की तुलना में ऐसी कौन-सी चीज़ है, जिसकी वजह से आप बेहतर बेचते हैं?
4. पता लगाएँ कि आपके ग्राहक किसी दूसरे के बजाय आप ही से क्यों ख़रीदते हैं? किन प्रॉस्पेक्टों को उससे सबसे ज़्यादा लाभ होता है, जो आप सबसे अच्छी तरह करते हैं?
5. आपके संभावित ग्राहकों के सबसे अच्छे भंडार कहाँ हैं? तय करें कि आप उनके साथ ज़्यादा समय कैसे बिताने जा रहे हैं।
6. अपने प्रॉडक्ट या सेवाओं को सार्थक ढंग से अलग करें; पता लगाएँ कि लोग आपका प्रॉडक्ट क्यों ख़रीदते हैं और फिर उन्हें दिखाएँ कि सभी चीज़ों पर विचार करते हुए आपका प्रॉडक्ट सबसे अच्छा विकल्प क्यों है।
7. अपने संतुष्ट ग्राहकों से प्रशस्ति पत्र लें, सबसे अच्छे वाक्यों को हाइलाइट करें और फिर उन्हें थ्री-रिंग बाइंडर में प्लास्टिक के पन्नों में रख दें। ये प्रशस्ति पत्र हर प्रॉस्पेक्ट को दिखाएँ।

कुल मिलाकर, जीवन जो सबसे अच्छा पुरस्कार देता है, वह है किसी करने लायक़ काम में कड़ी मेहनत करने का अवसर।

-थियोडोर रूज़वेल्ट

5

ज़्यादा अपॉइंटमेंट कैसे पाएँ

जब किसी व्यक्ति ने अपना सर्वश्रेष्ठ किया है, अपना सब कुछ दिया है,
और इस प्रक्रिया में अपने परिवार और समाज की
आवश्यकताओं की पूर्ति की है,
तो उस आदमी ने सफल होने की आदत डाल ली है।
- मैक आर. डगलस

बेचने में सफलता का सबसे महत्त्वपूर्ण नियम है *बेहतर प्रॉस्पेक्टों के साथ ज़्यादा समय बिताएँ*। इस नियम में केवल सात शब्द हैं, लेकिन यह बेचने की पूरी रणनीति का सार है। आप बेहतर प्रॉस्पेक्टों के साथ जितना ज़्यादा समय बिताते हैं, संभावनाओं के नियम के अनुसार आप उतनी ही ज़्यादा बिक्री करेंगे और उतने ही ज़्यादा सफल होंगे।

बात करने के लिए नए लोगों को खोजना और फिर उनसे पहली बार मिलना बिक्री करने के सबसे अहम तथा चुनौतीपूर्ण हिस्सों में से एक है। सारा विज्ञापन/प्रचार इस प्रक्रिया को तेज़ करने या आसान बनाने के लिए किया जाता है। प्रॉस्पेक्टिंग बेचने का वह हिस्सा भी है, जिसमें सेल्स पीपल को सबसे ज़्यादा तनाव और कुंठा होती है। प्रॉस्पेक्टिंग की योग्यताओं में माहिर न होने की वजह से जितने ज़्यादा सेल्स पीपल हिम्मत हार जाते हैं और संभावनाओं से भरे बिक्री करियर को छोड़ देते हैं, उतना किसी दूसरे कारण से नहीं करते।

आप कोई भी योग्यता सीख सकते हैं

सौभाग्य से, प्रॉस्पेक्टिंग एक ऐसी योग्यता है, जो सीखी जा सकती है। यदि कोई दूसरा व्यक्ति प्रॉस्पेक्टिंग में अच्छा है, तो यह इस बात का सबूत है कि आप भी उसमें अच्छे हो सकते हैं। आपको तो बस दूसरे शीर्षस्थ लोगों द्वारा प्रयुक्त रणनीतियों और तकनीकों को सीखने की ज़रूरत है। इसके लिए आपको उन्हें अपने खुद के काम में

ढालने की ज़रूरत होती है, जब तक कि आप उनके साथ आरामदेह न हो जाएँ। उसके बाद, बिक्री के क्षेत्र में आपकी सफलता तय है।

अब तक आप बाज़ार संबंधी रचनात्मक सोच और विश्लेषण कर चुके हैं। आप अपने मुख्य प्रतिस्पर्धी लाभों और अपने अनूठे बिक्री प्रस्ताव का पता लगा चुके हैं। आप बात करने के लिए सबसे अच्छे प्रकार के लोगों को सटीकता से जान चुके हैं। आप जान चुके हैं कि मिलने पर उनसे क्या कहना है और उन्हें किसी दूसरे के बजाय आपसे ही क्यों ख़रीदना चाहिए। आपने अपनी बंदूक भर ली है और तैयार कर ली है। अब आपको निशाना साधना और गोली चलाना है।

यह मुश्किल हिस्सा है। अब आपको या तो फ़ोन पर या आमने-सामने एक असली, जीते-जागते प्रॉस्पेक्ट से संपर्क करना है, जिसे आपने पहले कभी नहीं देखा है। यह बेचने के सबसे डरावने हिस्सों में से एक है - जब तक कि आप इसमें माहिर नहीं हो जाते।

प्रॉस्पेक्टिंग की प्रक्रिया

अपने प्रॉडक्ट और बाज़ार का अनवरत विश्लेषण आपको नए प्रॉस्पेक्ट व प्रॉस्पेक्ट समूहों की सतत धारा देगा, जिनसे आप संपर्क कर सकते हैं। प्रॉस्पेक्ट के साथ आपका पहला संपर्क उस प्रक्रिया को शुरू कर देगा, जो या तो बिक्री के साथ समाप्त होगी या नहीं होगी। इसलिए आपके संपर्क या प्रस्तावना का हर शब्द नीचे दिए लक्ष्यों को हासिल करने के लिए पहले से ही योजनाबद्ध होना चाहिए।

विचारमग्नता तोड़ें

आपकी नीति यह होनी चाहिए कि आप प्रॉस्पेक्ट की *विचारमग्नता को तोड़ दें।* आप जिससे भी संपर्क करते हैं, वह व्यस्त है और दूसरी चीज़ों के बारे में सोच रहा है। वह पूरी तरह से अपनी खुद की समस्याओं, कामकाज, परिवार, स्वास्थ्य, व्यवसाय या बिलों में उलझा हुआ है। जब तक कि आप अपने शुरुआती शब्दों से उसकी इस विचारमग्नता को न तोड़ दें, आपको कभी बिक्री प्रस्तुति देने का मौक़ा ही नहीं मिलता।

कुछ सेल्स पीपल फ़ोन करके अपना परिचय देते हैं और तुरंत ही अपने प्रॉडक्ट या सेवा के बारे में बात करने लगते हैं। इससे बेहतर तरीक़ा यह है कि आप अपना परिचय दें और फिर पूछें, “मुझे आपका लगभग दो मिनट का समय चाहिए। क्या यह बात करने के लिए अच्छा समय है?” जब प्रॉस्पेक्ट कह दे कि उसके पास दो मिनट का

समय है, तभी आप कोई सवाल पूछते हैं, जिसका उद्देश्य आपके प्रॉडक्ट के परिणाम या लाभ को बताना है।

प्रॉडक्ट नहीं, अपॉइंटमेंट बेचें

कभी भी फ़ोन पर अपने प्रॉडक्ट या भाव के बारे में बात न करें, जब तक कि आप प्रॉस्पेक्ट से मिले बिना ही पूरी बिक्री न कर सकते हों। यह एक महत्त्वपूर्ण नियम है।

युवा सेल्स पीपल अपॉइंटमेंट पाने के लालच में अक्सर पहले दो वाक्यों में ही अपने प्रॉडक्ट के बारे में विवरण उगल देते हैं। अगर आप यह करते हैं, तो आप बिक्री का *गला घोंट देंगे।* ऐसा इसलिए होगा, क्योंकि उस वक़्त प्रॉस्पेक्ट के पास आपके प्रस्ताव पर गंभीरता से विचार करने के लिए पर्याप्त जानकारी नहीं है। ऐसे में उसका जवाब यही होगा, "मेरी रुचि नहीं है," या "हम इस वक़्त इसे नहीं ख़रीद रहे हैं।" इसके बाद आप अंततः एक बंद फ़ोन से बात कर रहे होंगे।

अपने शब्द सावधानी से चुनें

जब कोई सेल्सपर्सन किसी प्रॉस्पेक्ट से पहली बार मिलता है, तो वह अक्सर तुरंत ही अपने प्रॉडक्ट के बारे में बताने लगता है, हालाँकि प्रॉस्पेक्ट उसकी बात सुनने के बजाय अब भी फ़ोन पर किसी दूसरे से बात कर रहा है, चेक साइन कर रहा है, काग़ज़ उलट-पुलट रहा है या कोई दूसरी चीज़ कर रहा है।

प्रॉस्पेक्ट का दिमाग़ हज़ारों मील दूर है। वह आप पर या आपकी बात पर ध्यान नहीं दे रहा है। आप वहाँ बैठे ज़रूर हैं, लेकिन वह अब भी हर उस चीज़ में उलझा हुआ है, जो उसकी ज़िंदगी में हो रही है। आपका काम बोलना शुरू करने से पहले इस विचारमग्नता को तोड़ना है।

आपके पहले शब्द उतने ही धमाकेदार होने चाहिए, मानो किसी ने काँच की खिड़की पर पत्थर मार दिया हो। एक ऐसा शुरुआती कथन या प्रश्न तैयार करें, जिससे उसका पूरा ध्यान आप पर केंद्रित हो जाए। इस वाक्य का लक्ष्य हमेशा वह परिणाम या लाभ बताना होना चाहिए, जो ग्राहक को आपके प्रॉडक्ट या सेवा से मिलेगा, लेकिन इसमें प्रॉडक्ट या सेवा का उल्लेख नहीं होना चाहिए।

विचारमग्नता को तोड़ने का उदाहरण

कई साल पहले एक सेल्समैन कॉर्निंग ग्लास में काम करता था। उसी साल कंपनी ने पहली बार सेफ़्टी ग्लास निकाला था। इस प्रॉडक्ट में काँच के दो टुकड़ों के बीच में एक

पारदर्शी प्लास्टिक शीट थी। फलस्वरूप यह उस तरह नहीं टूटता था, जिस तरह उस वक़्त के ज़्यादातर विंडशील्ड काँच टूट जाते थे।

यह युवा सेल्समैन अपने नए प्रॉडक्ट को बेचने निकला और एक साल के भीतर ही नॉर्थ अमेरिका में सेफ़्टी ग्लास का सबसे सफल सेल्समैन बन गया। राष्ट्रीय बिक्री सम्मेलन में उसे सर्वश्रेष्ठ बिक्री के लिए पहला पुरस्कार मिला और उसे दूसरे उपस्थित सेल्स पीपल को अपना रहस्य बताने के लिए आमंत्रित किया गया। वे जानना चाहते थे, "आपने किसी दूसरे से इतना ज़्यादा सेफ़्टी ग्लास कैसे बेचा?"

लाभ दिखाएँ

उसने बताया, "सबसे पहले तो मैंने फ़ैक्ट्री से सेफ़्टी ग्लास के छह इंच के चौकोर टुकड़े नमूने के तौर पर कटवाए। फिर मैंने एक छोटी-सी हथौड़ी ली, जिसे मैं सेल्स कॉल पर अपने साथ ले जाता था। प्रॉस्पेक्ट से मिलने पर मैं पूछता था, 'क्या आप ऐसा काँच देखना पसंद करेंगे, जो नहीं टूटता है?'

लगभग हमेशा प्रॉस्पेक्ट कहता था, 'यह संभव नहीं है। मुझे इस पर यक़ीन नहीं है।' यह सुनने पर मैं काँच का सैंपल उसकी डेस्क पर रखता था, छोटी-सी हथौड़ी निकालता था और उस पर दे मारता था। वह सहज बोध से उछल पड़ता था और अपनी आँखों की रक्षा करने के लिए हाथ ऊपर कर लेता था। जब वह नीचे देखता था और पाता था कि काँच नहीं टूटा है, तो वह दंग रह जाता था।

उसके बाद का काम सरल था। मैं बस इतना पूछता था, 'आप कितना पसंद करेंगे?' फिर मैं अपना ऑर्डर पैड निकालकर ऑर्डर लिखने लगता था।"

इसे हर एक को सिखाएँ

इस तकनीक से कॉर्निंग ग्लास इतनी प्रभावित हुई कि अगले साल इसने अपने सारे सेल्स पीपल के लिए छोटी हथौड़ियाँ ख़रीद लीं, उन्हें सेफ़्टी ग्लास के सैंपल दे दिए और उन्हें पूरे देश में भेज दिया। यह उपाय सचमुच कारगर रहा; उन्होंने भारी मात्रा में काँच बेचा।

साल के अंत में जब अगला राष्ट्रीय बिक्री सम्मेलन हुआ, तो वही युवा सेल्समैन अब भी देश के हर दूसरे सेल्सपर्सन से बहुत आगे था।

एक बार फिर उसे देश के सर्वश्रेष्ठ सेल्सपर्सन के रूप में पुरस्कार हासिल करने के लिए मंच पर बुलाया गया। और एक बार फिर उन्होंने पूछा, "आपने *इस* साल ऐसा क्या किया, जिसकी बदौलत आपने हर एक से ज़्यादा सामान बेचा?"

ग्राहक को काम में शामिल करें

"देखिए," उसने कहा। "मैं जानता था कि आप सभी मेरी विधि का इस्तेमाल करने वाले हैं, इसलिए मुझे एक नई तकनीक खोजनी थी। अब जब मैं ग्राहक से मिलने जाता हूँ, तो मेरे एक हाथ में छोटी हथौड़ी होती है और दूसरे हाथ में सेफ़्टी ग्लास का सैंपल। मैं उससे पूछता हूँ, 'क्या आप ऐसा काँच देखना पसंद करेंगे, जो न टूटता हो?'"

"वह आमतौर पर कहता है, 'मुझे इस पर यक़ीन नहीं है।'"

"फिर मैं काँच का टुकड़ा उसकी डेस्क पर रख देता हूँ और हथौड़ा उसे थमा देता हूँ। मैं *उससे* इस पर प्रहार करने को कहता हूँ। जब वह कोशिश करता है और काँच को तोड़ने में नाकाम रहता है, तो उसे पूरा यक़ीन हो जाता है। फिर मैं ऑर्डर लिख लेता हूँ।"

अच्छी शुरुआत आधा अंत है

अच्छी शुरुआत, एक प्रबल प्रश्न जिसका लक्ष्य आपके प्रॉडक्ट का परिणाम या लाभ बताना हो, आपको बिक्री के क्लोज़ तक ला सकता है। प्रबल शुरुआत प्रॉस्पेक्ट की विचारमग्नता को तोड़ती है, उसे पूरी तरह चौकस बनाती है और उसका पूरा ध्यान आप पर खींच लाती है। वह आपकी बात सुनने का तुरंत इच्छुक हो जाता है।

जब आप किसी प्रॉस्पेक्ट से पहली बार मिलते हैं, तो आपका शुरुआती वाक्य कितना दमदार है, यह जाँच करने के लिए मार्केटिंग गुरु डैन केनेडी ने एक शक्तिशाली तकनीक बताई है। वे कहते हैं कि आपके शुरुआती शब्दों के जवाब में प्रॉस्पेक्ट की प्रतिक्रिया हमेशा यह होनी चाहिए, "सचमुच? ऐसा कैसे हो सकता है?"

मिसाल के तौर पर, "हम आपको ऐसा काँच दे सकते हैं, जो टूटता नहीं है।"

"सचमुच? ऐसा कैसे हो सकता है?" आपके कथन को उसका पूरा ध्यान तुरंत जकड़ लेना चाहिए।

आपका समय सीमित है

प्रॉस्पेक्ट का पूरा ध्यान खींचने के लिए मुलाक़ात के शुरू में आपके पास बस तीस सेकेंड का समय होता है। पहले तीस सेकेंड में ही प्रॉस्पेक्ट यह निर्णय ले लेता है कि वह आपकी बात सुनने वाला है या नहीं। अगर आप भटकते हैं या इधर-उधर की बातचीत करने लगते हैं, तो प्रॉस्पेक्ट अधीर और बेचैन हो जाएगा। तीस सेकेंड के भीतर वह बिचक जाएगा और सुनना छोड़ देगा। फिर उसे दोबारा पटरी पर लाना मुश्किल होता है।

विशेषज्ञ आमतौर पर सहमत हैं कि आपके मुँह से निकले पहले पंद्रह से पच्चीस शब्द बाक़ी बातचीत का माहौल तय कर देते हैं। आपको इन शब्दों को सावधानी से चुनना चाहिए और उनकी नियमित रिहर्सल करनी चाहिए। उन्हें संयोग के भरोसे नहीं छोड़ा जाना चाहिए।

आपके मुँह से निकले पहले पंद्रह से पच्चीस शब्द बाक़ी बातचीत का माहौल तय कर देते हैं।

कई सेल्स पीपल पहली बार किसी प्रॉस्पेक्ट से मिलते हैं और मन ही मन सोचते हैं, *मैं न जाने क्या कहने वाला हूँ? क्या पता मेरे मुँह से अगली बात कौन-सी निकलने वाली है?* यह आपके साथ नहीं होना चाहिए।

हर शब्द की योजना बनाएँ

आपका शुरुआती प्रश्न या कथन शब्द दर शब्द पूर्व-नियोजित होना चाहिए। आपको शीशे के सामने इसकी बार-बार रिहर्सल करनी चाहिए और कंठस्थ कर लेना चाहिए। फिर आपको बाहर जाकर इसे किसी असली प्रॉस्पेक्ट के सामने कहना चाहिए। देखें कि आपको कैसी प्रतिक्रिया मिलती है। अगर आपका प्रॉस्पेक्ट गहरी रुचि और पूरे ध्यान के साथ प्रतिक्रिया न करे, तो उस शुरुआती प्रश्न या कथन को दोबारा नए सिरे से ढालने में जुट जाएँ। आपको अपने शुरुआती प्रश्न या कथन पर दोबारा काम करना होगा, जब तक कि यह आपकी मनचाही प्रतिक्रिया हासिल न कर ले : "सचमुच, ऐसा कैसे हो सकता है?"

अपॉइंटमेंटों के लिए अजनबियों को फ़ोन करना

मैंने अपने ख़ुद के अनुभव से इसका महत्त्व सीखा है। जब मैं बिक्री प्रशिक्षण बेचने का काम कर रहा था, तो मैं लोगों को फ़ोन करके इस तरह की बात कहता था, "मैं आपके सेल्स पीपल को प्रशिक्षित करने के बारे में आपसे बात करना चाहूँगा।"

इससे स्वचालित रूप से इस तरह की प्रतिक्रियाएँ मिलती थीं

- "हम इसका ख़र्च नहीं उठा सकते।"
- "हमारे पास अपने सेल्स पीपल को प्रशिक्षित करने का समय नहीं है।"
- "हमारा ख़ुद का बिक्री प्रशिक्षण कार्यक्रम चलता है।"
- "हमारे लोगों को प्रशिक्षण की ज़रूरत नहीं है।"

- "बिक्री हाल-फ़िलहाल कम हो रही है और हम इसका भुगतान नहीं कर सकते।"
- "कारोबार बुरा है।"
- "हमारे बजट में प्रशिक्षण के लिए कोई पैसा नहीं है।"

कुछ हेरफेर के साथ यही वे बातें हैं, जो प्रॉस्पेक्ट हमें सारे समय बताते हैं।

अपने शुरुआती शब्दों को दोबारा लिखें और शब्द बदलकर लिखें

जब मैंने पाया कि मुझे इस तरीक़े से सफलता नहीं मिल पा रही थी, तो मैंने बैठकर इसका विश्लेषण किया। मैंने अपनी शुरुआती टिप्पणियों को लिखने और दोबारा लिखने में कुछ घंटे बिताए और यह तय करने की कोशिश की कि मैं सेल्स संगठनों में अजनबी प्रॉस्पेक्टों से ज़्यादा प्रभावी ढंग से कैसे बात कर सकता हूँ।

अंततः मुझे एहसास हो गया कि मैं कहाँ ग़लती पर था। मैंने इसे दुरुस्त करने के लिए एक नीति बनाई। सबसे पहले तो मैंने यह निर्णय लिया कि अपॉइंटमेंट तय करने की कोशिश करने से पहले मुझे यह सुनिश्चित करना था कि मैं सही व्यक्ति से बात कर रहा हूँ।

किसी कारोबारी संगठन में बिक्री प्रशिक्षण के लिए प्रॉस्पेक्ट कौन है? यह स्पष्ट रूप से वह व्यक्ति था, जो सेल्स पीपल के बिक्री प्रशिक्षण संबंधी निर्णय लेने के लिए ज़िम्मेदार था : मालिक या सेल्स मैनेजर।

मेरा दूसरा प्रश्न था, *मेरे आदर्श प्रॉस्पेक्ट की बुनियादी आवश्यकता या चिंता क्या है?*

यह भी स्पष्ट था। मेरे आदर्श ग्राहक की बिक्री प्रशिक्षण में कोई रुचि नहीं थी। उसकी रुचि तो सेल्स वॉल्यूम और बिक्री के परिणामों को बढ़ाने में थी। मुझे एहसास हुआ कि मुझे ऐसा प्रश्न पूछना था, जो उस ख़ास आवश्यकता, परिणाम या लाभ पर केंद्रित हो, जिसकी मेरे आदर्श प्रॉस्पेक्ट को तलाश थी।

दोबारा फ़ोन पर

मैं एक बार फिर टेलीफ़ोन पर प्रॉस्पेक्टिंग करने लगा। अब रिसेप्शनिस्ट से मेरा सवाल यह रहता था : "आपके संगठन में कौन है, जो बिक्री और बिक्री प्रशिक्षण के लिए ज़िम्मेदार है?"

"मिस्टर ब्राउन, हमारे सेल्स मैनेजर।"

"क्या मैं मिस्टर ब्राउन से बात कर सकता हूँ, प्लीज़?" और रिसेप्शनिस्ट उनका नंबर मिला देती थी।

जब उनसे मेरी बात होती थी, तो मैं कहता था, "मिस्टर ब्राउन, मेरा नाम ब्रायन ट्रेसी है। मैं इंस्टीट्यूट फ़ॉर एक्ज़ीक्यूटिव डेवलपमेंट से बोल रहा हूँ। मुझे बताएँ कि क्या आप एक आज़माई हुई विधि में रुचि रखते हैं, जो अगले बारह महीनों में आपकी बिक्री 20 से 30 प्रतिशत तक बढ़ा सकती है?"

आपको क्या लगता है, मुझे किस तरह की प्रतिक्रिया मिली? लगभग हर प्रॉस्पेक्ट ने जवाब दिया, "बिलकुल। यह क्या है?"

मुख्य लाभ को दोहराएँ

फिर मैं मुख्य लाभ या "हॉट बटन" को दोहराता था। "मिस्टर ब्राउन, हमने आपकी बिक्री को अगले कुछ महीनों में 20 प्रतिशत, 30 प्रतिशत, यहाँ तक कि 50 प्रतिशत भी बढ़ाने की विधि तैयार की है।"

प्रॉस्पेक्ट अक्सर कहता था, "सचमुच? ऐसा कैसे हो सकता है?"

मैं जवाब देता था, "इसीलिए तो मैं आपको फ़ोन कर रहा हूँ। मुझे बस आपके दस मिनट चाहिए, ताकि मैं आपको यह सिस्टम दिखा सकूँ। फिर आप खुद ही यह फ़ैसला कर लें कि क्या यह आपकी कंपनी और आपके सेल्स पीपल के लिए सही है।"

इसी के साथ टेलीफ़ोन प्रॉस्पेक्टिंग में असफलता और कुंठा का मेरा दौर ख़त्म हो गया। अब मुझे पाँच फ़ोन में चार अपॉइंटमेंट मिलने लगे। कई बार तो अजनबी लोगों के साथ दस में से नौ अपॉइंटमेंट भी मिल जाते थे, हालाँकि मैं उन्हें टेलीफ़ोन डायरेक्ट्री से फ़ोन करता था। अपनी नीति में यह छोटा-सा परिवर्तन करने का परिणाम यह निकला कि मैंने अगले दो महीनों में ही उससे ज़्यादा कारोबार कर लिया, जितना पिछले पूरे साल में किया था।

आपके शुरुआती प्रश्न के जवाब में ग्राहक को इस तरह का जवाब देना चाहिए, "यह क्या है?" या "सचमुच? ऐसा कैसे हो सकता है?" अगर इस तरह का जवाब नहीं मिलता है, तो आपको अपने सवाल पर दोबारा काम करने की ज़रूरत है। यदि यह प्रॉस्पेक्ट की विचारमग्नता को तोड़ नहीं रहा है और उसका पूरा ध्यान नहीं खींच कर रहा है, तो आपको इस प्रश्न को तब तक नए शब्दों में लिखना चाहिए, जब तक कि यह ऐसा न कर दे।

बिक्री प्रतिरोध सामान्य है

यदि कोई प्रॉस्पेक्ट कहता है, "देखिए, मेरी दरअसल कोई रुचि नहीं है," तो इसका मतलब दो चीज़ों में से एक है : या तो आपका प्रश्न ज़्यादा शक्तिशाली नहीं है, या आप जिस व्यक्ति से बात कर रहे हैं, वह आपके द्वारा बेचे जाने वाले प्रॉडक्ट के लिए प्रॉस्पेक्ट ही नहीं है। आप शायद ग़लत आदमी से बात कर रहे हैं।

जब आप किसी प्रबल कथन या प्रश्न से शुरू करते हैं, तो आप ख़ुद को सेल्स प्रोफ़ेशनलों के कुलीन वर्ग में पहुँचा देते हैं। अपनी प्रॉडक्ट लाइन के बारे में और आप शहर में कितने लंबे समय से हैं, इस बारे में शुरुआती दो मिनट बर्बाद करने के बजाय आप सीधे उस विषय पर पहुँचते हैं, जिसमें प्रॉस्पेक्ट की सबसे ज़्यादा रुचि है।

शुरुआती बिक्री प्रतिरोध को उदासीन करना

जब भी आप किसी प्रॉस्पेक्ट को पहली बार फ़ोन करते हैं, तो आप उसके उस काम में *बाधा* डाल रहे हैं, जो वह कर रहा है, जिसे वह आपकी कही गई किसी भी बात से *ज़्यादा महत्त्वपूर्ण* मानता है। हर इंसान व्यस्त होता है। इस कारण आपको हमेशा शुरुआती बिक्री प्रतिरोध की उम्मीद रखनी चाहिए, भले ही आप संसार के सबसे योग्य प्रॉस्पेक्ट को सबसे अच्छे दाम पर सबसे अच्छा प्रॉडक्ट दे रहे हों।

यहाँ एक सरल तकनीक है, जिसका इस्तेमाल आप शुरुआत में ही बिक्री प्रतिरोध को ख़त्म करने के लिए कर सकते हैं। जब प्रॉस्पेक्ट ऐसा कुछ कहता है, "फ़ोन करने के लिए धन्यवाद, लेकिन मेरी रुचि नहीं है," या "हम दरअसल इस समय नहीं ख़रीद रहे हैं," तो आपको इसे गंभीरता से नहीं लेना चाहिए। प्रॉस्पेक्ट को ज़रा भी पता नहीं है कि आपका प्रॉडक्ट उसके और उसकी कंपनी के लिए कितना अच्छा या फ़ायदेमंद हो सकता है। उसकी प्रतिक्रिया किसी भी बिक्री प्रस्ताव पर बिना सोची-समझी, स्वचालित प्रतिक्रिया होती है। इस प्रतिरोध को हल्का बनाएँ, जिस तरह बॉक्सर अपने प्रतिद्वंद्वी के मुक्के को बनाता है और इन शब्दों के साथ लौटें :

"यह ठीक है। जब मैं पहली बार आपके उद्योग के लोगों से मिला था, तो उनमें से ज़्यादातर ने भी यही कहा था। लेकिन अब वे हमारे सबसे अच्छे ग्राहक बन चुके हैं और वे अपने मित्रों से हमारी सिफ़ारिश करते हैं।"

जब प्रॉस्पेक्ट ये शब्द सुनता है, तो वह जो भी काम कर रहा होता है, उसे तुरंत रोक देता है और ध्यान से सुनने लगता है। वह लगभग हमेशा कहेगा, "ओह, सचमुच? यह क्या है?"

अपनी वापसी को उसके हिसाब से ढालें

आप प्रॉस्पेक्ट के *पेशे* के बारे में स्पष्ट बनकर इन शब्दों को और भी ज़्यादा शक्तिशाली बना सकते हैं। आप कह सकते हैं, "यह ठीक है। वित्तीय सेवा उद्योग में ज़्यादातर लोग भी ऐसा ही सोचते थे, जब मैं उनसे पहली बार मिला था। लेकिन अब वे हमारे सर्वश्रेष्ठ ग्राहक बन चुके हैं और वे अपने मित्रों से हमारी सिफ़ारिश करते हैं।"

रॉबर्ट सियाल्डिनी अपनी पुस्तक *इंफ़्लुएंस* में विश्वसनीयता बनाने और इच्छा जगाने में "सामाजिक प्रमाण" के प्रभाव को बताते हैं। सामाजिक प्रमाण दूसरे लोगों से मिलता है, जैसे वे ग्राहक जो उस प्रॉडक्ट या सेवा को पहले ख़रीद चुके हों। जब भी हम अपने जैसे किसी दूसरे व्यक्ति के बारे में सुनते हैं, जो या तो हमारे व्यवसाय में है या जिसकी रुचियाँ या मान्यताएँ हमारी जैसी हैं, जिसने वह प्रॉडक्ट ख़रीदा है, तो हम तुरंत रुचि लेकर यह जानना चाहते हैं कि यह क्या है। यदि हमारे जैसे बहुत से लोगों ने कोई ख़ास प्रॉडक्ट ख़रीदा है, तो हम अपने आप इस नतीजे पर पहुँच जाते हैं कि यह हमारे लिए भी एक अच्छा चयन है।

जब प्रॉस्पेक्ट कहता है, "ओह सचमुच? यह क्या है?" आप कहते हैं, "मैं इसी बारे में आपसे बात करने आया हूँ और मुझे आपके लगभग दस मिनट चाहिए। आप ख़ुद ही फ़ैसला कर सकते हैं कि क्या यह आपके लिए सही है।"

अक्सर व्यस्त प्रॉस्पेक्ट कहेंगे, "देखिए, क्या आप मुझे इसके बारे में फ़ोन पर थोड़ा बता सकते हैं?"

फ़ोन पर न बेचें

आप जवाब देते हैं, "मिस्टर प्रॉस्पेक्ट, मैं इस बारे में आपको फ़ोन पर बताना पसंद करूँगा, लेकिन मैं आपको कुछ *दिखाना* भी चाहता हूँ। आपको इसे व्यक्तिगत रूप से देखना होगा।"

इससे *उत्सुकता* का सशक्त भाव प्रेरित हो जाता है। आपको तुरंत मिलने के दो समय सुझा देने चाहिए, "क्या मंगलवार सुबह आपके लिए आरामदेह होगी? या फिर बुधवार की दोपहर बेहतर रहेगी?" याद रखें, आपके पहले फ़ोन कॉल का उद्देश्य बेचना नहीं है; इसका उद्देश्य अपने प्रॉडक्ट या सेवा पर बातचीत करना भी नहीं है। यह तो प्रॉस्पेक्ट के साथ आमने-सामने दस मिनट का अपॉइंटमेंट तय करना है। इस अपॉइंटमेंट के अलावा किसी दूसरी चीज़ के बारे में बात न करें और फ़ोन पर अपने प्रॉडक्ट या भाव के बारे में किसी सूरत में बात न करें।

बहाने को दरकिनार कर दें

कई बार कोई व्यस्त प्रॉस्पेक्ट कहेगा, "क्या आप मुझे डाक में कुछ भेज सकते हैं?" अगर आप प्रॉस्पेक्ट को डाक में कोई चीज़ भेजते हैं, तो इस बात की काफ़ी संभावना रहती है कि वह इसे खो देगा, इसके बारे में भूल जाएगा या आपसे न मिलने या बात न करने का निर्णय लेगा। वह महसूस करेगा कि उसके पास निर्णय लेने के लिए पर्याप्त जानकारी है और उसे अपना समय किसी सेल्सपर्सन के साथ बर्बाद नहीं करना चाहिए। डाक में चीज़ें भेजना आमतौर पर समय और पैसे की पूरी बर्बादी है, जब तक कि आप दूरी से ही न बेच सकते हों।

जब प्रॉस्पेक्ट पूछता है कि क्या आप कोई चीज़ डाक में भेज सकते हैं, तो जवाब दें, "मैं इसे डाक से भेजना पसंद करूँगा, लेकिन आप जानते हैं कि डाक आजकल कितनी अविश्वसनीय हो गई है। मैं आपसे मंगलवार दोपहर को मिल सकता हूँ, जब मैं उस इलाक़े में आऊँगा? क्या आप उस समय उपलब्ध रहेंगे?"

टालमटोल को स्वीकार न करें

प्रॉस्पेक्ट अब वादा करने से बचने की आख़िरी कोशिश कर सकता है : "ठीक है, आप मुझे सोमवार को फ़ोन करके देख लें! तब हम अगले सप्ताह मिलने के लिए एक ख़ास समय तय कर सकते हैं!" अगर आप इस "टालमटोल" को स्वीकार कर लेते हैं, तो जब आप सोमवार को फ़ोन करते हैं, तो प्रॉस्पेक्ट एक "बैठक" में होगा, जिससे वह शायद कभी नहीं निकलेगा।

इसके बजाय कहें, "मिस्टर प्रॉस्पेक्ट, मेरे सामने मेरा कैलेंडर है। क्या आपका शेड्यूल आपके आस-पास है?"

प्रॉस्पेक्ट हमेशा कहेगा कि उसका शेड्यूल आस-पास ही है। फिर आप कहते हैं, "आइए हम इसी वक़्त एक ख़ास समय तय कर लेते हैं। अगर कोई अप्रत्याशित काम आ जाए और आपको यह समय बदलना हो, तो आप मुझे फ़ोन कर सकते हैं और हम दूसरा समय तय कर सकते हैं। क्या मंगलवार दोपहर को तीन बजे के आस-पास का समय आपके लिए सुविधाजनक होगा?"

जब प्रॉस्पेक्ट किसी *निश्चित* वक़्त पर आपसे मिलने के लिए सहमत हो जाता है, तो आपने अपनी *पहली बिक्री* कर ली है, वह बिक्री जो *असली* बिक्री को संभव बनाती है। फिर आप मुलाक़ात का समय, दिन और तारीख़ *दोहराकर* इसे पक्का करते हैं। साथ ही आप प्रॉस्पेक्ट को अपना टेलीफ़ोन नंबर दे देते हैं, ताकि अगर बीच में कोई अड़चन आ जाए, तो वह आपको फ़ोन पर बता सके। यह होने के बाद प्रॉस्पेक्ट

को धन्यवाद दें; मुलाक़ात का समय, तारीख़ और जगह दोहराएँ; फिर कहें, "आपको धन्यवाद; जो मैं आपको दिखाने वाला हूँ, उसे आप सचमुच पसंद करेंगे।"

जब प्रॉस्पेक्ट किसी निश्चित वक़्त पर आपसे मिलने के लिए सहमत हो जाता है, तो आपने अपनी पहली बिक्री कर ली है, वह बिक्री जो असली बिक्री को संभव बनाती है।

प्रॉस्पेक्ट के साथ आमने-सामने

बेचने में आपका पहला काम यह है कि प्रॉस्पेक्ट आपकी बात *सुनने* के लिए तैयार हो। प्रॉस्पेक्ट तनावरहित होकर आपकी बात सुने, इसके लिए उसे पाँच बातों का विश्वास होना चाहिए। हो सकता है कि वह इन पाँच बातों को सीधे-सीधे न कहे या पूछे, लेकिन अगर आप चाहते हैं कि वह आपकी बात अच्छे से सुने, तो वे अनिवार्य हैं।

पहले, वह यह यक़ीन करना चाहता है कि आपके पास कहने के लिए कोई महत्त्वपूर्ण बात है। इसीलिए आप अपने पहले वाक्य में सीधे अपने प्रॉडक्ट का परिणाम या लाभ बताते हैं। आपका प्रॉडक्ट अगर उसके जीवन या कामकाज में प्रासंगिक है, तो उसका पूरा ध्यान आप पर केंद्रित हो जाएगा।

दूसरे, वह यक़ीन करना चाहता है कि आप सही व्यक्ति से बात कर रहे हैं। चूँकि आपका प्रॉडक्ट आमतौर पर किसी तरह की समस्या सुलझाता है, इसलिए वह यक़ीन करना चाहता है कि उसके पास कोई समस्या या आवश्यकता है, जिसे आप सुलझा सकते हैं या संतुष्ट कर सकते हैं।

सौभाग्य से, आपने पहले ही इस प्रॉस्पेक्ट की पात्रता जाँच कर ली है, जब आप रिसेप्शनिस्ट के ज़रिये उस तक पहुँचे थे। आपको पहले से ही पता है कि आप सही व्यक्ति से बात कर रहे हैं।

लेकिन अगर आपके मन में कोई शंकाएँ हैं, तो उससे पूछ लें, "क्या आप ही वह व्यक्ति हैं, जिससे मैं संगठन में बिक्री बढ़ाने के बारे में बात कर सकता हूँ?"; "क्या आप वही हैं, जिससे मुझे जानकारी संधारण की लागत कम करने के बारे में बात करनी चाहिए?"; "क्या आप ही वह व्यक्ति हैं, जिससे मुझे आपके संगठन की (ख़ास आवश्यकता या समस्या) के संबंध में बात करनी चाहिए?"

याद रखें, आप कोई प्रॉडक्ट या सेवा नहीं बेचते हैं। आप तो किसी समस्या का समाधान या किसी वास्तविक आवश्यकता की संतुष्टि बेचते हैं। आपको शुरुआत में उस

व्यक्ति को खोजना चाहिए, जिसके पास वह समस्या या वह ज़रूरत हो। केवल तभी आप उसे अपने प्रॉडक्ट के लाभ देने के बारे में बात शुरू कर सकते हैं।

किसी ऐसे व्यक्ति के सामने अद्भुत बिक्री प्रस्तुति देने में कोई तुक नहीं है, जिसकी आपके प्रॉडक्ट में कोई रुचि नहीं है या जो ख़रीददारी का निर्णय लेने की स्थिति में ही नहीं है। हमेशा सुनिश्चित करें कि आप सही व्यक्ति से बात कर रहे हों।

तीसरे, कम से कम शुरुआत में, प्रॉस्पेक्ट यह तसल्ली चाहता है कि आपकी मुलाक़ात *संक्षिप्त* होगी। आजकल लोग बेहद व्यस्त हैं। वे अक्सर समस्याओं और ज़िम्मेदारियों के बोझ तले दबे जा रहे हैं। अगर वे सोचते हैं कि कोई उनका बहुत सा समय लेने वाला है, तो वे घबरा जाएँगे और नकारात्मक हो जाएँगे। इसलिए आपको उन्हें तुरंत आश्वस्त कर देना चाहिए कि आपने अपने शुरुआती प्रश्न में जिस लाभ का ज़िक्र किया था, उस बारे में उन्हें बताने में आपको केवल दो-तीन मिनट ही लगेंगे।

चौथे, प्रॉस्पेक्ट यह सुनिश्चित करना चाहता है कि आपसे मिलने के बाद उस पर ख़रीदने का *कोई बंधन न रहे।* इसीलिए आप कहते हैं, "मेरे पास आपको दिखाने के लिए कुछ है और आप खुद उसका मूल्यांकन कर सकते हैं।" इससे प्रॉस्पेक्ट पर से दबाव हट जाता है और प्रायः इसी से तय होता है कि आपको अपॉइंटमेंट मिलता है या नहीं।

पाँचवें, प्रॉस्पेक्ट यह सुनिश्चित करना चाहता है कि आप *ज़्यादा दबाव* नहीं डालेंगे। सेल्स पीपल के संदर्भ में प्रॉस्पेक्टों के सबसे आम दो डर ये होते हैं : *दबाव डलने का डर* और *अनुचित लाभ लेने का डर*। सकारात्मक, विनम्र और दोस्ताना नज़रिये से प्रॉस्पेक्ट से बातचीत करके आप इन डरों को दूर कर देते हैं। आप उसे तनावरहित कर देते हैं, जिससे वह आपकी बात ज़्यादा ग़ौर से सुनने लगता है।

आपको इन पाँच लक्ष्यों को चर्चा की शुरुआत में ही पूरा कर लेना चाहिए। जब आप फ़ोन पर किसी नए प्रॉस्पेक्ट के साथ सिर्फ़ अपॉइंटमेंट लेने का प्रयास कर रहे हों, तब भी ऐसा ही करें। इसे करने की एक विधि है, जो मैंने हज़ारों सेल्स पीपल को सिखाई है। जब उन्होंने इस विधि का इस्तेमाल किया है, तो इसने टेलीफ़ोन या कोल्ड-कॉलिंग से मिलने वाले अपॉइंटमेंटों की संख्या में अक्सर क्रांति कर दी है।

अच्छी तरह तैयार प्रश्न से शुरू करें

जब आप अंततः किसी नए प्रॉस्पेक्ट के आमने-सामने पहुँचते हैं, तो अपना परिचय दें, हाथ मिलाएँ, बैठें और एक अच्छी तरह तैयार प्रश्न पूछकर शुरुआत करें। यह अक्सर एक रोचक या असामान्य प्रश्न होता है, जिसका उद्देश्य आपके प्रॉडक्ट के लाभ बताना है।

प्रश्न शक्तिशाली होते हैं, क्योंकि हर व्यक्ति को बचपन से ही उनसे पूछे गए सवालों का जवाब देने की आदत डाल दी जाती है। अगर आप किसी व्यक्ति से पूछते हैं कि समय क्या हुआ है, तो वह कुछ भी सोचे-समझे बिना अपनी घड़ी देखेगा और समय बता देगा। लोग प्रश्नों पर स्वचालित प्रतिक्रिया करते हैं।

इसीलिए हम बिक्री के क्षेत्र में कहते हैं कि "जो व्यक्ति प्रश्न पूछता है, वह नियंत्रण में होता है।" जो व्यक्ति प्रश्न पूछ रहा है, वह जवाब देने वाले व्यक्ति को नियंत्रित कर रहा है। किसी भी बातचीत में नियंत्रण हासिल करने का सबसे तेज़ तरीक़ा है विराम लेना और एक प्रश्न पूछना। जब तक कि दूसरा व्यक्ति आपके प्रश्न का पूरा जवाब न दे ले, वह अपनी कही जाने वाली बात पर पूरी तरह केंद्रित रहेगा।

जब आप प्रॉस्पेक्ट से पूछते हैं, "क्या मैं आपसे एक सवाल पूछ सकता हूँ?" तो वह लगभग हमेशा हाँ कहेगा। फिर आप पूरे नियंत्रण में होंगे।

सवाल पूछना जारी रखें; अच्छे सवाल अच्छी प्रतिक्रियाओं को प्रेरित करते हैं

जब आप प्रॉस्पेक्ट से पूछते हैं, "क्या आप अपनी बिक्री हर साल 20 से 30 प्रतिशत बढ़ाने की आज़माई हुई विधि देखना चाहेंगे?" तो प्रॉस्पेक्ट तब तक कोई दूसरी बात नहीं कह सकता, जब तक कि वह इस सवाल का जवाब न दे ले। सवाल करने वाला नियंत्रण में है।

इस प्रश्न का इस्तेमाल करके मैं बरसों से किसी प्रॉस्पेक्ट के साथ बात शुरू करता आ रहा हूँ। आज तक मुझे केवल एक ही व्यक्ति मिला था, जिसने यह कहा, "नहीं, मेरी दिलचस्पी नहीं है।" और उसकी दिलचस्पी इसलिए नहीं थी, क्योंकि वह दिवालिया हो चुका था और रिसीवरों ने उसी समय आकर उसकी कंपनी को बंद कर दिया था। उसने फ़ोन पर कहा, "अब हमारे लिए बहुत देर हो चुकी है; काश! आपने मुझे छह महीने पहले फ़ोन किया होता।"

लेकिन बाक़ी जिस भी सेल्स मैनेजर से मैंने यह सवाल पूछा, हर एक ने कहा, "हाँ। यह क्या है? आप कब आकर बात करना पसंद करेंगे?" आपके सवाल पर भी ऐसी ही प्रतिक्रिया मिलनी चाहिए।

आमने-सामने के अपॉइंटमेंट पाने की इस विधि में दूसरा क़दम है शिष्ट बनना और यह कहना, "मुझे आपका बस दस मिनट का समय चाहिए, ताकि मैं आपको वह दिखा सकूँ, जो मेरे पास है और आप ख़ुद फ़ैसला कर सकते हैं।"

मूल मुद्दा यह कहना है कि "फ़ैसला आप करते हैं।" इससे प्रॉस्पेक्ट को यह तसल्ली हो जाती है कि मुलाक़ात संक्षिप्त रहेगी, वह किसी दबाव में नहीं रहेगा और

आपके पास उसे बताने के लिए कुछ महत्त्वपूर्ण व प्रासंगिक है।

दूसरे खुश ग्राहकों का हवाला दें

ज़्यादातर मामलों में, सर्वश्रेष्ठ शुरुआती प्रश्न के बाद भी प्रॉस्पेक्ट आपको अपॉइंटमेंट नहीं देना चाहेंगे और प्रतिरोध करेंगे। दूसरे संतुष्ट ग्राहकों का हवाला देना इस प्रतिरोध से उबरने की सबसे शक्तिशाली तकनीक है। उन संतुष्ट ग्राहकों का ज़िक्र करें, जो पहले से ही आपके प्रॉडक्ट का इस्तेमाल कर रहे हैं।

अगर आप किसी प्रिंटिंग कंपनी को फ़ोन कर रहे हैं और आप अपना प्रॉडक्ट किसी दूसरी प्रिंटिंग कंपनी को बेच चुके हैं, तो उन्हें बता दें, "आपके उद्योग की कंपनी एबीसी प्रिंटिंग सर्विसेस पहले से ही इस प्रॉडक्ट का इस्तेमाल कर रही है और बेहतरीन परिणाम पा रही है।"

सामाजिक प्रमाण इतना शक्तिशाली होता है कि यह अक्सर किसी नकारात्मक या उदासीन प्रॉस्पेक्ट को सकारात्मक बना देता है। इससे उसके मन में आपसे मिलने और यह जानने की इच्छा जाग जाती है कि उस उद्योग में दूसरे लोग क्या कर रहे हैं।

अपने प्रॉडक्ट की विश्वसनीयता बनाएँ

जब मैं बिक्री प्रशिक्षण बेच रहा था, तब मैं कहता था, "सैकड़ों कंपनियाँ पहले से ही इस प्रक्रिया का इस्तेमाल कर रही हैं और बेहतरीन परिणामों की फ़सल काट रही हैं। यह आज़माया हुआ, व्यावहारिक और पूरी तरह गारंटीशुदा है। और मुझे आपका केवल दस मिनट का समय चाहिए, ताकि मैं आपको यह दिखा सकूँ। आप ख़ुद फ़ैसला कर सकते हैं।"

कोई भी आपको दस मिनट दे सकता है। हो सकता है कि वे आपको आधा घंटे का समय दो महीने से पहले न दे पाएँ, लेकिन वे आपको दस मिनट तुरंत दे सकते हैं, बशर्ते आपके पास ऐसी कोई चीज़ हो, जिसमें उनकी दिलचस्पी है।

सारे समय पेशेवर बनें

यह महत्त्वपूर्ण है कि आप ग़लती से प्रॉस्पेक्ट को दो निश्चित समयों में से एक चुनने की पेशकश न करें, जैसे "आज सुबह 10.30 या कल सुबह 11.20 में से कौन-सा समय आपके लिए सर्वश्रेष्ठ रहेगा?"

यह अपॉइंटमेंट पाने का पुराना, चालबाज़ी भरा तरीक़ा है, जिसे ग्राहक बहुत बार पहले सुन चुके हैं। अगर आप इसका इस्तेमाल करते हैं, तो इससे आपकी विश्वसनीयता को चोट पहुँचती है। भले ही आपकी पेशकश में प्रॉस्पेक्ट की रुचि हो, लेकिन वह रुचि

गँवा सकता है, अगर उसे यह महसूस हो कि आप उसके साथ चालाकी कर रहे हैं।

यह वह समय है, जब आपको ख़ुशनुमा, सकारात्मक और लगनशील होना चाहिए। प्रॉस्पेक्ट को सामान्य समय के विकल्प सुझाएँ, जैसे बुधवार को दस के आस-पास या गुरुवार दोपहर को तीन के आस-पास। अगर इन दोनों समयों में से कोई भी प्रॉस्पेक्ट के लिए उपयुक्त न हो, तो पूछें, "आपके लिए सुविधाजनक समय कब रहेगा?" *जो व्यक्ति प्रश्न पूछता है, वही नियंत्रण में होता है।*

अपॉइंटमेंट की पुष्टि कर लें

एक बार जब आप अपॉइंटमेंट ले लें, तो इतने भर से ही काम पूरा नहीं हो जाता है। यह तो सिर्फ़ शुरुआत है। पहले से तय अपॉइंटमेंट पर जाने से पहले हमेशा फ़ोन कर के दोबारा पुष्टि कर लें। यह शीर्षस्थ पेशेवरों का लक्षण है।

कई लोग फ़ोन करके पुष्टि करने से घबराते हैं, क्योंकि वे डरते हैं कि कहीं प्रॉस्पेक्ट अपॉइंटमेंट रद्‌द न कर दे। इसलिए वे बिना कुछ कहे-सुने निर्धारित समय पर प्रॉस्पेक्ट के ऑफ़िस पहुँच जाते हैं। लेकिन वहाँ पहुँचने पर आपको प्रायः पता चलता है कि प्रॉस्पेक्ट किसी मीटिंग में या शहर के बाहर चला गया है। कई बार वह बीमार होता है या उसके सामने कोई आपातकालीन स्थिति होती है। पहले से तय बहुत सारे अपॉइंटमेंट ऐसे बहुत से कारणों से गड़बड़ा जाते हैं, जिन पर आपका कोई नियंत्रण नहीं होता।

किसी अपॉइंटमेंट की पुष्टि करने के दो तरीक़े हैं। पहला है प्रॉस्पेक्ट को फ़ोन करके बताना कि आप निर्धारित समय पर वहाँ पहुँच जाएँगे और आप उससे मिलने की प्रतीक्षा कर रहे हैं। इससे प्रॉस्पेक्ट अगर किसी कारण तय समय पर आपसे न मिल सकता हो, तो आपको दोबारा समय तय करने का अवसर मिल जाता है।

अपॉइंटमेंट की पुष्टि करने का दूसरा तरीक़ा बस यह है कि आप रिसेप्शनिस्ट को फ़ोन करके पूछें, "क्या मिस्टर ब्राउन वहाँ हैं?"

जब रिसेप्शनिस्ट कहे, "हाँ," तो आप कहें, "अच्छा, मैं ब्रायन ट्रेसी बोल रहा हूँ। मैं उनके साथ कल सुबह दस बजे के अपॉइंटमेंट को पक्का करने के लिए फ़ोन कर रहा हूँ। कृपया उन्हें बता दें कि मैं नियत समय पर वहाँ पहुँच जाऊँगा। आपको बहुत-बहुत धन्यवाद।"

यदि किसी कारण अपॉइंटमेंट रद्‌द हो जाए, तो तुरंत ही उसे किसी निश्चित समय पर दोबारा तय कर लें। इसके लिए उन्हीं तकनीकों का इस्तेमाल करें, जिन्हें मैंने इस अध्याय में पहले बताया है। मैंने अक्सर कई सप्ताह पहले से एक निश्चित

समय पर अपॉइंटमेंट तय किए हैं और उनकी पुष्टि की है। यह आश्चर्यजनक है कि इन पूर्व-निर्धारित अपॉइंटमेंटों में से कितने सारे सचमुच घटित हो जाते हैं और उनकी बदौलत आपको अंततः कितना सारा कारोबार मिलता है।

विकल्प प्रदान करें

प्रॉस्पेक्ट अक्सर ऐसा कुछ कहेगा, "पक्का नहीं है कि मैं उस दिन शहर में रहूँगा। क्या आप निश्चित समय तय करने के लिए कुछ दिन बाद या अगले सप्ताह दोबारा फ़ोन कर सकते हैं?"

यह सुनते ही तुरंत कहें, "मिस्टर प्रॉस्पेक्ट, मैं जानता हूँ कि आप कितने व्यस्त हैं। लेकिन हम फिर भी इसे तय कर लेते हैं। हम अभी एक पक्का अपॉइंटमेंट तय कर लेते हैं और अगर बाद में कोई चीज़ आ जाती है, तो हम उस समय इसे बदल लेंगे।"

विनम्र लेकिन लगनशील बनें। एक बार जब आपको किसी रुचि लेने वाले और सुपात्र प्रॉस्पेक्ट से बोलने का अवसर मिलता है, तो आपको उस प्रॉस्पेक्ट के साथ मिलने का निश्चित समय तय करने पर ज़ोर देना चाहिए।

इंसान अपनी अपेक्षाओं से प्रबलता से प्रभावित होते हैं। अगर वे आपसे होने वाली मुलाक़ात से कुछ जानने या लाभ उठाने की उम्मीद करते हैं, तो वे आपके अपॉइंटमेंट की राह देखेंगे। अगर दोबारा समय तय करने की ज़रूरत हुई, तो वे आपको आमतौर पर फ़ोन कर देंगे, बशर्ते आपने इसे शुरुआत में सही तरीक़े से तय किया हो।

प्रॉस्पेक्ट के साथ फ़ोन पर बातचीत में बिक्री की जितनी संभावना होती है, आमने-सामने की मुलाक़ात में यह संभावना उससे दस-बीस गुना ज़्यादा बढ़ जाती है। एक बार जब प्रॉस्पेक्ट को आपसे मिलने, देखने, नज़रें मिलाने और परखने का अवसर मिलता है कि आप एक ज्ञानी, पेशेवर व्यक्ति हैं, तो उसके आपको गंभीरता से लेने की बहुत, बहुत ज़्यादा संभावना होती है।

अपनी टेलीफ़ोन प्रॉस्पेक्टिंग को बेहतर बनाएँ

दो चीज़ें हैं, जो आप अपनी टेलीफ़ोन प्रॉस्पेक्टिंग की गुणवत्ता को बेहतर बनाने के लिए कर सकते हैं। पहली है, जब आप प्रॉस्पेक्ट से फ़ोन पर बात करें, तो *खड़े होकर बात करें*। खड़े होते समय आप अपने शरीर के सभी ऊर्जा केंद्रों को सामंजस्य में ले आते हैं। आपकी आवाज़ की शक्ति और लहज़ा ज़्यादा दमदार तथा आत्मविश्वास से भरा होगा। आपमें ज़्यादा ऊर्जा होगी। आप ज़्यादा विश्वसनीय और अधिकारपूर्ण लगेंगे।

दूसरी चीज़ जो आप कर सकते हैं, वह यह है कि फ़ोन पर बात करते *वक़्त मुस्कुराएँ।* आश्चर्यजनक बात यह है कि मुस्कान फ़ोन लाइन के दूसरे सिरे पर "महसूस" की जा सकती है। (लोग यह भी जानते हैं कि आप कब मुस्कुरा नहीं रहे हैं, या इससे भी बुरी बात, आप कब त्योरी चढ़ा रहे हैं।)

मैं जिन सेल्स पीपल के साथ काम करता हूँ, उनमें से कई तो दरअसल अपनी डेस्क पर आईना लगा लेते हैं और जब वे अपने प्रॉस्पेक्टों से फ़ोन पर बात करते हैं, तो उनमें देखकर मुस्कुराते हैं। जब आप खड़े होने और मुस्कुराने का तालमेल बना लेते हैं, तो आप ज़्यादा ऊर्जा और ईमानदारी संप्रेषित करते हैं। यह अक्सर वह अतिरिक्त धक्का होता है, जिसकी ज़रूरत आपको अपॉइंटमेंट हासिल करने के लिए होती है।

पहल रखें

कभी भी लोगों से यह उम्मीद न करें कि वे आपको पलटकर फ़ोन करेंगे, चाहे वे कितने ही ईमानदार या बुद्धिमान लग रहे हों। सेल्सपर्सन के रूप में आपको हमेशा पहल बरकरार रखनी चाहिए, जब तक कि आपको आमने-सामने का पहला अपॉइंटमेंट न मिल जाए। लोगों को किसी भी कारण से टालमटोल न करने दें। यह उम्मीद न करें कि वे आपको पलटकर फ़ोन करेंगे। चूँकि वे बहुत व्यस्त हैं, इसलिए वे ऐसा कभी कर ही नहीं पाएँगे, भले ही आपके प्रॉडक्ट में उनकी रुचि हो।

कभी भी लोगों से यह उम्मीद न करें कि वे आपको पलटकर फ़ोन करेंगे, चाहे वे कितने ही ईमानदार या बुद्धिमान लग रहे हों।

याद रखें, अस्वीकृति व्यक्तिगत नहीं है। शुरुआती बिक्री प्रतिरोध भी व्यक्तिगत नहीं है। जब प्रॉस्पेक्ट कहता है कि उसकी कोई रुचि नहीं है या वह अपनी मौजूदा स्थिति से पूरी तरह संतुष्ट है, तो इसका कोई मतलब नहीं होता। यह आपके फ़ोन पर सामान्य और स्वाभाविक प्रतिक्रिया है। इसे व्यक्तिगत न मानें। इसका आपसे या आपके प्रस्ताव से कोई संबंध नहीं है।

मानसिक रिहर्सल करें

यह बेचने के मनोविज्ञान में सफलता का एक बेहद महत्त्वपूर्ण रहस्य है। इसका संबंध ख़ास तौर पर पहली बार प्रॉस्पेक्ट से मिलने जाने से ठीक पहले मानसिक तैयारी करने से है।

कुछ पलों के लिए रुकें और स्पष्ट मानसिक तस्वीर बनाएँ कि आप पूरी तरह तनावरहित, शांत, सकारात्मक, मुस्कुराते हुए और बातचीत के पूरे नियंत्रण में हैं। फिर

गहरी साँस लें, अपने फेफड़े भर लें और अपने मध्यपट पर दबाव डालें। साँस को सात गिनने तक रोकें और फिर सात गिनने तक बाहर छोड़ें। जब आप गहरी साँस ले रहे हों, तो यह तस्वीर क़ायम रखें कि आप वह सर्वश्रेष्ठ सेल्सपर्सन हैं, जो आप संभवतः हो सकते हैं।

स्पष्ट मानसिक तस्वीर बनाएँ

फिर प्रॉस्पेक्ट से मिलने के लिए अंदर जाने से ठीक पहले अपने दिमाग़ में यह तस्वीर बनाएँ कि प्रॉस्पेक्ट आप पर सकारात्मक प्रतिक्रिया कर रहा है। तस्वीर में उसे मुस्कुराते हुए, सिर हिलाते हुए, सहमत होते हुए और अपनी उपस्थिति तथा बातचीत का आनंद लेते देखें।

अगर आप किसी पुरानी सफल सेल्स कॉल को याद कर लें, तो आप सेल्स मीटिंग से पहले की इस मानसिक रिहर्सल की शक्ति बढ़ा सकते हैं। उस सबसे अच्छी बिक्री के बारे में सोचें, जो आपने हाल ही में की है। इस बारे में सोचें कि आपको प्रॉस्पेक्ट के साथ बात करने में कितना आनंद आया था, प्रॉस्पेक्ट कितना सकारात्मक था, ओर ख़ास तौर पर, वह प्रस्तुति जिसका अंत सफल बिक्री में हुआ था। ख़ुशी और संतुष्टि की वे भावनाएँ याद करें, जो आपको उस सौदे से मिली थीं।

फिर उसी भावना को उस मानसिक तस्वीर में ले आएँ, जो आपने अपने और उस प्रॉस्पेक्ट के लिए बनाई है, जिससे आप मिलने जा रहे हैं। यह अभ्यास आपको हैरान कर देगा। यह आपके पूरे व्यक्तित्व को तनावरहित कर देगा। गहरी साँस लेकर, तनावमुक्त होकर और काल्पनिक चित्र देखकर आप अपने सर्वश्रेष्ठ स्तर पर प्रदर्शन करने के लिए पूरी तरह तैयार होंगे।

ख़ुद से सकारात्मक बातचीत करें

उस तकनीक का इस्तेमाल करना न भूलें, जिस पर हमने पहले बात की थी : सकारात्मक दृढ़ कथनों का इस्तेमाल। ख़ास तौर पर अगर आप थोड़े तनावपूर्ण महसूस करते हैं, तो ख़ुद से दृढ़ता से और ज़ोर देकर ये शब्द कहें, "मैं ख़ुद को पसंद करता हूँ! मैं ख़ुद को पसंद करता हूँ! मैं ख़ुद को पसंद करता हूँ!" कहें, "मैं अपने काम से प्रेम करता हूँ! मैं अपने काम से प्रेम करता हूँ! मैं अपने काम से प्रेम करता हूँ!"

पूर्वाभ्यास करने और मानसिक रूप से तैयार होने में मदद करने के लिए दोहराएँ, "मैं ख़ुश महसूस करता हूँ! मैं स्वस्थ महसूस करता हूँ! मैं ज़बर्दस्त महसूस करता हूँ!" आपके लिए यह संभव ही नहीं है कि आप इस तरह के शब्दों का इस्तेमाल करते हुए ख़ुद से सकारात्मक तरीक़े से बात करें और तुरंत ज़्यादा ख़ुश तथा

आत्मविश्वासी महसूस न करें। जब आप प्रॉस्पेक्ट से मिलने अंदर जाते हैं, तो प्रॉस्पेक्ट आपसे निकलने वाली सकारात्मक ऊर्जा को महसूस करेगा।

हमेशा साँस लेकर, चित्र बनाकर और दृढ़ कथन कहकर किसी सेल्स मीटिंग की तैयारी करें। इससे संसार में सारा फ़र्क़ पड़ेगा।

मंच तुरंत तैयार कर दें

जब आप किसी प्रॉस्पेक्ट से मिलते हैं, तो दृढ़ता से हाथ मिलाकर कहें, "अपना समय देने के लिए आपको धन्यवाद; आप सचमुच उसका आनंद लेंगे, जो मैं आपको दिखाने वाला हूँ।"

जब आप सकारात्मक अपेक्षा बना देते हैं, तो उसकी दिलचस्पी जाग जाती है और वह उत्सुक हो जाता है। वह मन ही मन सोचने लगता है, *क्या पता यह क्या है।* अगर आप मुस्कुरा रहे हैं, आत्मविश्वासी हैं और सकारात्मक हैं, तो आप इसे अपने प्रॉस्पेक्ट तक पहुँचा देते हैं और आप जो कहने वाले हैं, उसके प्रति एक उच्च स्तर की उम्मीद जगा देते हैं।

स्वागत की अपेक्षा रखें

कई बार आपके प्रॉस्पेक्ट की सुबह ख़राब रहती है। जब से वह ऑफ़िस आया है, वह फ़ोन मैसेज, ई-मेल और शिकायतों की बाढ़ में फँसा हुआ है। कॉफ़ी ठंडी थी। उसके कर्मचारी बीमार या नाखुश हैं और उसका बॉस गुस्से से बौखला रहा है। फिर आप अंदर आ जाते हैं। प्रॉस्पेक्ट सोचता है, *ईश्वर का शुक्र है, यहाँ एक अच्छा, सुखद, बुद्धिमान, सकारात्मक दिखने वाला इंसान आ रहा है, जो मुझे कोई रोचक बात बताएगा।*

कई लोग इसी तरह महसूस करते हैं। आप उनकी पूरी सुबह या दोपहर का प्रकाशपुंज बन सकते हैं। जब आप सुखद व्यवहार करते हैं और मुस्कुराते हैं, तो वे आपको देखकर खुश होंगे।

खड़े होकर बात करने से इंकार कर दें

जब आप अपने अपॉइंटमेंट के लिए पहुँचते हैं, तो कई बार कोई व्यस्त प्रॉस्पेक्ट बाहर आकर आपसे रिसेप्शन में मिलेगा और कहेगा कि आप उसे अपने प्रॉडक्ट के बारे में वहीं बता दें। लेकिन आपको खड़े होकर अपनी प्रस्तुति देने से इंकार कर देना चाहिए। अगर आप ऐसा करते हैं, तो यह जोख़िम रहता है कि आप अपने प्रॉडक्ट या सेवा का मूल्य कम कर देंगे। कोई भी किसी प्रॉडक्ट या सेवा को खड़े होकर नहीं ख़रीदता है। इसे इस तरह बेचने से इंकार कर दें।

कोई भी किसी प्रॉडक्ट या सेवा को खड़े-खड़े नहीं ख़रीदता है। इसे इस तरह बेचने से इंकार कर दें।

पुरानी कहावत याद रखें : *हर चीज़ महत्त्वपूर्ण होती है!* जब तक कि आप शोरूम में न बेचते हों, तब तक यह याद रखें कि कोई भी उस प्रॉडक्ट या सेवा को मूल्यवान नहीं मानता है, जिसके बारे में आप खड़े होकर बात करने और बेचने के लिए तैयार होते हैं। इसके बजाय कहें, "मैं आपको जो दिखाना चाहता हूँ, वह सचमुच महत्त्वपूर्ण है ओर मुझे आपके लगभग दस मिनट चाहिए।"

अगर प्रॉस्पेक्ट इसके बाद भी आपको बैठने के लिए आमंत्रित नहीं करता है, तो कहें, "अगर आपके पास इस वक़्त समय नहीं है, तो शायद हम दस मिनट बाद की कोई तारीख़ तय कर सकते हैं, जब यह आपके लिए ज़्यादा सुविधाजनक हो।"

लेकिन अपने प्रॉडक्ट या सेवा के बारे में खड़े-खड़े बातचीत करने से इंकार कर दें। बुनियादी नियम यह है : अगर प्रॉस्पेक्ट आपके प्रॉडक्ट को खड़े-खड़े नहीं ख़रीद सकता, तो उसे खड़े-खड़े *बेचने* की कोशिश न करें।

अपने प्रॉडक्ट का सम्मान करें

यही टेलीफ़ोन के संदर्भ में भी लागू होता है। अगर आपका प्रॉस्पेक्ट फ़ोन पर वह चीज़ नहीं ख़रीद सकता, जिसे आप बेच रहे हैं, तो फ़ोन पर उसे बेचने की कोशिश न करें। यदि प्रॉस्पेक्ट डाक से उसे नहीं ख़रीद सकता और उसका भुगतान नहीं कर सकता, तो उसे डाक से बेचने की कोशिश न करें। यदि आपके प्रॉडक्ट को बेचने के लिए आपकी शारीरिक उपस्थिति ज़रूरी है, तो बिक्री प्रस्तुति देने के लिए व्यक्तिगत रूप से वहाँ मौजूद रहने पर ज़ोर दें।

लोग खड़े होकर ख़रीददारी के निर्णय नहीं लेते हैं। वे ख़रीदने के निर्णय वहाँ बैठकर लेते हैं, जहाँ वे आरामदेह होते हैं - अपने ऑफ़िस में या अपने घर पर। वे ख़रीदने के निर्णय तब लेते हैं, जब वे सुन लेते हैं, तौल लेते हैं, विचार कर लेते हैं और आपकी सामग्री को देख लेते हैं। वे तब ख़रीदते हैं, जब वे मूल्यांकन कर लेते हैं, समीक्षा कर लेते हैं और इस नतीजे पर पहुँच जाते हैं कि आप जो लाभ देने वाले हैं, वे आपके द्वारा माँगे जा रहे दाम के लायक़ हैं।

कार्य अभ्यास

1. सटीकता से तय करें कि आप बिक्री और आमदनी के अपने लक्ष्य हासिल करने के लिए हर दिन और हर सप्ताह कितने प्रॉस्पेक्टों को फ़ोन करेंगे।

2. अपना 80 प्रतिशत समय प्रॉस्पेक्टिंग में बिताएँ, जब तक कि आपके पास मिलने के लिए इतने सारे लोग न हो जाएँ कि आपके पास किसी और से मिलने जाने का समय ही न बचे।

3. टेलीफ़ोन पर प्रॉस्पेक्टिंग करने के लिए अपनी स्क्रिप्ट लिखें, इसे याद कर लें और इसका लगातार अभ्यास करें, जब तक कि यह स्वाभाविक और तनावरहित न लगने लगे।

4. जब आप प्रॉस्पेक्टिंग करें, तो शुरुआती बिक्री प्रतिरोध को नज़रअंदाज़ कर दें; आप जो बेचते हैं, उसके परिणाम या लाभ पर ध्यान केंद्रित करें और दूसरे ख़ुश ग्राहकों का हवाला दें, जो उसका इस्तेमाल कर रहे हैं।

5. पहल रखें। प्रॉस्पेक्ट के साथ अपने पहले अपॉइंटमेंट की सटीक तारीख़ और समय तय करने पर अड़े रहें।

6. अपने प्रॉडक्ट या उसके भाव के बारे में फ़ोन पर बात करने से इंकार कर दें। एकनिष्ठ मानसिकता से आमने-सामने की मुलाक़ात तय करने पर केंद्रित बने रहें। इस समय यही आपका एकमात्र उद्देश्य है।

7. हर सेल्स मीटिंग के लिए पूरी तैयारी करें; अपना होमवर्क करें, अगर संभव हो तो इंटरनेट पर, ताकि प्रॉस्पेक्ट से पहली बार मिलने पर आप बेहद पेशेवर लगें।

कुशल योजना से इंसान की हर चीज़ सहज लग सकती है।

– मार्क केन

6

सुझाव की शक्ति

हम दोहराव और भावना के साथ अपने अवचेतन मन में जो भी बोते और पालते-पोसते हैं, वह एक दिन हक़ीक़त बन जाएगा।

- अर्ल नाइटिंगेल

इंसान अपने परिवेश में मौजूद सुझाव के तत्वों द्वारा, ख़ास तौर पर मानवीय तत्वों द्वारा, बहुत ज़्यादा प्रभावित होते हैं। किसी शांत, आत्मविश्वासी, तनावरहित सेल्सपर्सन का सुझावकारी प्रभाव बहुत शक्तिशाली होता है। इसीलिए सबसे सफल सेल्स पीपल आमतौर पर वे होते हैं, जो सबसे शांत और मिलनसार होते हैं। वे आमतौर पर अच्छी पोशाक पहनते हैं, उनका हुलिया अच्छा होता है और वे हर मायने में पेशेवर दिखते हैं।

शीर्षस्थ सेल्स पीपल का ग्राहकों पर शांतिदायक, तसल्ली भरा प्रभाव होता है। उन्हें ख़ुद पर और अपने प्रॉडक्ट या सेवा पर विश्वास होता है। फलस्वरूप, हम उनकी बात पर भरोसा करने लगते हैं। हम उनकी कही बातों और उनके प्रॉडक्ट या सेवा पर विश्वास करते हैं।

बाहरी परिवेश

हर व्यक्ति अपने भौतिक परिवेश द्वारा भी प्रबलता से प्रभावित होता है। आपके परिवेश का इस बात पर ज़बर्दस्त असर होता है कि आप कैसा सोचते, महसूस करते और व्यवहार करते हैं। आपके परिवेश में छोटे परिवर्तन होने से इस बात में तुरंत परिवर्तन हो सकता है कि आप अपने आस-पास हो रही चीज़ों पर कैसी प्रतिक्रिया करते हैं।

मिसाल के तौर पर, कमरे का सामान्य तापमान लगभग सत्तर डिग्री फ़ैरेनहाइट होता है। लेकिन अगर आप इस तापमान को पाँच डिग्री कम या ज़्यादा कर दें, तो इससे आपके आराम के स्तर में नाटकीय परिवर्तन आ सकता है। इससे ध्यान से बातें सुनने पर भी बहुत विपरीत असर पड़ सकता है। अगर आप बहुत ज़्यादा गर्म या ठंडा

महसूस करते हैं, तो आपकी असहजता आपको चिड़चिड़ा, रौबदार और अधीर बना देगी।

आपके आस-पास के लोग

आपके सुझावकारी परिवेश में शायद सबसे शक्तिशाली प्रभाव उन लोगों का होता है, जिनसे आप मिलते हैं। जब आप लोगों के आस-पास होते हैं, तो उनकी प्रतिक्रिया और व्यवहार से आप बहुत प्रबलता से प्रभावित होते हैं।

दूसरों पर हमारी ज़्यादातर प्रतिक्रिया शुरुआत में *अवचेतन* होती है। हर व्यक्ति ने यह अनुभव किया होगा कि किसी व्यक्ति से मिलते ही उसके प्रति एक नकारात्मक या सकारात्मक प्रतिक्रिया हुई है, हालाँकि अभी किसी ने एक शब्द भी नहीं कहा है। इस त्वरित आंकलन का कारण यह है कि कई अन्य लोगों के साथ हुए आपके पुराने अनुभव आपके अवचेतन मन में, आपके स्थायी स्मृति बैंक के हिस्से के रूप में संग्रहीत हैं। जब आप किसी नए व्यक्ति से मिलते हैं, तो आपका अवचेतन *बिंदुओं को आपस में जोड़ देता है* और आपके पुराने अनुभवों के आधार पर उस व्यक्ति का एक त्वरित आंकलन प्रदान करता है।

आप दूसरे लोगों पर अवचेतन रूप से प्रतिक्रिया करते हैं; ग्राहक आप पर अवचेतन रूप से प्रतिक्रिया करते हैं। बिक्री प्रस्तुति से पहले आप जो करते हैं और प्रॉस्पेक्ट से मिलते वक़्त आपसे संबंधित हर चीज़ या तो सुझावकारी परिवेश की गुणवत्ता को घटाती है या फिर बढ़ाती है और तय करती है कि आप बिक्री कर पाते हैं या नहीं।

आपका आंतरिक परिवेश

कई सुझावकारी प्रभाव हैं, जिन्हें आप नियंत्रित कर सकते हैं। अनिवार्य हैं आपका *हुलिया*, आपकी *आवाज़* और आपका *नज़रिया।*

अगर आप अच्छे दिखते हैं, आपकी आवाज़ स्पष्ट और आत्मविश्वासी होती है, आपका नज़रिया शांत और आशावादी होता है, तो आपकी उपस्थिति का शुरुआती प्रभाव प्रॉस्पेक्ट पर सकारात्मक छाप छोड़ेगा।

सौभाग्य से आप लगभग हर दृष्टि से अपने शारीरिक हुलिए को नियंत्रित कर सकते हैं। आप पेशेवर अंदाज़ में पोशाक पहन सकते हैं, खुद को आकर्षक ढंग से तैयार कर सकते हैं और अपने हाव-भाव को नियंत्रित कर सकते हैं। आपका उद्देश्य बाहर से हर समय ऐसे दिखना है, मानो आप अपने क्षेत्र के सबसे अच्छे लोगों में से एक हों।

बेचने का अभ्यास करें

आप किसी आईने के सामने अपनी बिक्री प्रस्तुति को ज़ोर-ज़ोर से बोलकर अपनी आवाज़ को दमदार और स्पष्ट बना सकते हैं। पेशेवर अभिनेता आईने के सामने चलने, बात करने, मुद्राएँ बनाने और पंक्तियाँ बोलने में कई घंटे बिताते हैं, ठीक उसी तरह मानो वे अपनी आवाज़ को दर्शकों की आख़िरी क़तार तक पहुँचाने की कोशिश कर रहे हों। जब आप किसी प्रॉस्पेक्ट के साथ होते हैं, तो आप बस आवाज़ के वॉल्यूम या मात्रा को कम कर देते हैं, लेकिन वही विश्वास और ऊर्जा बनाए रखते हैं। इसका प्रॉस्पेक्ट के मन पर एक बेहद सुझावकारी प्रभाव पड़ता है।

सकारात्मक और ख़ुशमिज़ाज बनें

पहले बताई गई मानसिक रिहर्सल तकनीकों का इस्तेमाल करते हुए आप अपने नज़रिये को नियंत्रित कर सकते हैं। सुनिश्चित करें कि यह उत्साही और विश्वासपूर्ण हो। आप अपनी कल्पना नियमित रूप से अपने क्षेत्र के शीर्षस्थ सेल्स प्रोफ़ेशनलों में कर सकते हैं। जब आप प्रॉस्पेक्ट से मिलने अंदर जाते हैं, तो आप ख़ुद से सकारात्मक अंदाज़ में बात कर सकते हैं, "मैं सर्वश्रेष्ठ हूँ! मैं सर्वश्रेष्ठ हूँ! मैं सर्वश्रेष्ठ हूँ!" आप तनकर खड़े रहते हैं, आपकी पीठ सीधी रहती है और आपकी ठुड्डी ऊपर रहती है। आप प्रॉस्पेक्ट से नज़रें मिला सकते हैं और दृढ़ता से हाथ मिला सकते हैं। आप हर मायने में सकारात्मक, तैयार, पेशेवर सेल्सपर्सन के रूप में नज़र आ सकते हैं।

सफलता की पोशाक पहनें

मेरे सेल्स करियर में महत्त्वपूर्ण मोड़ तब आया, जब मेरा एक मित्र मुझे एक तरफ़ ले गया और मुझसे बोला कि क्या मैंने कभी इस बारे में कुछ पढ़ा है कि ग्राहक से मिलते समय कौन-सी पोशाक पहनना सही रहता है। मैं एक ऐसे परिवार से आया था, जहाँ किसी ने कभी सूट नहीं पहना था और किसी ने भी मुझे कभी नहीं बताया था कि कारोबार में पोशाक का महत्त्व क्या होता है। लेकिन मैं एक तत्पर विद्यार्थी था।

मेरे मित्र ने व्यवसाय में सफलता दिलाने वाली पोशाक के बारे में कुछ बातें बताईं। बाद में मैंने इस विषय पर कई पुस्तकें ख़रीदीं और पोशाक के संदर्भ में व्यापक अध्ययन किया। मैंने यह सीखा कि आप किसी प्रॉस्पेक्ट पर जो पहली छाप छोड़ते हैं, उसका 95 प्रतिशत आपके कपड़ों से तय होता है।

प्रॉस्पेक्ट चक्षुप्रधान होते हैं

प्रॉस्पेक्ट बहुत चक्षुप्रधान होते हैं। आपके कपड़ों का दिखने वाला प्रभाव प्रॉस्पेक्ट पर उसी तरह पड़ता है, जैसे कोई लहर पत्थर के किनारे से टकराती है। आपके कपड़ों का प्रॉस्पेक्ट पर प्रबल अवचेतन प्रभाव डालता है। आप बाहर जैसे दिखते हैं, उसे आपके आंतरिक व्यक्तित्व की अभिव्यक्ति माना जाता है।

आपके कपड़ों का दिखने वाला प्रभाव प्रॉस्पेक्ट पर उसी तरह पड़ता है, जैसे कोई लहर पत्थर के किनारे से टकराती है।

जब आप अच्छी पोशाक और अच्छे हुलिए में होते हैं, तो ग्राहक अचेतन रूप से यह मान लेता है कि आप एक अच्छी कंपनी से आए हैं और आपका प्रॉडक्ट अच्छी गुणवत्ता का है। जब आप पहली मुलाक़ात में किसी शीर्षस्थ सेल्सपर्सन जैसे दिखते हैं, तो प्रॉस्पेक्ट आपको ज़्यादा गंभीरता से लेता है और आपके बिक्री संदेश के प्रति ज़्यादा खुला होता है।

ज़्यादातर पैसा कौन बनाता है?

इतने बरसों में, दस लाख से ज़्यादा सेल्स पीपल के साथ एक हज़ार से अधिक सेमिनारों में मैंने ग़ौर किया है कि सबसे अच्छी पोशाक वाले सेल्स पीपल हमेशा वही होते हैं, जो अपने क्षेत्रों में सबसे ज़्यादा पैसे कमा रहे हैं। जब भी कोई अच्छी पोशाक वाला सेल्सपर्सन मुझसे बात करता है, उसके आत्मविश्वासी नज़रिये से यह तुरंत स्पष्ट हो जाता है कि वह अपने क्षेत्र में बेहतरीन पैसे कमा रहा है।

दूसरी ओर, मैं असंख्य सेल्स पीपल को देखता हूँ, जिन्हें इस बात का कोई अंदाज़ा ही नहीं है कि जब वे हर सुबह घर से ख़राब तरीक़े से पोशाक पहनकर निकलते हैं, तो वे ख़ुद को और अपनी बिक्री को कितना नुक़सान पहुँचा रहे हैं। विडंबना यह है कि किसी ने भी उन्हें अकेले में ले जाकर यह नहीं बताया कि उचित व्यावसायिक पोशाक सफलता के लिए कितनी महत्त्वपूर्ण होती है। इससे भी बुरी बात, कोई भी यह बताकर किसी सेल्सपर्सन की आलोचना नहीं करना चाहता कि उसकी पोशाक सही नहीं है। हर व्यक्ति जानता है, लेकिन कोई कुछ नहीं कहता है।

हर सेल्सपर्सन को उचित व्यावसायिक पोशाक के बारे में कम से कम दो पुस्तकें पढ़नी चाहिए और फिर उनकी सलाह पर निष्ठापूर्वक अमल करना चाहिए। याद रखें कि बिक्री के बाक़ी सभी पहलुओं की तरह ही पोशाक में भी हर चीज़ मायने रखती है!

यह या तो आपकी मदद कर रही है या आपको नुक़सान पहुँचा रही है। यह या तो बढ़ा रही है या फिर घटा रही है। आपकी पोशाक या तो आपको बिक्री की ओर ले जाती है या फिर उससे दूर ले जाती है। बिक्री के क्षेत्र के सभी सुझावकारी प्रभावों में पोशाक बेहद शक्तिशाली होती है।

मित्रता घटक

बिक्री में सबसे महत्त्वपूर्ण सच्चाइयों में से एक, जिसका मैं पहले ही संक्षेप में ज़िक्र कर चुका हूँ, यह है : "कोई भी व्यक्ति आपसे तब तक नहीं ख़रीदेगा, जब तक कि उसे विश्वास न हो जाए कि आप उसके मित्र हैं और उसके सर्वश्रेष्ठ हित में काम कर रहे हैं।"

रॉबर्ट सियाल्डिनी की पुस्तक *इंफ़्लुएंस* में एक बिंदु है, बिक्री सफलता में "पसंद" का महत्त्व। यदि कोई प्रॉस्पेक्ट आपको पसंद करता है, तो विवरण बिक्री की राह में आड़े नहीं आएँगे। लेकिन अगर कोई प्रॉस्पेक्ट आपके प्रति तटस्थ या नकारात्मक है, तो विवरण राह के हर क़दम पर आपको उलझा देंगे और प्रायः बिक्री को असंभव बना देंगे।

जब भी कोई ग्राहक आपसे पहली बार मिलता है, तो वह यह अनकहा प्रश्न पूछता है, "क्या आप मेरी परवाह करते हैं?" यदि आप पहले एक-दो मिनट में हाँ का जवाब नहीं देते हैं, तो ग्राहक आपके साथ कारोबार करने में धीरे-धीरे रुचि गँवा देगा। हो सकता है कि वह आपकी मुलाक़ात और प्रस्तुति के दौरान विनम्रता से बैठा रहे, लेकिन अंत में वह आपको आने के लिए धन्यवाद देगा और कहेगा कि वह "इस बारे में सोचेगा।"

हम ऐसे लोगों के साथ बातचीत या सौदे करना पसंद करते हैं, जिनके प्रति हम दोस्ताना महसूस करते हैं। हम पहली बातचीत के शुरुआती कुछ सेकेंडों में और शुरुआती कुछ शब्दों से इस संबंध के लिए मंच तैयार कर देते हैं।

बालों की देखभाल

बिक्री संबंधी चर्चा का केंद्र सेल्सपर्सन के चेहरे पर होना चाहिए। इस कारण हुलिया महत्त्वपूर्ण हो जाता है। नियम यह है कि आपके हुलिए या पोशाक में ऐसा कुछ नहीं होना चाहिए, जो उस संदेश से ध्यान भटकाए, जो आप वहाँ देने आए हैं।

आपने यह कहावत सुनी होगी, "एक जैसे पंख वाले पक्षी एक साथ रहते हैं," या "समान ही समान को आकर्षित करता है।" तथ्य यह है कि हम उन्हीं लोगों के साथ व्यवहार करना पसंद करते हैं और उन्हीं लोगों से ख़रीदते हैं, जो अधिकाधिक मायनों में हमारे जैसे होते हैं। हम उन लोगों के साथ ज़्यादा आरामदेह महसूस करते हैं, जो हमारे

जैसी पोशाक पहनते हैं, जो हमारी ही तरह ख़ुद को सँवारते हैं, जिनके नज़रिये और राय हमारे जैसी ही होती हैं आदि। आप अपने हुलिए को ग्राहक के परिवेश में दिखने वाले लोगों की तरह जितना ज़्यादा बनाते हैं, ग्राहक के मन में आपकी बात सुनने और आपके साथ कारोबार करने में उतना ही कम प्रतिरोध होता है।

हमारी सबसे बड़ी इच्छाओं में से एक है किसी व्यक्तिगत या व्यावसायिक स्थिति में आरामदेह महसूस करना। आप अपने प्रॉस्पेक्ट के आराम के स्तर को बढ़ाने के लिए जो भी करते हैं, वह हर चीज़ आपके बेचने की संभावना को भी बढ़ा देती है।

लंबे बाल, कम बिक्री का रिकॉर्ड

कुछ साल पहले एक युवा सेल्समैन मेरे एक सेमिनार में आया और उसने मुझसे अपनी बिक्री बढ़ाने के लिए सलाह माँगी। उसके लंबे, झबरे बाल देखकर मैं समझ गया कि उसकी समस्या क्या थी। जब मैंने उससे उसके व्यवसाय के बारे में पूछा, तो उसने मुझे बताया कि उसके मूल ग्राहक ऑफ़िसों में काम करने वाले व्यवसायी थे। उसके पास एक अच्छे भाव वाला, अच्छा प्रॉडक्ट था, लेकिन वह ज़्यादा बिक्री नहीं कर पा रहा था। इसका कारण मेरे सामने तुरंत स्पष्ट हो गया।

मैंने उसे बताया कि अगर वह व्यवसायियों को बेचने में ज़्यादा सफल बनना चाहता था, तो उसे अपने बाल कटाने होंगे। वह ताव में आ गया और बोला कि उसके बालों की लंबाई से कोई फ़र्क़ नहीं पड़ना चाहिए। वह अपने कॉलर पर लंबे, झबरे बाल रखकर "अपने व्यक्तित्व को अभिव्यक्त" करना चाहता था। मैंने उसे समझाया कि वह जितने चाहे उतने लंबे बाल रख सकता है, लेकिन लंबे बालों के कारण वह बिक्री में सफलता से वंचित रह रहा था।

त्वरित कार्य, त्वरित परिणाम

सौभाग्य से वह एक अच्छा विद्यार्थी था। वह बाहर गया और उसने अपने बाल कटा लिए, लेकिन बस थोड़े से। लेकिन उसकी बिक्री लगभग तुरंत ही बढ़ गई। यह देखकर उसने अपने बाल और भी छोटे कटा लिए। एक बार फिर, उसकी बिक्री उल्लेखनीय रूप से बढ़ी। यह देखकर वह आख़िरकार पूरे रास्ते चला गया और उसने एक पारंपरिक, कारोबारी हेयरकट करा ली। उसकी बिक्री में उछाल आ गया।

वह अपने माता-पिता के मकान से बाहर निकल सकता था, एक कार ख़रीद सकता था और अपने लिए एक अच्छे जीवन का निर्माण कर सकता था। वह आनंदित था।

लेकिन अफ़सोस! वह यह सोचने लगा कि उसे जो सफलता मिली थी, वह पूरी

तरह उसके बेहतरीन प्रॉडक्ट और असाधारण व्यक्तित्व के कारण मिली थी। नतीजा यह हुआ कि वह अपने पुराने तौर-तरीक़ों में फिसल गया और एक बार फिर बाल बढ़ाने लगा। और जैसे-जैसे उसके बाल लंबे होते गए, उसकी बिक्री घटती चली गई।

जब उसके बाल एक बार फिर कॉलर पर आ गए और वह इस प्रॉस्पेक्ट से उस प्रॉस्पेक्ट तक जाने वाले झबरीले कुत्ते की तरह दिखने लगा, तो उसका पैसा ख़त्म हो गया और उसे दोबारा अपने माता-पिता के घर जाकर रहना पड़ा। आख़िरी बार जब मैंने उसे देखा था, तब भी उसके बाल लंबे थे। वह पुराने कपड़े पहने हुए था और उसके जूतों में छेद थे। वह बहुत कम उम्मीद और उससे भी कम सफलता के साथ एक अपॉइंटमेंट से दूसरे अपॉइंटमेंट तक जाता था।

अपने प्रॉडक्ट को प्रस्तुत करना

आपका प्रॉडक्ट या सेवा हमेशा साफ़-सुथरी होनी चाहिए और इसे सर्वश्रेष्ठ संभव रोशनी में पेश किया जाना चाहिए। लोग उस प्रॉडक्ट के सुझावकारी प्रभाव से प्रबलता से प्रभावित होते हैं, जो रंगीन और आकर्षक हो। प्रॉस्पेक्टों पर उन प्रॉडक्ट सामग्रियों का नकारात्मक प्रभाव पड़ता है, जो गंदी, धूल भरी, कॉफ़ी के दाग़ वाली, अव्यवस्थित या अस्त-व्यस्त हों। हमेशा यह सुनिश्चित करें कि आपकी बिक्री सामग्री हर मायने में उत्कृष्ट दिखे। याद रखें, लोग बेहद चक्षुप्रधान होते हैं। वे जो देखते हैं, उसका उन रायों पर बहुत ज़्यादा प्रभाव पड़ता है, जो वे आपके, आपके प्रॉडक्ट या सेवा और आपकी कंपनी के बारे में बनाते हैं।

अपनी प्रस्तुति का अभ्यास करें

आपकी बिक्री प्रस्तुति अच्छी तरह व्यवस्थित, सहज और सभी विवरणों में पूर्ण होनी चाहिए। जहाँ तक आपके प्रॉस्पेक्ट का संदर्भ है, आपके प्रॉडक्ट या सेवा की 80 प्रतिशत उपयोगिता या मूल्य आपकी प्रस्तुति की गुणवत्ता में शामिल होगा। यदि आपकी बिक्री प्रस्तुति बेतरतीब और भटकने वाली है, तो प्रॉस्पेक्ट आपके प्रॉडक्ट या सेवा को कम वांछनीय या आकर्षक मानेगा।

अगर आपकी प्रस्तुति सटीक और सुव्यवस्थित है तथा एक तार्किक प्रक्रिया में क़दम-दर-क़दम बढ़ती है, तो ग्राहक यह मान लेगा कि आपका प्रॉडक्ट, आपकी सेवा और आपकी कंपनी भी उतनी ही व्यवस्थित और कार्यकुशल है। पेशेवर बिक्री प्रस्तुति नाटकीय रूप से उस चीज़ की अनुभूत उपयोगिता को बढ़ा सकती है और साथ ही भाव के प्रतिरोध को भी घटा सकती है।

सुखद माहौल

आपका परिवेश हमेशा साफ़-सुथरा और व्यवस्थित होना चाहिए। उससे सफलता और समृद्धि का संचार होना चाहिए। जब लोग आपके ऑफ़िस आएँ, तो उन्हें तुरंत यह महसूस होना चाहिए कि यह एक सफल संगठन है। हर चीज़ साफ़ और जगह पर होनी चाहिए।

अपने एडवांस्ड कोचिंग प्रोग्रामों में हम सफल उद्यमियों को प्रशिक्षण देते हैं कि वे अपने ग्राहकों के सामने पेश करने वाली छवियों को कैसे बदलें। हमारे ग्राहकों को अक्सर आश्चर्यजनक परिणाम मिलते हैं।

हाल ही में एक छोटे कारोबार वाले दंपत्ति ने शिकायत की कि हालाँकि वे प्रॉस्पेक्टों को शुरुआती बिक्री इंटरव्यू के लिए अपने ऑफ़िस तक लाने में काफ़ी सफल रहते थे, लेकिन इसके बाद प्रॉस्पेक्ट चले जाते थे और दोबारा कभी नहीं लौटते थे। ये दो बहुत गुणी लोग लगातार अपनी बिक्री प्रस्तुति और सामग्री को नवीन बनाने तथा सुधारने पर मेहनत कर रहे थे, लेकिन कोई फ़ायदा नहीं हो रहा था। वे जो कर रहे थे या नहीं कर रहे थे, वह कोई न कोई चीज़ उनके कारोबार को भारी नुक़सान पहुँचा रही थी।

अपने ऑफ़िसों को नया करें

यह पता चला कि उन्होंने अपने घर से कारोबार शुरू किया था। जब उन्होंने बाहर ऑफ़िस खोला, तो उन्होंने एक सस्ता ऑफ़िस किराए पर लिया और सेकेंड हैंड फ़र्नीचर से उसे सजाया। जिस तरह मुझे यह पता नहीं था कि सेल्सपर्सन के रूप में उचित पोशाक कैसे पहनी जाती है, उसी तरह उन्हें भी नहीं पता था कि किसी व्यावसायिक ऑफ़िस की साज-सज्जा कैसे की जाती है। चूँकि किसी ने उन्हें कोई सलाह नहीं दी थी, इसलिए उनका ऑफ़िस सस्ता और सेकेंड हैंड दिखता था।

जब उनकी बिक्री और मार्केटिंग गतिविधियों से आकर्षित होकर प्रॉस्पेक्ट वहाँ आते थे, तो उनका पहला विचार यह होता था कि यह एक दोयम दर्जे की कंपनी है। ऑफ़िस सस्ता दिखता और महसूस होता था। वे अपने ग्राहकों के साथ बहुत सकारात्मक और खुश अंदाज़ में पेश आते थे, लेकिन प्रॉस्पेक्ट उस नकारात्मक सुझावकारी प्रभाव को नहीं भूल पाते थे, जो ऑफ़िस का हुलिया उनके अवचेतन मन पर डाल रहा था। वे चले जाते थे और लौटकर कभी नहीं आते थे।

तुरंत काम करें

हमारी कोचिंग कक्षाएँ हर नब्बे दिन बाद आयोजित होती हैं। एक बार जब इस दंपत्ति

ने इस बात का महत्त्व समझ लिया कि उनका ऑफ़िस उनके ग्राहकों पर किस तरह का प्रभाव डाल रहा था, तो उन्होंने पूरी तरह नई सजावट करने, नया फ़र्नीचर लेने, नए गलीचे लेने, दीवार पर पेंटिंग लगाने, पेशेवर म्यूज़िक सिस्टम लगाने और रिसेप्शन एरिया में ताज़े कटे फूल रखने का संकल्प लिया। लौटकर उन्होंने तुरंत इन विचारों पर अमल किया।

जब वे नब्बे दिन बाद कोचिंग क्लास में लौटे, तो रोमांचित थे और ख़ुशी से फूले नहीं समा रहे थे। सफल बिक्री का उनका अनुपात 5 प्रतिशत से उछलकर लगभग 50 प्रतिशत हो गया था। उनकी बिक्री और मुनाफ़ा तीन गुना हो गया था। वे दंग थे कि उनके आकर्षक और अच्छी तरह सजे ऑफ़िसों का उनके प्रॉस्पेक्टों पर कितना ज़्यादा प्रभाव पड़ रहा था। उनके नए ग्राहकों ने असंख्य प्रशंसाएँ कीं कि उनके ऑफ़िस कितने सुंदर सजे थे। अतिरिक्त बिक्री और मुनाफ़े से तीस दिन के भीतर ही नई साज-सज्जा की लागत निकल आई थी।

साफ़-सुथरी डेस्क से काम करें

कार्यालयीन शिष्टाचार का एक नियम है, "अपनी डेस्क साफ़-सुथरी रखें!" जब आपकी डेस्क साफ़-सुथरी होती है और ऑफ़िस व्यवस्थित रहता है, तो आप सफल नज़र आते हैं। दूसरी ओर, जब आपकी डेस्क सभी तरह की चीज़ों से अस्त-व्यस्त रहती है, तो आप दुविधापूर्ण, अव्यवस्थित और अक्षम दिखते हैं। लोग इस नतीजे पर पहुँचते हैं कि आपके साथ व्यवसाय करना सुरक्षित नहीं होगा।

आपकी डेस्क पर एक समय में केवल एक ही चीज़ होनी चाहिए, वह काम जिसे आप उस पल कर रहे हों। बाक़ी हर चीज़ दराज़ों में, आपके बग़ल वाली शेल्फ़ पर या फ़ाइलों में दूर रखी होनी चाहिए। आप अपनी डेस्क साफ़ करने के लिए हर चीज़ को एक ढेर में रख सकते हैं और उस ढेर को डेस्क के पीछे फ़र्श पर रख सकते हैं। चाहे जो करें, बस अपनी डेस्क साफ़ रखें।

अपनी उत्पादकता दोगुनी करें

समय प्रबंधन और व्यक्तिगत उत्पादकता पर बीस साल से ज़्यादा के अपने वृहद काम में मैंने पाया है कि जो लोग एक साफ़-सुथरी डेस्क से काम करते हैं, वे किसी अस्त-व्यस्त डेस्क से काम करने वाले लोगों से दो-तीन गुना ज़्यादा उत्पादक होते हैं। जब आप एक साफ़-सुथरी डेस्क से काम करते हैं, तो आप एक समय में एक चीज़ पर एकाग्र हो सकते हैं और उस पर पूरा ध्यान केंद्रित कर सकते हैं।

जो लोग एक साफ़-सुथरी डेस्क से काम करते हैं, वे किसी अस्त-व्यस्त डेस्क से काम करने वाले लोगों से दो-तीन गुना ज़्यादा उत्पादक होते हैं।

जब आपकी डेस्क अस्त-व्यस्त होती है, तो आप लगातार काग़ज़ों और काम को व्यवस्थित करते रहते हैं। ज़्यादातर समय आपको पक्का पता नहीं होता कि कोई चीज़ कहाँ है। आप आगे-पीछे होने में बहुत ज़्यादा समय बिताते हैं और बहुत कम काम निबटा पाते हैं। एकाग्रता उच्च उत्पादकता की कुंजी है और साफ़-सुथरी डेस्क एकाग्रता की कुंजी है।

मूल्यवान छाप छोड़ें

जब आप अच्छी पोशाक और अच्छे हुलिए के साथ किसी पेशेवर जैसे नज़र आते हैं, और आपकी बिक्री प्रस्तुति व्यवस्थित, कार्यकुशल और प्रभावी होती है, तो ग्राहक के मन में यह अचेतन भाव आता है कि आप एक मूल्यवान प्रॉडक्ट बेच रहे हैं, जिसका मूल्य बिलकुल वाजिब है। जब आपमें और आपकी कंपनी में ग्राहक का विश्वास बढ़ता है, तो भाव को लेकर उसका प्रतिरोध घटता है। आला दर्जे की कंपनियों के लिए, जिनका प्रतिनिधित्व आला दर्जे के सेल्स पीपल करते हैं, यह ज़्यादा आसान होता है कि वे दूसरे दर्जे की प्रतिस्पर्धी कंपनियों से ज़्यादा ऊँचे दाम ले सकें।

आप जैसे दिखते हैं, वैसे ही होंगे

सफल होने के लिए आपको हर मायने में पूरे पेशेवर दिखना चाहिए। ख़ुद के और अपने ग्राहकों के साथ ऐसा व्यवहार करें, मानो आप अपने व्यवसाय के सबसे शिक्षित और सबसे ज्ञानी लोगों में से एक हों।

किसी अकाउंटेंट या प्रबंधन परामर्शदाता के व्यवहार के बारे में सोचें। ये पेशेवर आपसे बेतरतीब अंदाज़ में बात करके शुरुआत नहीं करते हैं। उनके पास प्रश्नों की एक श्रृंखला होती है, जिसे वे ख़ास क्रम में आपसे पूछते हैं। वे जानकारी की एक ख़ास गुणवत्ता और मात्रा चाहते हैं, जिसका वे आपसे सुनियोजित तरीक़े से आग्रह करते हैं। और वे आपके तथा आपकी स्थिति के बारे में प्रश्नों की उस श्रृंखला को पूछने पर जितना ज़्यादा ध्यान एकाग्र करते हैं, आपको उनके साथ व्यवसाय करने के बारे में उतना ही ज़्यादा विश्वास होता है।

आप एक विश्व-स्तरीय पेशेवर हैं

अपनी कल्पना “बिक्री के डॉक्टर” की तरह करें। आप अपने “रोगी” से तार्किक,

बुद्धिमत्तापूर्ण, अच्छी तरह व्यवस्थित प्रश्न पूछने में जितना ज़्यादा समय बिताते हैं, उसे उतना ही ज़्यादा लगता है कि वह किसी पेशेवर की उपस्थिति में है। उसका शुरुआती बिक्री प्रतिरोध और संदेह कम हो जाता है। उसका आपमें विश्वास बढ़ जाता है। वह तनावरहित हो जाता है और खुल जाता है। उसे एहसास होता है कि आप कोई समस्या सुलझाने या कोई लक्ष्य हासिल करने में उसकी मदद के लिए वहाँ आए हैं। तब वह आपसे छिपाने के बजाय आपको बताने लगता है।

जैसा बोलें, वैसा करें

बेचने में बॉडी लैंग्वेज भी महत्त्वपूर्ण होती है। यू.सी.एल.ए. के अल्बर्ट मेहरेबियन के अनुसार किसी बिक्री चर्चा में आप जो संदेश देते हैं, उसका 55 प्रतिशत बॉडी लैंग्वेज से, 38 प्रतिशत आवाज़ के लहज़े से और केवल 7 प्रतिशत उन शब्दों से संप्रेषित होता है, जिनका आप इस्तेमाल करते हैं। चूँकि लोग बेहद चक्षुप्रधान होते हैं, इसलिए वे आपके द्वारा संप्रेषित सबसे प्रमुख संदेश से सबसे ज़्यादा प्रभावित होते हैं और यह आमतौर पर उस तरह से संप्रेषित होता है, जिस तरह आप अपने शरीर का इस्तेमाल करते हैं।

जब आप चलें, तो कल्पना करें कि आपका सिर किसी डोरी से लटक रहा है और आपके पूरे शरीर को तान रहा है। आपको अपने कंधे पीछे रखकर और अपनी रीढ़ सीधी रखकर गहरी साँस लेनी चाहिए। अपनी ठुड्डी उठाएँ और सीधे आगे देखें।

शक्ति और विश्वास से चलें। गति पकड़ें। पैर घसीटकर न चलें। तेज़ी से चलें, मानो आपको बहुत काम निबटाना हो और बहुत से लोगों से मिलना हो। आपकी सकल शारीरिक छाप किसी व्यस्त, सक्रिय, आत्मविश्वासी और प्रभावी सेल्स प्रोफ़ेशनल की होनी चाहिए।

दृढ़ता से हाथ मिलाएँ

जब आप लोगों से मिलें, तो दृढ़ता से पूरा हाथ मिलाएँ। यह शुरुआती शारीरिक संपर्क अक्सर आपकी बिक्री को बना या बिगाड़ सकता है। आपसे हाथ मिलाते समय लोग आपके चरित्र को तौलते हैं। जब आप दृढ़ता से हाथ मिलाते हैं, तो वे मान लेते हैं कि आपका चरित्र अच्छा है और आप किसी अच्छे प्रॉडक्ट या सेवा को बेचते हैं।

मैं जिन सेल्स पीपल से मिलता हूँ, उनमें से कुछ कमज़ोर, उदासीन अंदाज़ में हाथ मिलाते हैं, मानो हाथ नहीं, ठंडी मछली पेश कर रहे हों। ख़ास तौर पर महिलाएँ "आधा हैंडशेक" देती हैं; वे पूरे हाथ के बजाय केवल अपनी अँगुलियाँ बढ़ाती हैं। इससे यह संदेश मिलता है कि आप किसी "आधे-अधूरे व्यक्ति" से मिल रहे हैं।

कुछ समय पहले एक व्यक्ति मेरे सेमिनार में आया। उसने मुझसे पूछा कि उसे बेचने में इतनी मुश्किल क्यों आ रही थी। वह फ़ोन पर अपॉइंटमेंट हासिल करने में तो काफ़ी निपुण था, लेकिन प्रॉस्पेक्ट से पहली बार मिलने के ठीक बाद बिक्री संबंधी बातचीत गड़बड़ा जाती थी।

कुछ ऐसा, जिसे आप छिपा नहीं सकते

जैसे ही उसने मुझसे हाथ मिलाया, मैं समस्या जान गया। वह मूलतः भारत का था। वह ऐसी संस्कृति से आया था, जहाँ लोग मिलने पर हाथ नहीं मिलाते थे। फलस्वरूप, जब वह किसी प्रॉस्पेक्ट से हाथ मिलाने के लिए उसे आगे बढ़ाता था, तो उसकी पकड़ कमज़ोर और ढीली होती थी। प्रॉस्पेक्ट की उसमें और उसके प्रॉडक्ट में रुचि तुरंत ख़त्म हो जाती थी और उसे यह बात समझ में आ जाती थी।

किसी ने भी उसे यह पहले कभी नहीं बताया था। उसे ज़रा भी अंदाज़ा नहीं था कि दृढ़ता से हाथ मिलाना हमारी संस्कृति में कारोबारी संपर्क शुरू करने के लिए कितना महत्त्वपूर्ण था। उसने सोचा था कि हाथ मिलाना महज़ एक औपचारिकता है, जिसका कोई अर्थ नहीं है। जब उसे पता चला कि सही तरीक़े से हाथ मिलाना कितना महत्त्वपूर्ण है, तो वह हर व्यक्ति से दृढ़ता से हाथ मिलाने लगा। उसने मुझे बाद में लिखकर बताया कि जब उसने इस नई तकनीक का अभ्यास शुरू किया, तो पहले ही सप्ताह से उसकी बिक्री में उछाल आ गया।

उचित अभिवादन

किसी ने एक बार "मिस मैनर्स" को एक पत्र लिखकर पूछा कि किसी नए व्यक्ति से मिलने पर उचित अभिवादन क्या है, "आपसे मिलकर खुशी हुई," या "आप कैसे हैं?"

मिस मैनर्स ने जवाब दिया कि सही अभिवादन "आप कैसे हैं?" है। हँसी-मज़ाक़ में उन्होंने यह भी जोड़ दिया कि "आपसे मिलकर खुशी हुई" आप इसलिए नहीं कहते हैं, क्योंकि आपको उस समय तक यह पता नहीं होता कि खुशी हुई भी है या नहीं।

जब आप पहली बार किसी प्रॉस्पेक्ट से मिलें, तो अपना हाथ बढ़ाएँ, प्रॉस्पेक्ट से नज़रें मिलाएँ और कहें, "आप कैसे हैं?" यह शुरुआती संपर्क किसी फुटबॉल मैच में शुरुआती शॉट मारने जैसा होता है। यदि इसे सही तरीक़े से किया जाता है, तो यह आपको सफल बिक्री के गोलपोस्ट की तरफ़ काफ़ी आगे तक ले जा सकता है।

तनकर बैठें, चेहरा सामने की ओर रखें

जब आप बिक्री संबंधी चर्चा में बैठें, तो हमेशा प्रॉस्पेक्ट के ठीक सामने बैठें। कभी भी

कुर्सी की पीठ से न टिकें। इससे आप बेफ़िक्र नज़र आते हैं और लगता है कि आपको अपनी यात्रा के उद्‌देश्य की परवाह नहीं है। इसके बजाय, अपनी पीठ तानकर बैठें। थोड़ा-सा आगे की ओर झुकें। सचेत रहें और पूरी तरह बिक्री चर्चा में शामिल रहें, शारीरिक दृष्टि से भी और मानसिक दृष्टि से भी। आपको शुरुआती रेखा पर खड़े धावक की तरह दिखना चाहिए, जो दौड़ शुरू करने के संकेत की प्रतीक्षा कर रहा हो।

रोचक बात यह है कि हम जिन लोगों से बात करते हैं, हम उनकी बॉडी लैंग्वेज से बहुत प्रभावित होते हैं। जब आप सीधे तनकर बैठते हैं, थोड़ा आगे की ओर झुकते हैं और अपने परिवेश के बारे में जागरूक होते हैं, तो इससे आप प्रॉस्पेक्ट को भी ज़्यादा रुचिवान और जागरूक बना देते हैं। वह आप पर ज़्यादा क़रीबी ध्यान देगा और आपके बिक्री संदेश में ज़्यादा शामिल होगा। एक अचेतन स्तर पर प्रॉस्पेक्ट यह मान लेता है कि आपको जो कहना है, वह महत्त्वपूर्ण और मूल्यवान है। इसलिए वह आप पर क़रीबी ध्यान देगा। ऐसा उस स्थिति में नहीं होगा, जब आप पीछे टिककर बैठे हों और बिक्री संबंधी चर्चा में बेफ़िक्र नज़र आएँ।

प्रॉस्पेक्ट को खुलने के लिए प्रेरित करें

यदि कोई प्रॉस्पेक्ट सीने पर हाथ बाँधकर बैठा हो, तो यह आमतौर पर अच्छा संकेत नहीं होता। कभी-कभार ऑफ़िस ज़्यादा ठंडा होने के कारण भी ऐसा हो सकता है, लेकिन ज़्यादातर मामलों में यह रुचि के अभाव का संकेत है। जब किसी की बाँहें बँधी होती हैं, तो इसका आमतौर पर यह मतलब होता है कि उसका दिमाग़ बंद है। बँधी बाँहें एक अचेतन बॉडी लैंग्वेज तकनीक है, जिससे वह आने वाली जानकारी को रोक रहा है। जब वह अपनी बाँहें खोल लेता है, तो वह अपने दिमाग़ को भी खोल लेता है।

प्रॉस्पेक्ट से उसकी बँधी बाँहों को खुलवाएँ। सौभाग्य से यह काफ़ी सरल है। अपने संदेश के प्रति ग्राहक को खोलने के लिए उससे सवाल पूछें। यदि इसके बाद भी वह तनावरहित न हो और अपनी बाँहें न खोले, तो उसके हाथ में कोई चीज़ पढ़ने के लिए पकड़ा दें, जैसे ब्रोशर या मूल्य सूची। उससे किसी संख्या की गणना करने को कहें या बिज़नेस कार्ड माँगें। बाँहों को खुलवाने के लिए अपनी उपायकुशलता का इस्तेमाल करें, ताकि वह आपके तथा आपके संदेश के प्रति ज़्यादा खुला और ग्रहणशील बन जाए।

सकारात्मक बॉडी लैंग्वेज का इस्तेमाल करें

बँधे पैर भी यही संदेश भेज सकते हैं। जब ग्राहक के पैर एक-दूसरे के पार बँधे होते हैं, तो इसका आमतौर पर यह मतलब होता है कि वह जानकारी को रोक रहा है। अगर

पैर टखने पर बँधे हैं, तो इसका मतलब है कि वह आपको हर वो चीज़ नहीं बता रहा है, जो आपको पता होनी चाहिए।

"प्रतिबिंबन और समरूपता" की प्रक्रिया में आपका ग्राहक आपकी बॉडी लैंग्वेज का अनुकरण कर सकता है। जब आप अपनी बाँहें और हाथ खुले रखते हैं, अपने पैर फ़र्श पर समतल रखते हैं, टखने खुले रखते हैं, तो आपका प्रॉस्पेक्ट भी अक्सर इसी बॉडी लैंग्वेज को अपना लेगा।

जब आप थोड़ा-सा आगे झुकते हैं, प्रॉस्पेक्ट की कही बात ग़ौर से सुनते हैं, सिर हिलाते हैं, मुस्कुराते हैं और सुनते हैं, तो प्रॉस्पेक्ट भी अक्सर ऐसा ही करने लगेगा। जल्द ही वह भी बोलने लगेगा, सवाल पूछने लगेगा और ज़्यादा ग़ौर से सुनने लगेगा।

शोर और बाधाओं को न्यूनतम करें

लोग एक समय में केवल एक ही चीज़ पर ध्यान केंद्रित कर सकते हैं। इसीलिए जब आप किसी प्रॉस्पेक्ट से बात कर रहे हों, तो माहौल की आवाज़ों और बाधाओं को न्यूनतम करना बहुत महत्त्वपूर्ण है। यह सुनिश्चित करने की कोशिश करें कि कोई व्यवधान न आए। यदि आप अपने प्रॉस्पेक्ट के ऑफ़िस में हों और आस-पास बहुत कुछ हो रहा हो, तो पूछें कि क्या आप किसी ऐसी जगह पर बात कर सकते हैं, जहाँ आप बिना किसी व्यवधान के कुछ मिनट बात कर सकें। कहें, "मिस्टर प्रॉस्पेक्ट, मुझे आपके केवल दस मिनट चाहिए। क्या कोई ऐसी जगह है, जहाँ हम बग़ैर किसी व्यवधान के बैठ सकें?"

आपको सुखद हैरानी होगी कि कितने सारे प्रॉस्पेक्ट तुरंत मान जाएँगे।

संवाद की बाधाओं से बचें

जब आप प्रॉस्पेक्ट के साथ बैठें, तो टेबलों और डेस्कों जैसी बाधाओं से बचने की कोशिश करें। यदि प्रॉस्पेक्ट किसी डेस्क के पीछे बैठा हो, तो उससे पूछें कि क्या आप किसी टेबल पर एक साथ बैठ सकते हैं, जहाँ आप उसे ज़्यादा आसानी से अपने साथ लाई सामग्री दिखा सकते हैं। मैंने कभी किसी प्रॉस्पेक्ट को उठने और जगह बदलने से इंकार करते नहीं देखा, बशर्ते कोई सेल्सपर्सन विनम्र और ख़ुशनुमा अंदाज़ में ऐसा करने का आग्रह करे।

जब आप किसी प्रॉस्पेक्ट के बग़ल में बैठें, तो उसे हमेशा अपनी बाईं ओर बैठाएँ। इसका कारण यह है कि जब आप अपनी प्रस्तुति की सामग्री के पन्ने पलटते हैं, तो उसे देखना प्रॉस्पेक्ट के लिए आसान होता है। जब आप प्रॉस्पेक्ट से जगह बदलने को कहते हैं और वह मान जाता है, तो वह आपके तार्किक आग्रहों पर प्रतिक्रिया करने

की प्रक्रिया शुरू कर देता है। इससे आप उस बिंदु के ज़्यादा क़रीब पहुँच जाते हैं, जहाँ आप बिक्री के लिए पूछ सकते हैं।

घर पर बेचना

जब आप किसी प्रॉस्पेक्ट के घर पर बेच रहे हों, तो आपको कुछ ख़ास मनोवैज्ञानिक आयामों पर आपको ध्यान देना चाहिए। सबसे पहले, कभी भी लिविंग रूम में बिक्री प्रस्तुति न दें। लोग महत्त्वपूर्ण कारोबारी या पारिवारिक निर्णय लिविंग रूम में नहीं लेते हैं; वे उन्हें किचन में या डाइनिंग रूम की टेबल पर लेते हैं। ये वे जगहें हैं, जहाँ वे उन कारोबारी मसलों पर बात करते हैं, जो उन्हें प्रभावित करते हैं।

भले ही आपको लिविंग रूम में बैठने के लिए आमंत्रित किया जाए, लेकिन आप इसके बजाय कहें, "क्यों न हम किचन टेबल पर बैठें, ताकि हम ज़्यादा आरामदेह हो सकें?" फिर खड़े हो जाएँ। किसी पेशेवर सेल्सपर्सन के खड़े होने और किचन या डाइनिंग रूम की टेबल पर जाने का इंतज़ार करने का सुझावकारी प्रभाव बहुत शक्तिशाली होता है, जिसका लगभग कोई प्रतिरोध नहीं होता।

बैठने से पहले इंतज़ार करें

जब आप किचन या डाइनिंग रूम की टेबल के पास पहुँचें, तो इंतज़ार करें कि वे आपको बैठने की कुर्सी बताएँ। टेबल पर हर व्यक्ति की एक पसंदीदा कुर्सी होती है, जहाँ वह हर दिन बैठता है। आपको यह सुनिश्चित करना चाहिए कि आप उस कुर्सी पर ख़ुद न बैठ जाएँ। जब आप टेबल पर बैठें, तो सुनिश्चित करें कि आप पति-पत्नी दोनों से आँखों का संपर्क बनाए रख सकें। जब आप सवाल पूछें और अपने प्रॉडक्ट के विवरण बताएँ, तो आप लगातार अदल-बदलकर दोनों से बात करें, ताकि वे दोनों ही प्रस्तुति में पूरी तरह शामिल महसूस करें।

हमेशा विनम्र रहें

अंत में, चाहे ऑफ़िस हो या घर, कभी भी शिष्टाचार न भूलें। प्रॉस्पेक्टों, उनके कर्मचारियों, उनके जीवनसाथियों और ऑफ़िस के दूसरे लोगों के साथ हमेशा शिष्ट और दूसरों का ध्यान रखने वाले रहें।

जब आप अपॉइंटमेंट के लिए किसी के ऑफिस जाएँ, तो रिसेप्शनिस्ट के साथ शिष्टाचार और सम्मान से पेश आएँ। हर एक से ऐसा व्यवहार करें, मानो वह सचमुच महत्त्वपूर्ण और मूल्यवान हो। हर व्यक्ति से ऐसा व्यवहार करें, मानो वह एक मिलियन डॉलर का ग्राहक हो या उसमें ऐसा बनने की संभावना हो।

लोगों से अच्छा व्यवहार करने का पुरस्कार

शायद लोगों के साथ अच्छा व्यवहार करने का सबसे बड़ा फ़ायदा यह है : जब भी आप किसी दूसरे के आत्म-गौरव को बढ़ाने के लिए कोई चीज़ करते हैं, तो आपका आत्म-गौरव भी उसी हद तक बढ़ जाता है। जब आप विनम्र और सम्मानजनक होते हैं, तो आप ख़ुद को ज़्यादा पसंद करते हैं और ख़ुद का ज़्यादा सम्मान करते हैं, साथ ही इस वजह से दूसरे लोग भी ख़ुद को ज़्यादा पसंद करते हैं और ख़ुद का ज़्यादा सम्मान करते हैं। आप बेचने में इन अति महत्त्वपूर्ण सुझावकारी तत्वों का जितना ज़्यादा अभ्यास करते हैं, आप उतने ही ज़्यादा शक्तिशाली, सकारात्मक तथा आत्मविश्वासी बनते हैं और आपकी बिक्री उतनी ही ज़्यादा बढ़ती है!

कार्य
अभ्यास

1. हर चीज़ महत्त्वपूर्ण है! हर घटक का पूरा नियंत्रण लें, जो आपका प्रॉस्पेक्ट देखता है, सुनता है, महसूस करता है और करता है; पहले से योजना बना लें।

2. "बिक्री के डॉक्टर" के रूप में अपना चित्र देखें, एक विश्व-स्तरीय पेशेवर के रूप में, जो पूर्ण ज्ञानी है और जिसके पास एक उत्कृष्ट प्रॉडक्ट या सेवा है।

3. सफलता की पोशाक पहनें; अपने व्यवसाय में सबसे सफल और सबसे ज़्यादा भुगतान पाने वालों जैसी पोशाक पहनें। वैसे व्यक्ति दिखें, जिससे ग्राहक विश्वास से सलाह ले सकता हो।

4. जिससे भी आप मिलें, रिसेप्शनिस्ट से लेकर सेक्रेटरी और ग्राहक तक, हर व्यक्ति के साथ शिष्टतापूर्ण व्यवहार करें; हमेशा सकारात्मक और ख़ुशमिज़ाज रहें।

5. हर सेल्स कॉल से पहले मानसिक रिहर्सल करें; शांत, नियंत्रित, आशावादी और पूर्णतः तनावरहित के रूप में अपनी कल्पना करें; आप ख़ुद को जैसे देखते हैं, वैसे ही आप बनेंगे।

6. जब आप किसी प्रॉस्पेक्ट से बात कर रहे हों, तो किसी भी तरह के शोर-शराबे या व्यवधानों से बचने की हरसंभव कोशिश करें। यदि आवश्यकता हो, तो उसे दूसरी जगह ले जाएँ, ताकि वह आप पर और आपके प्रॉडक्ट पर ध्यान केंद्रित कर सके।

7. ठुड्डी उठाकर, तनकर चलें; दृढ़ता और विश्वास से हाथ मिलाएँ। ऐसे दिखें, मानो आप अपने क्षेत्र में सर्वश्रेष्ठ हों।

अपने लक्ष्यों का काल्पनिक चित्र देखकर आप अपने अवचेतन मन से उस चित्र को साकार करने की दिशा में काम करा सकते हैं।

– सक्सेस मैग्ज़ीन

7

बिक्री करना

कोई तथ्य इतना महत्त्वपूर्ण नहीं है, जितना कि उसके प्रति हमारा नज़रिया, क्योंकि यही हमारी सफलता या असफलता को तय करता है।

- नॉर्मन विन्सेन्ट पील

आप बिक्री की प्रक्रिया में जो करते हैं, पहले संपर्क से लेकर बिक्री करने तक और प्रॉडक्ट या सेवा पहुँचाने तक, उस हर चीज़ का एक प्रभाव पड़ता है। कोई भी चीज़ तटस्थ नहीं होती। हर चीज़ या तो मदद करती है या नुक़सान पहुँचाती है। किसी भी चीज़ को संयोग के भरोसे नहीं छोड़ा जा सकता। सब कुछ महत्त्वपूर्ण होता है।

आपके मुँह से निकलने वाले पहले शब्द उस प्रक्रिया को शुरू कर देते हैं, जो या तो बिक्री या फिर अस्वीकृति की ओर ले जाती है। जब आप किसी प्रॉस्पेक्ट से पहली बार मिलते हैं, तो उसके बिक्री प्रतिरोध का स्तर चरम पर होता है। वास्तव में, लगभग किसी भी परिस्थिति में, किसी भी सेल्समैन से मिलते वक़्त सभी प्रॉस्पेक्टों में वह होता है, जिसे "आम बिक्री प्रतिरोध" कहा जाता है। यह वाणिज्यिक समाज में रहने का सामान्य, स्वाभाविक हिस्सा है। यह आत्म-रक्षा का रूप है।

सेल्स संदेशों के ख़िलाफ़ आत्म-रक्षा

औसत ग्राहक का पाला हर दिन सभी स्त्रोतों से सामने आने वाले शायद तीन हज़ार वाणिज्यिक संदेशों से पड़ता है। जब वह सुबह उठता है, तभी से उस पर रेडियो, टेलीविज़न, विज्ञापनपटों और स्टोर के साइन बोर्ड के ज़रिये बिक्री संदेशों की बमबारी होने लगती है; अख़बारों और पत्रिकाओं में भी यही होता है; और टेलीफ़ोन कॉलों तथा डाक में भी यही होता है। जहाँ भी वह जाता है, विज्ञापन चिल्ला-चिल्ला कर उससे कहते हैं, "इसे ख़रीद लो!"

वाणिज्यिक समाज में बचने के लिए किसी व्यक्ति को काफ़ी मात्रा में बिक्री प्रतिरोध सीखना पड़ता है। सबसे पहले तो उसे इनमें से ज़्यादातर संदेशों को छानना होता है, उन्हें नज़रअंदाज़ करना होता है, अगर किसी दूसरे कारण से नहीं, तो सिर्फ़ इस कारण कि वह प्रभावी ढंग से काम कर सके। दूसरे, उसे आप जैसे सेल्स पीपल की प्रत्यक्ष बिक्री पहुँच का प्रतिरोध करने में सक्षम होना चाहिए, वरना वह हर सामने दिखाई जा रही चीज़ को ख़रीद लेगा। पेशेवर के रूप में, अपनी पहली मुलाक़ात में इस आम बिक्री प्रतिरोध की अपेक्षा करना और इससे सफलतापूर्वक निबटना सीखें।

एप्रोच क्लोज़

किसी बिक्री चर्चा को शुरू करने के सबसे सहायक तरीक़ों में से एक है "एप्रोच क्लोज़।" यदि इसका सफलता से इस्तेमाल किया जाए, तो यह क्लोज़ प्रस्तुति के बाद प्रॉस्पेक्ट को निर्णय देने के लिए प्रेरित कर सकती है। इसमें आप उसे यह नहीं कहने देते, "देखिए, मुझे इस बारे में सोचने दें" या "मुझे किसी से इस पर बात करने की ज़रूरत है।" इसके बजाय आप निर्णय माँगते हैं, या तो इधर या उधर।

आप यह कहकर शुरुआती बिक्री प्रतिरोध को कम कर देते हैं, "मिस्टर प्रॉस्पेक्ट, समय देने के लिए धन्यवाद। कृपया तनावरहित हो जाएँ। मैं इस समय यहाँ आपको कुछ बेचने नहीं आया हूँ। यह मेरी यात्रा का उद्‌देश्य नहीं है।"

अगर आप यह शुरुआती कथन मुस्कुराकर कहते हैं, तो प्रॉस्पेक्ट थोड़ा तनावरहित हो जाएगा। अब भी वह शंकालु तो होगा, लेकिन पहले जितना नहीं।

फिर आप कहते हैं, "हम जितने समय साथ हैं, उसमें मैं बस यह चाहता हूँ कि आपको कुछ कारण दिखा दूँ कि इतने सारे दूसरे लोगों ने यह प्रॉडक्ट क्यों ख़रीदा है और ख़रीद रहे हैं। मैं तो आपसे बस यह चाहता हूँ कि आप मेरी प्रस्तुति खुले दिमाग़ से देखें। फिर आप ख़ुद ही यह तय करें कि यह आपकी स्थिति के हिसाब से उपयुक्त है या नहीं। इसके बाद हमारी बातचीत के अंत में मुझे बता दें कि यह प्रॉडक्ट आपको अच्छा लगता है या नहीं। क्या यह ठीक है?"

इस "एप्रोच क्लोज़" के साथ आप एक विनिमय प्रस्ताव रख रहे हैं। आप कह रहे हैं, "मैं आपको कुछ बेचने की कोशिश नहीं करूँगा, अगर बदले में आप खुले दिमाग़ से मेरी बात सुनें।"

उचित विनिमय। लगभग बिना किसी अपवाद के प्रॉस्पेक्ट आपके प्रस्ताव पर सहमत हो जाएगा। उसके पास खोने के लिए कुछ नहीं है। वास्तव में, अब वह यह जानने के लिए उत्सुक है कि इतने सारे दूसरे लोगों ने आपका प्रॉडक्ट क्यों ख़रीदा है

और क्यों ख़रीदते जा रहे हैं। उसका दिमाग़ खुला है और वह आपकी बात सुनने को तैयार है।

इस क्लोज़ में एक बहुत शक्तिशाली *सुझाव* शामिल है। आप यह *सुझाव* दे रहे हैं कि प्रॉडक्ट पहले से ही लोकप्रिय है और उसका इस्तेमाल बहुत से लोग कर रहे हैं। प्रॉस्पेक्ट से बस यह बताने को कहा जा रहा है कि दूसरे लोग जिन कारणों से आपके द्वारा बेचे जाने वाले प्रॉडक्ट का इस्तेमाल कर रहे हैं, वे उस पर लागू होते हैं या नहीं।

फिर आप अपनी बिक्री प्रक्रिया शुरू करते हैं और यह पता लगाने के लिए सवाल पूछते हैं कि वह क्या कर रहा है और आपका प्रॉडक्ट उसकी स्थिति पर कैसे लागू हो सकता है। "बिक्री के डॉक्टर" की तरह आप प्रॉस्पेक्ट की उन सभी आवश्यकताओं को सामने लाने के लिए पूरी जाँच करते हैं, जिन्हें आपका प्रॉडक्ट या सेवा संतुष्ट कर सकती है।

एक बार जब आप प्रॉस्पेक्ट की स्थिति और आवश्यकताओं को स्पष्टता से समझ लें, तो इसके बाद आप अपने प्रॉडक्ट को उस वक़्त उसकी आवश्यकताओं के आदर्श समाधान के रूप में प्रस्तुत कर सकते हैं। प्रस्तुति के अंत में आपके पास मनोवैज्ञानिक लाभ होता है।

जवाब माँगें। अगर प्रॉस्पेक्ट कहता है, "देखिए, मुझे इस बारे में सोचना होगा," तो आप यह कह सकते हैं, "देखिए, मिस्टर प्रॉस्पेक्ट, मैं समझ सकता हूँ, लेकिन आपने वादा किया था कि आप मुझे साफ़-साफ़ बता देंगे कि यह आपके लिए उपयुक्त है या नहीं।"

फिर आप कहते हैं, "और आपने मुझे जो बताया है, उससे यह लगता है कि इस वक़्त यह आपके लिए आदर्श है, जब तक कि कोई दूसरी चीज़ न हो, जिसे मैं नहीं समझ पाया हूँ।"

इससे प्रॉस्पेक्ट हिचकने या आपत्ति करने का कोई न कोई कारण बताने के लिए विवश हो जाता है। चाहे जो मामला हो, यह आपको आपत्ति का जवाब देने और बेचने की प्रक्रिया को आगे बढ़ाने की अनुमति देता है। लेकिन जब कोई प्रॉस्पेक्ट अंत में यह कहता है, "मैं इस बारे में सोचने का समय चाहता हूँ," तो आप कुछ नहीं कर सकते। आप तब तक बेचना जारी नहीं रख सकते, जब तक कि आपके पास कोई आपत्ति न हो, जिसका आप जवाब दे सकें। इस एप्रोच क्लोज़ का इस्तेमाल करके आप प्रॉस्पेक्ट को एक आपत्ति बताने के लिए विवश कर सकते हैं, जिससे आप संभवतः निबट सकते हैं।

आप इस एप्रोच क्लोज़ का इस्तेमाल लगभग हर प्रॉडक्ट या सेवा के मामले में कर सकते हैं। जब आप सुझाव देते हैं कि बहुत सारे ग्राहक इसे पहले ही ख़रीद चुके हैं और ख़रीदते जा रहे हैं, तो आप शुरुआत में ही काफ़ी सकारात्मक अपेक्षा जगा देते हैं। आप प्रॉस्पेक्ट की उत्सुकता को सक्रिय कर देते हैं। आप उसे खुले दिमाग़ के साथ अपनी बात सुनने के लिए प्रेरित कर देते हैं। अंत में आप उसे "मुझे इस बारे में सोचने दें" की टालमटोल करने से रोकते हैं और अगर वह झिझक रहा हो, तो उसे कोई कारण बताने के लिए प्रेरित करते हैं।

प्रदर्शन क्लोज़

यह एक शक्तिशाली क्लोज़िंग तकनीक है, जिसका इस्तेमाल आप बिक्री संबंधी चर्चा की शुरुआत में कर सकते हैं। यह अक्सर आपकी प्रस्तुति के अंत में बिक्री करने के लिए आवश्यक स्थितियाँ तैयार कर देती है।

प्रदर्शन क्लोज़ एक शक्तिशाली प्रश्न से शुरू होती है, जिसका उद्देश्य उस मुख्य परिणाम या लाभ को बताना है, जो आपका प्रॉडक्ट ख़रीदने पर ग्राहक को मिलेगा। साथ ही इसमें प्रॉस्पेक्ट की पात्रता की जाँच भी की जाती है।

जब मैं म्यूचुअल फ़ंड बेच रहा था, तो यह विधि काफ़ी असरदार साबित हुई। मैं इस प्रश्न से शुरुआत करता था, "मिस्टर प्रॉस्पेक्ट, अगर मैं आपको आज बाज़ार में उपलब्ध सबसे अच्छा निवेश दिखा सकूँ, तो क्या आप इसी समय पाँच हज़ार डॉलर का निवेश करने की स्थिति में हैं?"

चर्चा के केंद्र बिंदु को बदल दें। यह प्रश्न चर्चा की पूरी प्रकृति को ही बदल देता है। मुद्दा अब यह नहीं रहता है, "क्या आप मेरी बात सुनेंगे?" अब तो मुद्दा यह हो जाता है, "अगर मैं अपने शुरुआती प्रश्न में किए वादे को पूरा कर सकूँ, तो आप कितना निवेश करने में सक्षम हैं?"

प्रॉस्पेक्ट कह सकता है, "हाँ, अगर निवेश उतना अच्छा है, जितना आप बता रहे हैं, तो मैं आज ही पाँच हज़ार का निवेश कर सकता हूँ।" आप यह कहकर प्रॉस्पेक्ट की पात्रता की आगे भी जाँच कर सकते हैं, "अगर आपको यह *सचमुच* पसंद आए, तो क्या आप दस हज़ार या इससे ज़्यादा का निवेश कर सकते हैं?"

प्रॉस्पेक्ट *हाँ* या *ना* कह सकता है। स्थिति चाहे जो हो, आप ज़्यादा संकीर्णता से प्रॉस्पेक्ट की पात्रता जाँच कर रहे हैं और सटीकता से तय कर रहे हैं कि उसकी आर्थिक स्थिति क्या है, इससे पहले कि आप अपने प्रॉडक्ट या सेवा के बारे में बात करना शुरू करें।

मान लें, प्रॉस्पेक्ट कहता है, "मुझे नहीं लगता कि मेरे पास पाँच हज़ार डॉलर हैं।"

तब आप पूछ सकते हैं, "देखिए, तो क्या आप तीन हज़ार का निवेश कर सकते हैं, अगर यह सबसे अच्छा निवेश हो, जो आपने कभी देखा है?"

इस पर प्रॉस्पेक्ट कह सकता है, "देखिए, अगर यह इतना ही अच्छा है, तो मैं शायद तीन हज़ार का निवेश कर सकता हूँ।"

पात्र प्रॉस्पेक्ट। इन सवालों के साथ आपने प्रॉस्पेक्ट की वित्तीय क्षमता के संदर्भ में उसे सटीकता से पात्र बना लिया है। आपके सवालों का जवाब देकर अब वह आपको अपनी प्रस्तुति देने और यह साबित करने की अनुमति दे रहा है कि क्या आपके पास सबसे अच्छा निवेश है, सबसे अच्छा सौदा है या सबसे अच्छा प्रस्ताव है या विशेषताओं और लाभों का सबसे अच्छा तालमेल है या वह जो भी सबसे अच्छी चीज़ हो, जिसकी पेशकश आपने अपने शुरुआती प्रश्न में उसके सामने की है।

फिर आप अपनी प्रस्तुति दे सकते हैं और प्रदर्शित कर सकते हैं कि आप जो प्रस्ताव रख रहे हैं, वह उसके लिए इस समय सभी बातों पर विचार करते हुए बेहद उत्कृष्ट है। आपकी प्रस्तुति के अंत में वह यह नहीं कह सकता कि वह इसका ख़र्च नहीं उठा सकता या उसके पास इस वक़्त पैसे नहीं हैं या उसे इस बारे में किसी से बातचीत करनी होगी। वह पहले ही तैयार हो चुका है कि अगर आपका प्रॉडक्ट या सेवा उसके लिए उत्कृष्ट चयन होगी, तो वह उसे इसी समय ख़रीदने की स्थिति में है।

यह किसी भी प्रॉडक्ट के साथ काम करता है। आप इस प्रदर्शन क्लोज़ का इस्तेमाल लगभग किसी भी प्रॉडक्ट या सेवा की बिक्री प्रक्रिया शुरू करने के लिए कर सकते हैं। आप इसका इस्तेमाल सॉफ़्टवेअर और सिस्टम बेचने, कारोबारी अवसर या वित्तीय निवेश सलाह बेचने, बीमा या कारोबारी सेवाएँ बेचने के लिए कर सकते हैं। मिसाल के तौर पर, अगर आप जीवन बीमा बेच रहे हों, तो आप पूछ सकते हैं, "मिस्टर प्रॉस्पेक्ट, अगर मैं आपको बाज़ार में उपलब्ध सबसे वृहद बीमा पॉलिसी दिखा सकूँ, जो आपकी, आपके परिवार की और आपके घर की रक्षा करती हो, शायद बाज़ार में सबसे कम उपलब्ध क़ीमत पर, तो क्या आप इसी समय निर्णय लेने की स्थिति में होंगे?"

जब मैं कंपनियों को बिक्री प्रशिक्षण बेच रहा था, तब मैं पूछता था, " मिस्टर प्रॉस्पेक्ट, अगर मैं आपको अगले छह से बारह महीनों में आपकी बिक्री 20 से 30 प्रतिशत बढ़ाने का तरीक़ा दिखा सकूँ, तो क्या आप इसी समय आगे बढ़ने की स्थिति में हैं?"

मान लें, प्रॉस्पेक्ट जवाब देता है, "देखिए, हाँ! अगर आप मुझे अपनी बिक्री 20

से 30 प्रतिशत बढ़ाने का तरीक़ा दिखा सकें, तो मैं तुरंत निर्णय ले सकता हूँ।" अब आपका काम प्रॉस्पेक्ट को बस यह दिखाना है कि आपका प्रॉडक्ट या सेवा निश्चित रूप से उस वादे को कैसे पूरा करेगी, जो आपने शुरू में किया था।

आप स्पष्ट जवाब माँग सकते हैं। प्रदर्शन क्लोज़ की सुंदर बात यह है कि प्रस्तुति के अंत में यह प्रॉस्पेक्ट को कोई जवाब देने के लिए विवश करती है। उसे इसके बारे में सोचने की ज़रूरत है या किसी दूसरे के साथ बात करने की ज़रूरत है या अपनी आर्थिक स्थिति की जाँच करने की ज़रूरत है या ऐसा ही कोई दूसरा बहाना बनाने के बजाय उसे जवाब देना पड़ता है, क्योंकि उसने आपको तुरंत एक जवाब देने का वादा किया है, या तो हाँ में या न में।

ख़रीददार के व्यक्तित्व प्रकार

व्यक्तित्व के छह बुनियादी प्रकार हैं, जिनसे बेचने में आपका हर दिन पाला पड़ता है। यह महत्त्वपूर्ण है कि आप इन अलग-अलग व्यक्तित्व शैलियों को पहचान लें और यह सीख लें कि इनमें से प्रत्येक से प्रभावी ढंग से कैसे निबटना है :

1. उदासीन ख़रीददार

बिक्री में आप जिस पहले प्रकार के व्यक्तित्व से मिलेंगे, वह है *उदासीन* प्रॉस्पेक्ट। इस प्रकार के ख़रीददार कुल ख़रीददारों के 5 प्रतिशत होते हैं। यह इस तरह का व्यक्ति होता है, जो कभी कोई चीज़ नहीं ख़रीदने वाला, चाहे वह कितनी भी अच्छी क्यों न हो। वह आमतौर पर निराशावादी, आलोचनात्मक और प्रायः खिन्न या रुचिहीन होता है।

उदासीन ख़रीददार को इस बात की परवाह नहीं होती कि प्रॉडक्ट कितना अच्छा है, यह कितना सस्ता है या यह दूसरे लोगों के लिए कितना सफल है। वह इसे नहीं ख़रीदने वाला, भले ही आप इसे कौड़ियों के मोल दे रहे हों।

आप कभी-कभार उदासीन ख़रीददारों से टकरा जाते हैं। आमतौर पर उनके ख़ुद के व्यक्तिगत और कारोबारी जीवन में बहुत-सी समस्याएँ होती हैं। वे ख़ुद पर, जीवन पर और आप पर निराश होते हैं। उनके पास इतनी सारी समस्याएँ होती हैं कि उन्हें इस बात की परवाह ही नहीं होती कि आप क्या प्रस्ताव दे रहे हैं। आप किसी उदासीन ख़रीददार को पाँच डॉलर की चीज़ ख़रीदने पर सौ डॉलर का पुरस्कार देने को तैयार हों, तो भी वह इसे नहीं ख़रीदेगा।

भले ही आप किसी उदासीन ख़रीददार को पाँच डॉलर की चीज़ ख़रीदने पर सौ डॉलर का पुरस्कार देने को तैयार हों, लेकिन वह फिर भी इसे नहीं ख़रीदेगा।

वे आपका समय बर्बाद करते हैं। मेरा एक मित्र एक बार एक उत्कृष्ट प्रॉडक्ट 295 डॉलर में बेच रहा था। जिस व्यक्ति से वह बात कर रहा था, वह इसे ख़रीदने और इसका इस्तेमाल करने के लिए पूरी तरह पात्र था। उसे इसकी ज़रूरत थी और वह इसका ख़र्च उठा सकता था। लेकिन वह उदासीन ख़रीददार था।

मेरा मित्र जो भी कहता था, ग्राहक जवाब देता था, "यह बहुत महँगा है; यह बहुत महँगा है; यह बहुत महँगा है।"

अंत में सेल्सपर्सन ने चिढ़कर पूछा, "अगर मैं आपको यह दो सौ डॉलर में दूँ, तो आप क्या कहेंगे?"

"यह फिर भी महँगा है।"

मेरे सेल्समैन मित्र ने पूछा, "सौ डॉलर में?"

उदासीन ख़रीददार ने कहा, "मैं फिर भी इसका ख़र्च नहीं उठा सकता।"

अंत में मेरे मित्र ने कहा, "पाँच डॉलर में?"

"मैं फिर भी इसे नहीं ख़रीदूँगा।"

यह आम उदासीन ख़रीददार है। उन्हें परवाह ही नहीं है। वे नकारात्मक और उदासीन हैं। इन लोगों से मिलते ही आप इन्हें तुरंत पहचान जाएँगे। उनके साथ ख़ुद को थकाने के बजाय जितनी विनम्रता से पीछा छुड़ा सकते हों, छुड़ा लें और विदा लें। जाकर किसी दूसरे व्यक्ति से बात करें, जिसके ख़रीदने की ज़्यादा संभावना होगी।

2. स्व-निर्णायक ख़रीददार

ख़रीददारों के व्यक्तित्व प्रकार के पैमाने के दूसरे छोर पर आपको *स्व-निर्णायक* ख़रीददार मिलता है। यह ख़रीददार उदासीन ख़रीददार के ठीक विपरीत होता है। ये ख़रीददार भी बाज़ार के कुल ग्राहकों के लगभग 5 प्रतिशत होते हैं।

स्व-निर्णायक ख़रीददार *सटीकता* से जानता है कि वह क्या चाहता है, वह सटीकता से कौन-सी विशेषताएँ या लाभ चाहता है और वह आपको सटीकता से कितनी क़ीमत चुकाने का इच्छुक है। अगर आपके पास वह है जिसकी उसे तलाश है, तो वह इसे तुरंत, उसी समय ले लेगा और या तो कोई सवाल नहीं पूछेगा या फिर बहुत

कम पूछेगा। वह सकारात्मक, सुखद होता है और उसे बेचना ख़ुशी भरा अनुभव होता है। आपको तो बस उसे उसका मनचाहा प्रॉडक्ट देना होता है और बिक्री हो जाती है।

ये ख़रीददार दुर्लभ होते हैं। उदासीन ख़रीददार की तरह ही स्व-निर्णायक ख़रीददार भी कम ही होते हैं और कभी बीस प्रॉस्पेक्टों में एक से ज़्यादा नहीं होते। लेकिन अगर आप पर्याप्त लोगों से मिलते हैं, तो बीच-बीच में आप इन स्व-निर्णायक ख़रीददारों से टकरा जाते हैं। और बिक्री इतनी आसान होती है कि आप ख़ुद से कहते हैं, *अगर मैं सारे समय इसी तरह बेच सकूँ, तो जल्दी ही अमीर बन जाऊँगा!*

स्व-निर्णायक ख़रीददारों से पेश आते समय हमेशा उन्हें सटीकता से वही बेचें, जो वे चाहते हैं। उन्हें कोई दूसरी या अलग चीज़ बेचने की कोशिश न करें और विशेषताओं में हेर-फेर न करें। आप उन्हें थोड़ी अतिरिक्त जानकारी दे सकते हैं, लेकिन उनका दिल जिस पर आ चुका है, उसे बदलवाने के लिए उनसे बात करने की कोशिश न करें। अगर आपके पास उनकी मनचाही चीज़ नहीं है, तो उन्हें तुरंत बता दें कि आपके पास यह नहीं है और उन्हें सुझाव दे दें कि वे इसे कहाँ पा सकते हैं।

3. विश्लेषणात्मक ख़रीददार

तीसरे प्रकार का ख़रीददार *विश्लेषणात्मक ख़रीददार* होता है। ये बाज़ार के लगभग 25 प्रतिशत हिस्से का प्रतिनिधित्व करते हैं। इस प्रकार का ख़रीददार आत्मनिर्भर और कार्य-केंद्रित होता है। वह ख़ास बहिर्मुखी नहीं होता, लेकिन वह सटीकता और विवरण की काफ़ी परवाह करता है। *सटीकता* विश्लेषणात्मक ख़रीददार की प्रमुख प्रेरणा होती है।

आप इन लोगों को किसी ऐसे क्षेत्र में पाएँगे, जिसमें सफल होने के लिए विवरण केंद्रित होने की ज़रूरत होती है। वे अकाउंटेंट, इंजीनियर, बैंकर, फ़ाइनैंसर, लोन ऑफ़िसर और कंप्यूटर विशेषज्ञ होंगे। वे आपसे जो प्रश्न पूछते हैं, उनका मूल केंद्र आपके द्वारा बेची जाने वाली वस्तुओं की सटीक संख्या, विवरण और विशेषताएँ होंगी।

धीमे और सटीक हों। जब आप किसी विश्लेषणात्मक ख़रीददार से पेश आ रहे हों, तो आपको धीमे हो जाना चाहिए और सामान्यीकरण से बचना चाहिए। निश्चित और स्पष्ट बनें। अपनी कही हर बात काग़ज़ पर साबित करने के लिए तैयार रहें। आप अपने प्रॉडक्ट या सेवा के ग्राहक को मिलने वाले लाभों के बारे में जितने निश्चित रहेंगे, इस व्यक्ति के लिए अंततः ख़रीदने का निर्णय लेना उतना ही ज़्यादा आसान होगा।

आपका प्रॉडक्ट कैसे काम करता है, इसकी लागत क्या है, यह कैसे प्रदर्शन करता है, इसकी सर्विसिंग कैसे की जाएगी आदि के बारे में आप उसे जितने ज़्यादा विवरण देते हैं, वह उतना ही ज़्यादा ख़ुश होगा। ये ख़रीददार विवरणों से प्रेम करते हैं।

वे बैठकर विवरणों, चार्टों और ग्राफ़ों का घंटों तक अध्ययन कर सकते हैं।

विश्लेषणात्मक ख़रीददार जल्दबाज़ी में निर्णय नहीं लेते हैं। वे अपना मन बनाने में *धीमे* होते हैं। उन्हें आपकी सामग्री के साथ अकेले छोड़े जाने की ज़रूरत होती है, ताकि वे उस पर चिंतन-मनन और विश्लेषण कर सकें। वे अक्सर स्पष्टता के लिए आपसे कई सवाल पूछेंगे। इन लोगों से जल्दबाज़ी कराने में कोई तुक नहीं है। वे पैसे बचाने या सौदे की गति बढ़ाने के बारे में उतने चिंतित नहीं हैं, जितने कि सही निर्णय लेने के बारे में हैं।

4. संबंधात्मक ख़रीददार

आपका एक और तरह के ग्राहक से पाला पड़ेगा। वह है *संबंध-केंद्रित* व्यक्ति। ये ग्राहक बाज़ार के लगभग 25 प्रतिशत हिस्से का प्रतिनिधित्व करते हैं, जो इस बात पर निर्भर करता है कि आप क्या बेचते हैं। उनमें स्वतः पूर्ण होने की प्रवृत्ति होती है और वे ख़ास प्रफुल्लित या वाचाल नहीं होते हैं। आपको उनके साथ अच्छा मेल-मिलाप करने के लिए धीमा और तनावरहित होना चाहिए।

संबंध बनाने वाले लोग *दूसरे लोगों* की बहुत परवाह करते हैं। वे इस बारे में संवेदनशील होते हैं कि लोग विभिन्न विषयों पर कैसा सोचते और महसूस करते हैं। किसी प्रॉडक्ट या सेवा पर विचार करते वक़्त उन्हें चिंता होती है कि उनके चयनों पर दूसरे लोग कैसी प्रतिक्रिया करेंगे। वे कल्पना करते हैं कि लोगों की सकारात्मक या नकारात्मक राय क्या हो सकती है और वे अक्सर दूसरे लोगों की राय के बारे में बेहद संवेदनशील होते हैं।

संबंध बनाने वाले लोग स्वाभाविक तौर पर "सहायक" पेशों की ओर झुकाव रखते हैं। वे शिक्षक, कार्मिक प्रशासक, मनोवैज्ञानिक, नर्स और सामाजिक कार्यकर्ता बनते हैं।

उन्हें इस बात की ज़रूरत होती है कि लोग उन्हें पसंद करें। इस प्रकार का ग्राहक इस बारे में चिंता करता है कि अगर उसने कोई ख़ास प्रॉडक्ट या सेवा ख़रीदा, तो लोग क्या सोच सकते हैं। उसे इस बारे में किसी से बात करने की ज़रूरत हमेशा होती है, प्रायः बहुत से लोगों से। कई बार तो उसे अपने परिवार के हर सदस्य से, साथ ही अपने मित्रों और सहयोगियों से भी पूछना पड़ता है, तभी वह कोई नया प्रॉडक्ट या सेवा ख़रीद सकती है।

संबंध बनाने वाले लोगों की बुनियादी प्रेरणा *दूसरों के साथ अच्छी तरह मिल-जुलकर रहने की* होती है। वे अपने आस-पास के लोगों के बीच मधुर संबंध और

ख़ुशी की तलाश करते हैं और किसी कारण किसी व्यक्ति के दुखी होने के विचार से दुखी हो जाते हैं।

दूसरे ख़ुश ग्राहकों पर उसका ध्यान केंद्रित करें। जब आप किसी संबंध बनाने वाली महिला को कोई प्रॉडक्ट या सेवा बेच रहे हैं, तो वह आपसे प्रॉडक्ट का इस्तेमाल करने वाले दूसरे लोगों के बारे में बहुत से सवाल पूछेगी। वह जानना चाहेगी कि क्या प्रॉडक्ट लोकप्रिय होगा और उन दूसरे लोगों द्वारा स्वीकार किया जाएगा, जो उसकी ख़रीददारी से प्रभावित होंगे। वह यह सुनिश्चित करना चाहती है कि दूसरे इसे आकर्षक और उपयुक्त मानें। अगर आप उसे कोई घर बेच रहे हैं, तो उसकी मुख्य चिंता घर देखने वाले दूसरे लोगों की संभावित प्रतिक्रियाएँ होंगी।

जब आप किसी संबंध बनाने वाले व्यक्ति को कपड़े या कार बेचते हैं, तो उसकी मुख्य रुचि इस बात में होगी कि दूसरे लोग उसके चयन पर कैसी प्रतिक्रिया करेंगे।

एक रिश्ता बनाएँ। संबंध बनाने वाले लोग आपके बारे में बात करना और सवाल पूछना पसंद करते हैं। उनकी इस बारे में भी रुचि होती है कि आप कैसा सोचते और महसूस करते हैं। वे प्रॉडक्ट या सेवा के बारे में बात करना पसंद करते हैं। वे जानना चाहते हैं कि दूसरे लोगों ने इसे ख़रीदने और इस्तेमाल करने पर कैसी प्रतिक्रिया की है। वे सेल्सपर्सन के साथ एक संबंध विकसित करना चाहते हैं, तभी वे इतने आरामदेह महसूस कर पाते हैं कि आपके प्रॉडक्ट या सेवा के बारे में बात करें।

जब आप किसी संबंध बनाने वाले व्यक्ति या भावनात्मक ख़रीददार के साथ पेश आएँ, तो वह आपको जानने में एक-दो घंटे बिता सकती है और फिर चाहती है कि आप उसके साथ संबंध बनाने में एक-दो घंटे और बिताएँ। वह आपके साथ आरामदेह महसूस करना चाहती है, ताकि वह आपके और आपके प्रॉडक्ट या सेवा के बारे में मन बना सके।

उनके साथ जल्दबाज़ी न करें। संबंध बनाने वाले ख़रीददार अपना मन बनाने या निर्णय लेने में धीमे होते हैं। वे आमतौर पर झिझकते हैं और अनिर्णायक होते हैं। वे चीज़ों के बारे में बहुत सोचना पसंद करते हैं। वे आपका प्रॉडक्ट ख़रीदने का निर्णय ले सकते हैं, लेकिन अगर एक भी दूसरा व्यक्ति उनके निर्णय की आलोचना कर दे या उसे नापसंद कर दे, तो वे अपना इरादा पूरी तरह बदल सकते हैं। संबंध-केंद्रित ख़रीददारों के साथ पेश आते वक़्त आपको धैर्यवान, संवेदनशील और विचारशील बनने की योग्यता विकसित करनी चाहिए।

5. ड्राइवर ख़रीददार

पाँचवें प्रकार का ख़रीददार किसी अन्य व्यक्तित्व-प्रकार से ज़्यादा कार्य-केंद्रित होता है। उसमें *डायरेक्टर* का व्यक्तित्व होता है। वह स्पष्टवादी तथा अधीर होता है और सीधे बिंदु तक पहुँचना चाहता है। वह व्यावहारिक होता है। उसकी सबसे बड़ी चिंता होती है *परिणाम पाना*।

चूँकि कार्य-केंद्रित ख़रीददार अधीर और बहिर्मुखी होता है, इसलिए वह आपके साथ स्पष्टवादी और मुद्‌दे तक सीमित रहेगा। वह यह जानना चाहेगा कि आपका प्रॉडक्ट क्या है, यह क्या करता है, उसे कौन से परिणाम मिलेंगे, इसकी लागत कितनी है, वह यह विश्वास कैसे कर सकता है कि आपका प्रॉडक्ट आपके वादों पर खरा उतरेगा और इसमें कितना लंबा समय लगेगा।

सीधे बिंदु पर आएँ। इस तरह का ख़रीददार छुटपुट बातचीत पसंद नहीं करता और उसकी सेल्सपर्सन के साथ मधुर संबंध बनाने में कोई रुचि नहीं होती। वह फटाफट अंतिम बिंदु पर पहुँचना और निर्णय लेना चाहता है, हाँ या नहीं।

परिणाम-केंद्रित या कार्य-केंद्रित व्यक्ति उन पेशों की ओर रुझान रखते हैं, जहाँ उनका स्वभाव सबसे ज़्यादा माँग में होता है। वे उद्यमी, महत्त्वाकांक्षी सेल्स पीपल और सेल्स मैनेजर बन जाते हैं। वे उन पदों पर सीनियर एक्ज़ीक्यूटिव बन जाते हैं, जहाँ वे मापे जा सकने वाले परिणामों के लिए सीधे ज़िम्मेदार होते हैं। वे फ़ायर चीफ़ और एसडब्ल्यूएटी टीमों के मुखिया होते हैं। वे ऐसे लोग होते हैं, जो काम को तेज़ी से कराते हैं और अच्छी तरह कराते हैं।

वे व्यस्त और तल्लीन होते हैं। कार्य-केंद्रित ख़रीददार व्यस्त होते हैं। आप उनके काम में हस्तक्षेप कर रहे हैं और उन्हें उस चीज़ से दूर रख रहे हैं, जिसे वे आपसे ज़्यादा महत्त्वपूर्ण मानते हैं। वे चाहते हैं कि आप तुरंत मुद्‌दे की बात पर आ जाएँ। वे इस बारे में लंबी भूमिका नहीं चाहते कि आपके प्रॉडक्ट या सेवा को कैसे बनाया जाता है। वे तो आपसे बस इस सवाल का जवाब चाहते हैं, "इसमें मेरे लिए क्या है?"

> **वे तो आपसे बस इस सवाल का जवाब चाहते हैं, "इसमें मेरे लिए क्या है?"**

इस प्रकार के ख़रीददार के साथ व्यवहार करना आनंद भरा होता है, बशर्ते आप यह प्रदर्शित कर सकें कि आपका प्रॉडक्ट या सेवा उसे वे परिणाम दिला देगा, जो वह चाहता है। सभी ख़रीददारों की तरह वह बेहतरी चाहता है और यह जितनी जल्दी स्पष्ट

हो जाता है कि आपका प्रॉडक्ट उसके जीवन या काम-धंधे को बेहतर बनाएगा, वह आपको उतनी ही जल्दी *हाँ* का जवाब दे देगा।

कार्य-केंद्रित ख़रीददार निर्णायक और स्पष्ट होते हैं। वे जानते हैं कि वे क्या चाहते हैं, और अगर आपके पास यह है, तो वे इसे तुरंत पाना चाहेंगे और *तुरंत ही* इसका इस्तेमाल शुरू करना चाहेंगे। जब आप इस जैसे किसी ख़रीददार से मिलते हैं, तो आपको अपनी प्रस्तुति की गति बढ़ा लेनी चाहिए, जल्दी से मुद्दे की बात पर आ जाना चाहिए और उसे मिलने वाले विशिष्ट परिणामों या लाभों पर ध्यान केंद्रित करना चाहिए। इस प्रकार के ख़रीददारों की संख्या लगभग 25 प्रतिशत होती है, जो इस बात पर निर्भर करती है कि आप क्या बेचते हैं।

6. सामाजिक ख़रीददार

छठे प्रकार का ख़रीददार "सामाजिक" प्रकार का ख़रीददार होता है। यह बहिर्मुखी होता है। वह परिणाम पाने के लिए लोगों के साथ और उनके ज़रिये काम करना पसंद करता है। उसे अक्सर "एकीकृत ख़रीददार" कहा जाता है, क्योंकि वह लोगों पर और काम पर केंद्रित होने के बीच एक अच्छे संतुलन के साथ काम करता है।

इस प्रकार का ख़रीददार उन क्षेत्रों की ओर रुझान रखता है, जिनमें काम कराने के लिए अलग-अलग प्रकार के लोगों के बीच बहुत समन्वय की ज़रूरत होती है। वे सुपरवाइज़र, मैनेजर और एक्ज़ीक्यूटिव बन जाते हैं, साथ ही ऑर्केस्ट्रा कंडक्टर, बड़ी पेशेवर फ़र्मों के वरिष्ठ प्रशासक, ग़ैर-लाभकारी संगठनों के प्रेसिडेंट और अन्य पदों पर आसीन हो जाते हैं, जहाँ लक्ष्य हासिल करने के लिए बहुत से अलग-अलग प्रकार के लोगों को समन्वित करने की योग्यता ज़रूरी होती है।

सामाजिक ख़रीददार उपलब्धि-केंद्रित होता है। उसकी बहिर्मुखी, सामाजिक प्रकृति की वजह से इस व्यक्ति की मुख्य चिंता वह खुद और दूसरे लोग हैं। उसे आपके बारे में भी बात करना उतना ही पसंद होता है, जितना कि खुद के बारे में। वह उपलब्धियों और परिणामों के बारे में बात करना पसंद करता है। वह आपको यह बताकर खुश होता है कि उसने अतीत में क्या किया है और उसकी आपके तथा आपकी उपलब्धियों के बारे में जानने में बहुत रुचि होती है।

कई बार सामाजिक ख़रीददार बहुत जल्दी सहमत हो जाता है, लेकिन उसे विवरण याद नहीं रहते। हो सकता है कि वह आपके साथ किसी चीज़ को करने या आपसे कुछ ख़रीदने के बारे में सहमत हो जाए, लेकिन कुछ दिनों बाद इसके बारे में पूरी तरह भूल जाए। या इससे भी बुरी बात, उसे बातचीत बिलकुल अलग रूप में याद

हो और वह मुलाक़ात की आपकी व्याख्या सुनकर हैरान भी हो सकता है।

इसे कागज़ पर लिख लें। जब आप इस प्रकार के बहिर्मुखी ख़रीददार से मिलें, तो किसी तरह ही सहमति बनते ही आपको इसे लिख लेना चाहिए और उसे एक प्रति दे देनी चाहिए। याद रखें, इस प्रकार के ख़रीददार के साथ "समझ ग़लतफ़हमियों को रोकती है।"

इस प्रकार के ख़रीददार ग्राहक बाज़ार में लगभग 25 प्रतिशत होते हैं। आप हमेशा बता सकते हैं कि आप कब किसी सामाजिक प्रकार के ख़रीददार से मिलते हैं, क्योंकि वह गर्मजोशी से भरा, दोस्ताना, बहिर्मुखी होगा, आपमें रुचि लेगा और बहुत से सवाल पूछेगा।

अलग-अलग लोगों के लिए अलग-अलग नीति

ज़्यादातर सफल सेल्स पीपल या तो *सामाजिक* या *डायरेक्टर* होते हैं या उनमें इन दोनों शैलियों का तालमेल होता है। संबंध बनाने वाला सेल्सपर्सन आमतौर पर दूसरों की राय के प्रति इतना ज़्यादा संवेदनशील होगा कि वह कभी ऑर्डर ही नहीं माँगेगा या बिक्री को क्लोज़ करने की कोशिश ही नहीं करेगा। विश्लेषणात्मक प्रकार का सेल्सपर्सन विवरणों और जानकारी को इकट्ठी करने के बारे में इतना ज़्यादा चिंतित रहेगा कि वह कभी किसी प्रॉस्पेक्ट से मिलने ही नहीं जाएगा। अगर वह प्रॉस्पेक्ट से मिलने चला भी जाए, तो वह उस प्रॉस्पेक्ट के बारे में और जानकारी हासिल करने के बारे में इतना ज़्यादा चिंतित रहेगा, जितना कि ऑर्डर माँगने के बारे में नहीं रहेगा।

बिक्री में एक बड़ी समस्या यह है कि हम सभी में संसार को अपनी ख़ुद की नज़रों से देखने की प्रवृत्ति होती है। फलस्वरूप हममें हर व्यक्ति के साथ ऐसा व्यवहार करने की प्रवृत्ति होती है, मानो वे हमारे ही जैसे हों। अगर आप सामाजिक प्रकार के सेल्सपर्सन हैं, तो आप हर एक के साथ ऐसा व्यवहार करेंगे, मानो वे भी सामाजिक हों। यदि आप डायरेक्टर प्रकार के सेल्सपर्सन हैं, तो आप स्पष्टवादी और मुद्दे तक सीमित रहेंगे और जब आप लोगों को ख़रीदने के अच्छे कारण दिखा देते हैं, तो आप उनसे तुरंत निर्णय लेने की उम्मीद करेंगे।

व्यक्तित्व का लचीलापन। बिक्री में सफलता पाने के लिए आपको *व्यक्तित्व का लचीलापन* विकसित करना होगा। इसके लिए यह आवश्यक है कि आप जिस प्रॉस्पेक्ट से बात कर रहे हैं, उसका आंकलन करने में कुछ पल लगाएँ और अपने व्यक्तित्व को उसी अनुरूप ढाल लें।

यदि आप किसी *संबंध बनाने वाले व्यक्ति* से बात कर रहे हैं, तो धीमे हो जाएँ,

बहुत सारे सवाल पूछें और संबंध पर ध्यान केंद्रित करें। यह समझने में प्रॉस्पेक्ट की मदद करें कि सभी प्रभावित लोग आपके प्रॉडक्ट या सेवा की प्रशंसा करेंगे। कभी भी उस व्यक्ति को जल्दबाज़ी या हड़बड़ी में लाने की कोशिश न करें या उससे तुरंत निर्णय लेने को न कहें। धीरे-धीरे और धैर्य से बढ़कर आप अंततः संबंध जोड़ने वाले ख़रीददार के साथ सफल होंगे।

जब आप किसी *विश्लेषक* से मिल रहे हों, तो एक बार फिर आपको धीमे होना चाहिए और विवरणों पर केंद्रित होना चाहिए। हर सवाल का जवाब देने में समय लें, बेहतर होगा कि लिखित में। अपने दावों के संदर्भ में विशिष्ट रहें। अपनी बातचीत में मौन की अनुमति दें और आपने अभी-अभी जो कहा है, प्रॉस्पेक्ट को उस बारे में सोचने का समय दें। धैर्यवान, विनम्र और लगनशील बनें।

ग्राहक जो चाहता है, वह उसे दें

ड्राइवर प्रकार के ख़रीददार के साथ पेश आते वक़्त आपको सीधे मुद्‌दे पर आना चाहिए। भले ही आप सामाजिक हों और आपको बातें करना तथा लोगों से जान-पहचान करना अच्छा लगता है, लेकिन ड्राइवर ख़रीददार के साथ बात करते समय आपको इस प्रवृत्ति को क़ाबू में रखना चाहिए। इसके बजाय उसके प्रश्नों के सीधे जवाब दें और उस अंतिम परिणाम पर ध्यान केंद्रित करें, जो आपके प्रॉडक्ट या सेवा का इस्तेमाल करने पर उसे मिलेगा। ड्राइवर ख़रीददार को जितना ज़्यादा विश्वास होता है कि आपका प्रॉडक्ट या सेवा कम समय में उसकी मदद करेगी, वह उतनी ही तेज़ी से ख़रीदने का निर्णय लेगा।

जब आप सामाजिक ख़रीददार से मिल रहे हों, तो सकारात्मक और खुले बनें। जब प्रॉस्पेक्ट व्यक्तिगत या कारोबारी मसलों के बारे में बात करने लगे, जिनका आपके प्रॉडक्ट से कोई लेना-देना न हो, तो धीरे से बातचीत को दोबारा अपनी यात्रा के कारण पर केंद्रित कर लें। जब प्रॉस्पेक्ट आगे बढ़ने के लिए सहमत हो जाए, तो बिक्री का ऑर्डर तुरंत ले लें और जल्दी से जल्दी हस्ताक्षर करा लें। वरना वह भूल सकता है।

दूसरों का अवलोकन और विश्लेषण करने में समय लगाएँ

बेचना शुरू करने से पहले पता लगाएँ कि आप किस प्रकार के व्यक्ति से बात कर रहे हैं। इसके बाद अपने जवाब और प्रस्तुति इस तरह दें कि यह *आपके* बजाय *उसकी* आवश्यकताओं को संतुष्ट करे।

इससे भी बेहतर यह रहेगा कि आप चार अलग-अलग प्रकार की बिक्री प्रस्तुतियाँ तैयार कर लें - विश्लेषक/विचारक, संबंध बनाने वाला/व्यक्तिप्रधान व्यक्ति,

डायरेक्टर/ड्राइवर, और सामाजिक/उपलब्धि प्रकार के ख़रीददार। जब आप ख़ुद को अलग-अलग प्रकार के ग्राहकों से मिलते पाएँ, तो भिन्न-भिन्न बिक्री भूमिकाओं में अंदर जाने और बाहर निकलने के लिए तैयार रहें।

बिलकुल साथ चलना

जब सेल्सपर्सन प्रॉस्पेक्ट के साथ कुछ हद तक विश्वास और तालमेल जमा लेता है, उसके *बाद* ही बिक्री प्रक्रिया की सच्ची शुरुआत होती है। *विश्वास* आज बिक्री प्रक्रिया का प्रमुख घटक है। जब तक कोई व्यक्ति आपको पसंद नहीं करता और आप पर विश्वास नहीं करता, तब तक वह आपके प्रॉडक्ट के बारे में विश्वास नहीं करेगा कि यह उसके या उसकी कंपनी के लिए कितना अच्छा हो सकता है। विश्वास ही सब कुछ है।

प्रॉडक्ट या सेवा जितनी बड़ी होती है, आमतौर पर विश्वास और तालमेल की भावना बनाने में उतना ही लंबा समय लगता है। बड़े प्रॉडक्ट या सेवाओं के मामले में पहली मुलाक़ात तो एक दूसरे को टटोलने और यह एहसास करने में ही बीत सकती है कि सेल्सपर्सन और कंपनी के बीच अच्छा तालमेल बनता है या नहीं।

विश्वास बनाने का तरीक़ा

किसी बिक्री संबंध में विश्वास बनाने का सर्वश्रेष्ठ तरीक़ा है *प्रॉस्पेक्ट से सवाल पूछना और ग़ौर से जवाब सुनना*। आप यह जितना ज़्यादा दिखाते हैं कि आप प्रॉस्पेक्ट और उसकी स्थिति में सचमुच रुचि लेते हैं, प्रॉस्पेक्ट आपको जानकारी देने और आपके सुझाव स्वीकार करने के प्रति उतना ही ज़्यादा खुला होगा।

और कभी भी अपने प्रॉडक्ट या सेवा के बारे में तब तक बात शुरू न करें, जब तक कि आप *मित्रता घटक* को सक्रिय न कर लें। आपको मित्रता का बंधन विकसित करना होता है, तभी आप किसी ग्राहक संबंध के विकास में पुल बना सकते हैं।

ग्राहक सतर्क होते हैं

महँगे, अत्याधुनिक प्रॉडक्ट बेचने में ज़्यादा समय लगता है, जिनका जीवन और इंस्टॉलेशन समय लंबा होता है। उनमें अक्सर उस बिंदु तक पहुँचने में ही तीन-चार यात्राएँ लग जाएँगी, जहाँ संबंध इतना शक्तिशाली हो कि आप व्यवसाय पर गंभीरता से बात कर सकें। यह असामान्य नहीं है कि बिक्री प्रक्रिया में छह महीनों या अधिक की बैठकों और प्रस्तावों की आवश्यकता पड़े, तब कहीं जाकर ग्राहक एक बड़ा, दीर्घकालीन वादा करने लायक़ आरामदेह महसूस करे। धैर्यवान बनें।

इस सावधानी और विलंब के पीछे एक अच्छा कारण है। कई मामलों में प्रॉस्पेक्ट की प्रतिष्ठा, यहाँ तक कि उसका करियर भी, दाँव पर लगा हो सकता है। यदि वह अपनी कंपनी के लिए ग़लत ख़रीददारी निर्णय ले ले, तो इससे उसकी नौकरी पर आँच भी आ सकती है। उसकी पदावनति की जा सकती है, यहाँ तक कि उसे निकाला भी जा सकता है। इस वजह से वह ग़लती करना गवारा नहीं कर सकता।

जल्दी ही पात्रता की जाँच शुरू करें

ग्राहक के साथ अपनी पहली मुलाक़ात में एप्रोच क्लोज़ या प्रदर्शन क्लोज़ का इस्तेमाल करें। इससे आपको तुरंत ही उसकी पात्रता-जाँच करने में मदद मिलती है। इन सवालों में से एक या दोनों क्लोज़ आपको शुरुआत में ही बता देती हैं कि वह आपके प्रॉडक्ट के लिए बाज़ार में है या नहीं।

"यदि मैं आपको ठीक वही कार दिखा सकूँ, जिसकी आपको तलाश है, शायद शहर में सबसे अच्छी क़ीमत पर, तो क्या आप इसे ड्राइव पर ले जाने में रुचि लेंगे?"

यदि प्रॉस्पेक्ट कहता है, "नहीं, मैंने अभी-अभी एक कार ख़रीदी है और मुझे कुछ सालों तक दूसरी कार की ज़रूरत नहीं होगी," तो आप जान जाते हैं कि यह व्यक्ति प्रॉस्पेक्ट नहीं है। उसकी स्थिति के बारे में ज़्यादा समझने और उच्च गुणवत्ता का संबंध स्थापित करने की कोशिश में कोई तुक नहीं है। वह बाज़ार में ही नहीं है।

प्रस्तुति का उद्देश्य

आपका शुरुआती प्रश्न यह पता लगाने के बारे में होता है कि आप जो बेच रहे हैं, सामने वाला व्यक्ति उस चीज़ के लिए प्रॉस्पेक्ट है या नहीं। बाद के प्रश्नों का उद्देश्य प्रॉस्पेक्ट की पात्रता की आगे जाँच करना है और उन प्रमुख कारणों का पता लगाना है, जिनसे वह ख़रीद सकता है।

हर प्रॉडक्ट में बहुत-सी विशेषताएँ और लाभ होते हैं। कहावत है, "विशेषताएँ दिलचस्पी जगाती हैं, लेकिन लाभ ख़रीदने की इच्छा जगाते हैं।"

प्रस्तुति का उद्देश्य उन विशेषताओं को समझाना है, जो आपके प्रॉडक्ट या सेवा में शामिल हैं। इसका उद्देश्य उन लाभों को प्रदर्शित करना भी है, जो आपके प्रॉस्पेक्ट को उससे मिलते हैं। आप एक तरह के जासूस होते हैं। आप उन सुरागों की तलाश कर रहे हैं, जो आपको बिक्री की ओर ले जाएँगे। आप प्रॉस्पेक्ट की ख़रीददारी में रुचि जगाने के उद्देश्य से विशेषताओं और लाभों की प्रस्तुति दे रहे हैं। आप उन कारणों को खोजने के लिए देख और सुन रहे हैं कि वह क्यों ख़रीदेगा।

एक समय में एक ही विशेषता/लाभ प्रस्तुत करें

आपकी प्रस्तुति की प्रक्रिया आपके प्रॉडक्ट या सेवा पर उपलब्ध सारी जानकारी बताना नहीं है। यह तो एक समय में एक विशेषता या एक लाभ दिखाना है और यह पता लगाना है कि इनमें से किन लाभों में आपके प्रॉस्पेक्ट की सबसे ज़्यादा रुचि है।

अगर आपके पास घटते महत्त्व के क्रम में दस विशेषताएँ और लाभ हैं, जिनमें आपके प्रॉडक्ट द्वारा दिया जाने वाला सबसे आकर्षक लाभ सबसे ऊपर और सबसे कम आकर्षक सबसे नीचे हो, तो अपनी विशेषताओं और लाभों पर से उसी क्रम में पर्दा हटाएँ। जब आप अपना दूसरा सबसे वांछित लाभ बताएँ और अगर उसी पर आपका प्रॉस्पेक्ट उत्साहित हो जाए और गहन रुचि लेने लगे, तो फिर आप उस लाभ पर केंद्रित हो सकते हैं और क्लोज़ की ओर बढ़ना भी शुरू कर सकते हैं।

बिक्री पूरी करें

एक बार जब यह स्पष्ट हो जाता है कि आपका ग्राहक आपके प्रॉडक्ट के किसी ख़ास लाभ को सबसे ज़्यादा चाहता है, तो आपको नंबर तीन से नंबर दस तक जाने की ज़रूरत नहीं रहती है। जब आप *हॉट बटन* खोज लें, तो उस ख़ास लाभ पर ध्यान केंद्रित करें, ग्राहक को दिखाएँ कि जब वह आपका प्रॉडक्ट ख़रीदता है, तो वह किस तरह उस लाभ का आनंद ले सकता है।

प्रॉस्पेक्ट आपकी प्रस्तुति के किसी ख़ास बिंदु की प्रतिक्रिया में कहता है, "वाह! यह बेहतरीन है। मैंने इसे पहले कभी नहीं देखा। हमें यहाँ उसकी ज़रूरत है। इस जैसी किसी चीज़ को पहुँचाने में कितना समय लगता है?"

जब यह हो, तो आप *तुरंत* ही ऑर्डर माँग सकते हैं। आपको आगे बात करने की ज़रूरत नहीं है। बस कहें, "आपको कितनी जल्दी इसकी ज़रूरत है?" और बिक्री को क्लोज़ कर दें।

ख़रीददार कई बार उसी समय तैयार होते हैं

मैं एक शीर्षस्थ म्यूचुअल फ़ंड सेल्सपर्सन से मिला था, जिसने अपनी बिक्री प्रस्तुति तैयार करने में बरसों लगाए थे। यह सामान्य से विशेष की ओर जाती थी। इसमें हर वह लाभ शामिल था, जो निवेशक को किसी म्यूचुअल फ़ंड से मिल सकता था। पूरी प्रस्तुति में बत्तीस अलग-अलग बिंदु थे, जिनमें से किसी पर भी वह बिक्री को क्लोज़ कर सकता था।

उसने मुझे बताया कि हर प्रॉस्पेक्ट जब पहली बार सेल्सपर्सन से मिलता है, तो

या तो वह ख़रीदने के बहुत क़रीब होता है या बहुत दूर होता है। दरअसल, ज़्यादातर प्रॉस्पेक्ट कहीं बीच में होते हैं। कुछ प्रॉस्पेक्टों को हाँ कहने के लिए बस एक-दो कारणों की ज़रूरत होती है। बाक़ी प्रॉस्पेक्टों को बिक्री की ज़्यादा लंबी प्रक्रिया की ज़रूरत होती है, तभी वे ख़रीदने को तैयार होते हैं। उसने अपनी बिक्री प्रस्तुति इस तरह तैयार की थी, ताकि वह किसी भी मिलने वाले प्रॉस्पेक्ट के साथ प्रभावी हो, चाहे वह ख़रीददारी के चक्र में किसी भी अवस्था में हो।

जल्दी ऑर्डर माँग लें

कई बार वह किसी बहुत ज़्यादा पात्र प्रॉस्पेक्ट के साथ बिलकुल शुरुआत में ही क्लोज़ कर सकता था। अपनी म्यूचुअल फ़ंड प्रस्तुति में वह इस तरह का सवाल पूछकर शुरुआत करता था, "क्या आप आज बाज़ार में सबसे कम संभव जोख़िम के साथ अपने पैसे पर सबसे ज़्यादा लाभ पाने का तरीक़ा देखना चाहेंगे?"

यदि प्रॉस्पेक्ट *हाँ* कहता था, तो मेरा मित्र एक काग़ज़ निकालता था और उस पर दो गोले खींचता था। वह कहता था, "मिस्टर प्रॉस्पेक्ट, ये दो गोले बताते हैं कि आप अपने पैसे के साथ क्या कर सकते हैं। अगर आप अपना पैसा पहले गोले में लगाते हैं, जो एक पारंपरिक बचत ख़ाता है, तो आप टैक्स से पहले अपने पैसे पर 3 से 5 प्रतिशत कमा सकते हैं। ठीक है?

लेकिन अगर आप अपना पैसा दूसरे गोले में लगाते हैं, जो एक अच्छे प्रबंधन वाला म्यूचुअल फ़ंड है, तो आप अपने पैसे पर 10 से 15 प्रतिशत तक कमा सकते हैं और आपको उस पैसे पर कोई टैक्स नहीं देना पड़ता, जब तक कि आप अपना पैसा न निकालें। आप इनमें से कौन-सा पसंद करेंगे?"

प्रायः ग्राहक कहेगा, "देखिए, मैं अपने पैसे पर 10 से 15 प्रतिशत मुनाफ़ा कमाना चाहूँगा।"

सेल्समैन कहता था, "बेहतरीन! क्यों न हम इसी समय शुरू कर दें?"

सेल को क्लोज़ करने के लिए क़दम उठाएँ

फिर वह एक आवेदन पत्र लेता था, इसके दाएँ हाथ के ऊपरी कोने पर तारीख़ लिखता था और पूछता था, "आपके सरनेम की सही स्पेलिंग क्या है?" जब प्रॉस्पेक्ट उसे अपने नाम की स्पेलिंग बता देता था, तो बिक्री हो जाती थी। इसके बाद वह विवरण लेता था और सौदे को अंतिम रूप दे देता था। यह सेल्समैन अंततः पूरे देश में अपने क्षेत्र में सबसे सफल और सबसे ज़्यादा भुगतान पाने वाले लोगों में से एक बन गया।

पहल रखें

कई बार प्रॉस्पेक्ट कहता था, "ज़रा ठहरें, ज़रा ठहरें। मुझे इस बारे में सोचने के लिए कुछ समय चाहिए।"

वह तत्काल कहता था, "क्या मैं पूछ सकता हूँ कि आज आपके बचत ख़ाते में कितना पैसा है?"

"लगभग पाँच हजार।"

मेरा मित्र फिर कहता था, "मिस्टर प्रॉस्पेक्ट, आप क्या सोचते हैं, कौन-सा सबसे अच्छा है, 3 से 5 प्रतिशत, या फिर 10 से 15 प्रतिशत?"

"देखिए, मुझे लगता है कि 10 से 15 प्रतिशत बेहतर है," उसका प्रॉस्पेक्ट प्रतिक्रिया करता था।

"बिलकुल! क्या आपके पास चेकबुक है?" फिर वह *मान लेता था* कि बिक्री हो चुकी है और वह ऑर्डर फ़ॉर्म भरने लगता था। तब बिक्री को रोकने के लिए प्रॉस्पेक्ट को उसे रोकना होता था और ग्राहक उसे शायद ही कभी रोकता था।

उसने यह पाया कि किसी पात्र प्रॉस्पेक्ट के साथ पेश आते समय वह सेल क्लोज़ करने में उसी समय जुट सकता है, जिस समय प्रॉस्पेक्ट यह स्पष्ट कर देता था कि वह प्रॉडक्ट ख़रीदने पर मिलने वाले बुनियादी लाभ को चाहता है। हमने इतने बरसों में यह पाया है कि कई बिक्रियाँ अनावश्यक रूप से ज़्यादा लंबी खिंचती हैं, क्योंकि सेल्स पीपल ऑर्डर माँगने के अनिच्छुक होते हैं और सौदे को क्लोज़ या पूर्णता पर नहीं लाते हैं।

कई बिक्रियाँ अनावश्यक रूप से ज़्यादा लंबी खिंचती हैं, क्योंकि सेल्स पीपल ऑर्डर माँगने के अनिच्छुक होते हैं और सौदे को क्लोज़ या पूर्णता पर नहीं लाते हैं।

मूर्त बनाम अमूर्त प्रॉडक्ट बेचना

किसी मूर्त प्रॉडक्ट पर सेल को क्लोज़ करने के लिए जिस तरीक़े की ज़रूरत होती है, किसी अमूर्त प्रॉडक्ट को क्लोज़ करने के लिए उससे भिन्न तरीक़े की ज़रूरत होती है। जब आप कार, फ़ोटोकॉपियर, सेल फ़ोन या फ्रिज जैसे किसी मूर्त प्रॉडक्ट पर प्रस्तुति दे चुकें और प्रॉस्पेक्ट आगे कोई सवाल न पूछे, तो आपको तुरंत ऑर्डर माँग लेना चाहिए। जब प्रॉस्पेक्ट पूरी तरह समझ जाए कि आप क्या बेच रहे हैं, यह कैसे काम

करता है और इसका मालिक बनने से उसे कैसे लाभ होगा, तो यह सेल को क्लोज़ करने का समय है।

जब आप अपनी प्रस्तुति पूरी कर लेते हैं, तो प्रॉस्पेक्ट हर चीज़ जान जाता है, जो वह आपके प्रॉडक्ट या सेवा ख़रीदने और उसका आनंद लेने के बारे में कभी जान पाएगा। वह आपके या उसके जाने के बाद कोई नई या भिन्न चीज़ नहीं सीखेगा। यह बिक्री प्रस्तुति का चरम बिंदु है। इस बिंदु के बाद ग्राहक धीरे-धीरे प्रॉडक्ट की विशेषताओं और लाभों को भूल जाएगा और वह ख़रीदने की रुचि तथा इच्छा धीरे-धीरे गँवा देगा।

विनम्र लेकिन दृढ़ रहें

अगर प्रॉस्पेक्ट कहता है, "देखिए, यह काफ़ी अच्छा दिखता है; मुझे इस बारे में सोचने दें," तो तुरंत जवाब दें, "मिस्टर प्रॉस्पेक्ट, इस पल आप पहले ही हर चीज़ जान चुके हैं, जो आप इस प्रॉडक्ट के बारे में कभी जान पाएँगे। आपने मुझे जो बताया है, उसके आधार पर ऐसा लगता है कि यह आपके लिए एक उत्कृष्ट चयन है। आप इसे ले क्यों नहीं लेते?"

आप बहुत हैरान होंगे, जब प्रॉस्पेक्ट अक्सर कहेगा, "ठीक है, मैं इसे ले लेता हूँ।"

लेकिन अगर आप प्रॉस्पेक्ट को दूर जाने और "इस बारे में सोचने" का अवसर देते हैं, तो संभावना इस बात की है कि प्रॉस्पेक्ट धीरे-धीरे भूल जाएगा कि वह आपके प्रॉडक्ट या सेवा के प्रति कभी आकर्षित भी क्यों हुआ था। इससे भी बुरी बात, प्रॉस्पेक्ट किसी दूसरे सेल्समैन से टकरा जाएगा, जो थोड़ा ज़्यादा दृढ़ होगा और उससे आपका प्रॉडक्ट ख़रीद लेगा। यह सारे समय होता है।

दोबारा फ़ोन न करें

जब मैं नया सेल्समैन था और बेचना शुरू कर रहा था, तब मैं ऑफ़िस-ऑफ़िस जाकर लगभग सौ स्थानीय रेस्तराँओं के डिस्काउंट कार्ड बेच रहा था। क़ीमत बीस डॉलर थी। जब भी कार्ड का मालिक इसे किसी रेस्तराँ में दिखाता था, तो उसे बिल पर 10 से 20 प्रतिशत की छूट मिल जाती थी। कार्ड की क़ीमत एक-दो इस्तेमाल में ही वसूल हो जाती थी। यह एक आसान प्रॉडक्ट था, एक आसान लाभ था, एक आसान निर्णय था और एक आसान बिक्री थी।

लेकिन जब मैं बेचने के लिए बाहर निकलता था, तो बहुत घबराया होता था। मैं अपनी प्रस्तुति देता था और फिर इंतज़ार करता था। प्रॉस्पेक्ट हमेशा कहता था, "ठीक है, मुझे इस बारे में सोचने दें।"

मैं प्रॉस्पेक्ट को बहुत-बहुत धन्यवाद देता था और उसे कुछ दिनों बाद दोबारा फ़ोन करने का वादा करता था, जब उसे "इस बारे में सोचने" का मौक़ा मिल जाएगा। हैरानी की बात है! कोई भी इस बारे में सोच नहीं पाया और किसी ने भी कार्ड नहीं ख़रीदा। जब मैंने फ़ोन किया, तो प्रॉस्पेक्ट कभी उपलब्ध नहीं रहता था। अगर मैं लौटकर उसके ऑफ़िस जाता था, तो मुझे अनिश्चित काल तक वेटिंग रूम में बैठा दिया जाता था। मैं लगभग कोई बिक्री नहीं कर पा रहा था और मैं उतावला हो रहा था।

बत्ती जल गई

एक दिन अचानक मेरे दिमाग़ की बत्ती जल गई। मुझे एहसास हुआ कि यह मैं था, जिसकी वजह से प्रॉस्पेक्ट ख़रीदने से झिझक रहे थे। मैंने अपने दिमाग़ में पहले ही फ़ैसला कर लिया था कि लोगों को इस बारे में सोचने की ज़रूरत है। अगर प्रॉस्पेक्ट झिझकता था, तो मैं ख़ुद ही यह सुझाव दे देता था, "आप इस बारे में सोच क्यों नहीं लेते?"

उस दिन के बाद मैंने एक नई रणनीति ईजाद की। जब मैं अपनी प्रस्तुति पूरी कर लेता था और प्रॉस्पेक्ट कहता था, "अच्छा, मुझे इस बारे में सोचने दें," तो मैं कहता था, "अफ़सोस है। मैं दोबारा फ़ोन नहीं करता हूँ।"

मुझे याद है, जब मैंने पहली बार किसी प्रॉस्पेक्ट से यह कहा था। वह हैरान रह गया था, "आपका क्या मतलब है?" मैंने उसे बताया, "मिस्टर प्रॉस्पेक्ट, आप हर चीज़ जानते हैं, जिसकी ज़रूरत आपको आज ही निर्णय लेने के लिए है। यह एक बेहतरीन प्रॉडक्ट है, जो एक-दो इस्तेमाल में ही इसकी क़ीमत वसूल कर देता है। उसके बाद आप कार्ड की लागत का पाँच या सौ गुना भी बचा सकते हैं। आप इसे ले क्यों नहीं लेते?"

मुझे हैरानी हुई, जब प्रॉस्पेक्ट ने कहा, "ठीक है। इसमें समझदारी लगती है। मैं इसे ले लेता हूँ।"

मैं बेचने और क्लोज़िंग के प्रति एक बिलकुल नए नज़रिये के साथ बाहर निकला। अपनी अगली कॉल में मैंने वहीं चीज़ें कीं और कहीं। मुझे दोबारा बिक्री मिल गई। अपनी तीसरी कॉल में भी मुझे यही परिणाम मिले। जल्द ही मैं अपनी कंपनी में किसी दूसरे से ज़्यादा बेच रहा था और उनमें से अधिकतर को मिलाकर भी उनसे ज़्यादा बेच रहा था। मैंने लगभग हर मिलने वाले व्यक्ति को बेचा, क्योंकि मैंने दोबारा फ़ोन करने से इंकार कर दिया था। इस बारे में सोचें कि यह आपकी बिक्री पर भी कैसे लागू हो सकता है।

अमूर्त चीज़ें भिन्न हैं

अगर आप कोई *अमूर्त* प्रॉडक्ट बेच रहे हैं, जहाँ प्रॉस्पेक्ट आपकी पेशकश में शामिल उपयोगिता से लाभ उठाने की स्थिति में हो सकता है या नहीं हो सकता, तो आपको आमतौर पर एक से ज़्यादा कॉल करने की ज़रूरत होती है।

पहली कॉल में आप केवल *प्रॉस्पेक्टों* को *संदिग्ध लोगों* से अलग करते हैं। आप सवाल पूछते हैं और यह तय करने के लिए प्रॉस्पेक्ट की पात्रता-जाँच करते हैं कि क्या उसे आपके प्रॉडक्ट या सेवा से लाभ हो सकता है। आप उसकी सटीक आवश्यकताओं का पता लगाते हैं और फिर कुछ सुझावों तथा शायद एक लिखित प्रस्ताव के साथ दूसरी मुलाक़ात करने का प्रस्ताव रखते हैं।

बिक्री के "दो क़दमों" का इस्तेमाल करें

बीमा पॉलिसी, निवेश या किसी तरह की सेवा जैसे किसी अमूर्त प्रॉडक्ट को बेचते समय, जिसे ग्राहक की ख़ास आवश्यकताओं के अनुरूप ढालने की ज़रूरत होती है, *दो क़दमों की बिक्री* का इस्तेमाल करें। पहली मुलाक़ात में आप यह तय करने के लिए सवाल पूछते हैं कि क्या प्रॉस्पेक्ट को आपके प्रॉडक्ट या सेवा से लाभ हो सकता है। दूसरी मुलाक़ात में आप क़ीमत, शर्तों आदि विवरणों से पूर्ण प्रस्ताव या सलाह के साथ लौटते हैं और प्रॉस्पेक्ट को दिखाते हैं कि आप जो बेच रहे हैं, उससे उसे सबसे ज़्यादा लाभ कैसे हो सकता है।

ज़्यादा जटिल सेवा बेचते समय आप दो क़दमों की बिक्री का इस्तेमाल इस कारण करते हैं, क्योंकि पहली मुलाक़ात में आप ख़रीददार को सुझाव देने की स्थिति में नहीं होते हैं। आपके पास ऑर्डर माँगने के लिए पर्याप्त जानकारी नहीं होती, न ही पर्याप्त तालमेल और विश्वास होता है।

पूर्व योजना ख़राब प्रस्तुतियों को रोकती है

योजनाबद्ध प्रस्तुति बिक्री के पेशे में उच्च भुगतान पाने वाले पेशेवरों को कम भुगतान वाले नौसिखियों से अलग करने वाला लक्षण है। योजनाबद्ध प्रस्तुति अनसोची प्रस्तुति के मुकाबले बीस गुना ज़्यादा शक्तिशाली होती है। शीर्षस्थ 10 प्रतिशत में आने वाले सभी बिक्री पेशेवर योजनाबद्ध प्रस्तुति का इस्तेमाल करते हैं। कम पैसे कमाने वाले जो लोग सेल्स पीपल के निचले 80 प्रतिशत वाले समूह में होते हैं, वे ग्राहकों से मिलने पर बस वही कह देते हैं, जो उनके मुँह से निकलता है। यह आपके लिए उचित मार्ग नहीं है।

कम पैसे कमाने वाले जो लोग सेल्स पीपल के निचले 80 प्रतिशत वाले समूह में होते हैं, वे ग्राहकों से मिलने पर बस वही कह देते हैं, जो उनके मुँह से निकलता है। यह आपके लिए उचित मार्ग नहीं है।

योजनाबद्ध प्रस्तुति *सीखने* और *सिखाने* की क़दम दर क़दम प्रक्रिया है। यह आपके शुरुआती प्रश्न से शुरू होती है। अपने शुरुआती प्रश्न से आप प्रॉस्पेक्ट की स्थिति और आवश्यकताओं को जानने की प्रक्रिया से गुज़रते हैं। इसके बाद आप प्रॉस्पेक्ट को यह सिखाने की प्रक्रिया पर आते हैं कि आपका प्रॉडक्ट क्या करता है और यह उसके लिए क्या कर सकता है। आप सामान्य से विशेष की ओर, ज्ञात से अज्ञात की ओर आगे बढ़ते हैं।

दिखाएँ, बताएँ और सवाल पूछें

"विशेषता और लाभ प्रस्तुति" सबसे सरल प्रक्रिया है। हर विशेषता और लाभ के लिए आप जिस सरल प्रारूप का इस्तेमाल कर सकते हैं, वह तीन हिस्सों का है - *दिखाएँ, बताएँ* और *प्रश्न पूछें*।

मिसाल के तौर पर, अगर आप कोई नया कंप्यूटर सॉफ़्टवेअर बेच रहे हैं, तो आप प्रॉस्पेक्ट को कंप्यूटर पर लोड किया हुआ सॉफ़्टवेअर *दिखाएँगे।* फिर आप प्रॉस्पेक्ट को *बताएँगे* कि वह सॉफ़्टवेअर उसके कारोबार को कैसे बेहतर बना सकता है। अंत में, *सवाल पूछें,* "क्या इससे आपके कारोबार में मदद मिलेगी?"

तीन हिस्सों की प्रस्तुति

आपके प्रॉडक्ट को प्रस्तुत करने की तीन हिस्सों वाली एक और विधि इस तंत्र का इस्तेमाल करती है : *"इसके कारण, आप यह कर सकते हैं, जिसका मतलब है..."* ये तीन हिस्से प्रॉडक्ट की विशेषता, प्रॉडक्ट के लाभ और फिर ग्राहक के लाभ हैं, जो असली कारण हैं, जिनकी वजह से ग्राहक ख़रीदेगा।

मिसाल के तौर पर, अगर आप दीवार पर टँगने वाला फ़्लैट-स्क्रीन टेलीविज़न बेच रहे हों, तो आप कह सकते हैं, "इस फ़्लैट स्क्रीन (प्रॉडक्ट की विशेषता) के कारण आप हर कोण से देख सकते हैं (प्रॉडक्ट का लाभ), जिसका मतलब है कि आप अपने लिविंग रूम को अपने परिवार और मित्रों के लिए थिएटर में बदल सकते हैं (ग्राहक का लाभ)।

अपने प्रॉडक्ट या सेवा की हर विशेषता तथा लाभ की सूची बनाएँ और फिर

दोनों तरह की प्रस्तुतियाँ लिखें। दिखाएँ कि यह क्या है, बताएँ कि यह क्या करता है और फिर फ़ीडबैक या अनुमोदन माँगें। प्रॉडक्ट की विशेषता को स्पष्ट करें, उस प्रॉडक्ट के लिए उस विशेषता के लाभ बताएँ और फिर ग्राहक को दोनों के लाभ बताएँ। आपकी प्रस्तुतियाँ इतनी ज़्यादा शक्तिशाली बन जाएँगी कि आप दंग रह जाएँगे।

आपका प्रॉडक्ट क्या करता है

किसी भी प्रॉडक्ट या सेवा को प्रस्तुत करने की दो अलग-अलग नीतियाँ हैं, जिनमें से एक का इस्तेमाल पेशेवर करते हैं और दूसरी का नौसिखिये। पहली नीति, जिसका इस्तेमाल उच्च भुगतान वाले पेशेवर करते हैं, इस बात पर ध्यान केंद्रित करने की होती है कि प्रॉडक्ट क्या "करता" है। दूसरी नीति, जिसका इस्तेमाल कम भुगतान वाले नौसिखिये करते हैं, इस बात पर ध्यान केंद्रित करने की होती है कि प्रॉडक्ट क्या "है।"

वास्तविकता में, ग्राहक को तो बस इस बात की परवाह होती है कि प्रॉडक्ट करता क्या है; इसमें उसके लिए क्या है। अगर आप कंपनियों को बेच रहे हैं, तो कोई भी किसी चीज़ को सिर्फ़ एक ही बुनियादी कारण से ख़रीदता है : पैसा या समय बनाने या बचाने के लिए। ये उसी के जवाब हैं, जो आपका प्रॉडक्ट या सेवा "करती है।" जब आप व्यवसायियों से बात करते हैं, तो उनकी चिंता केवल अंतिम परिणाम की होती है, वह प्रत्यक्ष, मापने योग्य परिणाम जो उन्हें आपके प्रॉडक्ट या सेवा के लिए पैसा देने पर मिलेगा।

चार सवाल, जिनके आपको जवाब देने चाहिए

कारोबारी लोग खुद से चार सवाल पूछते हैं। अगर आप बिक्री करना चाहते हैं, तो आपको इन सवालों का जवाब स्पष्टता से देना चाहिए। ये सवाल हैं :

1. मैं कितना *भुगतान* करता हूँ?
2. मुझे बदले में *कितना मिलता है?*
3. मुझे ये परिणाम *कितनी जल्दी* मिलते हैं?
4. मैं *कैसे यक़ीन* कर सकता हूँ कि मुझे वे परिणाम मिलेंगे, जिनका आप वादा कर रहे हैं?

आपकी पूरी बिक्री प्रस्तुति प्रॉस्पेक्ट के संतुष्ट हो जाने तक इन सवालों का जवाब देने के इर्द-गिर्द घूमनी चाहिए।

अक्सर, आपको अपने प्रॉडक्ट या सेवा ख़रीदने और उसका इस्तेमाल करने के

लिए *एक मुक़दमा तैयार करना* होगा। जिस तरह कोई वकील अदालत में एक मुक़दमा पेश करता है, काफ़ी कुछ वैसे ही आपको क्रम से, एक के बाद एक प्रमाण पेश करने होंगे, जिसमें हर विशेषता और लाभ अगली विशेषता और लाभ की ओर ले जाए तथा उसे बल प्रदान करे।

भावना या तर्क?

कई बार मैं अपने श्रोताओं से पूछता हूँ, "किसी व्यक्ति के कितने प्रतिशत निर्णय भावनाओं पर आधारित होते हैं और कितने प्रतिशत तर्क पर?"

लगभग हर व्यक्ति कहेगा कि लोग 90 प्रतिशत भावनात्मक होते हैं और केवल 10 प्रतिशत तार्किक होते हैं। लेकिन सही जवाब यह है कि लोग *100 प्रतिशत भावनात्मक* होते हैं। सोचने में समय और प्रयास लगता है, लेकिन भावनाएँ तुरंत आती हैं। जैसा मैंने पहले बताया था, इसीलिए बिक्री में प्रॉस्पेक्ट *भावनात्मक रूप से निर्णय लेते हैं और फिर तार्किक दृष्टि से इसे तर्कसंगत साबित करते हैं।*

यदि कोई प्रॉस्पेक्ट आपके और आपकी कंपनी के बारे में *अच्छा महसूस करता है*, अगर वह आपको पसंद करता है और आपका सम्मान करता है, अगर आपका एक अच्छा संबंध है, तो "पसंदगी" की शक्ति अक्सर बिक्री की ओर ले जाएगी।

तर्क बिक्री करता है

लेकिन चाहे प्रॉस्पेक्ट भावनात्मक दृष्टि से आपका प्रॉडक्ट कितना भी ज़्यादा चाहता हो, उसे फिर भी तार्किक रूप से विश्वास दिलाया जाना चाहिए कि उसे वे भावनात्मक लाभ मिलेंगे, जिनकी वह इच्छा करता है। जैसी कहावत है, "तर्क बिक्री कराता है।"

जब आप अपनी प्रस्तुति बनाना शुरू करते हैं, एक-एक बिंदु करके, विशिष्ट लाभ बताकर और फिर तार्किक दृष्टि से समझाकर कि प्रॉस्पेक्ट ये लाभ कैसे हासिल करता है, तो आपकी बिक्री प्रस्तुति एक ठोस नींव पर बनती है। एक बार जब ग्राहक ख़रीदने का निर्णय ले लेता है, तो बाद में उसके मन में शंका या पछतावा नहीं होगा।

यहाँ एक उदाहरण है कि मैं कैसे अपना बिक्री प्रशिक्षण बेचता था। मैं भावना से शुरुआत करता था, बिक्री परिणाम बढ़ाने की इच्छा से शुरुआत करता था और फिर इसे तार्किक कारणों से बलवान बनाता था कि यह क्यों हासिल हो सकता है।

मेरा शुरुआती सवाल होता था, "मिस्टर प्रॉस्पेक्ट, क्या आप अगले छह से बारह महीनों में अपनी बिक्री 20 से 30 प्रतिशत तक बढ़ाने का तरीक़ा देखने में रुचि रखते हैं?"

यदि प्रॉस्पेक्ट बिक्री के लिए ज़िम्मेदार हो और पात्र हो, तो वह कहेगा, "निश्चित रूप से, यह क्या है?"

मैं प्रतिक्रिया करता था, "मिस्टर प्रॉस्पेक्ट, एक आज़माई हुई प्रणाली है, जो सैकड़ों कंपनियों की बिक्री बढ़ाने में कामयाब हो चुकी है, और इस पर बिना शर्त की गारंटी है। यदि यह असरदार साबित नहीं होती है, तो आपका एक पैसा भी ख़र्च नहीं होता है।"

इससे प्रॉस्पेक्ट तुरंत तनावमुक्त हो जाता था। इसके बाद वह खुलने और ज़्यादा रुचि के साथ मेरी बात सुनने में सक्षम हो जाता था।

तार्किक प्रश्न पूछें

"मिस्टर प्रॉस्पेक्ट, आपके सर्वोच्च भुगतान वाले सेल्स पीपल कौन हैं? क्या वे सबसे ऊँचे स्तर की प्रेरणा वाले हैं या सबसे कम स्तर की प्रेरणा वाले हैं?"

प्रॉस्पेक्ट हमेशा कहेगा, "मेरे शीर्षस्थ लोग सबसे ज़्यादा प्रेरित हैं।"

मैं कहता था, बेहतरीन, हर व्यक्ति यही कहता है। लेकिन मैं आपको बता दूँ कि प्रेरणा की मेरे हिसाब से सबसे अच्छी परिभाषा क्या है। यह है : 'प्रेरणा सक्षमता की बढ़ी हुई भावना से आती है।'

"दूसरे शब्दों में, मिस्टर प्रॉस्पेक्ट, लोग सबसे ज़्यादा प्रेरित तब होते हैं, जब वे महसूस करते हैं कि वे परिणाम पाने में सबसे ज़्यादा सक्षम हैं। क्या यह सच नहीं है?" प्रॉस्पेक्ट लगभग हमेशा सहमत हो जाएगा।

"मिस्टर प्रॉस्पेक्ट, हमने यह पाया है कि आप अपने सेल्स पीपल को आज़माई हुई बिक्री योग्यताओं और तकनीकों का जितना ज़्यादा प्रशिक्षण देते हैं, वे ज़्यादा बिक्री करने और व्यक्तिगत स्तर पर ज़्यादा पैसा बनाने के लिए उनका इस्तेमाल करने को उतने ही ज़्यादा प्रेरित होते हैं। क्या यह सही लगता है?"

एक बार फिर, प्रॉस्पेक्ट लगभग हमेशा सहमत हो जाएगा।

"मिस्टर प्रॉस्पेक्ट, हमने यह पाया है कि जब हम लोगों को इन उन्नत बिक्री योग्यताओं का प्रशिक्षण देते हैं, तो उनकी बिक्री तुरंत ऊपर हो जाती है। ज़्यादा महत्त्वपूर्ण बात, एक बार जब उनके पास ये नई योग्यताएँ होती हैं, तो वे और भी बेहतर परिणाम पाने के लिए उनका बार-बार इस्तेमाल कर सकते हैं। और वे इन योग्यताओं का जितना ज़्यादा इस्तेमाल करते हैं, वे उनमें उतने ही बेहतर बनते हैं। ठीक है ना?"

मापे जा सकने वाले लाभ दें

"मिस्टर प्रॉस्पेक्ट, अगर आपकी औसत बिक्री पहले माह में बस दस प्रतिशत बढ़े, तो यह शायद पूरे साल बढ़ती रहेगी। क्या यह सही नहीं है?"

एक बार फिर, प्रॉस्पेक्ट सहमत हो जाता था।

"मिस्टर प्रॉस्पेक्ट, अगर आपकी बिक्री पहले महीने से पूरे साल लगातार बढ़ती रहे, तो यह आसानी से औसतन 20 से 30 प्रतिशत बढ़ जाएगी। अगर आप अगले बारह महीनों में अपनी बिक्री 20 से 30 प्रतिशत बढ़ा लें, तो कुल डॉलरों के संदर्भ में आपको कितना ज़्यादा मुनाफ़ा होगा?"

प्रॉस्पेक्ट तुरंत हिसाब लगा लेगा कि बिक्री प्रशिक्षण में निवेश पर उसका लाभ आसानी से 1,000 प्रतिशत या उससे अधिक होगा। वह बिक्री प्रशिक्षण पर जो एक डॉलर ख़र्च करता है, उसके बदले उसका मुनाफ़ा दस डॉलर या उससे अधिक होता है। एक बार जब प्रॉस्पेक्ट यह गणना कर लेता है, तो बिक्री को क्लोज़ करना काफ़ी आसान हो जाता है।

जब भी संभव हो, संतुष्टि की गारंटी दें

मेरा क्लोज़िंग तर्क यह होगा, "मिस्टर प्रॉस्पेक्ट, अगर इस कोर्स में भाग लेने वाला कोई व्यक्ति यह महसूस नहीं करता है कि इन विचारों का इस्तेमाल करने से उसे बिक्री में 10 से 20 प्रतिशत लाभ मिलेगा, तो उस व्यक्ति के लिए कोई शुल्क नहीं लिया जाएगा। अगर आप व्यक्तिगत रूप से महसूस नहीं करते हैं कि इन विचारों का इस्तेमाल करने पर आपके लोग बिक्री में 10 से 20 प्रतिशत वृद्धि कर सकते हैं, तो पूरे प्रशिक्षण का कोई शुल्क नहीं होगा। यह कैसा लगता है?"

इस प्रस्तुति का इस्तेमाल करने पर, सामान्य से विशेष की ओर जाने पर, लाभ पर ध्यान केंद्रित करने पर, लेकिन उस प्रॉस्पेक्ट के लिए तार्किक, आर्थिक लाभ पर ज़ोर देकर मैं *मिलियनों* डॉलर मूल्य का बिक्री प्रशिक्षण बेचने में समर्थ हुआ। और बिक्री प्रणालियाँ और तकनीकें इतनी शक्तिशाली तथा कारगर थीं कि कभी रिफ़ंड या छूट का कोई आग्रह नहीं आया। आप अपनी बिक्री प्रस्तुति इस तरह बना सकते हैं, ताकि उससे भी इसी तरह के परिणाम हासिल हों।

भाव अंत में आता है

रोचक बात यह है कि जब मैं सेल को क्लोज़ कर देता था और हमारे बिक्री प्रशिक्षण कार्यक्रम को आयोजित करने का अनुबंध हासिल कर लेता था, तब प्रॉस्पेक्ट अचानक चौंककर पूछता था, "एक मिनट ठहरें। इसमें कितना ख़र्च आएगा?"

जब आपने प्रभावी ढंग से अपनी बिक्री प्रस्तुति बना ली है और दे दी है, तो भाव का सवाल केवल अंत में आएगा, जब ख़रीदने का निर्णय ले लिया गया हो। वास्तव में, जब तक कि आप उसे यह पूरी तरह दिखा न दें कि उसे क्या मिलेगा और आपका प्रॉडक्ट या सेवा उसके लिए क्या करेगा, उससे पहले अगर प्रॉस्पेक्ट आपसे पूछता भी है, तो उसे भाव न बताएँ। सवाल को टाल दें। कहें, "यह एक अच्छा प्रश्न है; मैं एक पल बाद इस पर आता हूँ।"

बिक्री के संसार में एक समझदारी भरी कहावत है : "ग़लत जगह पर भाव बताने से बिक्री की मौत हो जाती है।" अगर आप भाव बहुत जल्दी बता देते हैं, इससे पहले कि ग्राहक जान पाए कि भाव किसके लिए है, तो वह अक्सर चिंतित हो जाएगा कि आप कितने ज़्यादा पैसे ले रहे हैं। तब वह उन लाभों को ज़्यादा रुचि से नहीं सुनेगा, जो उसे मिलने वाले हैं। इसलिए भाव संबंधी बातचीत को हमेशा प्रस्तुति के अंत तक टालें, जब प्रॉस्पेक्ट स्पष्ट रूप से उन लाभों का आनंद लेना चाहता है, जो आपका प्रॉडक्ट या सेवा प्रदान करती है।

लगातार सीखना और सिखाना

एक अच्छी प्रस्तुति में, सीखने और सिखाने की प्रक्रिया के दौरान आप सीखते हैं कि प्रॉस्पेक्ट की क्या ज़रूरत है और आप उसे सिखाते हैं कि आप जो प्रॉडक्ट या सेवा बेच रहे हैं, उसे यह कैसे मिलेगी।

जब आप अपनी बिक्री प्रस्तुति दें, तो सवाल पूछें और फ़ीडबैक माँगें। इस तरह आप इस बारे में ज़्यादा से ज़्यादा पता लगाते हैं कि प्रॉस्पेक्ट दरअसल क्या चाहता है। जब आपकी प्रस्तुति अच्छी तरह योजनाबद्ध होती है, तो इसका एक अत्यंत सम्मोहक तर्क और प्रवाह होता है। जब आप अपनी प्रस्तुति के अंत तक पहुँचते हैं, तो प्रॉस्पेक्ट को वह ख़रीदने के लिए तैयार होना चाहिए, जो आप बेच रहे हैं। इसीलिए सच्ची क्लोज़ प्रस्तुति में घटित होती है।

जब आप एक अच्छी प्रस्तुति दे दें और प्रॉस्पेक्ट को यक़ीन हो जाए कि आपका प्रॉडक्ट उसे जो लाभ देने जा रहा है, वे लागत से कहीं ज़्यादा हैं, तो प्रस्तुति के अंत में विवरणों को समेटने का काम दरअसल आसान हो जाता है।

पूरी तरह स्पष्ट होने का समय लें

अपनी बिक्री प्रस्तुति शुरू करने से पहले आपको पूरी तरह से स्पष्ट होना चाहिए कि इस ख़ास प्रॉस्पेक्ट की ख़ास आवश्यकताएँ क्या हैं और आपका प्रॉडक्ट या सेवा उन आवश्यकताओं को कैसे संतुष्ट कर सकता है। इस पात्रता-जाँच अवस्था में, इन

आवश्यकताओं को बाहर निकालने का सबसे अच्छा तरीक़ा यह होता है कि आप योजनाबद्ध, खुले सिरे वाले सवाल पूछें, जो ख़ास जानकारी प्रदान करें।

सुनना विश्वास बनाने और प्रॉस्पेक्ट की सच्ची आवश्यकताओं का पता लगाने की कुंजी है। यह उच्च गुणवत्ता का संबंध स्थापित करने की कुंजी भी है। दरअसल, सुनना सेल्स सफलता की कुंजी है।

हर व्यक्ति की सबसे बड़ी आवश्यकताओं में से एक है महत्त्वपूर्ण महसूस करना, सराहा जाना और दूसरे लोगों का सम्मान पाना। सुनने को "सफ़ेद जादू" भी कहा जाता है, क्योंकि इसका दूसरे व्यक्ति की भावनाओं और व्यक्तित्व को प्रभावित करने पर ज़बर्दस्त असर होता है।

बेहतरीन श्रोता बनें

प्रभावी श्रोता बनने की पाँच कुंजियाँ हैं। आप हर कोर्स में जा सकते हैं, पत्रिका का हर लेख पढ़ सकते हैं और सुनने पर हर वीडियो देख सकते हैं, और वे सभी इन पाँच कुंजियों के सार को बताते हैं।

1. ग़ौर से सुनें

सबसे पहले, ग़ौर से, बिना किसी व्यवधान के सुनें। कूदकर अपने ख़ुद के विचार बताने की कोशिश किए बिना सुनें।

प्रॉस्पेक्ट के सीधे सामने रहें। आगे की ओर झुकें। सिर हिलाएँ, मुस्कुराएँ और सहमत हों। निष्क्रिय के बजाय सक्रिय श्रोता बनें। जब प्रॉस्पेक्ट बोल रहा हो, तो उसके मुँह और आँखों पर ध्यान केंद्रित करें।

यहाँ एक अच्छा अभ्यास है। कल्पना करें कि आपकी आँखें *सन लैंप* हैं और आप अपने प्रॉस्पेक्ट के चेहरे की त्वचा को *टैन* करना चाहते हैं या इसकी रंगत बदलना चाहते हैं। सुनते वक़्त अपनी आँखें प्रॉस्पेक्ट के चेहरे पर ऊपर-नीचे घुमाते रहें। उसके हर शब्द को कसकर सुनें, मानो वह आपको विजेता लॉटरी नंबर बताने जा रही हो और वह इसे आपको केवल एक ही बार बताएगी।

कल्पना करें कि आपकी आँखें सन लैंप हैं और आप अपने प्रॉस्पेक्ट के चेहरे की त्वचा को टैन करना चाहते हैं या इसकी रंगत बदलना चाहते हैं।

ऐसे सुनें, मानो आपके पास संसार में सारा समय हो। ऐसे सुनें, मानो आप यहीं रहेंगे, अगर वह आठ साल तक भी बात करती रहे और आप उसके कहे हर शब्द को सुनना पसंद करेंगे।

सुनने का लोगों पर असर पड़ता है। जब किसी प्रॉस्पेक्ट की बात गहनता से सुनी जाती है, तो वह ख़ास शारीरिक परिवर्तनों का अनुभव करता है। उसकी हृदय गति बढ़ जाती है। उसका ब्लड प्रेशर बढ़ जाता है। उसकी त्वचा की विद्युत प्रतिक्रिया बढ़ जाती है। ज़्यादा महत्त्वपूर्ण बात, जब किसी व्यक्ति की बात गहनता से सुनी जाती है, तो उसका *आत्म-गौरव* बढ़ जाता है। वह ज़्यादा महत्त्वपूर्ण महसूस करने लगता है। वह खुद को ज़्यादा पसंद करने लगता है और फलस्वरूप, वह उस व्यक्ति को भी पसंद करने लगता है, जो उसकी बात इतने ग़ौर से सुन रहा है।

सुनना बेचने की सबसे शक्तिशाली तकनीक है। सबसे ज़्यादा भुगतान पाने वाले सभी सेल्स प्रोफ़ेशनलों को "बहुत अच्छे श्रोता" कहा जाता है। वे "पहले समझने की कोशिश करते हैं, फिर समझे जाने की।" वे अपना ध्यान ग्राहक के विचारों, भावनाओं और आवश्यकताओं को समझने पर केंद्रित करते हैं, इसके बाद ही बेचने की कोशिश करते हैं।

2. जवाब देने से पहले ठहरें

दूसरी बात, जवाब देने या आगे बढ़ने से पहले ठहरें। जब प्रॉस्पेक्ट बोलना बंद कर दे, तो जवाब देने से पहले *तीन से पाँच सेकेंड तक* ठहरें और इंतज़ार करें। भले ही प्रॉस्पेक्ट ने आपसे कोई सवाल पूछा हो, जिसका जवाब आप तुरंत दे सकते हैं, फिर भी आपको खुद को कुछ पल ठहरने के लिए अनुशासित करना चाहिए।

ठहरने के *तीन* लाभ होते हैं। पहला, जब आप ठहरते हैं, तो आप प्रॉस्पेक्ट को जता देते हैं कि उसने अभी-अभी जो कहा है, आप उस पर *सावधानीपूर्वक विचार* कर रहे हैं। इससे वह समझ जाता है कि आप उसे और उसके शब्दों को महत्त्व देते हैं। उसने जो कहा है, वह इतना महत्त्वपूर्ण है कि आप उस पर जवाब देने में जल्दबाज़ी नहीं करना चाहते। फलस्वरूप, आप उसके आत्म-गौरव और आत्मसम्मान को बढ़ा देते हैं। आप उसे उसके बारे में बेहतर महसूस कराते हैं और इस तरह आपके बारे में भी बेहतर महसूस कराते हैं।

ठहरने का दूसरा लाभ यह है कि यह आपको मस्तिष्क के ज़्यादा गहरे स्तर पर *प्रॉस्पेक्ट की बात सुनने* की अनुमति देता है। यह तो लगभग वैसा ही है, मानो शब्द आपके दिमाग़ में उसी तरह सोख लिए जाते हैं, जैसे पानी को मिट्टी में सोखा जाता है।

जब आप प्रॉस्पेक्ट के शब्दों के बाद मौन रहते हैं, तो आप सचमुच समझते हैं कि वह सचमुच क्या चाहता है, जो तुरंत जवाब देने वाली स्थिति में नहीं होता।

जवाब देने से पहले ठहरने का तीसरा लाभ यह है कि आप प्रॉस्पेक्ट की *बात काटने के जोख़िम* से बचते हैं। हो सकता है कि वह दोबारा बोलने से पहले अपने विचारों को दोबारा व्यवस्थित कर रहा हो।

बातचीत में मौन की अनुमति दें। सेल्स पीपल को मौन के साथ आरामदेह रहना चाहिए। यह बेचने में सफलता के लिए अत्यंत महत्त्वपूर्ण है। अधिकतर सेल्स पीपल बेचने के लिए थोड़े अधीर, कई बार घबराए हुए और उत्सुक होते हैं। फलस्वरूप वे महसूस करते हैं कि जब भी बिक्री संबंधी बातचीत के दौरान मौन होता है, तो उन्हें कुछ न कुछ, कुछ भी कहना है।

इस कहावत को याद रखें, *बेचना शब्दों में होता है, लेकिन ख़रीददारी मौन में होती है।*

ग्राहकों को बिक्री संबंधी चर्चा को पूरी तरह समझने के लिए समय की ज़रूरत होती है। अगर आप मौन की अनुमति नहीं देते, जो कही गई बातों को उनके दिमाग़ में जज़्ब होने की अनुमति देता है, तो वे आपके बिक्री संदेश को पूरी तरह नहीं समझ सकते। अंत में उनके पास यह कहने के अलावा कोई चारा नहीं होगा, "इसे मेरे पास छोड़ जाएँ; मुझे इस बारे में सोचने दें।" और जब वे यह कहते हैं, तो संभवतः आपने बिक्री गँवा दी है।

3. स्पष्टीकरण के लिए सवाल करें

तीसरे, स्पष्टीकरण के लिए सवाल करें। कभी यह मानकर न चलें कि आप यह जानते हैं कि प्रॉस्पेक्ट द्वारा अभी-अभी कही गई बातों का सचमुच क्या अर्थ था। इसके बजाय, ठहरें और यह सवाल पूछें, *"वह कैसे?"*

यह बिक्री सफलता के महान प्रश्नों में से एक है, जो हर मौक़े पर सटीक बैठता है। चाहे प्रॉस्पेक्ट जो कहे या उसकी आपत्ति जो भी हो, आप उस पर हमेशा कह सकते हैं, "वह कैसे?"

"इसकी क़ीमत बहुत ज़्यादा है।" वह कैसे?

"हम इसका ख़र्च नहीं उठा सकते।" वह कैसे?

"हम अपने मौजूदा सप्लायर से खुश हैं।" वह कैसे?

"हमारे बजट में यह नहीं है।" वह कैसे?

जब भी आप सवाल पूछते हैं, "वह कैसे?" तो हर बार प्रॉस्पेक्ट अभी-अभी कही बात को *विस्तार से बताएगा।* वह आपको ज़्यादा विवरण देगा। और हर विवरण इस संभावना को बढ़ा देगा कि वह आपको वह बता देगा, जो आपको जानने की ज़रूरत है, ताकि आप ख़रीदने का निर्णय लेने में उसकी मदद कर दें।

प्रश्न यानि नियंत्रण। मुझे बेचने और संवाद का यह सबसे महत्त्वपूर्ण सिद्धांत दोहराने दें : *जो व्यक्ति प्रश्न पूछता है, नियंत्रण उसी के पास होता है।* लोगों को बचपन से ही पूछे गए सवालों का जवाब देना सिखाया जाता है। जब आप किसी व्यक्ति से कोई प्रश्न पूछते हैं, तो वह लगभग स्वचालित रूप से आपको एक जवाब दे देता है।

आप लगभग 100 से 150 शब्द प्रति मिनट की गति से बात करते हैं, जबकि प्रॉस्पेक्ट शब्दों को 600 शब्द प्रति मिनट की गति से समझ सकता है। इसका मतलब है कि आपके बोलते वक़्त प्रॉस्पेक्ट के पास किसी दूसरी चीज़ के बारे में सोचने के लिए तीन-चौथाई समय उपलब्ध रहता है। अक्सर, प्रॉस्पेक्ट अपने खुद के विचारों में भटक जाते हैं, क्योंकि आपकी प्रस्तुति के दौरान उनके पास सोचने का बहुत ज़्यादा समय उपलब्ध रहता है।

लेकिन जब आप *सवाल पूछते हैं,* तो किसी प्रॉस्पेक्ट का 100 प्रतिशत ध्यान आपकी बात का जवाब देने पर केंद्रित होगा। यह तो वैसा ही है, मानो आप प्रॉस्पेक्ट का कॉलर पकड़कर उसे अपनी ओर खींच लें। जब आप सवाल पूछते हैं, तो प्रॉस्पेक्ट जवाब को छोड़कर किसी दूसरी चीज़ के बारे में नहीं सोच सकता, जिससे आपको नियंत्रण मिल जाता है।

4. अपने खुद के शब्दों में दोहराएँ

प्रॉस्पेक्ट ने अभी-अभी जो कहा है, उसे अपने शब्दों में दोहराएँ। प्रॉस्पेक्ट की टिप्पणियों या प्रश्नों को आसान शब्दों में व्यक्त करें। इसे सुनने का "एसिड टेस्ट" कहा जाता है। ग्राहक जो कहता है, जब आप उसे दोहरा देते हैं, तो आप ग्राहक के सामने साबित कर देते हैं कि आप *सचमुच* ध्यान दे रहे थे। आप किसी कार की खिड़की के पीछे लगे वह टॉय डॉग नहीं हैं, जिसका सिर यूँ ही ऊपर-नीचे हो रहा था। आप वाक़ई सुन रहे थे।

जब आप ग़ौर से सुन लेते हैं, जवाब देने से पहले ठहरते हैं, स्पष्टता के लिए सवाल पूछते हैं और उसकी बात के मंतव्य को अपने शब्दों में दोहरा देते हैं, उसके बाद ही आप इस स्थिति में होते हैं कि समझदारी से टिप्पणी कर सकें या बिक्री प्रस्तुति दे सकें।

सुनने से विश्वास बढ़ता है और सुनने का अवसर पाने का सबसे अच्छा तरीक़ा प्रश्नों से बातचीत को नियंत्रित करना है।

5. खुले सिरे वाले सवालों का इस्तेमाल करें

हम पहले ही खुले सिरे वाले सवालों के इस्तेमाल पर बात कर चुके हैं। ये वे सवाल होते हैं, जिनका जवाब हाँ या नहीं में नहीं दिया जा सकता। जब भी आप *कौन, क्यों, कहाँ, कब, कैसे, क्या और कौन-सा* से शुरू होने वाला सवाल पूछते हैं, तो आप प्रॉस्पेक्ट को बात करने और ज़्यादा जानकारी देने के लिए प्रोत्साहित करते हैं, जो बिक्री करने में आपकी मदद कर सकती है।

बंद सिरे वाले सवाल

किसी बातचीत को समाप्ति पर लाने के लिए *बंद सिरे वाले सवालों* का इस्तेमाल करें। ये वे सवाल हैं, जिनका जवाब *केवल* हाँ या नहीं में दिया जा सकता है। बंद सिरे वाले सवाल अँग्रेज़ी में हमेशा क्रियाओं से शुरू होते हैं। "क्या आप आज ही निर्णय लेने को तैयार हैं? क्या यही है, जिसकी आपको तलाश है? क्या आप सीधे शुरू करना चाहते हैं?"

अपनी बिक्री प्रस्तुति को उन सवालों के इर्द-गिर्द बनाने की याद रखें, जिनकी आपने पहले से योजना बना ली है। जैसा आप पहले ही सीख चुके हैं, *बताने* और *बेचने* में फ़र्क़ होता है।

प्रस्तुति की विधियाँ

आपकी प्रस्तुति को हमेशा एक तार्किक क्रम में सामान्य से विशेष की ओर बढ़ना चाहिए। उसका इस्तेमाल करें, जिसे "बढ़ता क्लोज़" कहा जाता है। इसके साथ आप अपने प्रॉडक्ट की विशेषताओं और लाभों को महत्त्व के क्रम में पेश करते हैं, सबसे ज़्यादा महत्त्वपूर्ण से सबसे कम महत्त्वपूर्ण तक। आमतौर पर आपका सबसे शक्तिशाली लाभ ख़रीदने की इच्छा जगा देगा। लेकिन यह हमेशा नहीं होता। अपनी पूरी विशेषताओं और लाभों को बताने के लिए तैयार रहें। प्रॉस्पेक्ट की प्रतिक्रियाओं के लिए सतर्क और सजग बने रहें। कई बार आपका तीसरा-चौथा लाभ होगा, जो आपके प्रॉस्पेक्ट की रुचि को किसी दूसरी चीज़ से ज़्यादा जगा देगा।

प्रॉस्पेक्ट को शामिल करें

प्रॉस्पेक्ट को शामिल करें और उसे शामिल बनाए रखें। कुछ ऐसा करें, जिससे वह हिले। आपकी प्रस्तुति के दौरान जो प्रॉस्पेक्ट किसी पत्थर के ढेले की तरह बैठा रहता है और कोई प्रतिक्रिया नहीं करता है, उसके अंत में कुछ ख़रीदने की संभावना नहीं है।

सबसे अच्छे सेल्स पीपल बिक्री संबंधी चर्चा में सक्रिय होते हैं। न सिर्फ़ वे बात

करते हैं, बल्कि वे हिलते हैं, अपने चेहरे का इस्तेमाल करते हैं और अपने हाथों से मुद्राएँ बनाते हैं। वे प्रॉस्पेक्ट को जानकारी देते हैं और उससे जानकारी लेते भी हैं। वे उससे संख्याओं और प्रतिशतों का हिसाब लगाने को कहते हैं।

प्रॉस्पेक्ट से कहीं और बैठने को कहें

प्रस्तुति देते वक़्त अपनी कुर्सी प्रॉस्पेक्ट की डेस्क के पार खींचने और उसके बग़ल में बैठने से न घबराएँ। इससे भी बेहतर है, प्रॉस्पेक्ट को उठाकर किसी दूसरी टेबल या दूसरे ऑफ़िस में पहुँचा दें, जहाँ प्रॉडक्ट को पेश करते समय आपकी सामग्री के लिए ज़्यादा जगह हो। कोई प्रॉस्पेक्ट किसी बिक्री प्रस्तुति में जितना ज़्यादा बोलता और हिलता है, उतनी ही ज़्यादा संभावना है कि आपकी प्रस्तुति के अंत में वह ख़रीदने के लिए राज़ी हो जाएगा।

कोई प्रॉस्पेक्ट किसी बिक्री प्रस्तुति में जितना ज़्यादा बोलता और हिलता है, उतनी ही ज़्यादा संभावना है कि आपकी प्रस्तुति के अंत में वह ख़रीदने के लिए राज़ी हो जाएगा।

बेचने के लिए विजुअल सहायकों का इस्तेमाल करें

जब भी संभव हो, विजुअल सहायकों का इस्तेमाल करें। कान से मस्तिष्क तक जितनी तंत्रिकाएँ जाती हैं, उससे बाईस गुना आँख से मस्तिष्क तक जाती हैं। यदि आप सिर्फ़ बात ही करते रहते हैं, तो आपकी कही बातों को याद रखने या ध्यान देने में प्रॉस्पेक्ट को मुश्किल होगी।

अपने मुख्य बिंदुओं को शक्ति प्रदान करने के लिए और सामने वाले के दिमाग़ तक पहुँचाने के लिए चित्रों, ग्राफ़ों, दृष्टांतों तथा वित्तीय तुलनाओं तक का भी इस्तेमाल करें।

किसी वयस्क के ध्यान की औसत अवधि लगभग तीन वाक्य होती है। एक बार जब आप कोई सवाल पूछे बिना, कोई चित्र दिखाए बिना या कोई दृष्टांत दिए बिना तीन वाक्य लगातार बोल लेते हैं, तो इसके बाद प्रॉस्पेक्ट अपने ख़ुद के संसार में लीन हो जाता है। वह इस बारे में सोचने में व्यस्त हो जाएगा कि आपके जाने के बाद वह क्या करेगा।

लेकिन जैसे ही आप कोई सवाल पूछते हैं, आप प्रॉस्पेक्ट को झकझोरकर जगा देते हैं और उसे अपनी प्रस्तुति पर पूरा ध्यान केंद्रित करने के लिए विवश करते हैं।

जब आप प्रश्नों के तालमेल में चित्रों का इस्तेमाल करते हैं, तो आप प्रॉस्पेक्ट को अपनी प्रस्तुति में पूरी तरह से शामिल करते हैं।

बताना बेचना नहीं है

एक बार फिर यह कहावत आ गई। ऐसा इसलिए है, क्योंकि प्रस्तुति का आपका सबसे प्रभावी तरीक़ा हर महत्त्वपूर्ण जानकारी को सवाल के रूप में दोहराना है। "इसकी लागत 295 डॉलर प्रति व्यक्ति है," यह कहने के बजाय यह कहें, "क्या आपको पता है कि इस जैसी किसी चीज़ की आमतौर पर प्रति व्यक्ति क्या लागत आती है?" एक बार जब आप इसे सवाल के रूप में पूछते हैं, तो आपके जवाब पर प्रॉस्पेक्ट पूरा ध्यान देगा।

ट्रायल क्लोज़

प्रस्तुति की बहुत शुरुआत में ही ट्रायल क्लोज़ का इस्तेमाल शुरू कर दें। यह बहुत शक्तिशाली क्लोज़िंग तकनीक है और इसका इस्तेमाल आप अपनी बिक्री में कर सकते हैं। कई बार इसे *साइनपोस्ट क्लोज़* या *चेक क्लोज़* भी कहा जाता है। आप इसका इस्तेमाल यह पता लगाने के लिए करते हैं कि क्या आप सही मार्ग पर हैं। आप इसका इस्तेमाल यह जाँच करने के लिए भी करते हैं कि आप जिस बारे में बात कर रहे हैं, वह प्रॉस्पेक्ट के लिए महत्त्वपूर्ण है। यह पूरी प्रस्तुति में लगातार फ़ीडबैक पाने का बढ़िया तरीक़ा है।

ट्रायल क्लोज़ की सुंदरता यह है कि इसका जवाब प्रस्तुति को रोके बिना *नहीं* में दिया जा सकता है।

आप : "क्या आप इस रंग को पसंद करते हैं?"

प्रॉस्पेक्ट : "नहीं, मैं इससे नफ़रत करता हूँ; यह वह सबसे बुरा रंग है, जो मैंने कभी देखा है।"

आप : "कोई समस्या नहीं है, हमारे पास बहुत से दूसरे रंग हैं, जिन्हें आप ज़्यादा पसंद करेंगे।"

फ़ीडबैक माँगें

सबसे लोकप्रिय ट्रायल क्लोज़िंग प्रश्नों में से कुछ देखें, जिन्हें आप पूछ सकते हैं :

- "क्या अब तक यह आपको तार्किक लगता है?"
- "क्या यही है, जो आपके दिमाग़ में था?"
- "अब तक मैंने आपको जो दिखाया है, क्या वह आपको पसंद है?"

- "क्या यह आपकी वर्तमान स्थिति से बेहतर होगा?"
- "क्या हम अब तक सही हैं?"
- "यह नया फ़ोटोकॉपियर एक मिनट में 150 कॉपी करेगा, जबकि वर्तमान औसत 100 कॉपी प्रति मिनट है। क्या यह आपके कारोबार के लिए महत्त्वपूर्ण होगा?"

"नहीं, मुझे ऐसा नहीं लगता। हमें कम समय में ज़्यादा कॉपी करने की कभी ज़रूरत ही नहीं होती।"

"कोई समस्या नहीं, इस मशीन में कई अन्य विशेषताएँ हैं और मैं सोचता हूँ कि आप उन्हें सचमुच पसंद करेंगे।" और इसके बाद आप अपनी प्रस्तुति में आगे बढ़ जाते हैं।

फ़ीडबैक अनिवार्य है

जब कोई प्रॉस्पेक्ट किसी ख़ास विशेषता या लाभ को नहीं कहता है, तो वह आपको मूल्यवान फ़ीडबैक दे रहा है। वह पूरे प्रस्ताव से इंकार नहीं कर रहा है। वह तो उस ख़ास विशेषता के लाभ से इंकार कर रहा है।

इस क्षेत्र में अनुभवी सेल्स पीपल और अनुभवहीन सेल्स पीपल के बीच का फ़र्क़ यह है कि अनुभवी सेल्स पीपल एक विशेषता या लाभ पेश करते हैं और उस पर फ़ीडबैक माँगते हैं। वे पूरी तरह समझ लेना चाहते हैं कि बिक्री प्रस्तुति की हर अवस्था में ग्राहक क्या सोच रहा है।

अनुभवहीन सेल्स पीपल घबराहट के मारे हर विशेषता या लाभ को एक के बाद एक पेश कर देते हैं; वे फ़ीडबैक पाने के लिए रुकते ही नहीं हैं। प्रस्तुति के अंत में ग्राहक अति जानकारी के बोझ तले दब जाता है और उसके पास यह कहने के अलावा कोई विकल्प नहीं रहता, "इसे मेरे पास छोड़ जाएँ; मुझे इस बारे में सोचने दें।"

सुझाव-की-शक्ति क्लोज़

आप ग्राहक के मन में तैयारी के बीज बोने के लिए पूरी प्रस्तुति में सुझाव-की-शक्ति क्लोज़ का इस्तेमाल कर सकते हैं। लोग काफ़ी हद तक कहानियों और शब्द चित्रों के आधार पर सोचते और ख़रीददारी के निर्णय लेते हैं। लोग जानकारी को तार्किक रूप में लेते हैं, लेकिन तथ्य यह है कि आपका मस्तिष्क केवल निश्चित मात्रा में ही डाटा या जानकारी संग्रहीत रख सकता है। दूसरी ओर, आपका मस्तिष्क करोड़ों चित्रों और कहानियों को संग्रहीत रख सकता है।

सबसे अच्छे सेल्स पीपल वे होते हैं, जो लगातार अपने प्रॉडक्ट के बारे में *भावनात्मक शब्द-चित्र* बनाते हैं। उनके शब्द-चित्रों से ग्राहक के दिमाग़ में चित्र बनते हैं। ये चित्र अक्सर ख़रीदने की इच्छा जैसे भावों को जगा देते हैं। प्रस्तुति के लंबे समय बाद प्रॉस्पेक्ट आपके बताए सारे तथ्य भूल जाएगा, लेकिन उसे तब भी चित्र और कहानियाँ स्पष्टता से याद रहेंगी।

शब्द-चित्र बनाएँ

मिसाल के तौर पर, मान लें कि आप कोई कार बेच रहे हैं। आप कह सकते हैं, "यह कार जिस तरह पहाड़ों में चलती है, उसे आप सचमुच पसंद करने वाले हैं।"

जब आप यह कहते हैं, तो क्या होता है? प्रॉस्पेक्ट पहाड़ों में कार चलाने के बारे में सोचने लगता है और अपने मन में इसे देखने लगता है। वह तुरंत ही इस कार को जंगलों और झीलों के बीच मुड़ते हुए देखता है।

अगर आप घर बेच रहे हैं, तो आप कह सकते हैं, "आपको सचमुच इतनी शांत सड़क पर रहने में मज़ा आ जाएगा। यह बहुत सुंदर है। शाम को एक भी आवाज़ नहीं होती। यह बहुत तनावमुक्त करने वाला होता है।"

जब आप घर का इस तरह वर्णन करते हैं, तो व्यक्ति तुरंत मानसिक और भावनात्मक रूप से लाभों को छूने की कोशिश करता है। जब उसके मित्र बाद में पूछते हैं कि उसने यही ख़ास मकान क्यों ख़रीदा, तो वह लगभग हमेशा घर के बारे में यही कहेगा कि इलाक़ा कितना शांत है।

अपनी प्रतिक्रिया दोगुनी कर दें

जब मैं एक रहवासी रियल एस्टेट कंपनी में बिक्री परामर्शदाता का काम कर रहा था, तो हमने एक शक्तिशाली टेलीफ़ोन प्रश्न तैयार किया, जिसने मकान देखने आने वालों की संख्या दोगुनी कर दी।

रहवासी रियल एस्टेट के व्यवसाय में कंपनियाँ अख़बारों में मकानों की बिक्री का विज्ञापन देती हैं और संभावित ख़रीददारों को ज़्यादा जानकारी के लिए फ़ोन करने को आमंत्रित करती हैं। ज़्यादातर मामलों में संभावित ख़रीददार फ़ोन करेंगे और उस मकान के सबसे अच्छे दाम और शर्तें पूछकर फ़ोन रख देंगे। प्रायः रियल एस्टेट कंपनी को तो इन लोगों से मिलने और बात करने का मौक़ा ही नहीं मिल पाता।

सवाल के जवाब में सवाल करें

घर के बारे में तथ्य और विवरण देने के बजाय हमने उन्हें सिखाया कि वे सवालों के

जवाब में यह सरल सवाल करें। "फ़ोन करने के लिए धन्यवाद। क्या मैं आपसे एक प्रश्न पूछ सकता हूँ; क्या आप किसी शांत इलाक़े में एक आदर्श घर की तलाश कर रहे हैं?"

यह सवाल सावधानी से तैयार किया गया था। जब फ़ोन पर जवाब देने वाला यह सवाल पूछता था, तो इससे संभावित ख़रीददार के दिमाग़ में तुरंत ही दो मानसिक चित्र उभर आते थे। पहला मानसिक चित्र था "एक आदर्श घर" की उसकी व्यक्तिगत परिभाषा। यह चित्र हर व्यक्ति के लिए अलग होता है। लेकिन तीन शब्द तुरंत ही फ़ोन करने वाले को वह चित्र दिखा देते थे, जिसे वह व्यक्तिगत रूप से आदर्श घर मानता था।

यह प्रश्न जो दूसरा चित्र प्रेरित करता था, वह एक शांत इलाक़े का दृश्य था। इन दोनों चित्रों के तालमेल से हमेशा यही जवाब मिलता था, "ज़ाहिर है। क्या आपके पास ऐसा कोई मकान है, जो इस वर्णन पर सटीक बैठता हो?"

रियल एस्टेट एजेंट कहता था, "देखिए, दरअसल हमारे पास दो मकान हैं, जो अभी-अभी सूचीबद्ध हुए हैं, जिन्हें आपको देखना चाहिए। उनका अब तक अख़बारों में भी विज्ञापन नहीं हुआ है। आपके पास उन्हें देखने का समय कब रहेगा?"

सुझाव-की-शक्ति क्लोज़ का इस्तेमाल करते हुए इस सरल नीति ने इस रियल एस्टेट ऑफ़िस में आने वाले प्रॉस्पेक्टों के प्रवाह को दोगुने से भी ज़्यादा कर दिया। एक बार जब प्रॉस्पेक्ट आते थे और रियल एस्टेट एजेंट के साथ मकान देखने जाते थे, तो वे आमतौर पर उस एजेंट के साथ मकान देखते रहते थे, जब तक कि उन्हें उस प्रकार का मकान नहीं मिल जाता था, जिसकी उन्हें तलाश थी।

सेल क्लोज़ के बाद बात करना

सुझाव-की-शक्ति क्लोज़ के तालमेल में *आप सेल क्लोज़ के बाद बात करने की तकनीक का* इस्तेमाल कर सकते हैं। यह तरीक़ा बहुत सरल है। आप प्रॉस्पेक्ट से इस तरह बात करते हैं, मानो वह *पहले ही* उस प्रॉडक्ट या सेवा को ख़रीद चुका हो। आप उससे ख़रीददारी का निर्णय लेने को पूछते भी नहीं हैं। आप तो बस इस बारे में बात करते हैं कि वह उस प्रॉडक्ट या सेवा का आनंद कितना लेगा, जिसका वह मालिक है।

मिसाल के तौर पर, प्रॉस्पेक्ट आपकी कंपनी की सेवाएँ हासिल करने के बारे में सोच रहा है। आप कहते हैं, "आपको हमारी कंपनी से जिस तरह की सेवा मिलती है, उससे आप प्रेम करेंगे। जब आप कोई ऑर्डर देते हैं, तो तीस मिनट के भीतर इसकी पुष्टि हो जाती है और तीन दिनों के भीतर यह रवाना हो जाता है, जो कारोबार में किसी भी दूसरी कंपनी से ज़्यादा तेज़ है।"

इससे तुरंत ग्राहक के मन में गति और कार्यकुशलता की मानसिक तस्वीर बन जाती है। ग्राहक ख़ुद को संतुष्ट ग्राहक के व्यक्तित्व में देखने लगता है और ख़ुद को उन लाभों का आनंद लेते देखता है, जिनका आपने अभी-उभी वर्णन किया है।

"आपको इस इलाक़े में रहने में आनंद आएगा। हालाँकि यह शांत है, लेकिन यह स्कूलों, ख़रीददारी और ऑफ़िस के लिए हाईवे के पास है। यह एक अच्छा चयन है!"

"आपके ऑफ़िस में यह फ़ोटोकॉपियर आपके स्टाफ़ रूम में रखा रहेगा और एक मिनट में सौ कॉपी करेगा, और यह इतनी ख़ामोशी से काम करेगा कि आपको पता भी नहीं चलेगा कि यह चल रहा है।"

हर मामले में, प्रॉस्पेक्ट ग्राहक बन जाते हैं, जब उनके पास ऐसे स्पष्ट, रोमांचक, भावनात्मक शब्द-चित्र होते हैं, जिनमें वे आपके द्वारा बेचे जाने वाले प्रॉडक्ट या सेवा के लाभों का आनंद ले रहे हैं। आपका काम अधिकाधिक रोमांचक चित्र बनाना है, जिनमें ग्राहक आपकी बेची गई चीज़ से लाभान्वित हो रहा है। आप ये चित्र जितने ज़्यादा खींचेंगे, आपका प्रस्ताव उतना ही ज़्यादा सम्मोहक होगा।

आपका काम अधिकाधिक रोमांचक चित्र बनाना है, जिनमें ग्राहक आपकी बेची गई चीज़ से लाभान्वित हो रहा है।

शीर्षस्थ बिक्री रणनीति

मेरी एक विद्यार्थी एक रिक्रिएशनल व्हीकल डीलरशिप की शीर्षस्थ सेल्सपर्सन है। वह आरवी बेचती है, जिनमें से प्रत्येक की क़ीमत 5,00,000 डॉलर होती है। वह अपने प्रतिस्पर्धियों से तीन से पाँच गुना ज़्यादा बेचती है, अपनी खुद की डीलरशिप में भी और पूरे राज्य में भी। वह अपने क्षेत्र में सुपरस्टार है। और इस लक्ष्य को हासिल करने की उसकी तकनीक सरल है।

जब कोई दंपत्ति किसी रिक्रिएशनल वाहन को देखने आते हैं, तो वह पहले यह तय करने के लिए उनकी पात्रता-जाँच करती है कि वे गंभीर ख़रीददार हैं। फिर वह उन्हें कई वाहन दिखाती है, ताकि यह पता लग सके कि वे किस आकार और भाव में रुचि रखते हैं। आख़िर, वह उन्हें उस वाहन में लंच और टेस्ट ड्राइव दोनों के लिए बाहर ले जाने की व्यवस्था करती है, जिसे उन्होंने सबसे ज़्यादा पसंद किया था।

पहले से तय कार्यक्रम के अनुसार कुछ दिनों बाद वह उस वाहन को चलाकर उनके घर पहुँचती है। वह उन्हें अंदर आरामदेह ढंग से बैठाती है और फिर उन्हें एक

पार्क की सुरम्य जगह पर ले जाती है, जहाँ से झील दिखती है और दूरी पर पहाड़ भी नज़र आते हैं। वह वाहन को घुमाती है, ताकि यह सुंदर दृश्य दंपत्ति के सामने रहे, जब वे किचन टेबल पर बैठें। फिर वह एक पिकनिक बास्केट निकालती है और सुंदर लंच परोसती है, जब वे पहाड़ों को देख रहे होते हैं।

लंच के बाद और उनके सारे सवालों का जवाब देने के बाद वह कहती है, "क्या यह जीने का सुंदर तरीक़ा नहीं है? क्या आप जब चाहें, इस वाहन में यहाँ आना पसंद नहीं करेंगे?"

दंपत्ति उसकी तरफ़ देखते हैं, एक दूसरे की तरफ़ देखते हैं, पहाड़ों और झील की तरफ़ देखते हैं और निर्णय ले लिया जाता है। वह अपने उद्योग में किसी से भी ज़्यादा रिक्रिएशनल वाहन बेचती है और इसके पीछे पुख़्ता कारण हैं।

कार्य अभ्यास

1. हर बिक्री प्रस्तुति की योजना पहले से बना लें। इसे इस तरह बनाएँ, ताकि यह सामान्य से विशेष की ओर जाए, ज्ञात से अज्ञात की ओर जाए और आपके सबसे आकर्षक लाभ से शुरू हो।

2. पूरे समय ट्रायल क्लोज़िंग प्रश्न पूछें; हर विशेषता या लाभ के बाद फ़ीडबैक और प्रतिक्रियाएँ आमंत्रित करें।

3. आप जिस प्रॉस्पेक्ट से बात कर रहे हैं, उसकी ख़रीददार व्यक्तित्व शैली को तय करने में समय लगाएँ; उसके पूछे सवालों पर ग़ौर करें; ये अच्छे संकेत होते हैं।

4. अपने प्रॉस्पेक्टों और ग्राहकों के साथ लचीलेपन का अभ्यास करें; गति तेज़ करें या धीमे हों, सामान्य या विशिष्ट बनें, ताकि आप अलग-अलग लोगों को ज़्यादा सामान बेच सकें।

5. आपके प्रॉडक्ट या सेवा के स्वामी बनने और उपयोग करते समय आपका प्रॉस्पेक्ट कितना ख़ुश होगा, इसकी भावनात्मक मानसिक तस्वीर बनाएँ।

6. अपनी प्रस्तुति के हर हिस्से को इस तरह बनाएँ, ताकि आप जो विशेषता और लाभ बता रहे हैं, उनमें से प्रत्येक के बारे में दिखाएँ, बताएँ और प्रश्न पूछें; प्रॉस्पेक्टों को शामिल और सक्रिय रखें।

7. उत्कृष्ट श्रोता बनें; अच्छे प्रश्न पूछें, बिना व्यवधान डाले सुनें, जवाब देने से पहले ठहरें और अपने शब्दों में दोहराकर यह साबित करें कि आप प्रॉस्पेक्ट की स्थिति को पूरी तरह समझते हैं।

चाहे आपका काम जो भी हो, सफलता का इकलौता अचूक साधन है आपसे अपेक्षित सेवा से ज़्यादा और बेहतर सेवा करना।

– ऑग मैन्डिनो

8

बिक्री में सफलता के 10 उपाय

आप जिसे जानते हैं, उस सर्वश्रेष्ठ के प्रति सच्चे बनें।
यह आपका उच्च आदर्श है। अगर आप अपना सर्वश्रेष्ठ करते हैं,
तो आप इससे ज़्यादा नहीं कर सकते।
- एच. डब्ल्यू. ड्रेसर

शीर्षस्थ 20 प्रतिशत सेल्स पीपल 80 प्रतिशत पैसे कमाते हैं। शीर्षस्थ 5 प्रतिशत या 10 प्रतिशत सेल्स पीपल उससे बहुत ज़्यादा कमाते हैं। आपका लक्ष्य अपने पेशे में सबसे अच्छे और सबसे ज़्यादा भुगतान पाने वाले लोगों में से एक बनना है। सौभाग्य से यह आपको जितना लगता है, उससे ज़्यादा आसान है।

सफलता की भविष्यवाणी की जा सकती है

मेरे जीवन में निर्णायक मोड़ तब आया, जब मुझे कारण और परिणाम के नियम के बारे में पता चला। यह नियम कहता है कि ऊँची आमदनी जैसे हर परिणाम का एक निश्चित कारण या कई कारण होते हैं। अगर आप वह करते हैं, जो दूसरे सफल लोग करते हैं, तो आपको अंततः वही परिणाम मिलेंगे, जो उन्हें मिलते हैं।

बाक़ी के पन्नों में मैं आपको महान सफलता के कुछ कारण बताना चाहूँगा। आप उनमें से जितने ज़्यादा कारणों का अभ्यास करते हैं, आपको उतने ही बेहतर परिणाम मिलेंगे। एक बार जब आप ये विचार सीख लेते हैं, तो आप उनका बार-बार अभ्यास कर सकते हैं। आप उनका जितना ज़्यादा अभ्यास करते हैं, उतनी ही कम कोशिश में बेहतरीन परिणाम मिलने लगेंगे। आप अपने सेल्स करियर में तीव्र मार्ग पर पहुँच जाएँगे।

1. वह करें, जिसे करने से आपको प्रेम है

सभी सचमुच सफल, उच्च भुगतान वाले लोग, जिनमें सेल्स पीपल शामिल हैं, जो भी करते हैं, उससे प्रेम करते हैं। आपको अपने काम से प्रेम करना सीखना चाहिए और फिर ख़ुद को अपने क्षेत्र में उत्कृष्ट बनने के प्रति समर्पित कर देना चाहिए। ये दोनों उसी तरह साथ-साथ जाते हैं, जैसे दस्ताने में हाथ जाता है।

जितने भी समय की ज़रूरत हो, निवेश करें। जो भी क़ीमत हो, चुकाएँ। कितनी भी दूर जाना पड़े, जाएँ। आप जो करते हैं, उसमें सर्वश्रेष्ठ बनने के लिए जो भी त्याग करना हो, कर दें। उत्कृष्टता के प्रति समर्पित हो जाएँ। शीर्षस्थ 10 प्रतिशत में पहुँच जाएँ।

उत्कृष्टता एक निर्णय है। दुखद बात यह है कि ज़्यादातर लोग प्रायः बेचने में अपना पूरा जीवन खपा देते हैं और उन्हें यह कभी लगता ही नहीं है कि उन्हें इसमें उत्कृष्ट बनने के लिए ख़ुद को समर्पित करना चाहिए।

अच्छी ख़बर यह है कि आपको एक असाधारण जीवन जीने के लिए संसार में सबसे अच्छा होने की ज़रूरत नहीं है। बिक्री में सफलता उस व्यक्ति को मिलती है, जो बेचने के अति महत्त्वपूर्ण क्षेत्रों में बस थोड़ा सा बेहतर होता है। अगर आप समय निकालकर कोशिश करें, अगर आप अपने काम में सचमुच पूरा दिल लगाएँ और बेचने के पेशे से प्रेम करना सीख लें, तो आप सेल्स प्रोफ़ेशनल्स के ज़्यादा पैसों वाले समूह में शामिल हो जाएँगे।

आत्म-गौरव और सफलता। हमने पहले आत्म-गौरव और सफलता के बारे में बात की थी। मनोवैज्ञानिकों ने खोजा है कि आप दरअसल तब तक अपने बारे में कभी ख़ुश महसूस नहीं कर सकते, जब तक कि आप यह न जान लें कि आप जो करते हैं, उसमें अच्छे हैं। आप कभी सचमुच ख़ुद को पसंद नहीं कर सकते और ख़ुद को मूल्यवान व्यक्ति के रूप में स्वीकार नहीं कर सकते, जब तक कि आप अपने चुने हुए क्षेत्र में बहुत अच्छे न बन जाएँ।

कई लोग नाख़ुश हैं, इसका कारण यह है कि जब वे सुबह जागते हैं और आईने में ख़ुद को देखते हैं, तो दिखने वाला व्यक्ति किसी चीज़ में बहुत अच्छा नहीं होता है, जिससे ज़्यादा फ़र्क़ पड़ता हो। ख़ास तौर पर पुरुषों को अपने आत्म-मूल्य का एहसास यह जानने से मिलता है कि वे अपने क्षेत्रों में सक्षम हैं। यदि कोई पुरुष अपने काम में ख़ास अच्छा नहीं होता और उसकी सक्षमता तथा योग्यता के लिए उसे दूसरों की मान्यता नहीं मिलती, तो वह नाख़ुश और असंतुष्ट महसूस करता है।

आप सर्वश्रेष्ठ बन सकते हैं। हर व्यक्ति में किसी न किसी चीज़ में अच्छा बनने

की योग्यता होती है। हर एक में उत्कृष्ट बनने की योग्यता होती है। यह तो वैसा ही है, मानो प्रकृति ने हर इंसान में एक "उत्कृष्टता जीन" रख दिया है। और यह पता लगाना हर व्यक्ति पर है कि उसकी उत्कृष्टता का क्षेत्र क्या है। फिर उसे अपना पूरा दिल उस क्षेत्र में सचमुच श्रेष्ठ बनने पर लगाना चाहिए।

एक बार माइकल जॉर्डन को बास्केटबॉल खिलाड़ी के रूप में उनकी योग्यताओं पर बहुत प्रशंसा मिली। पत्रकार ने उनसे कहा, "आप ख़ुशक़िस्मत थे, जो इतनी ज़बर्दस्त खेल योग्यता के साथ पैदा हुए।"

जॉर्डन का जवाब था, "योग्यता हर एक में होती है; लेकिन उसे असाधारण योग्यता में बदलने के लिए कड़ी मेहनत की ज़रूरत होती है।"

कई लोग यह सोचने की ग़लती कर देते हैं कि अगर उनमें किसी क्षेत्र में उत्कृष्ट होने की योग्यता है, तो यह स्वाभाविक रूप से आ जाएगी। लेकिन सच तो यह है कि उत्कृष्टता किसी एक दिशा में बरसों के कठोर, समर्पित प्रयास का नतीजा होती है। कड़ी मेहनत का कोई विकल्प नहीं है।

2. सटीकता से तय करें कि आप क्या चाहते हैं

अस्पष्ट विचारों वाले न बनें। सटीकता से तय करें कि आप जीवन में क्या चाहते हैं। इसे एक लक्ष्य के रूप में तय कर लें और फिर तय करें कि आप इसे पाने के लिए क्या क़ीमत चुकाने वाले हैं। ज़्यादातर लोग ऐसा कभी नहीं करते हैं।

शोध के अनुसार, केवल लगभग 3 प्रतिशत वयस्कों के पास लिखित लक्ष्य होते हैं। और यही लोग हर क्षेत्र में सबसे सफल और सबसे ज़्यादा भुगतान पाने वाले होते हैं। वे उच्च पदों पर होते हैं, सर्जक और नवाचारी होते हैं, शीर्षस्थ सेल्स पीपल और उद्यमी होते हैं। लगभग हर व्यक्ति उनके लिए काम करता है।

केवल लगभग 3 प्रतिशत वयस्कों के पास लिखित लक्ष्य होते हैं। और यही लोग हर क्षेत्र में सबसे सफल और सबसे ज़्यादा भुगतान पाने वाले होते हैं।

लक्ष्यों का फ़ॉर्मूला

यहाँ लक्ष्य तय और हासिल करने का आसान सात क़दमों का फ़ॉर्मूला है। मैं जहाँ जाता हूँ, इसे हर जगह सिखाता हूँ और इसने मेरे सेमिनार के प्रतिभागियों का जीवन बहुत बार बदला है।

सबसे पहले, सटीकता से तय करें कि आप क्या चाहते है। यदि आप अपनी आमदनी बढ़ाना चाहते हैं, तो इस बारे में निश्चित रहें कि आप कितनी राशि कमाना चाहते हैं।

दूसरे, इसे लिख लें। जो लक्ष्य लिखा नहीं जाता, वह कोरी फंतासी है। इसमें कोई शक्ति नहीं है; इसके पीछे कोई ऊर्जा नहीं है। यह एक फुस्सी कारतूस की तरह है, जिसमें कोई बारूद नहीं है। यह हवा में सिगरेट के धुएँ जैसा है।

तीसरे, अपने लक्ष्य की एक डेडलाइन या समयसीमा तय कर लें। आपका अवचेतन मन समयसीमाओं से प्रेम करता है। इसकी सभी शक्तियों को सक्रिय करने के लिए इसे एक "विवशकारी तंत्र" की ज़रूरत होती है।

यदि लक्ष्य पर्याप्त बड़ा है, तो *उप-समयसीमा* तय कर लें। यदि यह लक्ष्य दस साल का है, तो हर साल का एक उप-लक्ष्य तय कर लें और फिर उस साल के हर महीने के लिए भी। अपने लक्ष्य और डेडलाइनों पर अपनी प्रगति को लगातार नापते रहें।

चौथे, जिस भी चीज़ के बारे में आप सोच सकते हों, हर उस चीज़ की सूची बनाएँ, जो आपके लक्ष्य को हासिल करने में मदद कर सकती हो। जब आप नई गतिविधियों के बारे में सोचें, तो उन्हें अपनी सूची में जोड़ लें। इस पर तब तक काम करते रहें, जब तक कि आपकी सूची पूरी न हो जाए।

आप अपनी सूची में जितने ज़्यादा व्यक्तिगत क़दम लिखते हैं, अपने लक्ष्य को हासिल करने के बारे में आप उतने ही ज़्यादा रोमांचित बनेंगे और उतने ही ज़्यादा प्रेरित होंगे। हेनरी फ़ोर्ड ने कहा था, "चाहे वह कितना ही बड़ा क्यों न हो, कोई भी लक्ष्य हासिल किया जा सकता है, बशर्ते आप इसे पर्याप्त छोटे क़दमों में विभाजित कर दें।"

पाँचवें, सूची को क्रम और प्राथमिकता के आधार पर जमा लें। जब आप क्रम से जमाते हैं, तो आप निर्णय लेते हैं कि किसी चीज़ को करने से पहले दूसरी कौन-सी चीज़ करनी है। आप तय करते हैं कि पहले क्या आता है, उसके बाद क्या आता है आदि।

जब आप *प्राथमिकता* के हिसाब से सूची जमाते हैं, तो आप अपनी सूची के सबसे महत्त्वपूर्ण काम को तय करते हैं, और फिर दूसरे सबसे महत्त्वपूर्ण को, फिर तीसरे को, चौथे को आदि।

एक बार जब आपके पास क्रम और प्राथमिकता के आधार पर जमी क़दमों की सूची आ जाती है, तो आपके पास एक *योजना* होती है। लक्ष्य और योजना वाला व्यक्ति उस शख़्स से बहुत आगे निकल जाएगा, जिसके पास केवल इच्छा और आशा है।

छठे, अपने लक्ष्य पर काम करें, चाहे यह जो भी हो। लोग भारी रूप से सफल होते हैं, इसका बुनियादी कारण यह है कि वे *कर्म केंद्रित* होते हैं। लोग असफल होते हैं, इसका बुनियादी कारण यह है कि वे कर्म नहीं करते हैं। असफल लोग हमेशा टालमटोल के बहाने बनाते हैं, जब तक कि अंततः उनकी ऊर्जा और इच्छा चली नहीं जाती और वे वहीं नहीं लौट आते, जहाँ से उन्होंने शुरू किया था।

सातवें, हर दिन कोई ऐसी चीज़ करें, जो आपको अपने सबसे महत्त्वपूर्ण लक्ष्य की ओर बढ़ाती हो, चाहे उस वक़्त यह जो भी हो। इसे हर साल 365 दिन करें। अपने लक्ष्यों पर हर दिन काम करने का अनुशासन विकसित करें, जब तक कि यह आपके लिए साँस लेने और छोड़ने जितना सामान्य और स्वाभाविक न बन जाए।

तुरंत 10 लक्ष्य तय करें

यहाँ आपके लिए एक अभ्यास है। एक काग़ज़ लें और उसके सबसे ऊपर लक्ष्य लिख लें। साथ ही आज की तारीख़ डाल दें। फिर दस लक्ष्य लिखें, जिन्हें आप अगले बारह महीनों में हासिल करना चाहेंगे। जितनी जल्दी संभव हो, लिख लें। इस अभ्यास में आपको तीन से पाँच मिनट का समय लगना चाहिए।

एक बार जब आपके पास दस लक्ष्यों की सूची आ जाए, तो सूची को दोबारा देखें और ख़ुद से पूछें, *"इस सूची में वह कौन-सा एक लक्ष्य है, जिसे अगर मैं चौबीस घंटों के भीतर हासिल कर लूँ, तो उसका मेरे जीवन पर सबसे ज़्यादा सकारात्मक प्रभाव पड़ेगा?"*

इस सवाल का जवाब आपका मुख्य निश्चित उद्देश्य बन जाता है। यह आपके जीवन के लिए योजनाकारी सिद्धांत या केंद्रीय बिंदु बन जाता है।

इस लक्ष्य को एक कोरे काग़ज़ के ऊपर लिख लें और स्पष्टता व विस्तार से लिखें; इसे *मापने योग्य* बनाएँ।

एक डेडलाइन तय कर लें कि आप इसे कब तक हासिल करने का इरादा रखते हैं।

जो भी चीज़ आप सोच सकें, हर उस चीज़ की सूची बनाएँ, जो आपको लक्ष्य हासिल करने के लिए करनी होगी।

इस सूची और प्राथमिकता को योजना में व्यवस्थित कर लें।

इस लक्ष्य पर काम करें और फिर *हर दिन* इसे पाने की दिशा में कुछ करें, जब तक कि आप इसे हासिल न कर लें।

आपका मुख्य निश्चित उद्देश्य

जब आप सुबह उठें, तो इस लक्ष्य के बारे में सोचें। जब आप दिन भर काम करें, तो इस लक्ष्य के बारे में सोचें। अपने जीवन के महत्त्वपूर्ण लोगों से इस लक्ष्य के बारे में बातचीत करें। रात को सोने जाने से पहले इस लक्ष्य के बारे में सोचें और यह भी सोचें कि हासिल होने पर यह कैसा दिखेगा। अपने लक्ष्य का चित्र लगातार इस तरह देखें, मानो यह पहले से ही हक़ीक़त बन चुका हो। पहले से संकल्प लें कि आप तब तक नहीं रुकेंगे, जब तक कि आप इस लक्ष्य को हासिल नहीं कर लेंगे। *असफलता कोई विकल्प नहीं है!*

अपना जीवन बदलें

यह अभ्यास आपका जीवन बदल देगा। अगर आपमें ऊपर बताए गए सभी क़दमों का अनुसरण करने का अनुशासन है, तो एक साल के भीतर और शायद इससे जल्दी ही आपका पूरा जीवन बदल जाएगा। आपकी बिक्री और आमदनी नाटकीय रूप से बढ़ जाएगी। आप अपने बारे में ज़बर्दस्त महसूस करेंगे। आप अपने जीवन के हर क्षेत्र में तीव्र प्रगति करने लगेंगे। आप अपने जीवन में ऐसे व्यक्तियों और परिस्थितियों को आकर्षित करेंगे, जो आपकी मदद कर सकती हैं। चमत्कार होने लगेंगे।

एक साल के अंत में आप पलटकर देखेंगे और पिछले बारह महीनों में जो हुआ है, उसे देखकर अवाक रह जाएँगे। इसमें तो बस एक काग़ज़, आपकी और दस मिनट से भी कम समय की ज़रूरत होती है। इसे आज़माकर देखें। दस लक्ष्य लिख लें, उनमें से एक को चुन लें, एक योजना बनाएँ और देखें कि क्या होता है।

3. अपने लक्ष्य को लगन और संकल्प से सहारा दें

एक बार जब आप शुरू कर दें, तो असफलता की संभावना पर सोचने से भी इंकार कर दें। अपने लक्ष्य को लगन और अजेय इच्छाशक्ति से सहारा दें। उस लक्ष्य को हासिल करने और सफलता में अपने पूरे दिल और आत्मा को झोंकने का निर्णय लें।

किसी चीज़ को रोककर न रखें। पूरा समर्पण करें। संकल्प लें कि कोई चीज़ आपको रोक नहीं पाएगी या हताश नहीं कर पाएगी।

आप एक, दो या तीन साल में कहाँ पहुँचने वाले हैं, यह आप इस बात से बता सकते हैं कि कि आप उन अवश्यंभावी विपत्तियों, आपत्तियों और निराशाओं पर कितनी अच्छी तरह प्रतिक्रिया करते हैं, जिनका अनुभव आप हर दिन करते हैं। विपत्तियों के सामने आपकी लगन का स्तर स्वयं में आपके *विश्वास* का पैमाना है।

यूनानी दार्शनिक एपिक्टेटस ने एक बार कहा था, "परिस्थितियाँ इंसान को बनाती नहीं हैं; वे तो बस उसे खुद के सामने उजागर करती हैं।"

विपत्ति आपको दिखाती है कि आप किस मिट्टी के बने हैं। जैसा मेरे मित्र चार्ली जोन्स कहते हैं, "महत्त्वपूर्ण यह नहीं है कि आप कितनी दूर तक गिरते हैं, बल्कि यह है कि आप पलटकर कितने ऊँचे उछलते हैं।"

आप कितनी जल्दी पलटकर उछलते हैं, इससे आप हमेशा बता सकते हैं कि आप कितने सफल होने वाले हैं। लचीलेपन की आपकी मात्रा आपके चरित्र की पहचान और पैमाना है। बेचने की कड़ी मेहनत और कठोर झटकों को झेलने और इसके बावजूद अपनी यात्रा जारी रखने की योग्यता आपकी सफलता की चरम निर्धारक है।

4. आजीवन सीखने के प्रति समर्पण करें

आपका दिमाग़ आपकी सबसे क़ीमती संपत्ति है और आपकी सोच की गुणवत्ता ही आपके जीवन की गुणवत्ता को तय करती है। खुद को आजीवन सीखने के प्रति समर्पित करें। मैं इस पर जितना ज़ोर दूँ, कम है।

बहुत पहले की बात नहीं है, जब एक कॉलेज विद्यार्थी ने *फ़ॉर्च्यून 500* कंपनियों के सभी प्रेसिडेंटों को 39 बिंदुओं की एक प्रश्नावली भेजी। उनमें से 83 प्रेसिडेंटों ने प्रश्नावली भरकर भेज दी। लोगों के इतने व्यस्त समूह को देखते हुए यह प्रतिक्रियाओं की असाधारण संख्या है।

विद्यार्थी प्रश्नावलियों से यह पता लगाने में जुट गया कि ये कारोबारी दिग्गज किन्हें अपनी सफलता के कारण मानते थे। इन शीर्षस्थ लोगों ने जो सबसे आम सलाह दी, जिसे बार-बार दोहराया गया था, वह यह थी, "कभी सीखना और बेहतर बनना बंद न करें।" यह आप पर भी लागू होता है।

आपके मस्तिष्क का मूल्य बढ़ सकता है। पढ़ें, ऑडियो प्रोग्राम सुनें, सेमिनार में जाएँ और कोर्स करें। कभी न भूलें कि आपके पास जो सबसे मूल्यवान संपत्ति कभी होगी, वह आपका मस्तिष्क है।

आपके मस्तिष्क के मूल्य को *बढ़ाया* जा सकता है। अगर आप कोई कार ख़रीदते हैं, तो इसका मूल्य घटने लगता है। जैसे ही आप इसे डीलर के यहाँ से चलाकर बाहर लाते हैं, इसका मूल्य घटने लगता है। अगर आप किसी प्रकार की भौतिक वस्तु ख़रीदते हैं, तो इसका मूल्य तुरंत कम होने लगता है। आप अपने मस्तिष्क के मूल्य को *बढ़ा* सकते हैं, बशर्ते आप इसे नई जानकारी की लगातार खुराक दें, जिसका इस्तेमाल आप बेहतर परिणाम पाने के लिए कर सकते हैं।

अपना मूल्य बढ़ाएँ। हर व्यक्ति जीवन में बहुत कम व्यावहारिक ज्ञान के साथ शुरुआत करता है, जिसका इस्तेमाल वह दूसरे लोगों के लाभ के लिए कर सकता है। जब आप सीखते हैं, तो आप ज़्यादा मूल्यवान बनते हैं। आप जितना ज़्यादा ज्ञान हासिल करते हैं, जिसे व्यावहारिक उद्देश्यों के लिए लागू किया जा सकता है, आपके पुरस्कार उतने ही ज़्यादा होंगे और आपको उतना ही ज़्यादा भुगतान मिलेगा।

जब आप जीवन से गुज़रते हैं, अतिरिक्त अनुभव हासिल करते हैं, ज़्यादा पुस्तकें पढ़ते हैं और अपनी योग्यताओं को नया बनाते हैं, तो आपका ज्ञान बढ़ता है और जीवन में आपके पुरस्कार भी *बढ़ते* हैं। जब आप जीवन की पंक्ति में उस सफलता की ओर आगे बढ़ते हैं, जो आपके लिए संभव है, तो कारण और परिणाम का नियम लागू होता है।

सफलता में, कारण और परिणाम के नियम का सार "सीखो और करो" है। जब भी आप कोई नई चीज़ सीखते हैं और उसका अभ्यास करते हैं, तो हर बार आप क़तार में आगे बढ़ जाते हैं। जब आप सीखना और करना छोड़ देते हैं, तो आप आगे बढ़ना भी छोड़ देते हैं। जब आप एक बार फिर से सीखना शुरू कर देते हैं और सीखी हुई बातों पर अमल करने लगते हैं, तो आप एक बार फिर आगे बढ़ने लगते हैं। आप जितना ज़्यादा सीखते और करते हैं, आप क़तार में उतनी ही ज़्यादा तेज़ी से आगे बढ़ेंगे।

अपनी बाल्टी भरते रहें। कल्पना करें कि ज्ञान और योग्यता की आपकी वर्तमान मात्रा किसी बाल्टी में पानी जैसी है। पानी का स्तर आपकी आमदनी तय करता है। जब आप जीवन में शुरुआत करते हैं, तो आपकी बाल्टी में बहुत कम ज्ञान और योग्यता होती है। आपके परिणाम और पुरस्कार भी न्यूनतम होते हैं। जब आप ज्ञान और योग्यता का अपना स्तर बढ़ाते हैं, तो आपकी बाल्टी भरती जाती है। आपके पुरस्कारों और मान्यता का स्तर भी बढ़ जाता है। बरसों में आपकी बाल्टी ज़्यादा भर जाती है, यह स्तर बढ़ जाता है और आपकी आमदनी ऊँची हो जाती है।

लेकिन यहाँ एक समस्या है। इस बाल्टी में एक छेद है। अगर किसी समय आप नई योग्यताएँ सीखना या उनका अभ्यास करना छोड़ देते हैं, या अगर आप नया ज्ञान और विचार जोड़ना बंद कर देते हैं, तो आप उसी जगह नहीं रुके रहते हैं। आपके "पानी का स्तर" गिर जाता है। आप दरअसल जीवन की पंक्ति में पीछे फिसलने लगते हैं। लोग आपसे आगे निकलने लगते हैं। अगर आप लगातार अपने ज्ञान और योग्यता का नवीनीकरण नहीं करते हैं, तो आपकी धार भोथरी हो जाती है। आपका वर्तमान ज्ञान और योग्यता लगातार पुरानी पड़ती जाएगी तथा इसका मूल्य कम होता जाएगा।

कभी सीखना न छोड़ें। बहुत भारी तादाद में वयस्क इस बात को नहीं समझते हैं। वे अपनी बुनियादी शिक्षा पाते हैं, लेकिन इसके बाद वे अपने न्यूनतम ज्ञान और योग्यता पर कई साल तक आराम से चलते रहने की कोशिश करते हैं। फिर जब कम उम्र के लोग दौड़ में उनसे आगे निकल जाते हैं, तो वे भौंचक्के और नाराज़ हो जाते हैं। वे कुंठित हो जाते हैं। किसी ने कभी उन्हें यह नहीं बताया कि लगातार सीखना हर दिन नहाने या दाँतों पर ब्रश करने जितना अनिवार्य है। अगर आप इसे कुछ समय तक नहीं करते हैं, तो यह जल्द ही आपके आस-पास के हर व्यक्ति के सामने स्पष्ट हो जाता है।

अगर आप लगातार सीख नहीं रहे हैं और विकास नहीं कर रहे हैं, तो आपके पास जो ज्ञान है, वह दरअसल कम हो रहा है। कल का अक्षम व्यक्ति वह है, जिसने आज सीखना छोड़ दिया है। निरक्षर व्यक्ति वह है, जो अब सीख नहीं रहा है, विकास नहीं कर रहा है और अपना मूल्य हर दिन नहीं बढ़ा रहा है। जो व्यक्ति पढ़ता नहीं है, वह उस व्यक्ति से बेहतर नहीं है, जो पढ़ नहीं सकता।

संकल्प लें कि आप हर दिन कुछ नया सीखेंगे और उसका अभ्यास करेंगे। हर सुबह पढ़ें, अपनी कार में ऑडियो प्रोग्राम्स सुनें, सारा प्रशिक्षण लें जो आप ले सकते हैं और लगातार अपने नए ज्ञान को कर्म में बदलें।

5. अपने समय का अच्छा इस्तेमाल करें

आपके पास बेचने के लिए अपना समय ही तो है। यह आपकी बुनियादी संपत्ति है। आप अपने समय का कैसे इस्तेमाल करते हैं, उसी से आपका जीवन स्तर तय होता है। इसलिए अपने समय का अच्छा उपयोग करने का संकल्प लें।

> **आपके पास बेचने के लिए अपना समय ही तो है। यह आपकी बुनियादी संपत्ति है।**

80/20 नियम की वजह से आप जो कुछ चीज़ें करते हैं, उनका मूल्य दूसरी चीज़ों से बहुत ज़्यादा होता है, हालाँकि उन्हें करने में उतने ही मिनट और घंटे लगते हैं। आपका लक्ष्य उन गतिविधियों पर ध्यान केंद्रित करना है, जो आपके जीवन और कामकाज में सबसे ज़्यादा मूल्य का योगदान दें।

हर दिन कार्यसूची के हिसाब से काम शुरू करें। कार्यसूची बनाने का सबसे अच्छा समय एक रात पहले है, दिन को ख़त्म करने से पहले। इसमें वह हर चीज़ लिख लें, जो आपको अगले दिन करनी है। अपने तय अपॉइंटमेंट्स से शुरुआत करें और

फिर हर चीज़ की ओर बढ़ें, जो भी आपके दिमाग़ में आए। कभी भी सूची के बिना काम न करें।

समय प्रबंधन विशेषज्ञ कहते हैं कि अपने दिन की योजना बनाने भर से ही आप अपनी उत्पादकता को 25 प्रतिशत तक बढ़ा सकते हैं या हर दिन दो अतिरिक्त घंटे हासिल कर सकते हैं। आपकी सूची आपके समय और जीवन प्रबंधन तंत्र की कुंजी बन जाती है।

स्पष्ट प्राथमिकताएँ तय करें

एक बार जब आपके पास सूची आ जाए, तो इस सूची की प्राथमिकताएँ तय करें। तय करें कि क्या ज़्यादा महत्त्वपूर्ण है और क्या कम महत्त्वपूर्ण है। खुद से पूछें, *अगर मुझे एक महीने के लिए शहर से बाहर जाना पड़े और उससे पहले मैं इस सूची की केवल एक ही चीज़ कर सकूँ, तो वह कौन-सी चीज़ होगी?*

आपका जवाब जो भी हो, उस काम के चारों ओर एक गोला लगा लें। फिर खुद से पूछें, *अगर मुझे एक महीने के लिए शहर से बाहर जाना पड़े और उससे पहले मैं इस सूची की केवल दो ही चीज़ें कर सकूँ, तो वह दूसरी चीज़ कौन-सी होगी?*

उस काम पर भी गोला लगा लें। फिर यही सवाल खुद से एक और बार पूछें।

यह अभ्यास आपको यह सोचने के लिए विवश करता है कि सचमुच महत्त्वपूर्ण क्या है; यह अभ्यास सिर्फ़ अत्यावश्यक या निरर्थक सक्रियता वाले कामों को छाँट देता है। एक बार जब आप सर्वोच्च प्राथमिकता वाले काम को तय कर लें, तो आप जानते हैं कि कहाँ शुरू करना है और किस पर काम करना है।

अपना सबसे महत्त्वपूर्ण काम चुनें

पूछने के लिए समय प्रबंधन का एक अच्छा प्रश्न यह है, *वह कौन-सी एक चीज़ है, जिसे उत्कृष्ट अंदाज़ में करने पर उसका मेरे काम पर सबसे ज़्यादा सकारात्मक असर होगा?* हमेशा एक चीज़ है जो आप कर सकते हैं, जिसे अच्छी तरह करने पर उसका आपके परिणामों और आपके पुरस्कारों पर महत्त्वपूर्ण प्रभाव पड़ सकता है।

इस प्रश्न का एक दूसरा रूप है, *कौन-सी चीज़ है, जिसे मैं और सिर्फ़ मैं कर सकता हूँ, जिसे यदि किया जाए और अच्छी तरह किया जाए, तो उससे असली फ़र्क़ पड़ेगा?*

हर दिन के हर घंटे, इस सवाल का केवल एक ही जवाब होता है। कोई ऐसी चीज़ है जिसे सिर्फ़ आप ही कर सकते हैं, जिससे सच्चा फ़र्क़ पड़ेगा। यह एक ऐसी

चीज़ है, जिसे अगर आप नहीं करते हैं, तो उसे कोई दूसरा नहीं करेगा। लेकिन अगर आप इसे करते हैं और इसे अच्छी तरह करते हैं, तो यह एक सच्चा फ़र्क़ डाल सकती है। यह क्या है?

प्राथमिकताएँ तय करने में आप जो आख़िरी सवाल पूछते हैं, *वह यह है, इस समय मेरे समय का सबसे मूल्यवान उपयोग क्या है?*

एक बार फिर, यह सवाल हर घंटे पूछें। इस सवाल का हमेशा एक अकेला जवाब होता है। आपका काम यह सुनिश्चित करना है कि आप जो भी कर रहे हैं, यह उस पल आपके समय का सबसे मूल्यवान उपयोग है।

एकाग्रचित हों

समय प्रबंधन की अंतिम कुंजी यह है कि एक बार जब आप सूची बना लें और प्राथमिकताएँ तय कर लें, तो फिर आप अपने सबसे महत्त्वपूर्ण काम को शुरू कर दें और फिर उत्साह से इस पर तब तक एकाग्र रहें, जब तक कि यह पूरा न हो जाए। एकाग्र होने की आपकी योग्यता, अपने सबसे महत्त्वपूर्ण काम के बारे में पूरी तरह से स्पष्ट होने, और फिर पूरा होने तक उसी काम को करते रहने की योग्यता, आपकी उत्पादकता और प्रदर्शन को दोगुना और तीन गुना बना देगी।

6. लीडरों का अनुसरण करें

वही करें, जो सफल लोग करते हैं। अनुयायियों का नहीं, लीडरों का अनुसरण करें। वही करें, जो आपके क्षेत्र के शीर्षस्थ लोग करते हैं। उन लोगों का अनुकरण करें, जो अपने जीवन में कहीं जा रहे हैं। उन लोगों का अनुसरण करें, जो वैसी चीज़ें हासिल कर रहे हैं, जैसी आप भविष्य में किसी समय हासिल करना चाहते हैं।

अपने चारों ओर देखें। वे कौन लोग हैं, जिनकी आप सबसे ज़्यादा प्रशंसा करते हैं? वे कौन हैं, जो वे परिणाम पा रहे हैं, जिन्हें आप आगे के महीनों और वर्षों में पाना चाहते हैं? अपने क्षेत्र के सबसे अच्छे लोगों का पता लगाएँ और उन्हें अपना रोल मॉडल बना लें। उनके *जैसा* बनने का निर्णय लें। जितना ज़्यादा संभव हो, उनके साथ रहें।

यदि आप यह जानना चाहते हैं कि सफल सेल्सपर्सन कैसे बनें, तो अपने कारोबार के शीर्षस्थ लोगों के पास जाएँ और उनसे सलाह माँगें। उनसे पूछें कि आपको कौन-सी पुस्तकें पढ़नी चाहिए और कौन से ऑडियो प्रोग्राम सुनने चाहिए। उनसे पूछें कि आपको कौन से कोर्स करने चाहिए। उनके नज़रियों, दर्शनों और उनके काम व ग्राहकों के प्रति उनकी नीतियों के बारे में पूछें।

सर्वश्रेष्ठ से सीखें

सफल लोग हमेशा सफल बनने में दूसरों की मदद करते हैं। जो लोग अपने जीवन और कामकाज में बेहद व्यस्त रहते हैं, वे हमेशा आपकी मदद करने के लिए समय निकाल लेंगे, बशर्ते आप सचमुच सफल होना चाहते हों।

जब आप किसी सफल व्यक्ति से सलाह माँगें, तो उस सलाह पर अमल करें। वही करें, जो विजेता आपको करने के लिए प्रोत्साहित करता है। पुस्तक ख़रीदें और उसे पढ़ें। ऑडियो प्रोग्राम लें और उसे सुनें। कोर्स में भाग लें और सीखी गई बातों का अभ्यास करें। फिर उस व्यक्ति के पास जाकर उसे बताएँ कि आपने क्या किया है। वह आपकी और ज़्यादा मदद करना चाहेगा।

अपने रोल मॉडल चुनें

कुछ समय पहले एक हज़ार से ज़्यादा सेल्स प्रोफ़ेशनल के सेमिनार में एक सेल्समैन मेरे पास आया। उसने मुझे एक रोचक कहानी बताई। उसका हुलिया देखकर मैं तुरंत समझ गया कि वह सफल है। उसकी पोशाक और हुलिया अच्छा था। वह आत्मविश्वासी, सकारात्मक, तनावरहित और मिलनसार दिख रहा था। उसके चारों ओर सफलता की भावना थी।

उसने मुझे बताया कि जब उसने अपना करियर शुरू किया, तो वह जूनियर सेल्स पीपल के साथ उठता-बैठता था। पहले छह महीनों में उसने ग़ौर किया कि उसकी कंपनी में चार शीर्षस्थ सेल्स पीपल थे, जो ज़्यादातर एक-दूसरे के साथ ही उठते-बैठते थे। वे जूनियर सेल्स पीपल के साथ समय नहीं बिताते थे।

उसने जूनियर सेल्स पीपल, अपना और शीर्षस्थ सेल्स पीपल का अवलोकन किया और एक चीज़ पर तुरंत ग़ौर किया। सबसे ज़्यादा भुगतान पाने वाले सेल्स पीपल कम भुगतान पाने वाले सेल्स पीपल से कहीं बेहतर पोशाक पहनते थे। वे साफ़-सुथरे, टिप-टॉप, और पेशेवर दिखते थे। वे सफल लोगों जैसे दिखते थे।

सलाह माँगें

एक दिन उसने एक शीर्षस्थ सेल्सपर्सन से पूछा कि वह ज़्यादा सफल बनने के लिए क्या कर सकता है। सेल्सपर्सन ने उससे पूछा कि क्या वह समय प्रबंधन तंत्र का इस्तेमाल करता है। उस युवक ने कभी समय प्रबंधन तंत्र के बारे में सुना ही नहीं था। सफल सेल्सपर्सन ने उसे बताया कि वह किस तंत्र का इस्तेमाल करता था और उसे दिखाया कि वह इसे कहाँ पा सकता है। और नए सेल्सपर्सन ने ऐसा कर दिया। और उसने इसका इस्तेमाल किया। और वह अपने समय का ज़्यादा कार्यकुशलता से इस्तेमाल करने लगा।

उसके बाद वह ख़ुद को शीर्षस्थ सेल्स पीपल के अनुरूप ढालने लगा। न सिर्फ़ उसने उनसे इस बारे में सलाह ली कि क्या पढ़ना और सुनना है, बल्कि उसने उनका अवलोकन किया और उन्हें अपना रोल मॉडल बना लिया। हर सुबह, शुरू करने से पहले, वह अपने आईने के सामने खड़ा हो जाता था और ख़ुद से पूछता था, *क्या मैं अपनी शाखा के सर्वश्रेष्ठ सेल्स पीपल जैसा दिखता हूँ?*

उस भूमिका में दिखें

वह अपने बारे में आलोचनात्मक था, ख़ास तौर पर अपनी पोशाक और हुलिए के संदर्भ में। यदि उसे लगता था कि वह किसी शीर्षस्थ सेल्सपर्सन जैसा नहीं दिखता था, तो वह परिवर्तन करना जारी रखता था, जब तक कि वह वैसा नहीं दिखने लगता था। तभी वह काम पर जाता था।

एक साल के भीतर ही वह अपनी शाखा के शीर्षस्थ सेल्स पीपल में से एक बन गया। वह सिर्फ़ दूसरे शीर्षस्थ सेल्स पीपल के साथ ही उठता-बैठता था। वह उनमें से एक बन गया था।

ऊपर चढ़ना

उसकी बिक्री के उच्च स्तर की बदौलत उसे राष्ट्रीय बिक्री सम्मेलन में आमंत्रित किया गया। उसने यह ठान लिया कि वह सम्मेलन के दौरान किसी समय देश भर के हर शीर्षस्थ सेल्स पीपल के पास जाएगा और उनसे सलाह माँगेगा। कोई आश्चर्य नहीं कि उन्हें बहुत अच्छा लगा और उन्होंने उसे कुछ चीज़ें बताईं, जो उन्होंने तलहटी से अपने क्षेत्र के शिखर तक पहुँचने के लिए की थीं। जब वह घर लौटा, तो उसने उन्हें धन्यवाद के पत्र लिखे और उनके विचारों पर अमल करने लगा। उसकी बिक्री ऊपर, बहुत ऊपर होने लगी।

जल्द ही वह अपनी शाखा का शीर्षस्थ सेल्समैन बन गया और बाद में राज्य का शीर्षस्थ सेल्समैन। पाँच साल की अवधि में उसने अपने जीवन का कायाकल्प कर लिया। राष्ट्रीय बिक्री सम्मेलनों में उसे पुरस्कार लेने के लिए मंच पर आमंत्रित किया जाता था। अपने कारोबार के आठवें साल में वह देश का शीर्षस्थ सेल्समैन बन गया।

उसने मुझे जो बताया, वह रोचक था। उसने कहा कि उसे सारी सफलता दूसरे शीर्षस्थ सेल्स पीपल से यह पूछने की वजह से मिली कि वे क्या कर रहे थे। उसे सफलता इसलिए मिली, क्योंकि उसने पूछा और फिर उनके मार्गदर्शन पर अमल किया। उसे सिर्फ़ यह बात विचित्र लगी कि हालाँकि ये शीर्षस्थ सेल्स पीपल साल दर साल मंच पर जा रहे थे और बिक्री में उत्कृष्टता के लिए पुरस्कार हासिल कर रहे थे, लेकिन वह

पहला व्यक्ति था, जिसने उनके पास जाकर उनकी सलाह माँगी।

बाजों (ईगल) के साथ उड़ें

द अचीविंग सोसायटी के लेखक हारवर्ड के डेविड मैकक्लेलैंड ने बताया था कि जीवन में सफलता और असफलता के बीच मुख्य फ़र्क़ किसी "संदर्भ समूह" का चुनाव है।

उन्होंने निष्कर्ष दिया कि "एक पंख वाले पक्षी एक साथ उड़ते हैं।" संदर्भ समूह यानि वह समूह जिसके साथ आप ज़्यादातर समय रहने का चुनाव करते हैं, काफ़ी हद तक तय करता है कि आप जीवन में क्या हासिल करते हैं। आपमें अपने आस-पास के लोगों के आदर्शों, नज़रियों, पोशाक और जीवनशैली की नक़ल करने की प्रवृत्ति होती है।

यदि आप *सफल* लोगों के साथ जुड़ते हैं, तो आपमें उनके नज़रिये, दर्शन, बोलने और पोशाक पहनने का अंदाज़, काम की आदतें आदि को अपनाने की प्रवृत्ति होती है। कुछ ही समय में आपको भी वही परिणाम मिलने लगते हैं, जो उन्हें मिलते हैं।

घातक ग़लती

मैकक्लेलैंड ने यह भी पाया कि एक *नकारात्मक* या अप्रेरित संदर्भ समूह बहुत बुरा असर डालता था। यह अपने आप में ही पर्याप्त था कि किसी व्यक्ति को जीवन भर कम उपलब्धि और असफलता के लिए अभिशप्त कर दे। कोई व्यक्ति चाहे सबसे अच्छी युनिवर्सिटी में जाए, सबसे अच्छी शिक्षा ग्रहण करे और उसमें सबसे भारी गुण तथा योग्यताएँ हों, लेकिन अगर वह *असफल* लोगों के साथ उठता-बैठता है, तो वह भी असफल हो जाएगा।

हमने यह पाया है कि आपके संदर्भ समूह में परिवर्तन, एक सोहबत से दूसरी सोहबत तक जाना, या सफल लोगों के साथ रहना शुरू करना, आपके जीवन और परिणामों में आमूलचूल परिवर्तन कर सकता है। लेकिन जैसा ज़िग ज़िग्लर ने कहा था, "अगर आप मुर्गियों के साथ खरोंचते रहते हैं, तो आप बाजों के साथ नहीं उड़ सकते।"

इंसान काफ़ी हद तक गिरगिट जैसे होते हैं। हम उन्हीं लोगों के नज़रिये और व्यवहार अपनाते हैं, जिनके साथ हम रहते हैं। हम उन लोगों जैसे बन जाते हैं। हम उनकी राय अपना लेते हैं। सुझाव की शक्ति, ख़ास तौर पर दूसरे लोगों के नज़रिये और दृष्टिकोण, इस बात पर भारी प्रभाव डालते हैं कि हम अपने बारे में कैसा सोचते और महसूस करते हैं तथा हम दिन प्रति दिन कैसा व्यवहार करते हैं।

7. चरित्र ही सब कुछ है

अपनी अखंडता की रक्षा एक पवित्र चीज़ के रूप में करें। हमारे समाज में आपके जीवन की गुणवत्ता के लिए इससे अहम कुछ भी नहीं है। कारोबार और बिक्री की सफलता के लिए आपमें *विश्वसनीयता* होनी चाहिए। आप सिर्फ़ तभी सफल बन सकते हैं, जब लोग आप पर भरोसा करते हों।

अपनी अखंडता की रक्षा एक पवित्र चीज़ के रूप में करें।

एक के बाद एक अध्ययन में विश्वास के तत्व को एक सेल्समैन और दूसरे सेल्समैन, एक कंपनी और दूसरी कंपनी के बीच का सबसे महत्त्वपूर्ण घटक पाया गया, जो उनकी पहचान था।

जैसा स्टीफ़न कवी कहते हैं, "यदि आप चाहते हैं कि आप पर विश्वास किया जाए, तो *विश्वसनीय* बनें।" ईमानदारी का मतलब है कि आप हमेशा अपनी जुबान पर क़ायम रहते हैं और आप हमेशा सच बोलते हैं।

अपने प्रति सच्चे बनें

अखंडता का एक और तत्व है, जो इतना ही महत्त्वपूर्ण है। जैसा शेक्सपियर ने कहा था, "अपने खुद के स्वरूप के प्रति सच्चे रहें, और फिर जैसे दिन के बाद रात आती है, उसी तरह आप किसी दूसरे इंसान के प्रति झूठे नहीं हो सकते।"

आपको अपने प्रति सच्चा होना चाहिए, उस सर्वश्रेष्ठ के प्रति जिसे आप जानते हैं। आपको अपने साथ सच्चाई में जीना चाहिए और आत्म-भ्रांति में शामिल नहीं होना चाहिए। आपको पूरी तरह ईमानदार होना चाहिए और यह इच्छा नहीं करनी चाहिए कि चीज़ें जैसी हैं, उससे भिन्न हो सकती हैं या होंगी। संसार का सामना करने की योग्यता बढ़ाएँ और जीवन जैसा है, उसे वैसा देखें, न कि वैसा जैसा आप चाहते हैं कि यह हो या यह हो सकता है।

ज़्यादातर लोग काफ़ी ईमानदार होते हैं। वे झूठ नहीं बोलते, धोखा नहीं देते और चोरी भी नहीं करते। वे अपना काम करते हैं, अपने टैक्स चुकाते हैं और दूसरों के साथ ईमानदारी से पेश आते हैं। लेकिन सबसे ईमानदार लोग भी इच्छा करते हैं, आशा करते हैं और उन चीज़ों पर विश्वास करना चाहते हैं जो सच नहीं हैं।

यथार्थ सिद्धांत का अभ्यास करें

जनरल इलेक्ट्रिक के प्रेसिडेंट जैक वेल्च ने कहा था कि नेतृत्व में सबसे महत्त्वपूर्ण सिद्धांत "यथार्थ सिद्धांत" है और यह सिद्धांत सत्य खोजने की आवश्यकता पर आधारित है, चाहे यह कहीं भी ले जाए। "संसार के साथ वैसे ही पेश आओ, जैसा यह है," उन्होंने कहा था, "उस तरह नहीं, जैसा आप चाहते हैं कि यह हो।"

जब भी उन्हें जनरल इलेक्ट्रिक में किसी समस्या या मुश्किल से निबटना होता था, तो उनका पहला सवाल यह होता था, "यथार्थ क्या है?"

आपके जीवन में यह बेहद अनिवार्य है कि आप अपने प्रति सच्चे बनें और आप अपने साथ सत्य *में जिएँ*। यह अत्यंत महत्त्वपूर्ण है कि आप उस सर्वश्रेष्ठ के प्रति सच्चे बनें, जो आपके भीतर है। आपको *हर दिन* ऐसी चीज़ें करनी चाहिए, जो आपको आपके तय लक्ष्यों की ओर ले जाती हों। अपने जीवन के यथार्थ का सामना करें, चाहे यह जो भी हो। यह एक सचमुच ईमानदार इंसान की निशानी है।

8. अपनी जन्मजात रचनात्मकता का ताला खोलना

खुद को बेहद बुद्धिमान व्यक्ति मानें, *जीनियस* भी। यह जान लें कि आपके पास रचनात्मकता के समृद्ध भंडार हैं, जिनका आपने कभी इस्तेमाल नहीं किया है। ज़ोर-ज़ोर से, बार-बार कहें, "मैं एक जीनियस हूँ! मैं एक जीनियस हूँ! मैं एक जीनियस हूँ!"

यह अतिशयोक्ति जैसा लग सकता है, लेकिन है नहीं। तथ्य यह है कि हर व्यक्ति के पास एक या अधिक क्षेत्रों में जीनियस के स्तरों पर प्रदर्शन करने की योग्यता है। आपके भीतर इसी समय पहले से ज़्यादा करने और ज़्यादा बनने की योग्यता है। आपके भीतर अपने सभी पुरानी उपलब्धियों के पार जाने की नैसर्गिक क्षमता है। आपके भीतर रचनात्मकता और बुद्धि के विशाल भंडार हैं। जैसा डेनिस वेटली कहते हैं, "आपमें इतनी ज़्यादा क्षमता है कि आप उसे 100 ज़िंदगियों में भी ख़त्म नहीं कर सकते।"

अपनी नैसर्गिक क्षमताओं का इस्तेमाल करें

जीवन में आपका एक प्रमुख लक्ष्य अपनी *ख़ास क्षमताओं* को पहचानना और फिर उन्हें उच्च स्तर तक विकसित करना होना चाहिए। यहीं आपकी बुद्धि स्पष्ट दिखती है। परीक्षण में, 95 प्रतिशत छोटे बच्चों ने जीनियस के स्तर पर प्रदर्शन किया। लेकिन जब उन्हीं बच्चों का वयस्क बनने के बाद परीक्षण किया गया, तो केवल 5 प्रतिशत ने ही रचनात्मकता और कल्पना के उच्च स्तरों पर प्रदर्शन किया। बीच के वर्षों में वे सीखते

हैं कि "अगर आप दूसरों के साथ मिल-जुलकर रहना चाहते हैं, तो आपको दूसरों की तरह बनना पड़ता है।"

आपके लिए ख़ास क्षमता या जीनियस का सबसे अच्छा क्षेत्र बेचने का क्षेत्र होगा। केवल 10 प्रतिशत सेल्स पीपल ही उच्च स्तर पर बेचने की सभी सातों मुख्य योग्यताओं को प्रदर्शित करने के लिए पूरी तरह उपयुक्त होते हैं। यदि यह आपके बारे में सच है, तो आपको ज़िंदगी भर ऊँची कमाई और भारी पेशेवर सफलता की लगभग गारंटी मिल जाती है।

अपनी ख़ास योग्यताओं को कैसे पहचानें

कई तरीक़े हैं, जिनसे आप अपनी विशेष योग्यता के क्षेत्र को पहचान सकते हैं। पहला, यह एक ऐसी चीज़ है, जिसे *करने में आपको मज़ा आता है।* जब आप इसे नहीं कर रहे होते हैं, तो आप इसके बारे में सोचते रहते हैं और इस पर लौटने के बारे में सोचते रहते हैं।

दूसरे, यह एक ऐसी चीज़ है, जो पूरी तरह *आपके ध्यान को जकड़ लेती है।* जब आप वह कर रहे होते हैं, जिसे करने के लिए आप अनूठे रूप से उपयुक्त होते हैं, तो आप समय का एहसास खो देते हैं। जब आप वह कर रहे होते हैं, जिसे करने के लिए आप आए हैं, तो आप अक्सर खाना, पीना या सोना भी भूल जाते हैं।

तीसरे, आप *इसके बारे में सीखने* से प्रेम करते हैं और जीवन भर इसमें बेहतर बनते रहते हैं। आप उन पुस्तकों, ऑडियो प्रोग्राम और कोर्सों के भूखे होते हैं, जो आपको अपने विशेष योग्यता के क्षेत्र में और बेहतर बनने के विचार देते हैं।

चौथे, आप *इसके बारे में बात करना,* चर्चा करना, इसके बारे में सुनना और उन लोगों के साथ रहना पसंद करते हैं, जो वह कर रहे हैं, जिसे खुद करने के लिए आप आदर्श रूप से उपयुक्त हैं।

कई बार आप लोगों के मुँह से सुनते हैं, "जब मैं काम पर होता हूँ, तो मैं काम करता हूँ। लेकिन जब मैं काम छोड़ देता हूँ, तो फिर मैं उसके बारे में ज़रा भी नहीं सोचता।" इस प्रकार का व्यक्ति जो भी काम कर रहा है, उसमें उसका भविष्य सीमित है। जो व्यक्ति काम से दूर रहने पर अपने काम के बारे में नहीं सोचता है, वह ऐसा व्यक्ति है, जो उस काम के लिए उपयुक्त नहीं है। यदि आप अपने लिए सही काम कर रहे हैं, तो आपका काम और आपका व्यक्तिगत जीवन आपस में गुँथा हुआ होता है और दोनों के बीच बस एक पतली विभाजक रेखा ही होती है।

पाँचवाँ और शायद आपकी नैसर्गिक योग्यता का सबसे अच्छा संकेत यह है कि

यह एक ऐसी चीज़ है, जो आपके लिए *सीखने और करने में आसान है।* वास्तव में, आप भूल जाते हैं कि आपने इसे सीखा कैसे; यह आपके लिए बहुत आसान था। यह आपके व्यक्तित्व की स्वाभाविक अभिव्यक्ति प्रतीत होता है। आप इसे आसानी से और अच्छी तरह करते हैं, लगभग बिना प्रयास के।

कम उपलब्धि का एक कारण यह है कि कई लोग खुद को असाधारण के बजाय औसत मान लेते हैं। वे दूसरे लोगों को देखते हैं, जो उनसे बेहतर कर रहे हैं और मान लेते हैं कि वे लोग उनसे बेहतर हैं। लेकिन अगर वे इस तरह सोचते हैं, तो उनका तार्किक निष्कर्ष यह होता है कि अगर कोई दूसरा बेहतर है, तो वे ज़्यादा बुरे हैं। यदि कोई दूसरा ज़्यादा के लायक़ है, तो वे कम के लायक़ हैं। मूल्यहीनता और दोयमता की यह भावना औसत प्रदर्शन की ओर ले जा सकती है, भले ही वे श्रेष्ठ प्रदर्शन में सचमुच सक्षम हों।

9. स्वर्णिम नियम का अभ्यास करें

दूसरों के साथ अपने समूचे व्यवहार में स्वर्णिम नियम का अभ्यास करें। दूसरों के साथ वैसा ही करें, जैसा आप चाहते हों कि वे आपके साथ करें।

खुद को ग्राहक मानकर सोचें। आप अपने साथ कैसा व्यवहार पसंद करेंगे? स्पष्ट रूप से, आप चाहते हैं कि सेल्सपर्सन आपके साथ निष्कपट और ईमानदार रहे। आप चाहते हैं कि वह आपकी समस्या या आवश्यकता को पूरी तरह समझने के लिए समय ले और फिर आपको क़दम दर क़दम दिखाए कि उसका समाधान आपके जीवन या कामकाज को बेहतर बनाने में किफ़ायती तरीक़े से कैसे मदद कर सकता है।

आप ईमानदारी और स्पष्टवादिता को पसंद करेंगे। आप चाहेंगे कि सेल्सपर्सन अपने प्रॉडक्ट की शक्तियों के साथ-साथ कमज़ोरियाँ भी बताए। फिर आप चाहेंगे कि सेल्सपर्सन अपने वादे पूरे करे और आपसे किए गए वादे निभाए। अगर यही है, जो *आप* खुद को बेचने वाले सेल्सपर्सन से चाहते हैं, तो यह सुनिश्चित करें कि *आप* जिस भी ग्राहक से मिलें, हर एक को यह दें।

सर्वव्यापी नीति वचन

डच दार्शनिक इमैनुअल कैंट के सर्वव्यापी नीति वचन का अभ्यास करें। उन्होंने कहा था, "अपना जीवन इस तरह जिएँ, मानो आपका हर काम सभी लोगों के लिए एक सर्वव्यापी क़ानून बन रहा हो।"

कल्पना करें कि आपके संसार का हर व्यक्ति उसी तरह व्यवहार करने जा रहा है, जिस तरह आपने किया था। जब आप इसे अपने व्यवहार का पैमाना बना लेते

हैं, तो आप ख़ुद को स्वर्णिम नियम का अभ्यास करते पाएँगे और हर व्यक्ति के साथ मिलियन-डॉलर ग्राहक जैसा व्यवहार करेंगे।

ख़ुद से पूछें : *मेरी कंपनी किस तरह की कंपनी होगी, अगर इसमें काम करने वाला हर व्यक्ति बिलकुल मेरे जैसा हो?*

कल्पना करें कि जिस व्यक्ति से आप मिलते हैं, वह हर व्यक्ति आपकी पूरी कंपनी, प्रबंधन, प्रॉडक्ट, सेवाओं, गारंटियों-वारंटियों और बिक्री पश्चात समर्थन का मूल्यांकन इस आधार पर करने वाला हो कि आपने उसके साथ आमने-सामने कैसा व्यवहार किया।

श्रेष्ठ लोगों की निशानी यह है कि वे अपने लिए ऊँचे पैमाने तय करते हैं और वे अपने मानदंडों से समझौता करने से इंकार करते हैं। वे कल्पना करते हैं कि हर कोई उन्हें देख रहा है, भले ही कोई न देख रहा हो। आप किसी व्यक्ति का चरित्र इस बात से बता सकते हैं कि अकेले में वह क्या करता है।

10. सफ़लता की क़ीमत चुकाएँ

अंत में, और शायद किसी दूसरी चीज़ से ज़्यादा महत्त्वपूर्ण, *कड़ी मेहनत* करने का संकल्प लें। यह जीवन में सफलता की महान कुंजी है। द *मिलियनेअर नेक्स्ट डोर* पुस्तक के पृष्ठभूमि शोध में डॉक्टर स्टैनले और डैन्को ने हज़ारों स्व-निर्मित मिलियनेअरों से बात की और उनसे पूछा कि वे अपनी सफलता का श्रेय किस चीज़ को देते हैं। अमेरिका के स्व-निर्मित मिलियनेअरों में से आश्चर्यजनक 85 प्रतिशत ने स्वीकार किया कि वे दूसरों से ज़्यादा बुद्धिमान या गुणी नहीं थे, लेकिन उन्होंने किसी दूसरे से "ज़्यादा कड़ी मेहनत से काम किया" और ज़्यादा लंबे समय तक किया।

बेचने में सफलता की कुंजी यह है कि आप थोड़ा जल्दी शुरू कर दें, थोड़ी ज़्यादा कड़ी मेहनत से काम करें और थोड़ी देर तक रुके रहें। वे छोटी चीज़ें करें, जिनसे औसत लोग हमेशा बचने की कोशिश करते हैं। जब आप अपना कामकाजी दिन शुरू करें, तो संकल्प लें कि "जब आप काम करेंगे, तो आप सारे समय काम करेंगे।" समय बर्बाद न करें। चल दें। तेज़ी से बढ़ें। अत्यावश्यकता का एहसास विकसित करें। कर्म के प्रति रुझान विकसित करें।

बेचने में सफलता की कुंजी यह है कि आप थोड़ा जल्दी शुरू कर दें, थोड़ी ज़्यादा कड़ी मेहनत से काम करें और थोड़ी देर तक रुके रहें।

इसे पूरी तेज़ी से दबा दें

कड़ी मेहनत और जीवन की सफलता की तुलना उड़ान भरने और हवाई जहाज़ उड़ाने से की जा सकती है। जब आप विमान में बैठते हैं और रनवे के छोर पर पहुँचते हैं, तो आप टॉवर से बात करते हैं और उड़ान भरने की अनुमति माँगते हैं। जैसे ही आपको अनुमति मिलती है, आप विमान के थ्रॉटल को पूरा दबाते हैं, 100 प्रतिशत, ताकि आप रनवे पर तेज़ी से दौड़ते हुए हवा में उड़ जाएँ।

यही मेरा मुद्दा है। अगर आप विमान के थ्रॉटल को 80 प्रतिशत या 90 प्रतिशत भी दबाएँ, तो आप कभी उड़ान भरने की गति तक नहीं पहुँच पाएँगे। आप ज़मीन पर ही बने रहेंगे और आप रनवे के पार जाकर सीमाबंधों से टकरा जाएँगे।

पीछे न रोके रखें

जीवन में भी काफ़ी कुछ ऐसा ही होता है। कई लोग कड़ी मेहनत करते हैं, लेकिन वे पूरी तरह, 100 प्रतिशत समर्पण के साथ मेहनत नहीं करते हैं। परिणाम यह होता है कि वे कभी भी उड़ान भरने के बिंदु तक नहीं पहुँच पाते हैं, जिससे वे अपने क्षेत्र के शीर्षस्थ 10 प्रतिशत में पहुँच सकते हैं। वे हमेशा ज़मीन पर बने रहते हैं, औसत लोगों के बीच। वे उन 80 प्रतिशत सेल्स पीपल में बने रहते हैं, जो उपलब्ध धन का केवल 20 प्रतिशत कमाते हैं।

अच्छी ख़बर यह है कि अगर आप पूरा थ्रॉटल दबा देते हैं और रनवे पर गति तथा उछाल हासिल करते हैं, तो जल्द ही आप उड़ान भरने लगते हैं। अपने थ्रॉटल को चौड़ा रखते हुए आप और ऊपर पहुँच जाएँगे, जब तक कि आप अंततः काफ़ी ऊँचाई पर न पहुँच जाएँ। जब आप काफ़ी ऊँचाई पर पहुँच जाते हैं, तो आप थ्रॉटल को पीछे खींच सकते हैं, इसे थोड़ा ज़्यादा आसानी से ले सकते हैं और आप अपनी पूरी यात्रा में उस ऊँचाई पर बने रहेंगे।

आपके सेल्स करियर में, ख़ास तौर पर शुरुआत में, आपको पूरी मेहनत करनी होगी, अपनी 100 प्रतिशत ऊर्जा लगानी होगी, ताकि आप पृथ्वी के गुरुत्वाकर्षण से आज़ाद हो जाएँ और दोयम दर्जे के समूह से अलग हो जाएँ। लेकिन एक बार जब आप काफ़ी ऊँचाई पर यानि अपने क्षेत्र में शीर्षस्थ 10 प्रतिशत पैसे कमाने वालों के समूह में पहुँच जाते हैं, तो आप थ्रॉटल को थोड़ा ढीला छोड़ सकते हैं, अपने परिवार और मित्रों के साथ ज़्यादा समय बिता सकते हैं और इसके बावजूद अपनी आमदनी तथा परिणामों के ऊँचे स्तर को क़ायम रख सकते हैं।

आपका भविष्य असीमित है

आपके भीतर इतना अधिक बनने, अधिक करने और अधिक पाने की योग्यता है, जितना आपने अपने पूरे जीवन में कभी नहीं किया है। बेचने के अपने चुने हुए पेशे में बेहद उत्कृष्ट बनकर आप अपने सारे लक्ष्य हासिल कर सकते हैं और सारे सपने पूरे कर सकते हैं। आप अपने तथा अपने परिवार के लिए एक अद्भुत जीवन बना सकते हैं। आप अपनी कंपनी व उद्योग के सबसे मूल्यवान लोगों में से एक बन सकते हैं। आप अपने आस-पास के सभी लोगों का सम्मान हासिल कर सकते हैं। आप अपनी कंपनी, अपने ग्राहकों और अपने समाज के जीवन में महत्त्वपूर्ण फ़र्क़ डाल सकते हैं। बेचने के मनोविज्ञान को सीखकर और इस पर अमल करके आप चाँद-तारों तक पहुँच सकते हैं। कहीं कोई सीमाएँ नहीं हैं।

कार्य अभ्यास

1. आज ही अपने उद्योग के सबसे अच्छे सेल्स पीपल में से एक बनने का निर्णय लें। हर क़ीमत चुकाएँ, हर त्याग करें और कभी भी पीछा करना न छोड़ें, जब तक कि आप इसे हासिल न कर लें।
2. आजीवन सीखने के प्रति समर्पित हो जाएँ; पढ़ें, ऑडियो प्रोग्राम सुनें और सेमिनारों में जाएँ; जब आप बेहतर बनते हैं, तभी आपका जीवन बेहतर बनता है।
3. अपने समय का अच्छा प्रबंधन करें; पहले से सावधानीपूर्वक योजना बनाएँ और हर मिनट को महत्त्वपूर्ण बनाने का संकल्प लें।
4. वह करें, जिसे करने से आप प्रेम करते हैं; अपने काम में अपना पूरा दिल झोंक दें और कभी बेहतर बनना न छोड़ें।
5. पहले से संकल्प लें कि आप जीवन में भारी सफलता हासिल करने जा रहे हैं और आप कभी नहीं छोड़ने वाले, जब तक कि आप अपने सबसे महत्त्वपूर्ण लक्ष्य हासिल न कर लें।
6. तुरंत बैठकर दस लक्ष्यों की सूची बनाएँ, जो आप अगले बारह महीनों में हासिल करना चाहेंगे। उस सूची के सबसे महत्त्वपूर्ण लक्ष्य को चुनें और उस पर हर दिन काम करें।
7. जब आप काम करें, तो सारे समय काम करें। पूरे थ्रॉटल पर जिएँ। जल्दी शुरू करें, ज़्यादा कड़ी मेहनत करें और ज़्यादा देर तक रुकें। सफलता की पूरी क़ीमत चुकाएँ - सफलता पाने से पहले।

प्रकृति के साथ चालाकी नहीं की जा सकती; इसके साथ धोखा नहीं किया जा सकता। वह आपको आपकी मनचाही वस्तु तभी देगी, जब आप उसकी क़ीमत चुका देंगे।

– नेपोलियन हिल